Pieśń misji

John le CARRÉ

Pieśń misji

Przekład
JAN RYBICKI

AMBER

Korekta
Jolanta Kucharska

Projekt graficzny serii *Bestsellery do kieszeni*
Małgorzata Cebo-Foniok

Zdjęcie na okładce
Copyright © Tim Flach/Getty Images

Druk
Wojskowa Drukarnia w Łodzi Sp. z o.o.

Tytuł oryginału
The Mission Song

ISBN 978-83-241-3952-1

Warszawa 2011. Wydanie II

Wydawnictwo AMBER Sp. z o.o.
02-952 Warszawa, ul. Wiertnicza 63
tel. 620 40 13, 620 81 62

www.wydawnictwoamber.pl

Jak się dobrze przyjrzeć, to podbój ziemi,
czyli zabieranie jej tym,
którzy mają od nas ciemniejszą skórę albo trochę
bardziej płaskie nosy,
wcale nie jest taką piękną sprawą.
(Marlow)

Joseph Conrad *Jądro ciemności*

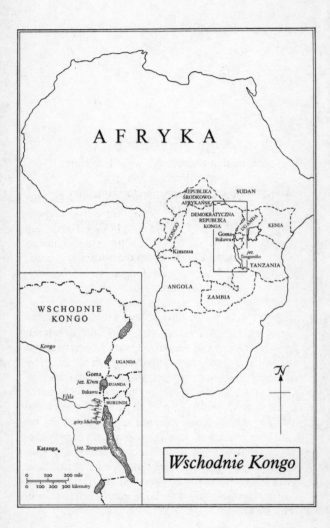

AFRYKA

REPUBLIKA
ŚRODKOWO-
AFRYKAŃSKA

SUDAN

DEMOKRATYCZNA
REPUBLIKA
KONGA

UGANDA

KENIA

Goma
Bukawu

KONGO

jez.
Tanganika

Kinszasa

TANZANIA

ANGOLA

ZAMBIA

WSCHODNIE
KONGO

Kongo

UGANDA

Goma
jez. Kiwu

RUANDA

Elila

Bukawu

BURUNDI

góry Mulenge

Katanga

jez. Tanganika

0   100   200 mile
0   100 200 300 kilometry

Wschodnie Kongo

Rozdział 1

Nazywam się Bruno Salvador. Przyjaciele mówią do mnie Salvo. Wrogowie też. Wbrew temu, co ktoś może o mnie powiedzieć, jestem uczciwym obywatelem Zjednoczonego Królestwa i Irlandii Północnej. Uprawiam z powodzeniem szlachetny zawód tłumacza konferencyjnego ze suahili i innych języków, mniej znanych, choć szeroko używanych we Wschodnim Kongu, dawnej kolonii belgijskiej – stąd moja znajomość francuskiego, czyli dodatkowa strzała w mym profesjonalnym kołczanie. Moja twarz jest dobrze znana i w karnych, i w cywilnych sądach Londynu; beze mnie nie może się odbyć żadna konferencja na temat Trzeciego Świata – wystarczy rzucić okiem na doskonałe referencje wystawiane mi przez największe firmy naszego kraju. Te szczególne zdolności sprawiają, że krajowi służę również, wykonując regularnie poufne zadania dla pewnej agencji rządowej, której istnieniu władze zawsze konsekwentnie zaprzeczają. Nigdy nie byłem w konflikcie z prawem, podatki płacę regularnie, jestem właścicielem porządnie prowadzonego konta bankowego. To bezsprzeczne fakty, które oprą się wszelkim próbom urzędniczej manipulacji.

Przez sześć lat uczciwej pracy w świecie wielkiego biznesu świadczyłem usługi – podczas żmudnych telekonferencyjnych negocjacji lub dyskretnych spotkań w neutralnych miastach na kontynencie europejskim – tym, którzy twórczo wpływają na ceny ropy, złota, diamentów, bogactw mineralnych i innych towarów, nie mówiąc już o tych, którzy unoszą miliony dolarów sprzed wścibskich oczu akcjonariuszy wszystkich krajów na własne konta w Panamie, Budapeszcie czy Singapurze. Gdy mnie zapytać, czy ułatwianie takich transakcji nie powodowało u mnie wyrzutów sumienia, odpowiem z całą mocą: „Nie". Prawdziwy tłumacz kieruje się bowiem świętą zasadą: nie folgować skrupułom. Prawdziwy tłumacz musi ślubować wierność pracodawcy tak, jak żołnierz składa przysięgę na początku służby. Zresztą nie zapominam o potrzebujących tego świata: świadczę nieodpłatne usługi translatorskie w szpitalach, więzieniach i urzędach imigracyjnych. Tym chętniej, że i tak marnie tam płacą.

Jestem zameldowany w Norfolk Mansions przy Prince of Wales Drive 17, w południowolondyńskiej dzielnicy Battersea. Norfolk Mansions to atrakcyjna nieruchomość, współwłasność mieszkańców, do której należę wraz z mą prawowitą małżonką imieniem Penelope – proszę nigdy nie zdrabniać jej imienia do „Penny" – czołową dziennikarką po studiach w Oksfordzie i Cambridge, starszą ode mnie o cztery lata. Penelope jest w wieku lat trzydziestu dwóch wschodzącą gwiazdą na firmamencie pewnego masowego brytyjskiego tabloidu, jednego z tych, który kształtuje opinie milionów naszych rodaków. Ojciec Penelope jest jednym z głównych właścicieli wielkiej kancelarii prawnej w City, matka – podporą miejscowego oddziału Partii Konserwatywnej.

Pobraliśmy się pięć lat temu z powodu wzajemnego pociągu fizycznego, zakładając, że Penelope zajdzie w ciążę, gdy tylko pozwoli jej na to kariera zawodowa – bo mnie bardzo zależało na stworzeniu stabilnej, konwencjonalnie brytyjskiej rodziny, a więc tata, mama, dzieci i tak dalej. Chwila ta jednak nie nadeszła z powodu jej szybkiego awansu w redakcji i innych jeszcze względów.

Nasz związek trudno uznać za szablonowy. Penelope pochodzi ze stuprocentowo białej rodziny klasy średniej z Surrey; za to Bruno Salvador, zwany Salvo, jest naturalnym synem katolickiego misjonarza z irlandzkiej wsi i kongijskiej wieśniaczki, której imię zaginęło na zawsze w zawierusze dziejów. Urodziłem się – skoro już mowa o szczegółach – za furtą klasztoru karmelitanek w mieście Kisangani, dawniej znanym też pod nazwą Stanleyville; poród odebrały zakonnice, które ślubowały do końca życia nie puścić pary z gęby. Takie okoliczności urodzin są dla wszystkich ludzi – tylko nie dla mnie – śmieszne, surrealistyczne lub po prostu niewiarygodne; dla mnie jednak jest to zwykła biologiczna rzeczywistość. Dla mnie i dla każdego, kto w wieku lat dziesięciu zasiadał u boku swego świątobliwego ojca w misyjnym domu na soczyście zielonych wyżynach Południowego Kiwu na wschodzie Konga, słuchając jego płaczliwych zwierzeń, czynionych częściowo po francusku (z akcentem normandzkim), częściowo po angielsku (z akcentem ulsterskim). Zwrotnikowa ulewa uderzała jak słoniowy tupot w zielony blaszany dach, łzy płynęły po wynędzniałych od febry policzkach ojca tak szybko, jak gdyby cała natura chciała wspólnie się bawić. Gdy zapytać Europejczyka, gdzie jest Kiwu, pokręci głową i uśmiechnie się, nawet nie wstydząc się swej niewiedzy. Gdy zapytać

Afrykanina, odpowie: „W raju". Bo właśnie rajem jest ta środkowoafrykańska kraina zamglonych jezior i wulkanicznych gór, szmaragdowych pastwisk, prześlicznych sadów i tak dalej.

W siedemdziesiątym, ostatnim roku życia mego ojca najbardziej zaprzątała myśl, czy więcej dusz udało mu się zbawić, czy zniewolić. Jak twierdził, katoliccy misjonarze w Afryce nieuchronnie popadali w konflikt między tym, co byli winni życiu, a tym, co byli winni Rzymowi. Choć jego bracia w kapłańskiej posłudze patrzyli na mnie krzywo, byłem dla niego tym, co winien był życiu. Pogrzeb odprawiliśmy w języku suahili, bo takie było pragnienie zmarłego, ale gdy przyszło mi odmówić nad grobem *Pan moim pasterzem*, zrobiłem to, używając własnego przekładu na język szi, ten bowiem język, wszechstronny i pełen wigoru, był przez mego ojca ulubiony spośród wszystkich języków wschodniokongijskich.

Nieślubny zięć-mieszaniec nie najlepiej przyjmuje się na społecznej tkance zamożnych sfer towarzyskich hrabstwa Surrey – rodzice Penelope nie stanowili w tym względzie wyjątku. Gdy dorastałem, pocieszałem się, że wyglądam bardziej na opalonego Irlandczyka niż bladego Murzyna i że włosy mam proste, a nie kręcone – podstawowa sprawa, gdy chodzi o asymilację. Ale nie udało mi się oszukać ani mamy Penelope, ani innych mam w klubie golfowym. Teściowa umierała za strachu, że córka obdarzy ją czarnym wnukiem; można by przypuszczać, że właśnie dlatego Penelope nie kwapiła się do macierzyństwa. Z perspektywy czasu jestem innego zdania – w końcu Penelope wyszła za mnie między innymi po to, by zaszokować matkę i zagrać na nosie młodszej siostrze.

W tym miejscu przydałoby się trochę informacji o ziemskim żywocie mego drogiego ojca. Przyznawał zawsze, że i jego początki nie były łatwe. Urodził się w roku 1917 jako syn kaprala Królewskich Strzelców Ulsterskich i przygodnie spotkanej przy drodze czternastoletniej Normandki. Dzieciństwo spędził w zawieszeniu między jedną nędzną chatą w irlandzkich Górach Speryńskich a drugą na północy Francji. Dopiero dzięki ciężkiej pracy i wrodzonej dwujęzyczności udało mu się dostać do niższego seminarium duchowego, położonego pośród pustkowi w hrabstwie Donegal. Tym samym młode stopy poprowadziły go bezmyślnie na ścieżkę Pana.

Wysłany do Francji, by dokształcić swą wiarę, bez szemrania znosił ciągnącą się latami naukę teologii katolickiej, ale gdy tylko wybuchła II wojna światowa, chwycił za pierwszy z brzegu rower – który, jak zapewniał mnie z typowo irlandzką logiką, był własnością bezbożnego protestanta – i przez Pireneje dopedałował do Lizbony. Tam zaokrętował się na gapę na statek do ówczesnego Leopoldsville, zmylił czujność władz kolonialnych, które krzywym okiem patrzyły na samozwańczych misjonarzy, i przyłączył się do wspólnoty mnichów oddanych bez reszty sprawie krzewienia Jedynej Prawdziwej Wiary wśród dwustu kilkudziesięciu plemion najodleglejszych zakątków Wschodniego Konga – bardzo ambitne zadanie na każdym etapie historii. Kto uważa, że jestem impulsywny, nie musi daleko szukać przyczyny – wystarczy wspomnieć o moim ojcu na rowerze heretyka.

Z pomocą nawróconych tubylców, których języki ten naturalny lingwista wkrótce sobie przyswoił, ojciec wypalał cegły i spajał je czerwoną gliną wyrabianą własnymi stopami, kopał rowy w zboczach wzgórz i budował wychodki w gajach bananowych.

Wreszcie zabrał się do większych przybytków: najpierw kościół, potem szkoła z dwiema dzwonnicami, Szpital Matki Boskiej, stawy rybne i plantacje owoców i warzyw, by było czym karmić uczniów i chorych – bo jego prawdziwym powołaniem była praca na roli w tej tak hojnie przez przyrodę obdarzonej krainie. Uprawiano tam maniok, papaję, kukurydzę, soję, drzewo chinowe i wreszcie najsmaczniejsze na świecie poziomki z Kiwu. Dopiero potem przyszedł czas na dom misji i drugi, niski, z małymi okienkami, dla służby.

W imię Boga wędrował setki kilometrów do odległych *patelins* i osad górniczych, nigdy nie zaniedbując okazji, by uczyć się kolejnych języków, aż któregoś dnia, gdy powrócił na misję, okazało się, że księża uciekli; że rozkradziono krowy, kozy i kury, szkołę zrównano z ziemią, siostry związano, zgwałcono i zarżnięto; on sam zaś wpadł w ręce złowrogich niedobitków spod znaku Simbów – krwiożerczej bandy oszalałych rewolucjonistów, których jedynym celem, aż do oficjalnego rozbicia związku kilka lat wcześniej, było tępienie wszystkich, którzy przyczyniali się do kolonizacji kraju – z tym że ocena, kto mianowicie się do tego przyczynia, zależała wyłącznie od nich i od przemawiających do nich duchów wielu pokoleń poległych wojowników.

Trzeba przyznać, że Simbowie zwykle nie czynili krzywdy białym księżom, słusznie się obawiając, że czyny te mogłyby złamać *daua*, chroniące ich od kul. Jednak w przypadku mojego świętej pamięci ojca szybko odrzucili ten przesąd. Skoro bowiem posługiwał się ich językiem jak oni sami, nie był na pewno żadnym księdzem, tylko czarnym diabłem w przebraniu. Opowiadano wiele budujących historii o jego harcie ducha w niewoli. Raz po raz poddawany chłoście, by ukazał wreszcie prawdziwy kolor swej diabelskiej skóry, torturowany i zmuszany do przyglądania się torturom innych, nie ustawał w głoszeniu Słowa Bożego i w błaganiu Boga o przebaczenie dla swych winowajców. Gdy tylko mógł, nawiedzał współwięźniów z Najświętszym Sakramentem. A jednak Święty Kościół powszechny w całej swej mądrości nie był przygotowany na końcowy efekt wszystkich tych wyrzeczeń. Uczy się nas, że udręczenie ciała sprzyja tryumfowi ducha – ale nie w przypadku mego ojca, który już w kilka miesięcy po odzyskaniu wolności wykazał niedociągnięcia tej jakże wygodnej teorii, i to nie tylko z mojej świętej pamięci matką.

„Jeżeli istnieje jakaś boska przyczyna twego poczęcia, synu – wyznał mi na łożu śmierci swą śpiewną irlandzką angielszczyzną (by nie podsłuchali nas przez deski podłogi inni księża) – tkwi ona w tej śmierdzącej więziennej chacie i przy pręgierzu. Myśl, że umrę, nie wiedząc, czym jest pociecha kobiecego ciała, była dla mnie jedyną męką, której znieść nie mogłem".

Nagroda, jaką odebrała ta, która mnie zrodziła, była równie okrutna, co niesprawiedliwa. Ojciec przekonał ją, by odbyła poród w swej rodzinnej wiosce, w otoczeniu własnego klanu i plemienia. Były to jednak w Kongu – czy też w Zairze, jak kazał nazywać swój kraj generał Mobutu – burzliwe czasy. W imię „autentyczności" księży cudzoziemców skazywano na banicję za zbrodnię, jaką było chrzczenie dzieci imionami zachodnimi, w szkołach zakazano uczenia żywota Jezusa, a Boże Narodzenie zdegradowano do zwykłego dnia pracy. Nic więc dziwnego, że starsi wioski nie mieli szczególnej ochoty na przyjęcie nieślubnego dziecka białego misjonarza, którego obecność wśród nich mogła dać pretekst do natychmiastowych represji, i w efekcie odesłali problem tam, skąd się wziął.

Ponieważ jednak ojcowie z misji ucieszyli się z naszego przybycia mniej więc tak samo, jak starsi wioski, skierowali mamę do odległego klasztoru, do którego przybyła na zaledwie kilka godzin przed moim urodzeniem. Wytrzymała trzy miesiące twardej miłości sióstr karmelitanek. Uznawszy, że siostry zapewnią mi lepszą przyszłość niż ona sama, poleciła mnie ich miłosierdziu i, wydostawszy się pewnej nocy z klasztoru przez dach łaźni, dotarła jakoś do krewnych. Kilka tygodni później zginęła wraz z nimi z rąk pewnego wędrownego plemienia, które w ten sposób pozbawiło mnie dziadków, wujków, kuzynów, dalekich cioć i przyrodniego rodzeństwa.

„Była córką króla wioski", szeptał ojciec przez łzy, gdy domagałem się od niego szczegółów, dzięki którym chciałem stworzyć sobie jakiś jej obraz na przyszłe ciężkie lata. „Znalazłem schronienie pod jej dachem. Gotowała nam, przyniosła mi wodę do mycia. Oszołomiła mnie jej dobroć". Wtedy już nie głosił kazań i w ogóle nie miał ochoty na słowne fajerwerki. Ale jej wspomnienie rozdmuchiwało na nowo płomień irlandzkiej retoryki: „Była tak wysoka, jak kiedyś ty będziesz, synu! Najpiękniejsza z całego stworzenia! Jak można mówić, że począłeś się w grzechu? Nie z grzechu, a z miłości, synu! Jedynym grzechem, jaki istnieje naprawdę, jest nienawiść!"

Kara, jaką na mego ojca nałożył Święty Kościół, była może mniej drakońska niż ta, jaka spotkała matkę, ale i tak dość surowa. Rok karnego klasztoru jezuickiego pod Madrytem, dwa lata pracy duszpasterskiej w slumsach Marsylii – i dopiero wtedy pozwolono mu wrócić do tak nierozważnie pokochanego Konga. Nie mam pojęcia, jak mu się to udało, i pewnie nie wie tego nawet sam Pan Bóg, ale w trakcie tego wszystkiego udało mu się jeszcze zabrać mnie z katolickiego sierocińca, w którym mnie tymczasem umieszczono. Odtąd Salvo, półkrwi bękart, szedł za nim jak cień, powierzany opiece kolejnych służących wybieranych pod kątem starości i brzydoty – najpierw jako dziecię zmarłego wujka, potem jako uczeń i posługacz, aż do owego brzemiennego w skutki wieczoru mych dziesiątych urodzin, gdy świadom zbliżającej się śmierci i mojego dorastania, otworzył przede mną swe jakże ludzkie serce. Po dziś dzień uważam to za największy podarunek, jaki może sprawić ojciec przypadkowemu synowi.

Lata po śmierci świętej pamięci ojca nie były łatwe dla sieroty. Biali misjonarze odczuwali moją ciągłą obecność wśród nich jako plamę na honorze. Stąd wzięło się moje przezwisko *mtoto wa siri*, co w suahili oznacza „ukryte dziecko". Według wierzeń afrykańskich każdy z nas otrzymuje ducha od ojca, a krew od matki. I na tym polegał mój problem. Gdyby mój ojciec był czarny, pewnie by mnie tolerowano. Ale – wbrew przekonaniu Simbów – był biały do szpiku kości, i do tego jeszcze Irlandczyk, a wiadomo przecież, że biali misjonarze nie powinni płodzić dzieci na boku – ani na boku, ani w jakikolwiek inny sposób. Ukryte dziecko służyło więc księżom przy stole i ołtarzu, chodziło do prowadzonej przez nich szkoły, ale gdy tylko miał pojawić się w misji dostojnik kościelny dowolnego koloru skóry, przenoszono je natychmiast do domu służby i trzymano tam, dopóki zagrożenie nie minęło. Nie mam zresztą do ojców pretensji ani o tę moralność, ani o gwałtowność uczuć. W odróżnieniu od mego świętej pamięci ojca ograniczali zainteresowania cielesne do własnej płci, o czym świadczy na przykład postać *Père* André, najlepszego kaznodziei misji, który zwracał na mnie więcej uwagi, niżbym sobie tego życzył, czy *Père* François, który dawno już był wybrał André i z niechęcią spoglądał na jego nowe uczucie. Z kolei w misyjnej szkółce nie korzystałem ani z szacunku, jakim otaczano nieliczne białe dzieci, ani z poczucia wspólnoty panującego wśród dzieci tubylczych. Nic dziwnego więc, że w sposób naturalny pociągał mnie niski, ceglany dom misyjnej służby, prawdziwe, choć niezauważane przez ojców centrum naszej społeczności, schronienie dla podróżnych i giełda ustnych wiadomości całej okolicy.

Tam właśnie, skulony na zapiecku i przez nikogo niezauważany, słuchałem z zachwytem opowieści wędrownych myśliwych, czarowników, sprzedawców zaklęć, wojowników i starszych, nie odzywając się ani słowem, by nie wysłano mnie do łóżka. Tam właśnie narodziła się moja miłość do licznych języków i narzeczy Wschodniego Konga. Były one dla mnie skarbem otrzymanym w spadku od ojca, więc hołubiłem je, polerowałem w ukryciu, gromadząc je w głowie na bliżej nieuświadamianą czarną godzinę. Zamęczałem i tubylców, i misjonarzy pytaniami o pojedyncze słowa, o całe zwroty. Skryty w mojej maleńkiej celi tworzyłem przy świeczce własne dziecinne słowniki. Wkrótce te magiczne fragmenty układanki stały się moją tożsamością, moim schronieniem, moim prywatnym światem, którego nikt nie mógł mi odebrać, a do którego dopuszczałem tylko nielicznych.

Często zastanawiałem się – i zastanawiam się do dziś – jak potoczyłoby się życie ukrytego dziecka, gdyby pozwolono mu dalej kroczyć tą samotną, krętą drogą – czy krew matki nie okazałaby się silniejsza od ducha ojca? Jednak jest to pytanie czysto akademickie, ponieważ współbracia mego świętej pamięci ojca zrobili wszystko, by się mnie pozbyć. O jego grzesznym żywocie przypominały im codziennie podejrzany kolor mojej skóry, dar języków, irlandzka czupurność i przede wszystkim uroda, odziedziczona, według misyjnej służby, po matce.

Ich knowania w końcu odniosły skutek, dość zresztą nieoczekiwany. Okazało się, że fakt moich urodzin odnotowano w konsulacie brytyjskim w Kampali. Odnośny zapis stwierdzał, że Bruno, nazwisko nieznane, jest dzieckiem znalezionym, przysposobionym przez Stolicę Apostolską. Rzekomy ojciec dziecka, północnoirlandzki marynarz, miał wręczyć noworodka matce przełożonej klasztoru karmelitanek z prośbą, by wychować dziecko w prawdziwej wierze. Marynarz, jak to marynarz, zniknął podobno i nie zostawił adresu. Tak przynajmniej głosił ten mało wiarygodny zapis, uczyniony ręką samego konsula, wiernego syna Rzymu. Konsul wyjaśniał równocześnie pochodzenie przydanego nazwiska dziecka – Salvador. Nadała je sama matka przełożona zgromadzenia, z pochodzenia Hiszpanka.

Ja zresztą nie narzekam. Dzięki temu wszystkiemu zostałem oficjalnie uznany za punkt na mapie ludności świata. Jestem wdzięczny długim rękom Rzymu, że ktoś w ogóle się mną zajął.

Te same długie ręce poprowadziły mnie do mojej nierodzinnej Anglii, gdzie posłano mnie do Sanktuarium Najświętszego Serca, istniejącej od wieków szkoły z internatem dla podejrzanych katolickich sierot płci męskiej, położonej wśród falistych wzgórz hrabstwa Sussex. Umieszczenie mnie za jej więzienną bramą pewnego lodowatego listopadowego popołudnia wywołało u mnie wybuch buntu, na który ani ja sam, ani moi nowi opiekunowie nie byliśmy przygotowani. W ciągu kilku pierwszych tygodni udało mi się podpalić własną pościel, zbezcześcić podręcznik do łaciny, nie pojawić się na mszy bez pozwolenia i zostać przyłapany na próbie ucieczki pod budą furgonetki z pralni. W odróżnieniu od Simbów, którzy chłostali mego ojca, by dowieść, że jest czarny, ojciec prefekt z zapałem udowadniał mi, że jestem biały. A że sam był Irlandczykiem, traktował całą sprawę jako osobiste wyzwanie. Dzicy, grzmiał nade mną, są z natury popędliwi. Nie potrafią panować nad sobą. To zaś człowiek cywilizowany osiąga dzięki wewnętrznej dyscyplinie, którą w związku z tym wykształcał we mnie równocześnie biciem i modlitwą. Nie wiedział jednak, że zbliżał się ratunek w postaci pewnego siwego już, lecz wciąż jeszcze energicznego brata, który dla wiary odrzucił i majątek, i szlachetne urodzenie.

Brat Michael, mój nowy protektor i spowiednik, pochodził z najlepszej angielskiej katolickiej arystokracji. W swych wędrówkach zwiedził najdalsze zakątki świata. Gdy już przyzwyczaiłem się do jego pieszczot, zostaliśmy bliskimi przyjaciółmi i sprzymierzeńcami. Proporcjonalnie zmniejszało się też zainteresowanie mną ze strony ojca prefekta, nie tyle jednak z powodu mojej poprawy, ile, jak teraz podejrzewam, porozumienia pomiędzy dwoma duchownymi. Nic mnie to jednak nie obchodzi. Wystarczył tylko jeden wspólny, przerywany oznakami czułości spacer po mokrych od deszczu wzgórzach, by brat Michael przekonał mnie, że moja mieszana rasa to wcale nie wada, której trzeba się pozbyć, lecz cenny dar boży – z którym to poglądem zgodziłem się bardzo chętnie. Jednak brat Michael najbardziej kochał we mnie moją zdolność swobodnego przechodzenia z jednego języka na drugi, co też zaraz mu zademonstrowałem. Za podobne pokazy w domu misyjnym płaciłem słoną cenę, ale w rozkochanych oczach brata Michaela nabrały one cech niemal niebiańskich.

– Czy można sobie wyobrazić większy dar, drogi Salvo – wołał, jedną pięścią przeszywając powietrze, podczas gdy druga dłoń wstydliwie błądziła wśród mej odzieży – niż być pomostem, owym koniecznym ogniwem pomiędzy duszami poszukującymi Boga, łączącym Jego dzieci w harmonii i wzajemnym zrozumieniu?

Czego brat Michael jeszcze nie wiedział o moim życiu, szybko opowiedziałem mu podczas kolejnych wycieczek. Opowiadałem więc o cudownych wieczorach spędzonych przy ogniu w domu misyjnej służby. Opowiadałem, jak w ostatnich latach życia ojca wędrowaliśmy z posługą misyjną po odległych wioskach. Gdy ojciec obradował ze starszymi, ja schodziłem nad rzekę, by wymieniać z dziećmi słowa i powiedzenia, które już wtedy bez reszty zaprzątały mój umysł. Inni chętniej uczestniczyliby w bójkach, badali dzikie zwierzęta, rośliny czy tańce plemienne, ale Salvo, ukryte dziecko, wolał od tego wszystkiego śpiewne tajemnice afrykańskiej mowy w jej tysięcznych odcieniach i odmianach.

Opowieści o takich i podobnych przygodach stały się dla brata Michaela iście damasceńskim olśnieniem:

– Skoro Pan nasz tak w tobie zasiał, Salvo, przystąpmy do żniw! – zawołał.

I przystąpiliśmy. Wykazując umiejętności właściwe bardziej dowódcy wojskowemu niż mnichowi, brat Michael przeglądał prospekty, porównywał wysokości czesnego, prowadził mnie na rozmowy kwalifikacyjne, sprawdzał ewentualnych opiekunów płci obojga i wreszcie stał przy mnie, gdy zapisywałem się na studia. Do celu, który wyznaczyło mu żywione dla mnie uwielbienie, prowadził mnie bez chwili zwątpienia: miałem otrzymać akademicką wiedzę na temat każdego z poznanych już przeze mnie języków. I poznać te, które zaniedbałem w mym nieuporządkowanym dzieciństwie.

Kto miał za to wszystko zapłacić? Anioł, który przybrał postać bogatej siostry Michaela, Imeldy, której wielki, kolumnowy dom ze złotego kamienia, przytulnie położony w kotlinie w samym środku hrabstwa Somerset, stał się dla mnie nowym schronieniem. W tej to posiadłości, Willowbrook – gdzie pasły się ocalone z kopalni kucyki, a każdy pies miał własny fotel – żyły trzy dziarskie siostry, a wśród nich najstarsza, wspomniana Imelda. Mieliśmy tam i własną kaplicę, i dzwon, który dzwonił na Anioł Pański, i ograniczające pastwiska rowy zamiast parkanów, i lodownię, i trawnik do krykieta, i wierzby płaczące, których gałęzie tak wspaniale powiewały, gdy zdarzyła się wichura. I pokój wuja Henry'ego, bo ciocia Imelda była wdową po Henrym, bohaterze wojennym, który samodzielnie ocalił naszą Anglię. Wuj Henry żył nadal w swym pierwszym misiu, w rozkładanym, wojskowym stoliku i w ostatnim liście z frontu, umieszczonym na pozłacanym pulpicie. Ale nie na zdjęciu, bo ciocia Imelda, której szorstkość obejścia dorównywała czułości serca, pamiętała Henry'ego doskonale bez zdjęć i dzięki temu mogła nadal zatrzymywać go wyłącznie dla siebie.

Ale brat Michael nie zapominał też o moich wadach. Wiedział doskonale, że każde cudowne dziecko – bo za takie mnie uważał – potrzebuje kształcenia, lecz także rygoru. Wiedział, że jestem pilny, ale i niepohamowany. Że zbyt chętnie oddam

się każdemu, kto będzie dla mnie miły, że za bardzo
boję się odrzucenia, a jeszcze bardziej drwin, że zbyt
skwapliwie chwycę się tego, co mi jest oferowane,
w obawie, że drugi raz podobna okazja już się nie
przytrafi. Podobnie jak ja cieszył się, że słuch mam
jak papuga, a pamięć jak kawka, ale pilnował, bym
ćwiczył je jak muzyk ćwiczy grę na instrumencie
albo jak ksiądz swą wiarę. Wiedział, że kocham każdy język, nie tylko te wielkie, lecz i te najmniejsze,
skazane na zagładę z braku formy pisanej. I że syn
misjonarza musi jak pasterz odszukać te zabłąkane
owieczki i przyprowadzić je z powrotem do stada.
I że w nich wszystkich słuchałem legend, historii,
bajek i poezji, i wyimaginowanego głosu matki, i jej
opowieści o duchach. Wiedział, że młody człowiek,
którego ucho wyczulone jest na najmniejszy niuans,
na każdy akcent ludzkiego głosu, jest w sposób oczy-
wisty najbardziej podatny na wpływy i najbardziej
niewinny. Salvo, powtarzał, uważaj. Bo na świecie
są ludzie, których kochać potrafi tylko Bóg.

To właśnie narzucona przez brata Michaela twar-
da dyscyplina sprawiła, że dzięki mym niezwykłym
talentom stałem się wszechstronną maszyną. Uparł
się, że nie pozwoli swemu Salvowi zakopać ani jednego z nich, że nie pozwoli, by którykolwiek z nich
zardzewiał. Każdy muskuł, każde ścięgno mego bo-
skiego umysłu musiało ćwiczyć się codziennie na
siłowni intelektu – najpierw z prywatnymi korepe-
tytorami, potem w londyńskiej Szkole Orientalistyki
i Afrykanistyki, gdzie ukończyłem z wyróżnieniem
studia języków i kultury afrykańskiej ze specjalizacją
w suahili i dodatkowo z językiem francuskim. I wreszcie na uniwersytecie w Edynburgu, gdzie nastąpiło
ukoronowanie całego trudu i gdzie otrzymałem tytuł
magistra przekładu pisemnego i ustnego.

W efekcie pod koniec studiów mogłem pochwalić się większą liczbą dyplomów i uprawnień niż połowa nędznych biur tłumaczeń, hałaśliwie oferujących swe usługi wzdłuż całej Chancery Lane. A brat Michael, gdy umierał na swej żelaznej pryczy, mógł pogładzić mnie po ręce i zapewnić mnie, że jestem jego najdoskonalszym dziełem. Na dowód tego zmusił mnie do przyjęcia swego złotego zegarka, prezentu od Imeldy – niech i ją Bóg ma w swojej opiece – z prośbą, bym nakręcał go zawsze na znak naszej nieśmiertelnej przyjaźni.

Bardzo proszę nie mylić kogoś takiego jak ja z byle tłumaczem. Oczywiście jestem tłumaczem, ale i kimś więcej. Tłumaczem może być byle kto, ktoś, kto ma choć trochę zdolności językowych, słownik i biurko, przy którym może ślęczeć do północy: emerytowany oficer polskiej kawalerii, biedny student zagraniczny, taksówkarz, kelner czy nauczyciel – każdy, kto jest gotów sprzedać się za bezcen. Taki ktoś nie ma nic wspólnego z prawdziwym tłumaczem symultanicznym czy konferencyjnym, który musi męczyć się przez sześć nieprzerwanych godzin skomplikowanych negocjacji. Prawdziwy tłumacz musi myśleć szybciej niż makler giełdowy na parkiecie. A czasem lepiej, by nie myślał, tylko kazał kręcić się wszystkim trybikom w głowie naraz – lepiej siedzieć i czekać, aż słowa same popłyną z ust.

Czasem na konferencjach ludzie podchodzą do mnie, najczęściej pod koniec dnia, kiedy wszyscy mają wszystkiego dość i już nie mogą doczekać się koktajli. „Ej, Salvo, powiedz, bo się założyliśmy. Jaki jest twój ojczysty język?" Jeżeli dochodzę do wniosku, że usiłują traktować mnie z góry – a zwykle tak jest, bo to zazwyczaj ludzie przekonani, że są najważniejsi na całym świecie – odwracam pytanie. „No, to zależy od tego, kim była moja matka", odpowiadam z tym moim enigmatycznym uśmieszkiem. I wtedy dają mi spokój.

Ale cieszę się, gdy ich to zastanawia. To dowód dla mnie, że utrafiłem w język. To znaczy, w język angielski. Moja angielszczyzna nie jest ani z wyższych, ani ze średnich, ani z niższych sfer. Nie jest ani *faux royale*, ani też nie tak zwaną *received pronounciation*, angielszczyzną bezosobową, ostatnio wyśmiewaną przez brytyjską lewicę. Jest, można by powiedzieć, agresywnie neutralna, trzyma się samego środka anglojęzycznego społeczeństwa. Taka, że Anglik nie powie: „O, udaje, wysila się, biedaczek, a przecież pochodzi stąd a stąd, jego rodzice byli tym a tym, tu a tu chodził do szkoły". Taka, że w odróżnieniu od mej francuszczyzny – która, choćbym nie wiem jak się starał, zawsze wyjawi swe afrykańskie zaszłości – nie zdradza mojego mieszanego pochodzenia. Nie ma żadnych cech regionalnych, nie ma też w niej ani blairowskiej łże-bezklasowości, ani torysowskiego podszywania się pod cockneya, ani karaibskiej śpiewności. Nie ma w niej nawet ani śladu irlandzko przeciągniętych samogłosek mojego świętej pamięci ojca. Kochałem i nadal kocham jego głos, ale nie jest to i nigdy nie był mój głos.

Nie. Moja angielszczyzna jest czysta, nieskażona i nierozpoznawalna. Tylko od czasu do czasu pozwalam sobie na drobny smaczek: celowo wtrąconą subsaharyjską śpiewność. Mówię wtedy, że to właśnie jest moją kroplą mleka w kubku kawy. Lubię to, i klienci też. Mają wtedy wrażenie, że dobrze się czuję we własnej skórze. Że co prawda nie jestem po ich stronie, ale i nie po przeciwnej. Że tkwię w samym środku oceanu. Że jestem tym, kim chciał mnie

uczynić brat Michael: pomostem, koniecznym ogniwem między ludzkimi duszami. Każdy z nas ma jakąś
słabostkę. Moja polega na tym, że chcę być tą osobą
w pokoju, bez której inne nie mogą sobie poradzić.

Taką właśnie osobą chciałem być też dla mojej
żony, Penelope, gdy o mało nie złamałem karku, pę-
dząc co drugi stopień po schodach, by nie spóźnić się
na przyjęcie, wydane na jej cześć na pięterku mod-
nej winiarni przy londyńskim Canary Wharf, stolicy
naszej wspaniałej brytyjskiej prasy, poprzedzające
znacznie bardziej ekskluzywny bankiet w eksklu-
zywnym kensingtońskim domu pewnego miliardera,
który właśnie został nowym właścicielem jej gazety.

Złoty zegarek od cioci Imeldy pokazywał zaledwie dwanaście minut spóźnienia, co w opętanym
obawą przed kolejnym zamachem bombowym Londynie – połowa stacji metra nadal była zamknięta – jest
osiągnięciem nie lada. Jednak dla Salva, hipersumien-
nego męża, równało się to dwunastu godzinom. Oto
wielki dzień Penelope, największy w jej dotychczasowej błyskotliwej karierze, a ja, jej mąż, pojawiam
się dopiero, gdy już wszyscy goście doszli z redakcji
po drugiej stronie ulicy. Z North London District
Hospital spieszyłem się tak bardzo, że szarpnąłem
się na taksówkę do domu, do Battersea, i kazałem jej
czekać na dole, by błyskawicznie się wcisnąć w nowy
smoking, obowiązkowy przy stole właściciela gazety;
na golenie, prysznic czy umycie zębów nie było już
czasu. Gdy wreszcie zameldowałem się na miejscu
i we właściwym stroju, pot lał się ze mnie strumie-
niami, ale jakoś to opanowałem. Tak czy inaczej
zjawiłem się, podobnie jak zjawili się oni – chyba
ponad stu kolegów i koleżanek Penelope: nieliczni
szczęśliwcy w smokingach i długich sukniach, reszta

w eleganckim casualu, wszyscy razem stłoczeni w sali na pierwszym piętrze, zdobnej w niskie drewniane bale na stropie i plastikowe zbroje na ścianach. Pili ciepłe białe wino, rozpychali się łokciami. Dla mnie, spóźnionego, znalazło się miejsce na krańcu sali, wśród kelnerów, w większości też czarnoskórych.

Z początku nie mogłem jej dostrzec. Już sobie pomyślałem, że jej nie ma – podobnie jak kilka chwil temu jeszcze jej męża. Potem żywiłem krótkotrwałą nadzieję, że zamierza pojawić się ostatnia, ale zaraz zobaczyłem, że tkwi w tłumie po drugiej stronie sali, pogrążona w żywej rozmowie z szefami gazety, ubrana w najnowszej mody żakiet i spodnie z lejącej się satyny, które musiała chyba sobie kupić od siebie w prezencie i włożyć w pracy czy gdzie tam przedtem była. Czemu, ach, czemu – zadźwięczało mi po jednej stronie głowy – sam jej tego nie kupiłem? Czemu nie powiedziałem jej tydzień temu w łóżku lub przy śniadaniu (zakładając, że byłaby wtedy przy mnie): Penelope, kochanie, mam świetny pomysł, pojedźmy razem do Knightsbridge, kupmy sobie coś z tej okazji. Ja stawiam. Zakupy to jej ulubiona rozrywka. Zrobiłbym z tego całą uroczystość, zachowywałbym się jak dżentelmeński adorator, potem wziąłbym ją do którejś z jej ulubionych restauracji. Co z tego, że zarabia dwa razy tyle, co ja, nie licząc zdumiewająco licznych dodatków.

Z drugiej strony – z powodów, które wyjawię w nieco spokojniejszej chwili – druga strona głowy była całkiem zadowolona, że nie doszło do takiej propozycji. Nie chodzi o pieniądze, tylko o to, jak różnie zachowuje się w trudnych sytuacjach umysł ludzki.

Jakaś nieznana dłoń uszczypnęła mnie w pośladek. Szybko odwróciłem się i stanąłem oko w oko z niejakim Jellicoe, znanym powszechnie jako Jelly, czyli Galareta, kolejną Wielką Nadzieją gazety, niedawno skaptowanym z konkurencyjnej redakcji. Szczupły, pijany i psotny jak zwykle, między cienkim palcem wskazującym a kciukiem trzymał skręta.

– Penelope, to ja, zdążyłem! – wrzasnąłem, ignorując Jelly'ego. – Miałem ciężką robotę w szpitalu. Bardzo przepraszam!

Za co przepraszam? Za to, że miałem ciężką robotę? Kilka głów odwróciło się: „A, to Salvo, ten dzikus Penelope". Spróbowałem głośniej i dowcipniej:

– Hej, Penelope, pamiętasz mnie? To ja, twój świętej pamięci mąż. – I już szykowałem wymyślną historyjkę o tym, jak to jeden ze szpitali, z którymi zwykle współpracuję – nie powiem który, tajemnica służbowa – wezwał mnie do wezgłowia umierającego, raz po raz tracącego i odzyskującego przytomność Ruandyjczyka z przeszłością kryminalną, którego słowa musiałem tłumaczyć nie tylko personelowi pielęgniarskiemu, ale i dwóm detektywom ze Scotland Yardu. Miałem nadzieję, że będzie mi współczuć: biedny Salvo. Zobaczyłem wykwitający na jej twarzy słodki uśmiech i już myślałem, że mnie dosłyszała, gdy zorientowałem się, że uśmiecha się w górę, do mężczyzny o szerokim karku, który stał na krześle w smokingu i darł się ze szkockim akcentem:

– Cisza, do diabła! Zamkniecie się, do cholery, czy nie?

Obecni ucichli i stłoczyli się wokół niego posłusznie jak baranki. Mówcą był bowiem sam Fergus Thorne, wszechmocny naczelny Penelope, znany w prasowym światku jako Jurny Fergus. Jak zapowiedział, zamierzał wygłosić żartobliwą mowę na cześć Penelope. Skakałem tu i tam, próbując nawiązać z nią kontakt wzrokowy, ale twarz, od której pragnąłem uzyskać rozgrzeszenie, zwrócona była ku szefowi jak kwiat ku życiodajnym promieniom słońca.

– Oczywiście wszyscy znamy Penelope – mówił do wtóru wrzaskliwego śmiechu pochlebców, który bardzo mnie denerwował. – Każde z nas kocha Penelope – znacząca pauza – jak najlepiej potrafi.

Próbowałem przecisnąć się do niej, ale szeregi zwarły się, Penelope zaś zaczęto przepychać do przodu – jak zawstydzoną pannę młodą – dopóki nie znalazła się u stóp pana Thorne'a, który dzięki temu mógł przy okazji zapuszczać żurawia w jej bardzo wyeksponowany dekolt. Zacząłem się domyślać, że mogła w ogóle nie zauważyć nieobecności, a później obecności męża, gdy nagle uwagę moją przykuło coś, co w pierwszej chwili wziąłem za karę boską w postaci potężnego ataku serca. Poczułem drżenie w klatce piersiowej i drętwienie, rozchodzące się rytmicznie od lewego sutka. Pomyślałem, że czas mój nadszedł, że wreszcie się doigrałem. Dopiero gdy przyłożyłem dłoń do chorej części ciała, zrozumiałem, że to mój telefon komórkowy daje o sobie znać wibracją, na którą przełączyłem go godzinę i trzydzieści pięć minut temu, przed wyjściem ze szpitala.

Wyobcowanie z rozentuzjazmowanego tłumu wyszło mi teraz na korzyść, bo podczas gdy pan Thorne ciągnął swe dwuznaczne uwagi na temat mojej żony, ja mogłem oddalić się na paluszkach w stronę drzwi z napisem „Toalety". Odwróciłem się jeszcze raz i zobaczyłem głowę Penelope – świeżo od fryzjera – zwróconą w stronę szefa, jej rozchylone w zdumionym uśmiechu wargi i biust, widzialny w całej krasie w rozpięciu kusego żakietu. Telefon musiał drżeć, dopóki nie zrobiłem kolejnych trzech kroków w cichy i pusty korytarz; przycisnąłem zielony przycisk i wstrzymałem oddech. Ale zamiast głosu, którego obawiałem się i który równocześnie najbardziej pragnąłem usłyszeć, w słuchawce zabrzmiał północnoangielski akcent pana Andersona z Ministerstwa Obrony, zapytujący, czy miałbym czas podjąć się bardzo ważnego i pilnego tłumaczenia dla ojczyzny, i wyrażający szczerą nadzieję, że miałbym.

Już sam fakt, że do pracownika na pół etatu telefonował sam pan Anderson, wskazywał, że sprawa jest poważna. Zwykle kontaktował się ze mną przez Barneya, swego pełnego fantazji szefa sekretariatu. W ciągu ostatnich dziesięciu dni Barney dwukrotnie uprzedzał mnie, żebym był gotowy na coś naprawdę dużego, ale za każdym razem alarm odwoływał.

– Teraz, proszę pana?

– W tej chwili. Albo jeszcze szybciej, jeżeli się da. Przepraszam, że przerywam koktajl party, ale jesteś nam potrzebny, i to teraz, zaraz – ciągnął. Pewnie powinienem był się zdziwić, że wie o imprezie na cześć Penelope, ale wcale się nie zdziwiłem. Pan Anderson zawsze wiedział rzeczy, o których nie wiedzieli zwykli śmiertelnicy. – Sprawa dotyczy twojego terytorium, Salvo, twoich korzeni.

– Ale, proszę pana…

– Co takiego, synu?

– Chodzi nie tylko o koktajl party. Potem ma być kolacja u właściciela gazety. Musiałem włożyć smoking – dodałem dla większego efektu. – Czegoś takiego jeszcze nie było. No, że u właściciela. U naczelnego już się zdarzało, ale u właściciela… – Wyrzuty sumienia? Sentymentalizm? Wszystko jedno: Penelope należało się choć trochę oporu z mojej strony.

Pan Anderson zamilkł, jakby się zawahał, ale to niemożliwe. Pan Anderson to skała, na której wznosi się jego własny kościół.

– Naprawdę masz na sobie smoking, synu? Prawdziwy smoking?

– Prawdziwy, proszę pana.

– W tej chwili? Masz go na sobie?

– Tak. – A co on sobie wyobraża? Że jestem na jakiejś orgii? – No, a na długo? – zapytałem w przedłużającej się ciszy, dlatego tak głębokiej, że zapewne położył na słuchawce swą wielką dłoń.

– Co na długo, synu? – zapytał, zupełnie jakby stracił wątek.

– No, to zadanie, proszę pana. Ta pilna sprawa. Jak długo potrwa?

– Dwa dni. Powiedzmy: trzy, na wszelki wypadek. Dobrze zapłacą, naprawdę. Nie będą mieli nic przeciwko pięciu tysiącom. W dolarach amerykańskich, oczywiście. – I po kolejnej wymianie słów z kimś innym, z wyraźną ulgą: – Ubranie się znajdzie, Salvo. Właśnie mi powiedziano, że to nie problem.

Ta bezosobowa forma czasownika zwróciła moją uwagę. Chętnie bym się dowiedział, kim byli ludzie, którzy oferowali tę zupełnie niespotykaną stawkę zamiast zwykłego, nędznego honorarium plus diety, na które mogłem liczyć, służąc ojczyźnie, ale powstrzymał mnie szacunek, co zawsze przytrafiało mi się w rozmowach z panem Andersonem.

– W poniedziałek muszę być w Sądzie Najwyższym, proszę pana. W bardzo ważnej sprawie – powiedziałem błagalnie. I po raz ostatni grając rolę dobrego męża, dodałem: – No i co mam powiedzieć żonie?

– Już znaleziono dla ciebie zastępstwo, Salvo. Sąd Najwyższy nie ma nic przeciwko temu. Nie dziękuj. – Urwał. Gdy pan Anderson urywa, rozmówca też musi siedzieć cicho. – A co do żony, powiesz jej na przykład, że firma, która jest twoim wieloletnim klientem, potrzebuje twojej pomocy w trybie natychmiastowym i że nie chcesz sprawić zawodu.

– W porządku, proszę pana. Rozumiem.

– Jak będziesz próbował wyjaśniać więcej, to tylko się poplączesz w zeznaniach, więc nie próbuj.

Naprawdę jesteś taki wystrojony? Lakierki, smoking, te rzeczy?

Nie mogąc wyjść ze zdumienia, odparłem, że rzeczywiście jestem taki wystrojony.

– A czemu nie słyszę w tle beztroskiego gwaru rozmów?

Wyjaśniłem, że wyszedłem na korytarz, by z nim rozmawiać.

– Widzisz tam jakieś boczne wyjście?

U moich stóp rozpościerała się klatka schodowa. Byłem wciąż tak zmieszany, że chyba o tym powiedziałem.

– To już nie wracaj do towarzystwa. Jak wyjdziesz na ulicę, popatrz w lewo. Pod kioskiem będzie stało niebieskie mondeo. Ostatnie trzy litery rejestracji to LTU. Kierowca, biały, ma na imię Fred. Jaki masz numer buta?

Żaden mężczyzna na świecie nie zapomina swego numeru buta – ja jednak musiałem dobrze przetrząsnąć pamięć.

– Dziewiątka.

– Szeroka czy wąska?

– Szeroka, proszę pana – odpowiedziałem. Mogłem jeszcze dodać, że brat Michael zawsze twierdził, że mam murzyńskie stopy, ale nie dodałem. Nie myślałem ani o bracie Michaelu, ani o murzyńskich czy niemurzyńskich stopach. Ani zresztą o zleconej mi przez pana Andersona misji o kluczowym znaczeniu dla kraju – choć oczywiście jak zawsze chciałem ze wszystkich sił służyć i królowej, i ojczyźnie. Mój umysł mówił mi za to, że oto niebo daje mi sposób ucieczki i tak mi potrzebną okazję do dekompresji, a na dodatek jeszcze dwa dni dobrze płatnej pracy i dwie noce na samotne rozmyślania w luksusowym hotelu, jak sklecić z powrotem mój rozwalony świat.

Bo gdy szamotałem się ze smokingiem, by wyciągnąć z kieszeni telefon komórkowy, odetchnąłem na nowo zapachem ciała czarnoskórej pielęgniarki imieniem Hannah, z którą kochałem się namiętnie od około dwudziestej trzeciej letniego czasu brytyjskiego do chwili pożegnania z nią godzinę i trzydzieści pięć minut temu – zapachem, którego nie mogłem zmyć, śpiesząc na przyjęcie ku czci Penelope.

Rozdział 2

Nie należę do ludzi, którzy wierzą we wróżby, przepowiednie, fetysze, białą i czarną magię, choć założę się o ostatni grosz, że wiara tkwi gdzieś we krwi mojej matki. Nie zmienia to faktu, że wszystkie znaki na niebie i ziemi prowadziły mnie do Hannah, co zobaczyłbym sam znacznie wcześniej, gdybym tylko umiał patrzeć.

Pierwszy znak na niebie i ziemi pojawił się w poniedziałek wieczór, na początku tygodnia, który zakończył się opisywanym wcześniej feralnym piątkiem. Było to w Trattoria Bella Vista na Battersea Park Road, naszej miejscowej garkuchni, gdzie bez najmniejszej przyjemności zjadałem samotnie kolację, składającą się z odgrzewanych cannelloni i wypalającego dziury w żołądku chianti szefa kuchni, Giancarla. Przyniosłem ze sobą – żeby się dokształcić – kieszonkowe wydanie *Naszego wodza*, biografii Cromwella pióra Antonii Fraser, bo historia to moja słaba strona. Zaległości odrabiam za łaskawą radą pana Andersona, wielkiego miłośnika dziejów naszej Wyspy. Trattoria o tej porze jest prawie pusta. Dziś też zajęte były jeszcze tylko dwa inne stoliki: duży w oknie, okupowany przez głośną grupę przyjezdnych i mały, zwykle przeznaczany dla samotnych biesiadników, dziś zajęty przez eleganckiego, niewielkiego wzrostu dżentelmena wolnego zawodu, być może już na emeryturze. Zauważyłem, że ma doskonale wyglansowane buty. Od czasu pobytu w Sanktuarium zwracam uwagę na takie rzeczy.

Wcale nie planowałem jeść dziś odgrzewanych cannelloni. Była to rocznica mojego ślubu z Penelope. Wróciłem do domu wcześniej niż zwykle, by przygotować jej ulubione danie: *coq au vin*, do tego miały być butelka najlepszego burgunda i wycięty na zamówienie w pobliskich delikatesach kawałek dojrzałego brie. Powinienem już być przyzwyczajony do dziennikarskiego stylu życia, ale gdy zatelefonowała do mnie in flagranti – to ja byłem in flagranti, bo właśnie flambirowałem kurze udka – by powiedzieć, że zdarzył się kryzys w życiu prywatnym pewnej piłkarskiej gwiazdy i że nie wróci do domu przed północą, zachowałem się w sposób, który był dla mnie prawdziwym wstrząsem.

Nie wydarłem się, bo nie należę do tych, którzy się wydzierają. Jestem doskonale zasymilowanym i flegmatycznym, choć brązowym Brytyjczykiem. Potrafię zachowywać się z rezerwą, często większą niż ci, z którymi się asymilowałem. Delikatnie odłożyłem słuchawkę. Potem bez zwłoki i bez namysłu przełożyłem kurczaka, brie i obrane ziemniaki do niszczarki śmieci i przycisnąłem guzik. Trzymałem palec na nim znacznie dłużej, niż było to konieczne, bo kurczak był młody i nie stawiał oporu. Nie wiem dokładnie, jak długo to trwało. Kiedy się obudziłem czy raczej gdy oprzytomniałem, zorientowałem się, że idę szybkim krokiem Prince of Wales Drive w kierunku zachodnim i że mam w kieszeni życiorys Cromwella.

Duży owalny stół w Bella Vista zajęty był przez sześć osób: trzech potężnych panów w sportowych marynarkach i ich równie potężne żony. Wszyscy sprawiali wrażenie, że nieobca jest im żadna przyjemność życia. Mimo woli usłyszałem, że przyjechali do Londynu z pobliskiego Rickmansworth, które zresztą w swej rozmowie nazywali pieszczotliwie Ricky. Wcześniej tego dnia zaszczycili swą obecnością plenerowe wystawienie *Mikada* w parku w Battersea. Najdonośniejszy głos, należący do jednej z pań, nie pozostawiał na przedstawieniu suchej nitki. Nigdy nie lubiła Japończyków – prawda, kochanie? – a to, że daje im się śpiewać, wcale nie czyni ich przyjemniejszymi. W swym monologu nie oddzielała tematów, tylko ciągnęła od jednego do drugiego wciąż tym samym monotonnym tonem. Czasem, gdy milkła na chwilę, zupełnie jakby próbowała myśleć, zaczynała od „y-y-y", ale nawet nie musiała i na to się wysilać, bo i tak nikt nie ośmielał się jej przerwać. Z *Mikada* przeszła bez zmiany tonu, bez zaczerpnięcia tchu, do swej niedawnej operacji ginekologicznej. Ginekolog wszystko spaprał, ale co tam, nie będzie go skarżyć, bo to znajomy. Nie zająknęła się, nawet zmieniając temat na męża córki, beznadziejnego artystę, nieprawdopodobnego obiboka. Miała jeszcze wiele opinii, bardzo zdecydowanych i dziwnie dla mnie nienowych, i nie wiadomo, jak długo jeszcze wyrażałaby je swym donośnym głosem, gdyby nie drobny dżentelmen w wypolerowanych lakierkach, który złożył zamaszyście swój „Daily Telegraph" na pół, potem jeszcze raz wzdłuż i rąbnął nim w stolik: pac, bum, pac, i jeszcze raz, może na szczęście.

– Odezwę się – rzucił wyzywająco przed siebie. – Jestem to sobie winny. A więc odezwę się. – Było to stwierdzenie wyznawanej zasady, przeznaczone dla siebie samego i dla nikogo więcej.

Po czym obrał kurs na najpotężniejszego z trzech potężnych mężczyzn. W Bella Vista, restauracji włoskiej, podłoga jest z płytek i nie ma zasłon w oknach. Gipsowy sufit jest niski i bez ozdób. Tamci, nawet jeżeli nie dosłyszeli jego deklaracji, musieli usłyszeć przynajmniej stukot obcasów jego wypolerowanych butów, ale dominująca samica raczyła nas właśnie swymi poglądami na rzeźbę współczesną – a nie były to poglądy przychylne. Drobny dżentelmen musiał kilkakrotnie powtórzyć: „panowie", nim został usłyszany.

– Panowie – powiedział raz jeszcze, zwracając się dyplomatycznie do pana, który zajmował naczelne miejsce przy stole. – Przyszedłem tu, by ze smakiem spożyć posiłek i przeczytać gazetę. – Tu zaprezentował to, co z niej zostało, jakby okazywał dowód sądowy. – Zamiast tego zostałem zalany istną powodzią słów tak głośnych, tak prostackich, tak głośnych, że jestem... No właśnie. – Owo „właśnie" znaczyło, że wreszcie udało mu się zwrócić na siebie uwagę biesiadników. – Jeden głos w szczególności, proszę pana, wyróżnia się nad inne... Nie będę wskazywał palcem, jestem człowiekiem dobrze wychowanym... Bardzo pana proszę, by go pan powstrzymał.

Drobny dżentelmen skończył, lecz bynajmniej nie odszedł. O nie – stał przed nimi, jak bohaterski powstaniec staje przed plutonem egzekucyjnym, z wypiętą piersią, ze złączonymi, wypolerowanymi butami, trzymając wzdłuż szwów spodni resztki gazety. Trzej potężni mężczyźni gapili się na niego z niedowierzaniem. Obrażona dama gapiła się na swego męża.

– Kochanie – mruknęła wreszcie. – Zróbże coś.

Ale co zrobi? I co ja zrobię, kiedy oni to coś zrobią? Widać było po trzech panach z Ricky'ego, że to dawni sportowcy. Insygnia na marynarkach lśniły tak heraldycznym blaskiem, że ich przynależność do policyjnej drużyny rugby nie pozostawiała najmniejszych wątpliwości. Gdyby postanowili sprać drobnego dżentelmena na kwaśne jabłko, jeden niewinny, przygodny brązowy widz nie przydałby się na wiele; mógłby tylko zostać sprany na jeszcze kwaśniejsze jabłko, a potem pewnie i zamknięty na mocy ustaw antyterrorystycznych.

Ale trzej panowie nie zrobili nic. Zamiast zbić intruza na kwaśne jabłko, resztki wyrzucić na ulicę i potem to samo uczynić ze mną, zaczęli przyglądać się swym potężnym dłoniom i zgadzać się ze sobą teatralnym szeptem, że biedak najwyraźniej potrzebuje pomocy medycznej. Zwariował. Może być niebezpieczny dla otoczenia. Albo dla siebie. Niech ktoś wezwie karetkę.

Drobny dżentelmen zaś wrócił do swego stolika, położył na nim banknot dwudziestofuntowy i z pełnym godności „Dobranoc panu", skierowanym w stronę stołu pod oknem, jak mały kolos wyszedł pewnym krokiem na ulicę, kompletnie przy tym mnie ignorując. A ja nie mogłem powstrzymać się, by nie porównywać zachowania człowieka, który mówi: „Tak, kochanie, rozumiem doskonale" i wyrzuca do śmieci *coq au vin*, z człowiekiem, który nieustraszenie wchodzi do jaskini lwa, podczas gdy ja udaję, że czytam o Cromwellu.

Drugi znak, jaki pamiętam, objawił mi się następnego wieczoru, we wtorek. Wracając do Battersea po czterogodzinnej pracy w Rozmównicy, gdzie chroniłem nasz wspaniały kraj, zdumiałem sam siebie, bo wyskoczyłem z ruszającego autobusu trzy przystanki za wcześnie i ruszyłem pędem nie przez park w stronę Prince of Wales Drive – jak nakazywałaby logika – a z powrotem przez most do Chelsea, skąd właśnie przyjechałem.

Dlaczego? W porządku, jestem człowiekiem impulsywnym. Ale na czym polegał impuls w tym przypadku? Była właśnie godzina szczytu. A ja o żadnej porze nie cierpię iść piechotą wzdłuż wolno posuwających się samochodów, szczególnie teraz. Doskonale mogę obyć się bez spojrzeń, które rzucają mi twarze za szybą. Ale żeby biec w najlepszych, wyjściowych butach na skórzanych podeszwach i obcasach, będąc osobą mojego koloru skóry, budowy i wieku, z aktówką w dłoni, całym pędem, przez wstrząśnięty zamachami bombowymi Londyn, patrzeć przed siebie, jak wariat, nie wołając pomocy, w pośpiechu wpadając na ludzi – takie bieganie to o każdej porze dnia i nocy oznaka niezrównoważenia, w porze szczytu zaś – po prostu obłędu.

Postanowiłem się trochę rozruszać? Wcale nie. Penelope ma własnego trenera, ja co rano biegam po parku. Jedynym wytłumaczeniem mojej opętańczej szarży przez zatłoczony chodnik, a potem przez most był widok zamarłego ze strachu dziecka, które dostrzegłem z górnego piętra autobusu. Chłopak miał sześć, może siedem lat. Utknął w połowie wysokości granitowego muru oddzielającego bulwar od rzeki. Stał tyłem do ściany, z rozłożonymi rękami i głową przekręconą w bok, tak bardzo bał się spojrzeć w dół. Pod nim przewalał się ruch uliczny, mur jest u góry akurat w sam raz szeroki dla starszych chuliganów chcących się popisać i właśnie teraz stało ich tam dwóch; zataczali się ze śmiechu i szydercze namawiali młodszego, by się do nich wspiął. Ale on nie może się wspiąć, bo jeszcze bardziej od samochodów na dole przeraża go sama wysokość, a poza tym wie, że po drugiej stronie muru zieje przepaść nad rzeką i ścieżką holowniczą, a on nie umie ani pływać, ani się wspinać, i właśnie dlatego pędzę tam teraz ze wszystkich sił.

Ale gdy zasapany i zlany potem docieram na miejsce, co widzę? Nie ma dziecka ani zamarłego, ani nawet nie zamarłego. Poza tym zmieniła się nieco topografia. Nie ma granitowego przejścia po murze między rozpędzonymi samochodami a bystrym nurtem Tamizy. Pomiędzy pasami ruchu stoi tylko jedna dobroduszna policjantka, kierująca ruchem.

– Kochany, nie wolno ze mną rozmawiać – mówi, nie przerywając pracy.

– Widziała pani tu przed chwilą trzech chłopaków? Mogło im się coś stać.

– Nikogo tu nie było, kochany.

– Ale ja ich widziałem, słowo daję! Jeden z nich utknął na murze.

– Zaraz dam ci mandat, kochany. Spadaj.

Usłuchałem. Znów przeszedłem przez most, na który tak niepotrzebnie się zapędziłem, i przez całą noc, czekając na powrót Penelope, myślałem o dziecku, zamarłym ze strachu w jego wyimaginowanym piekle. Rano, gdy skradałem się na palcach do łazienki, by jej nie budzić, dziecko, którego nie było, nadal nie dawało mi spokoju. Trzymałem je potem przez cały dzień w głowie, gdzie wiele rzeczy działo się bez mojego udziału, bo tłumaczyłem na zebraniu jakiegoś diamentowego konsorcjum z Holandii. I było tam jeszcze następnego wieczoru, wciąż z rozłożonymi rękami i palcami wczepionymi w granitowy mur, gdy na pilne wezwanie z North London District Hospital zjawiłem się o godzinie 19.45 na oddziale chorób tropikalnych, by służyć jako tłumacz umierającemu Murzynowi w nieokreślonym wieku, który godził się na rozmowę wyłącznie w jego ojczystym języku kinyaruanda.

Niebieskie lampki prowadziły mnie niekończącymi się korytarzami, estetyczne drogowskazy mówiły mi, gdzie trzeba skręcić. Niektóre łóżka są osłonięte parawanami – leżący na nich pacjenci to ciężkie przypadki. Nasz pacjent jest jednym z nich. Z jednej strony łóżka klęczy Salvo, z drugiej, oddzielona od niego tylko kolanami umierającego, pielęgniarka dyplomowana. Pielęgniarka, w której domyślam się środkowoafrykańskiego pochodzenia; ma wiedzę i władzę znacznie przewyższającą samych lekarzy, ale prawie tego po niej nie widać, bo jest smukła, wysoka, zdobna tylko w plakietkę na lewej piersi z zupełnie do niej niepasującym imieniem Hannah i w złoty krzyżyk pod szyją, nie mówiąc już o całym szczupłym ciele, surowo opiętym biało-niebieskim uniformem – staje się to oczywiste dopiero, gdy wstaje i zaczyna poruszać się po sali, pewnie i płynnie jak tancerka. Jej włosy, odchodzące od czoła starannie zaplecionymi warkoczykami, są obcięte krótko, bo tak jest bardziej praktycznie.

Co my tam robimy, pielęgniarka dyplomowana i ja? Nasze spojrzenia spotykają się coraz częściej. Ona bombarduje pacjenta pytaniami – wyczuwam w tym jakąś surową opiekuńczość – które ja przekładam na kinyaruanda, po czym czekamy oboje – czasem, jak mi się zdaje, nawet po dziesięć minut – na odpowiedzi biedaka, który bełkocze z tak dobrze znanym mi z dzieciństwa akcentem. To będzie jego ostatnie wspomnienie na tym świecie.

Nie należy oczywiście zapominać o innych czynach miłosierdzia, które pielęgniarka dyplomowana

Hannah spełnia dla niego z pomocą drugiej siostry miłosierdzia, Grace – po śpiewności mowy poznaję, że pochodzi z Jamajki – która teraz stoi u wezgłowia chorego, wycierając wymioty, sprawdzając kroplówkę i inne, znacznie mniej przyjemne sprawy. Grace też jest dobrą kobietą i dobrą koleżanką Hannah, czego domyślam się po tym, jak się do siebie zwracają, i po wymienianych przez nie spojrzeniach.

Muszę zaznaczyć w tym miejscu, że jestem człowiekiem, który nie znosi, naprawdę nie znosi szpitali i w ogóle jest jakby uczulony na całą służbę zdrowia. Krew, igły, baseny, wózki z nożyczkami, woń środków dezynfekcyjnych, chorzy, zdechłe psy i rozjechane borsuki przy drodze – gdy tylko staję z czymś takim twarzą w twarz, dostaję szału. Każdy by dostawał, gdyby tak jak ja tracił migdałki, wyrostek robaczkowy i napletek w różnych, lecz równie niehigienicznych wiejskich szpitalach w Afryce.

Z tą pielęgniarką dyplomowaną już się zetknąłem. Raz – ale dopiero teraz uświadamiam sobie, że przez ostatnie trzy tygodnie tkwiła w mej pamięci, i to nie tylko w charakterze anioła stróża tego smutnego miejsca. Rozmawiałem z nią, ale pewnie tego nie pamięta. Gdy byłem tu pierwszy raz, musiałem poprosić ją o podpisanie zaświadczenia, że zadowalająco wypełniłem swe zadanie. Uśmiechnęła się, przekrzywiła głowę, jakby zastanawiała się, czy rzeczywiście jest ze mnie zadowolona, po czym naturalnym ruchem wyciągnęła długopis zza ucha. Ten gest, choć niewątpliwie niewinny, zrobił na mnie spore wrażenie. W mojej nadpobudliwej wyobraźni był to wstęp do zrzucenia ubrania.

Ale dziś nie snuję już tak nieprzyzwoitych fantazji. Dziś myślę tylko o pracy. Siedzimy przy łóżku umierającego. A Hannah, profesjonalistka w każdym calu – która pewnie robi takie rzeczy trzy razy przed przerwą obiadową – ma surowo zaciśnięte usta, więc ja też.

– Proszę zapytać go, jak się nazywa – rzuca mi polecenie francusko zaprawioną angielszczyzną.

Pacjent informuje nas – po dłuższym namyśle – że nazywa się Jean-Pierre. Dodaje do tego z całą dumą, na jaką może się zdobyć w tych okolicznościach, że należy do plemienia Tutsi i że się tego nie wstydzi. Oboje z Hannah postanawiamy zignorować tę dodatkową informację, głównie dlatego że już wcześniej mogliśmy się tego domyślić, bo Jean-Pierre to klasyczny przedstawiciel gatunku: wysokie kości policzkowe, wystająca szczęka, długi czerep. Właśnie tak wygląda w wyobraźni każdego Afrykanina każdy Tutsi – choć nie każdy wygląda tak w rzeczywistości.

– Jean-Pierre i co dalej? – pyta ona, tak samo surowo, a ja znów tłumaczę jej słowa.

Czy Jean-Pierre mnie nie słyszy, czy też woli nie mieć nazwiska? Właśnie oczekiwanie po tym pytaniu jest pierwszą okazją dla pielęgniarki dyplomowanej Hannah i dla mnie, by wymienić długie spojrzenie – długie w tym sensie, że trwało dłużej niż zwykle sprawdzam, czy osoba, której tłumaczę, słucha tego, co mówię, bo w tej chwili ani my nic nie mówimy, ani on.

– Proszę go zapytać, gdzie mieszka – mówi, delikatnie chrząkając, jak gdyby coś uwięzło jej w gardle (mnie chyba też coś takiego się przytrafiło), tylko że tym razem, ku memu zdumieniu i radości, odzywa się do mnie jak Afrykanka do Afrykanina – w suahili. A jakby tego było mało, mówi z wyraźnym akcentem wschodniokongijskim!

Ale przecież jestem tu służbowo. Dyplomowana pielęgniarka zadała pacjentowi kolejne pytanie, więc muszę je przetłumaczyć. Co też czynię. Ze suahili na kinyaruanda. A potem przekładam odpowiedź z kinyaruanda Jeana-Pierre'a wprost w jej soczyście brązowe oczy, stosując, choć nie do końca naśladując, jej tak dobrze mi znany akcent.

– Mieszkam w parku – informuję ją, powtarzając słowa Jeana-Pierre'a jak własne. – W parku Hampstead Heath pod krzakiem. I zaraz tam wrócę, jak tylko wyjdę z tego… (pauza) stąd. – Wstydliwie opuszczam użyty przez pacjenta epitet. – Hannah – ciągnę, ale już po angielsku, być może po to, by nieco złagodzić napięcie. – Na miłość boską, kim jesteś? I skąd?

Ona na to bez wahania wyznaje mi swą narodowość:

– Jestem z okolic Gomy w Kiwu Północnym, z plemienia Nande – mówi półgłosem. – A ten biedak z Ruandy jest wrogiem mojego ludu.

A ja mogę wyznać całą prawdę, że jej lekkie westchnienie, szeroko otwarte oczy, jej gorąca, niema prośba, bym ją zrozumiał, w jednej chwili ukazały mi tragiczny los jej ukochanego Konga takim, jakim widzi go ona: wynędzniałe, martwe ciała krewnych i bliskich, niezasiane pola, zdechłe bydło, wypalone domy w wiosce, w której mieszkała do chwili, gdy chmary Ruandyjczyków właśnie we Wschodnim Kongu postanowiły toczyć swą wojnę domową, przynosząc i tak już umierającej z zaniedbania krainie ogień i miecz.

Z początku najeźdźcy chcieli tylko dopaść winnych ludobójstwa miliona współobywateli, dokonanego ręcznie – przecież nie mają żadnej broni masowego rażenia – w ciągu zaledwie stu dni. Ale pościg za wrogiem szybko przemienił się w otwarty dla wszystkich chętnych wyścig o bogactwa mineralne Kiwu. W efekcie kraj, który znajdował się na progu anarchii, całkowicie ten próg przekroczył – co

41

na próżno usiłowałem wytłumaczyć Penelope, która, jako sumienna brytyjska dziennikarka, wolała, by jej informacje były dokładnie takie same, jak wszystkich innych gazet. Kochanie, mówiłem, wysłuchaj mnie. Wiem, że jesteś zajęta, wiem, że twoja gazeta woli nie wychylać się z szeregu, ale błagam cię, na kolanach cię błagam, choć raz wydrukuj coś, by świat dowiedział się, co dzieje się we Wschodnim Kongu. Mówiłem jej o czterech milionach zabitych. Tylko w ciągu ostatnich pięciu lat. Są ludzie, którzy mówią o tym, że to I wojna światowa Afryki, a wy w ogóle nic nie mówicie. I to nie żadna pukanina, zaręczam ci. Zabijają nie kule, maczety i granaty, lecz cholera, malaria, biegunka i po prostu głód, a większość zabitych ma mniej niż pięć lat. Umierają dalej, nawet teraz, w tej chwili, co miesiąc, tysiące ludzi. Ktoś przecież musi coś o tym napisać, wydrukować. I rzeczywiście wydrukowali. Na stronie dwudziestej dziewiątej, obok krzyżówki.

Skąd mam te wszystkie nieprzyjemne informacje? Stąd, że do świtu czekam w łóżku na powrót Penelope, słucham BBC World Service i afrykańskich stacji, podczas gdy ona walczy z nocnymi terminami. Stąd, że wysiaduję samotnie w kafejkach internetowych, kiedy ona idzie na kolację z dobrze poinformowanym informatorem. Stąd, że ukradkiem kupuję afrykańskie gazety. Stąd, że stoję w ostatnim rzędzie zgromadzeń na wolnym powietrzu, ubrany w grubą kurtkę i włóczkową czapkę, kiedy ona jedzie na kolejną weekendową kurso-konferencję.

Ale Grace o leniwych ruchach tylko próbuje opanować typowe dla końca dyżuru ziewanie, bo nic o tym nie wie. Bo i dlaczego miałaby wiedzieć? Nie rozwiązuje krzyżówek. Nie wie, że Hannah i ja uczestniczymy w symbolicznym obrzędzie ludzkiego pojednania. Leży przed nami umierający Ruandyj-czyk, który twierdzi, że nazywa się Jean-Pierre. Przy jego łóżku siedzi młoda Kongijka imieniem Hannah, wychowana w przekonaniu, że Jean-Pierre i jego krajanie są głównymi winnymi tragedii jej ojczyzny. Ale czy przez to odwraca się do niego plecami? Czy woła kogoś innego, czy zostawia go pod opieką zie-wającej Grace? Nie. Nazywa go „biedakiem" i trzy-ma go za rękę.

– Salvo, zapytaj go, gdzie mieszkał przedtem – rzuca kolejne polecenie swą francuską angielszczyzną.

Znowu czekamy. Czyli oboje patrzymy na siebie w bezcielesnym zadziwieniu, jak dwoje ludzi przeży-wających wspólnie boskie objawienie, którego inni nie widzą, bo nie mają oczu. Ale Grace jednak ma oczy. Grace śledzi rozwój naszego związku z pobłaż-liwym zainteresowaniem.

– Jean-Pierre, gdzie mieszkałeś, zanim prze-niosłeś się na Hampstead Heath? – pytam, starając się zachowywać równie beznamiętnie jak Hannah.

W więzieniu.

A przed więzieniem?

Mija cały wiek, nim podaje mi londyński adres i numer telefonu. W końcu jednak podaje, więc tłu-maczę je Hannah, która znów sięga do ucha i za-pisuje te pierwsze konkrety w notatniku. Wydziera zapisaną kartkę i podaje ją Grace, która niechętnie odchodzi w stronę telefonu – niechętnie, bo teraz nie chce przegapić niczego. Właśnie tę chwilę wy-biera nasz pacjent, by zerwać się niczym ze złego snu, usiąść na łóżku mimo licznych wbitych w żyłę kroplówek i zapytać ordynarnym i bardzo obrazo-wym kinyaruanda: „Kurwa moja mać, co mi jest?" i dlaczego policja zaciągnęła go tu wbrew jego woli. Wtedy Hannah, angielszczyzną, która nieco plącze

43

jej się ze wzburzenia, prosi mnie, bym przetłumaczył mu dokładnie jej słowa, nic nie ujmując i nie dodając, Salvo, nawet jeżeli będzie ci się wydawało, że należałoby takich słów oszczędzić naszemu pacjentowi – bo jest to teraz nasz wspólny pacjent. Ja zaś odpowiadam równie niepewnym głosem, że ani mi w głowie upiększać to, co powie, niezależnie od tego, jak by mnie to mogło zaboleć.

– Wezwaliśmy już specjalistę. Przyjdzie, jak tylko będzie mógł. – Hannah mówi dobitnie, ale równocześnie przerywa we właściwym momencie, by ułatwić mi pracę, znacznie inteligentniej niż wielu moich klientów. – Muszę pana poinformować, Jean-Pierre, że cierpi pan na ciężką chorobę krwi, według mnie zbyt zaawansowaną, by udało się pana wyleczyć. Jest mi bardzo przykro, ale trzeba spojrzeć prawdzie w oczy.

Ale równocześnie w jej oczach pojawia się prawdziwa nadzieja, radosna nadzieja odkupienia. Bo jeżeli Hannah potrafi spojrzeć prawdzie w oczy, to Jean-Pierre pewnie też i ja też. A gdy już przetłumaczyłem jej słowa najlepiej jak umiałem – choć „dokładnie" jest w kontekście przekładu mrzonką laika, tym bardziej że bardzo mało Ruandyjczyków pokroju Jeana-Pierre'a zdaje sobie sprawę, co to ciężka choroba krwi – Hannah zmusza go, by za moim pośrednictwem powtórzył to samo. Dzięki temu ona wie, że on wie, i on wie, że sam wie, i ja wiem, że oni wiedzą, i że nie ma żadnych niedomówień.

Gdy już Jean-Pierre chrapliwie powtórzył jej słowa, a ja powtórzyłem je po nim, Hannah pyta mnie, czy Jean-Pierre ma jakieś życzenia, nim zjawi się jego rodzina. Oboje wiemy, że jest to zaszyfrowana informacja, że prawdopodobnie przedtem umrze. Nie pyta natomiast, więc ja też nie pytam, dlaczego spał pod gołym niebem na Hampstead Heath zamiast w domu, z żoną i dziećmi. Wyczuwam, że takie oso-biste pytania są dla niej, podobnie jak dla mnie, na-ruszeniem prawa pacjenta do prywatności. No, bo po co Ruandyjczyk chciałby umierać na Hampstead Heath, gdyby nie zależało mu na prywatności?

Nagle zauważam, że Hannah trzyma już za rękę nie tylko pacjenta, lecz i mnie. Grace też to spostrze-ga i jest pod wrażeniem, ale dyskretnie, bo wie – po-dobnie jak ja – że jej koleżanka Hannah nie bierze za rękę każdego tłumacza. Co nie zmienia faktu, że oto moja półkongijska dłoń koloru cielęcej skóry i auten-tycznie czarna z zewnątrz, a wewnątrz różowobiała dłoń Hannah splatają się nad łóżkiem ruandyjskiego wroga. I nie chodzi tu o seks – przecież między nami leży Jean-Pierre! – tylko o poczucie jedności i o po-cieszenie we wspólnej służbie choremu człowiekowi. Jest głęboko wzruszona, podobnie jak ja. Wzruszo-na tym umierającym biedakiem, choć widzi tu jemu podobnych we wszystkie dni tygodnia. Wzruszona naszym wspólnym współczuciem umierającemu wro-gowi, naszą miłością do niego, taką właśnie, jakiej uczono ją z Pisma Świętego – wiem to, bo widzę jej złoty krzyżyk. Za każdym razem, gdy tłumaczę ze suahili na kinyaruanda i z powrotem, ona spuszcza oczy jak w modlitwie. Jest wzruszona, bo – co pragnę powiedzieć jej wzrokiem, jeżeli tylko zechce mnie wysłuchać – jesteśmy dla siebie nawzajem tym kimś, kogo szukaliśmy przez całe życie.

Nie powiem, że od tej chwili do końca trzymaliśmy się za ręce, bo to nieprawda, ale na pewno trzymaliśmy się za ręce – wzrokiem. Oczywiście odwracała się do mnie plecami, schylała się do Jeana-Pierre'a, podno-siła go, gładziła po policzku, sprawdzała aparaturę przyczepioną do niego przez Grace. Ale za każdym

45

razem, gdy zwracała się, by na mnie popatrzeć, byłem na miejscu i wiedziałem, że ona też jest. Wszystko, co zaszło później – moje oczekiwanie pod oświetloną neonem bramą szpitala na koniec jej zmiany, jej wyjście ku mnie ze spuszczonym wzrokiem i to, że dwoje wstydliwych wychowanków misji nawet się nie objęło, tylko jak połączeni w pary, pilni uczniowie poszliśmy, trzymając się za ręce pod górę, do jej hotelu pielęgniarskiego, potem wąskim, woniejącym chińszczyzną zaułkiem do drzwi zamkniętych na kłódkę, do której miała klucz – to wszystko zaczęło się od spojrzeń, które wymieniliśmy w obecności umierającego ruandyjskiego pacjenta i od odpowiedzialności, jaką czuliśmy za siebie w chwili, gdy wymykało się nam obojgu jedno ludzkie życie.

Dlatego właśnie między jednym a drugim aktem namiętnej miłości mogliśmy prowadzić rozmowy takie, jakich nie toczyłem z nikim od śmierci brata Michaela, bo poza panem Andersonem nie pojawił się potem w moim życiu nikt, przed kim mogłem się tak otworzyć – a już na pewno nie pod postacią pięknej, roześmianej, pełnej pożądania Afrykanki, oddanej bez reszty cierpiącym tego świata, która w żadnym języku nie żąda w zamian niczego, czego nie można jej dać. Fakty na własny temat wymienialiśmy po angielsku, w miłości posługiwaliśmy się francuskim, ale by wyrazić nasze afrykańskie marzenia – jakże nie powrócić do kongijskiej odmiany suahili z czasów naszego dzieciństwa, łączącej w sobie radość i niedomówienie? W ciągu dwudziestu bezsennych godzin Hannah stała się dla mnie siostrą, kochanką i przyjacielem, których brakowało mi przez całe moje tułacze dzieciństwo.

Czy mówiliśmy o wyrzutach sumienia – my, dwoje chrześcijańskich dzieci, wychowanych w pobożności, a teraz oddających się bez reszty cudzołóstwu? Nie, nie mówiliśmy. Mówiliśmy o moim małżeństwie, które uznałem za zakończone, bo wiedziałem, że się skończyło. Mówiliśmy o synku Hannah, małym Noahu, pozostawionym w Ugandzie pod opieką ciotki, i razem za nim tęskniliśmy. Mówiliśmy o dozgonnych przysięgach, o polityce, dzieliliśmy się wspomnieniami, piliśmy sok żurawinowy z wodą gazowaną, zamówiliśmy pizzę i kochaliśmy się do chwili, gdy Hannah niechętnie włożyła swój pielęgniarski strój i, nie bacząc na moje błagania o jeszcze jeden uścisk, poszła tą samą drogą w dół do szpitala na kurs anestezjologii i potem na nocny dyżur, do umierających pacjentów, podczas gdy ja wyruszyłem na poszukiwanie taksówki, bo z powodu zamachów metro ciągle jeszcze nie działa jak należy, autobus jedzie za długo, no i na miłość boską, patrz, która godzina. Ale wciąż słyszałem słowa, które powiedziała mi w suahili przy rozstaniu. Trzymając moją twarz obiema dłońmi, lekko pokręciła własną głową w radosnym zadziwieniu.

– Salvo – powiedziała. – Kiedy rodzice cię płodzili, musieli bardzo się kochać.

Rozdział 3

Mogę otworzyć okno? – zawołałem do Freda, mojego białego kierowcy.

Na wygodnym tylnym siedzeniu mondeo – auto doskonale radziło sobie w gęstym piątkowowieczornym ruchu – rozkoszowałem się graniczącym z euforią poczuciem wolności.

– A pewnie, kolego – odpowiedział jak rasowy proletariusz, ale mimo kolokwializmu moje wyczulone ucho natychmiast wychwyciło akcent porządnej angielskiej szkoły prywatnej. Fred był w moim wieku i prowadził samochód z animuszem. Już zaczynałem go lubić. Opuściłem szybę i poczułem, jak oblewa mnie ciepłe wieczorne powietrze.

– Wiesz, dokąd jedziemy, Fred? – zapytałem.

– Na sam koniec South Audley Street. – Uznawszy, że moje pytanie jest wyrazem niepokoju z powodu prędkości, choć wcale tak nie było, dodał: – Nie bój się, dowieziemy cię tam w jednym kawałku.

Nie przestraszyłem się, ale zdziwiłem. Moje spotkania z panem Andersonem odbywały się dotąd w głównej siedzibie jego ministerstwa w Whitehall, w obficie wyłożonym dywanami lochu, do którego dochodziło się przez labirynt ceglanych, pomalowanych na zielono korytarzy, strzeżonych przez pożółkłych portierów wyposażonych w krótkofalówki. Na ścianach wisiały retuszowane fotografie żony, córek i spanieli pana Andersona, na przemian z oprawnymi w złote ramki dyplomami uznania dla jego drugiej miłości, czyli Gromady Śpiewaczej z Sevenoaks. To właśnie w tym lochu, gdy już przeszedłem z powodzeniem całą serię „próbnych rozmów kwalifikacyjnych", przeprowadzonych na powierzchni ziemi przez Komisję Spraw Językowych, na które otrzymywałem poufne listowne wezwania, pan Anderson zaznajomił mnie w całej rozciągłości i majestacie z ustawą o tajemnicy państwowej i licznymi związanymi z nią karami i konsekwencjami – najpierw wygłosił kazanie, które niewątpliwie wygłaszał już setki razy, potem dał mi do podpisu wydruk komputerowy z moim imieniem, nazwiskiem, datą i miejscem urodzenia i wreszcie zwrócił się do mnie, spoglądając znad okularów do czytania:

– Tylko niech ci się za dużo nie wydaje, synu – powiedział tonem, który nieodparcie przypomniał mi o bracie Michaelu. – Bystry z ciebie chłopak, bystrzejszy od innych, jeżeli to, co mi o tobie mówiono, to prawda. Władasz kupą egzotycznych języków i cieszysz się doskonałą reputacją. Taką, że taka świetna firma, jak nasza, nie może cię nie zauważyć.

Nie byłem pewien, o jaką to świetną firmę mu chodzi, ale przecież już wcześniej poinformował mnie, że jest wysokim urzędnikiem państwowym i że to powinno mi wystarczyć. Nie zapytałem też, które z moich języków uważa za egzotyczne, choć może powinienem był o to zapytać, gdybym był wtedy trochę przytomniejszy, bo czasem szacunek do pewnych ludzi ulatnia się ze mnie bez mojego udziału.

– Ale przez to wcale nie jesteś pępkiem świata, więc niech ci się nie wydaje, że jesteś – ciągnął, nadal odnosząc się do tematu mych kwalifikacji. – Zostajesz asystentem na pół etatu. Niższego stanowiska nie ma. Masz status tajności, ale jesteś na marginesie i pozostaniesz na marginesie, chyba że dostaniesz stały etat. Nie mówię, że na marginesie nie dzieje się nic ciekawego, bo się dzieje. Tak samo jak w teatrze. Moja żona Mary uważa, że najlepsze teatry to te fringe'owe. Rozumiesz, co do ciebie mówię, Salvo?

– Chyba tak, proszę pana.

Za często używam zwrotu „proszę pana". Doskonale o tym wiem. Mówię teraz za często *sir*, podobnie jak jako dziecko mówiłem za często *mzi*. W dodatku w Sanktuarium każdy, kto nie był bratem, był właśnie *sir*.

– No to teraz powtórz to, co ci przed chwilą powiedziałem, żebyśmy mieli jasność – zaproponował, stosując tę samą technikę, której potem miała użyć Hannah, by przekazać złą nowinę Jeanowi-Pierre'owi.

– Że nie mam dać się ponieść. Że nie mam być zbyt… – o mało nie powiedziałem „podniecony", ale powstrzymałem się w ostatniej chwili. – Zbyt entuzjastyczny.

– Że masz przytłumić w sobie ten rozsadzający cię zapał, synu. Raz na zawsze. Bo jeżeli jeszcze raz zobaczę cię w tym stanie, to będę się martwił. Wierzymy w to, co robimy, ale bez nadgorliwości. Masz niezwykły dar, to prawda, ale dla nas będziesz odwalać normalną, nudną robotę, jak dla każdego innego klienta. Różnica polega tylko na tym, że odwalając ją, będziesz myślał o królowej i ojczyźnie, które obaj kochamy tak samo.

Zapewniłem go – cały czas starając się powściągnąć entuzjazm – że miłość do ojczyzny znajduje się na wysokim miejscu listy moich ulubionych rzeczy.

– Owszem, będą inne różnice – mówił dalej, jakby odpowiadał na przeczenie, choć ja wcale nie przeczyłem. – Po pierwsze, nie będziemy mówili ci za dużo, zanim nie nałożysz słuchawek. Nie będziesz wiedział, kto mówi, do kogo ani gdzie, ani o czym mówią, ani skąd o tym wiemy. Jeżeli tylko się da, nic ci nie powiemy, bo to byłoby niebezpieczne. A gdybyś przypadkiem sam się czegoś domyślił, to dobrze ci radzę, zachowaj to dla siebie. Podpisałeś, Salvo, obowiązuje cię tajemnica państwowa. Spróbuj tylko się wychylić, wylecisz stąd na zbity pysk i do tego z wilczym biletem. A naszego wilczego biletu nie da się pozbyć tak łatwo – dodał z satysfakcją. – A może chcesz podrzeć tę kartkę i zapomnieć, że kiedykolwiek tu byłeś? Ostatnia szansa.

Przełknąłem ślinę.

– Nie, proszę pana. Naprawdę chcę dla pana pracować – powiedziałem najobojętniej, jak mogłem. Uścisnął mi prawicę i uroczyście powitał w, jak to określił, bandzie szlachetnych podsłuchiwaczy.

Od razu przyznam się, że wysiłki pana Andersona, by stłumić mój entuzjazm, okazały się nieskuteczne. Skulony w dźwiękoszczelnej kabinie w pilnie strzeżonym podziemnym bunkrze zwanym Rozmównicą jako jeden z czterdziestu tłumaczy, pod bystrym okiem ugrzecznionego kierownika sekretariatu, Barneya, który, zawsze ubrany w którąś ze swych kolorowych kamizelek, obserwował nas z podwyższonej antresoli naprzeciwko, myślałem: I to ma być ta normalna, nudna robota? Dziewczyny w dżinsach przynoszą i odnoszą nam taśmy, transkrypcje i, wbrew zasadom politycznej poprawności w miejscu pracy, filiżanki z herbatą i po herbacie, a ja raz podsłuchuję sobie członka Podziemnej Armii Pana z Ugandy, który przez telefon satelitarny w języku aczoli podstępnie zakłada bazę po drugiej stronie granicy, we Wschodnim Kongu; kiedy indziej męczę się, bo w dokach Dar es Salaam panuje nieopisany hałas: skrzypienie dźwigów, krzyki przekupniów, jakiś zdezelowany wentylator rozganiający muchy, na którym to tle zbrodnicza gromada sympatyków islamskich planuje wwieźć do kraju cały arsenał rakiet przeciwlotniczych jako ciężki sprzęt rolniczy. A tego samego popołudnia jestem jedynym świadkiem – nie naocznym, co prawda, tylko nausznym – targów, jakie trzej skorumpowani oficerowie armii ruandyjskiej toczą z delegacją chińską w sprawie sprzedaży zrabowanych surowców kongijskich. Albo przebijam się przez gwarny ruch uliczny w Nairobi w limuzynie kenijskiego prominenta, który nie wysiadając z samochodu, załatwia sobie właśnie potężną łapówkę za to, że pozwoli indyjskiemu wykonawcy położyć na ośmiuset kilometrach nowej drogi nawierzchnię grubości papieru, i to z gwarancją, że droga przetrwa całe dwie pory deszczowe. To nie żadne nudy, proszę pana, to sól ziemi!

Ale nikomu nie okazuję już tego błysku w oku. Nawet Penelope. Gdybyś tylko wiedziała! – myślałem sobie za każdym razem, gdy traktowała mnie jak psa przy swojej ukochanej psiapsiółce, Pauli, albo gdy jeździła na weekendowe konferencje, na które nie jeździł chyba nikt poza nią, i potem wracała, milcząca i bardzo zadowolona ze swojego konferowania. Gdybyś wiedziała, że twój pozbawiony ambicji mąż--utrzymanek jest na żołdzie wywiadu brytyjskiego!

Ale nie uległem pokusie. Co mi tam doraźne uznanie – ja wypełniam patriotyczny obowiązek. Dla Anglii.

Nasz ford mondeo objechał Berkeley Square i dotarł już do Curzon Street. Gdy minęliśmy kino, Fred zatrzymał się przy krawężniku i przechylił się do mnie przez fotel. Rozmowa szpiega ze szpiegiem.

– To tu, kolego – mruknął, wskazując głową, ale nie palcem, na wypadek, gdyby ktoś nas obserwował. – Numer 22b, zielone drzwi sto metrów stąd. Pierwszy od góry przycisk na domofonie. Nazwisko Harlow, tak jak to miasto. Jak ktoś się odezwie, powiedz, że masz paczkę dla Harry'ego.

– Będzie tam Barney? – zapytałem, bo poczułem tremę na myśl o spotkaniu z panem Andersonem sam na sam w nieznanym miejscu.

– Barney? A kto to jest Barney?

Przeklinając się w duchu za zadawanie niepotrzebnych pytań, wydostałem się na krawężnik. Oblała mnie fala gorącego powietrza. Rozpędzony rowerzysta o mało na mnie nie wpadł i też mnie sklął. Fred odjechał, ja zaś miałem wrażenie, że wolałbym, by ze mną został. Przeszedłem na drugą stronę ulicy i doszedłem na South Audley Street. Numer 22b okazał się jednym z rzędu pałacyków z czerwonej cegły, do których wchodziło się po stromych schodach. W bramie było sześć słabo oświetlonych przycisków. Górny miał wyblakły napis „Harlow" – „tak jak to miasto". Gdy podniosłem dłoń, by zadzwonić, w głowie ścierały mi się dwa obrazy. Pierwszym była głowa Penelope na wysokości rozporka Jurnego Fergusa i jej piersi, wyglądające z nowego żakietu. Drugim – szeroko otwarte, nieśmiące mrugnąć oczy Hannah i jej usta, otwarte w niemej pieśni radości, gdy wyciskała ze mnie ostatnie krople życia na wersalce w swej zakonnej celi.

– Paczka dla Harry'ego – odezwałem się i zobaczyłem, że sezam się otwiera.

Jak dotąd nie opisałem jeszcze wyglądu pana Andersona. Zwróciłem tylko uwagę na jego podobieństwo do brata Michaela. Podobnie jak brat Michael, pan Anderson jest stuprocentowym mężczyzną; wysoki, niedźwiedziowaty, rysy twarzy jak lawa, każdy ruch to prawdziwe wydarzenie. Podobnie jak brat Michael jest ojcem dla swych podopiecznych. Można przyjąć, że dobiega sześćdziesiątki, choć na to nie wygląda – z drugiej strony nie wygląda też ani na to, że jeszcze wczoraj był czarującym młodzieńcem, ani na to, że jutro wyciągnie nogi. Jest uosobieniem prawości, jak stary uczciwy dzielnicowy. To Anglik w każdym calu. Ma moralne uzasadnienie każdego czynu – nawet gdy chodzi tylko o przejście na drugi koniec sali. Można całą wieczność czekać na jeden jego uśmiech, ale gdy już się pojawi, jest się jak w niebie.

Dla mnie jednak cała prawda o każdym człowieku tkwi w jego głosie. Głos pana Andersona ma miarowe tempo, jak to u śpiewaka, doskonale wyważone pauzy, zawsze dla efektu, i dobrze znane tony z wrzosowisk północy. Wielokrotnie mówił mi, że w swej Gromadzie Śpiewaczej w Sevenoaks jest pierwszym barytonem. Za młodu był tenorem, kusiła go kariera muzyczna, ale bardziej od muzyki ukochał Firmę. Głos pana Andersona zdominował wszystkie moje wrażenia i teraz, gdy tylko przekroczyłem próg, miałem niejasną świadomość, że ze środka dobiegają i inne dźwięki, że znajdują się tam też inne osoby. Zobaczyłem otwarte rozsuwane okno i wydęte przeciągiem firanki. Ale mój wzrok natychmiast skupił się na wyprostowanej sylwetce pana Andersona na tle okna i na jego przyjemnym północnym akcencie, bo właśnie rozmawiał przez telefon komórkowy.

– Zaraz tu będzie, Jack, dziękuję – usłyszałem. Chyba jeszcze nie zorientował się, że stoję o trzy kroki od niego. – Wyślemy go tak szybko, jak się da, Jack, ale nie szybciej. – Pauza. – Dokładnie. Sinclair. – Jego rozmówca nie nazywał się Sinclair. Pan Anderson tylko potwierdzał, że chodzi o jakiegoś Sinclaira. – Doskonale zdaję sobie z tego sprawę, Jack. – Teraz już patrzył wprost na mnie, choć jeszcze nie dawał znaku, że zauważył moją obecność. – Nie, nie jest nowy. Robił już dla nas to i owo. Możesz mi wierzyć, lepszego nie znajdziesz. Wszystkie języki w małym palcu, profesjonalista, lojalny aż do przesady.

Czy to naprawdę chodzi o mnie: „profesjonalista, lojalny aż do przesady?" Ale opanowałem się. Zgasiłem blask w oku.

– Tylko pamiętaj, Jack, ubezpieczenie ty mu płacisz, nie my. I bardzo proszę, ma być pełna polisa, nagłe zachorowania, repatriacja pierwszym możliwym transportem. My się nie wyłączamy, Jack, będziecie potrzebować, to wam pomożemy. Tylko pamiętaj, że każdy twój telefon tylko sprawę opóźnia. O, chyba już jest na schodach. To ty, Salvo?

Wyłączył telefon.

– A teraz uważaj, synu. Musisz bardzo szybko wydorośleć. Nasza mała Bridget da ci ubranie. Piękny ten smoking, szkoda że musisz go zdjąć. Jak to się zmieniły te smokingi od moich czasów! Na dorocznych balach śpiewaków nie było wyboru, musiał być czarny. Bordowe, takie jak twój, noszono tylko w orkiestrach jazzowych. Czyli co, wszystko żonce opowiedziałeś? Że dostałeś tajne zadanie wagi państwowej?

– Ani słowa, proszę pana – odparłem stanowczo. – Miałem nic nie mówić, to nic nie powiedziałem. A smoking kupiłem specjalnie na tę okazję – dodałem, bo Hannah czy nie Hannah, musiałem utrzymać pana Andersona w przekonaniu o mym szczęśliwym pożyciu małżeńskim, oczywiście do czasu, gdy przyjdzie czas, by poinformować go o zmianie sytuacji.

Kobieta, którą nazwał Bridget, stanęła przede mną i przytykając do ust polakierowany paznokieć, obejrzała mnie od stóp do głów. Miała perłowe kolczyki i dizajnerskie dżinsy – była na pewno ubrana ponad stan – i kołysała biodrami w rytm własnych myśli.

– Jaki masz wymiar w pasie, Salvo? Na oko powiedziałabym, że trzydzieści dwa.

– Trzydzieści. – Hannah powiedziała, że jestem za chudy.

– A na długość?

– Ostatnim razem, jak patrzyłem, było trzydzieści dwa – odparłem, dostosowując się do jej żartobliwego stylu.

– A numer koszuli?

– Trzydzieści osiem.

Zniknęła w korytarzu. Zdumiała mnie nagła ochota, jaką na nią poczułem, ale zaraz zrozumiałem, że to nawrót pociągu do Hannah.

– Synu, dla odmiany mamy teraz dla ciebie trochę ruchu – oznajmił uroczyście pan Anderson, wsuwając komórkę do futerału. – Niestety tym razem nie będziesz siedział w wygodnej kabince i bezpiecznie podsłuchiwał z daleka. Tym razem poznasz złych ludzi osobiście i przy okazji pomożesz ojczyźnie. Mam nadzieję, że nie masz nic przeciwko występowaniu pod przybranym nazwiskiem? Podobno każdy chce w pewnym momencie życia zostać kimś innym.

– Nie mam nic przeciwko temu, proszę pana. Jeżeli uważa pan, że to konieczne, proszę bardzo. – Już raz zostałem kimś innym w ciągu ostatniej doby, więc równie dobrze mogę to zrobić jeszcze raz. – Przed kim tym razem musimy uratować świat? – zapytałem, bo chciałem skryć ogarniające mnie podniecenie pod nonszalancją, ale ku mojemu zdziwieniu pan Anderson potraktował to pytanie bardzo poważnie i chwilę się zastanawiał, nim znów się odezwał:

– Salvo.

– Słucham, proszę pana.

– Czy miałbyś jakieś obiekcje, gdybyś wiedział, że będziesz musiał trochę ubrudzić sobie ręce dla słusznej sprawy?

– Myślałem, że już sobie ubrudziłem. No, w pewien sposób – poprawiłem się szybko.

Ale i tak za późno. Pan Anderson zmarszczył brwi. Bardzo cenił sobie etykę działania Rozmównicy, więc podanie jej w wątpliwość, i to przeze mnie, na pewno nie przypadło mu do gustu.

– Salvo, do tej pory wykonywałeś niezbędne, ale czysto obronne zadania na rzecz naszego walczącego kraju. Dziś za to przeniesiesz działania na terytorium wroga. Twoje zadanie nie będzie obronne, tylko... – Przez chwilę szukał właściwego słowa. – Tylko aktywne. Czy mam rację, że wyczuwam w tobie niechęć do tej zmiany?

– Ależ skąd, proszę pana. Przecież sam pan powiedział, że to w słusznej sprawie. Zrobię to z przyjemnością. Tym bardziej że to tylko dwa dni – dodałem, pamiętając o życiowej decyzji względem Hannah, którą zamierzałem jak najszybciej wprowadzić w życie. – Najwyżej trzy.

– Muszę cię jednak uprzedzić, że od chwili, gdy opuścisz ten budynek, rząd Jej Królewskiej Mości nic o tobie nie wie. Jeżeli z jakiegoś powodu powinie ci się noga, jeżeli, jak to się mówi, zostaniesz spalony, wyprzemy się ciebie bez skrupułów. Dotarło, synu? Bo coś mi dziś wyglądasz, jakbyś nie wiedział, z czego żyjesz.

Smukłymi, starannie zadbanymi palcami Bridget ściągała już ze mnie smoking, nieświadoma, że tuż obok, w mojej czaszce, Hannah i ja o mało nie spadaliśmy z wersalki, zrywając z siebie resztki ubrania i kochając się po raz drugi.

– Trafiony, zatopiony, proszę pana – zażartowałem, choć może z pewnym opóźnieniem. – Jakie języki się przydadzą? Jakieś specjalistyczne słownictwo? Może powinienem polecieć do Battersea, póki się jeszcze da, po jakieś materiały?

Ten pomysł całkiem mu się nie spodobał, bo wydął wargi.

– Dziękuję, Salvo, ale to już decyzja twoich tymczasowych mocodawców. Nie znamy i nie chcemy znać szczegółów ich planu.

Bridget zaprowadziła mnie do brudnej sypialni, ale nie weszła za mną do środka. Na niepościelonym łóżku czekały dwie pary szarych spodni, trzy używane koszule, trochę bielizny, skarpet i skórzany pasek ze sprzączką, z której obłaził chrom. A niżej, na podłodze, trzy pary mocno znoszonych butów. Na drucianym wieszaku na drzwiach wisiała brudna sportowa marynarka. Zrzuciłem z siebie strój wieczorowy i znów zostałem nagrodzony zapachem Hannah. W jej pokoiku nie było nawet umywalki, a łazienki po drugiej stronie korytarza zajmowały akurat pielęgniarki idące na dyżur.

Z butów najmniej obrzydliwe były te, które najgorzej na mnie pasowały. Wybrałem właśnie je, co okazało się błędną decyzją, zwycięstwem próżności nad rozsądkiem. Marynarka była z grubego jak pancerz czołgu tweedu, najgrubszego chyba pod pachami. Każdy ruch ramion do przodu sprawiał, że kołnierz zaczynał odpiłowywać mi kark, w tył – że czułem się jak w kaftanie bezpieczeństwa. Czary goryczy dopełniał oliwkowy krawat ze sztucznego jedwabiu.

Muszę przyznać, że w tej chwili widziałem świat przez nieco mniej różowe okulary – wszystko przez zamiłowanie do dobrze uszytych ubrań, do efektu, koloru i pokazania się, niewątpliwie przekazane mi w genach przez kongijską matkę. Wystarczy zajrzeć mi do aktówki w każdy dzień pracy, by wśród spisanych zeznań, przesłuchać, materiałów pomocniczych i decyzji o deportacji znaleźć co? Błyszczące darmowe katalogi najdroższych ubrań męskich na świecie, takich, na które nie zarobiłbym przez całe życie. A jak teraz wyglądam?

Wróciłem do salonu, gdzie Bridget sporządzała właśnie spis moich ruchomości: najnowszy model telefonu komórkowego – wąski, stalowy, z aparatem fotograficznym, pęk kluczy, prawo jazdy, paszport brytyjski, który noszę ze sobą z powodu dumy lub kompleksu niższości, wąski portfel z prawdziwej cielęcej skóry zawierający czterdzieści pięć funtów w banknotach i karty kredytowe. W poczuciu obowiązku oddałem jej ostatnie atrybuty mojej dawnej glorii: smokingowe spodnie, jeszcze nawet nieprane, dobraną pod kolor muszkę od Turnbulla i Assera, wizytową koszulę z najlepszej bawełny, onyksowe spinki, jedwabne skarpetki, lakierki. W trakcie tego smutnego rytuału pan Anderson znów się ożywił.

– Salvo, nie znasz przypadkiem jakiegoś Briana Sinclaira? – zapytał oskarżycielskim tonem. – Tylko dobrze się zastanów. Sinclair, Brian Sinclair? Tak czy nie?

Zapewniłem go, że nie, i że to imię i nazwisko usłyszałem po raz pierwszy w życiu dopiero przed chwilą z jego własnych ust.

– Bardzo dobrze. Bo od tej chwili i przez następne dwie doby będziesz się nazywał Brian Sinclair. Zwróć uwagę na szczęśliwą zbieżność inicjałów. Gdy wybiera się nazwisko operacyjne, najważniejsza rzecz to trzymać się rzeczywistości najbliżej, jak tylko pozwalają warunki operacji. Nie jesteś już Bruno Salvador, jesteś Brian Sinclair, tłumacz wychowany w Afryce Środkowej, syn inżyniera górnika. Zostałeś wynajęty przez międzynarodowy syndykat zarejestrowany na Wyspach Normandzkich, który postawił sobie za cel promowanie najnowszych technik rolniczych w krajach Trzeciego i Czwartego Świata. Bardzo proszę, powiedz, czy masz względem tego jakiekolwiek obiekcje.

Nie upadłem na duchu, ale też niespecjalnie się podniosłem. Jego niepokój zaczął udzielać się i mnie. Zacząłem się zastanawiać, czy i ja nie powinienem być niespokojny.

– Czy ja ich znam, proszę pana?

– Kogo, synu?

– Ten rolniczy syndykat. Bo jeżeli ja nazywam się Sinclair, to on pewnie też ma jakąś nazwę? Zresztą może już kiedyś dla niego pracowałem.

Nie widziałem wyrazu twarzy pana Andersona, bo siedział tyłem do światła.

– Salvo, my rozmawiamy o anonimowym syndy-kacie. Byłoby nielogiczne, gdyby miał nazwę.

– Ale jego dyrekcja ma jakieś nazwiska?

– Twój chwilowy pracodawca nie ma nazwiska, podobnie jak Syndykat nie ma nazwy – ofuknął mnie pan Anderson, ale zaraz się uspokoił. – Prawdopo-dobnie tobą zajmować się będzie niejaki Maxie. Nie wiem tylko, czy już ci za dużo nie powiedziałem. Bardzo proszę, pod żadnym pozorem nie zdradź, że usłyszałeś to nazwisko ode mnie.

– To nazwisko czy imię, proszę pana? – zapyta-łem. – Bo skoro mam się narażać…

– Wystarczy po prostu Maxie, Salvo. Dość tego. We wszelkich sprawach związanych z tą nadzwyczaj-ną operacją jesteś odpowiedzialny przed Maxiem, chyba że otrzymasz inne polecenie.

– Czy mogę mu ufać, proszę pana?

Szarpnął podbródkiem w górę. W pierwszej chwili na pewno chciał powiedzieć, że każda osoba, o której mówi, musi być z definicji godna zaufania. Ale potem popatrzył na mnie i złagodniał.

– Na podstawie posiadanych informacji uwa-żam, że możesz spokojnie pokładać w Maxiem naj-wyższą ufność. Z tego, co mi mówiono, to geniusz w swojej dziedzinie. Podobnie jak ty w swojej, Salvo. Podobnie jak ty.

– Dziękuję panu. – Ale moje profesjonalne ucho wychwyciło w jego głosie lekkie wahanie, więc py-tałem dalej: – A komu podlega Maxie? Podczas tej nadzwyczajnej operacji, chyba że otrzyma inne pole-cenie? – Tu spojrzał na mnie tak surowo, że sformu-łowałem pytanie inaczej: – No, bo przecież wszyscy komuś podlegamy, prawda? Nawet pan.

Przyparty do muru pan Anderson ma zwyczaj robić głęboki wdech i pochylać głowę do przodu, jak zwierzę gotujące się do ataku.

– Z tego, co wiem, jest jeszcze jakiś Philip – odparł niechętnie – choć, z tego, co wiem, czasem woli, by nazywać go z francuska Philippe. – Pomimo swego wielojęzycznego powołania pan Anderson zawsze uważał, że wszystkim powinien wystarczyć angielski. – Tak jak ty jesteś pod Maxiem, tak Maxie jest pod Philipem. Zadowolony?

– A czy Philip ma jakiś stopień, proszę pana?

W porównaniu z wcześniejszym wahaniem tym razem odpowiedź była szybka i stanowcza:

– Nie, nie ma. Philip jest konsultantem. Nie ma stopnia, nie jest członkiem żadnej z oficjalnych służb. Bridget, daj panu Sinclairowi jego karty wizytowe. Prosto z drukarni.

Bridget dygnęła żartobliwie i wręczyła mi plastikową torebkę. Wyjąłem z niej cienką wizytówkę. Brian S. Sinclair, tłumacz dyplomowany, adres: skrytka pocztowa w Brixton, nieznany mi numer telefonu, faksu i mejl. Brakowało też wyszczególnienia wszystkich moich dyplomów i stopni.

– Co oznacza to S?

– Co tylko chcesz – odpowiedział wspaniałomyślnie pan Anderson. – Wybierz sobie jakieś imię, tylko się go potem trzymaj.

– A co będzie, jeżeli ktoś będzie próbował do mnie telefonować? – zapytałem i moje myśli natychmiast pobiegły z powrotem do Hannah.

– Usłyszą uprzejme nagrane wyjaśnienie, że wrócisz za swoje biurko za kilka dni. A jeżeli ktoś miałby do ciebie mejlować, co uważamy za mało prawdopodobne, wiadomość zostanie odebrana i potraktowana w odpowiedni sposób.

– Ale poza tym jestem tą samą osobą.

Moja natarczywość wystawiała cierpliwość pana Andersona na najcięższą próbę.

– Jesteś tą samą osobą, Salvo, tylko że przeniesioną w inne okoliczności. Skoro jesteś żonaty, dalej bądź żonaty. Jeżeli masz w Bournemouth ukochaną babcię, możesz ją dalej mieć z naszym błogosławieństwem. Sam pan Sinclair będzie nie do wyśledzenia, a po zakończeniu operacji okaże się, że nigdy nie istniał. Chyba już nie da się mówić jaśniej, prawda? – A potem już spokojniejszym tonem: – To całkiem normalna sytuacja, synu, tylko dla ciebie akurat nowa.

– A moje pieniądze? Dlaczego muszę je panu oddać na przechowanie?

– Dostałem instrukcje, żeby…

Urwał. Spojrzałem mu w oczy i uświadomiłem sobie, że nie widzi przed sobą Salva, wyrwanego z przyjęcia światowca, ale śniadego chłopca z misji, w marynarce, za szerokich spodniach i coraz bardziej cisnących butach, wszystko z Armii Zbawienia. Widok ten najwyraźniej go wzruszył.

– Salvo.

– Słucham, proszę pana.

– Musisz być twardy, synu. Jak to się zacznie, będziesz musiał żyć w nieprawdzie.

– Już mi pan mówił. Nie przeszkadza mi to. Jestem gotowy. Już mnie pan ostrzegał. Chcę tylko zatelefonować do żony. – Mówiąc „żona", miałem na myśli Hannah, ale tego mu nie powiedziałem.

– Znajdziesz się wśród ludzi, którzy żyją w nieprawdzie. Chyba zdajesz sobie sprawę? Oni są inni niż my. Niestety prawda nie ma dla nich takiego znaczenia jak dla nas, wychowanych na prawdach biblijnych.

Po dziś dzień nie udało mi się ustalić, jaką konkretnie religię wyznawał pan Anderson – podejrzewałem go raczej o sympatie masońskie – ale on zawsze twierdził, że jesteśmy współwyznawcami. Bridget wręczyła mi moją komórkę na tę ostatnią rozmowę i wycofała się do odległej o kilka kroków sypialni. Pan Anderson był na dobre zakotwiczony w salonie, więc i tak usłyszy każde słowo. Skulony w małym przedpokoiku przeszedłem błyskawiczny kurs niewierności małżeńskiej. Miałem tylko jedno pragnienie: powiedzieć Hannah o mojej dozgonnej miłości i uprzedzić ją, że wbrew własnym zapewnieniom nie będę mógł się z nią skontaktować przez dwa najbliższe dni. Ale ponieważ od moich słuchaczy dzieliły mnie tylko cienkie drzwi, nie miałem wyboru – musiałem zatelefonować do prawowitej małżonki i odsłuchać jej powitanie:

Tu poczta głosowa Penelope Randall. Nie ma mnie teraz w biurze. Proszę zostawić wiadomość po sygnale lub skontaktować się z moją asystentką Emmą, numer wewnętrzny 9124.

Wziąłem głęboki wdech.

– Cześć, kochanie. To ja, słuchaj, strasznie cię przepraszam, ale zostałem wezwany na kolejne, bardzo pilne zlecenie. Jeden z moich najstarszych i najlepszych klientów. Wielka firma. To dla nich sprawa życia i śmierci. Potrwa to dwa do trzech dni. Spróbuję się do ciebie dodzwonić, ale nie wiem, czy mi się uda.

Jak mówiłem? Jak nikt, kogo znałem. Jak nikt, kogo kiedykolwiek słyszałem. Jak nikt, kogo chciałbym poznać. Podwoiłem wysiłki:

– Słuchaj, zadzwonię, jak tylko dadzą mi chwilę spokoju. Naprawdę jestem zrozpaczony, kochanie. Aha, a przyjęcie zapowiadało się świetnie. Serio. Ten twój komplet jest super. Wszyscy tylko o tym mówili. Tak żałuję, że musiałem wyjść. Jak wrócę, wszystko sobie wyjaśnimy, dobrze? Do zobaczenia, kochanie. Pa.

Bridget odebrała ode mnie komórkę, podała mi neseser i patrzyła, jak sprawdzam, co mam w środku: skarpetki, chustki do nosa, koszule, bielizna, kosmetyczka, szary zapinany sweter.

– Bierzemy jakieś leki, co? – mruknęła sugestywnie. – A może nosimy soczewki? Płyny? Małe pudełeczka?

Pokręciłem głową.

– No, to już was nie ma – oznajmił pan Anderson i wcale bym się nie zdziwił, gdyby podniósł prawą dłoń i pobłogosławił nas od niechcenia, jak niegdyś błogosławił mnie brat Michael.

Rozdział 4

Patrząc na to z miejsca, w którym obecnie się znajduję, przyznam, że nie mam pojęcia, dlaczego podążając za Bridget po schodach z powrotem na chodnik South Audley Street, przebrany za nauczyciela wiejskiego liceum, z plikiem fałszywych wizytówek i z zapewnieniem, że czekają mnie nieznane mi dotąd niebezpieczeństwa, uważałem się za największego szczęściarza w Londynie, jeżeli nie wręcz w całej Anglii, za nieustraszonego patriotę w najtajniejszej z misji. Ale naprawdę tak się wtedy czułem.

Statek zaprojektowany przez sławnego norweskiego podróżnika Nansena, jednej z najważniejszych postaci panteonu ludzi czynu brata Michaela, nazywał się „Fram". *Fram* to po norwesku „naprzód". Na pewno takie samo hasło przyświecało mojemu świętej pamięci ojcu, gdy na rowerze heretyka przeprawiał się przez Pireneje. Przyświecało też i mnie od chwili, gdy otrzymałem to, co w innym kontekście brat Michael nazywał wielkim powołaniem. Naprzód! Muszę zebrać siły, by podjąć ostateczną decyzję. Naprzód! Teraz dopiero prawdziwie przysłużę się ojczyźnie w jej cichej wojnie ze złymi ludźmi. Naprzód! Odejść od Penelope, która już dawno stała się dla mnie kimś obcym. Naprzód świetlistą, jasną drogą do życia z Hannah. I wreszcie naprzód, bo czeka już mój nowy, tajemniczy pan, Maxie, i jeszcze bardziej tajemniczy konsultant Philip.

Biorąc pod uwagę wagę operacji i konieczność pośpiechu, spodziewałem się, że przy chodniku zastanę mondeo i grzejącego w nim silnik Freda, mojego białego kierowcę. Bridget jednak zapewniła mnie, że szybciej będzie na piechotę, bo korki, bo blokada policyjna przy Marble Arch...

– Nie masz nic przeciwko temu, co, Salvo? – powiedziała, mocno ujmując mnie za ramię, albo dlatego że bała się, że mogę jej uciec, choć ani mi to było w głowie, albo dlatego że należała do osób, które klepią innych po policzku, masują im plecy wierzchem dłoni i nigdy nie wiadomo, czy to oznaka ludzkiej dobroci, czy zaproszenie do łóżka.

– Przeciwko? – powtórzyłem. – W taki piękny wieczór? Nie pożyczyłabyś mi na chwilę komórki? Bo Penelope mogła nie odsłuchać wiadomości...

– Przykro mi, kochany, nie wolno mi, niestety.

Czy wiedziałem, dokąd idziemy? Czy pytałem? Nie. Życie tajnego agenta, podobnie jak życie tajnego kochanka, jest niczym innym, jak tylko wędrówką w nieznane. Szliśmy dalej. Bridget nadawała tempo, używane buty coraz mocniej wbijały mi się w kostki. W wieczornym słońcu mój nastrój stawał się coraz bardziej optymistyczny, być może pod nieświadomym wpływem Bridget, która trzymała moje prawe przedramię tak wysoko, że znalazło się pod jej lewą piersią, na dotyk sądząc, niczym niepodtrzymywaną. Kiedy Hannah zapala lampę, nic dziwnego, że widzi się w jej blasku i inne kobiety.

– Naprawdę ją kochasz, co? – dziwiła się, prowadząc mnie przez rozbawioną grupkę piątkowych bon vivantów. – Znam tyle małżeństw, które nic, tylko się żrą, aż człowieka szlag trafia. Ale ty i Penelope to co innego, nie? To musi być super.

Jej ucho znajdowało się dziesięć centymetrów od moich ust. Czułem od niej perfumy Je Reviens, ulubioną broń Gail, młodszej siostry Penelope. Gail, oczko w głowie tatusia, wyszła za właściciela parkingu pochodzącego z niższych warstw arystokracji. Penelope siostrę przebiła, wychodząc za mnie. Jeszcze dziś musiałbym skorzystać z całej rady najważniejszych jezuitów, by wytłumaczyć to, co zrobiłem w odpowiedzi na ostatnią uwagę Bridget.

Dlaczego bowiem świeżo upieczony cudzołożnik, który dopiero co, kilka godzin temu, oddał się ciałem, duszą i pochodzeniem innej kobiecie – po raz pierwszy w ciągu swego pięcioletniego małżeństwa – miałby poczuć niepowstrzymaną potrzebę umieszczenia zdradzanej żony na piedestale? Czy chce stworzyć na nowo obraz tej, którą zbezcześcił? Czy chce odtworzyć własny obraz sprzed upadku? Czy w mojej euforii dopadało mnie wreszcie katolickie poczucie winy, które nigdy nie zostawia mnie w spokoju? Czy wychwalanie Penelope pod niebiosa było działaniem zastępczym, bo tylko w ten sposób mogłem wychwalać Hannah, równocześnie się nie zdradzając?

Z początku miałem silne postanowienie, żeby pociągnąć Bridget za język w kwestii moich nowych mocodawców, wydusić z niej za pomocą chytrych pytań więcej informacji na temat składu anonimowego

Syndykatu i jego związków z licznymi tajnymi organami państwa brytyjskiego, które, niewidzialne dla przeciętnego Anglika, strzegą go jednak dzień i noc. Ale gdy już przeciskaliśmy się razem przez prawie całkiem zakorkowane ulice, rozpocząłem prawdziwy pean na cześć mojej żony Penelope, w którym przedstawiłem ją jako najatrakcyjniejszą, najbardziej ekscytującą, najbardziej wyrafinowaną i najwierniejszą partnerkę, na jaką mógł trafić czołowy tłumacz i tajny żołnierz Korony Brytyjskiej, a poza tym jako wspaniałą dziennikarkę, równocześnie twardą i pełną współczucia, i fantastyczną kucharkę – co było już zupełną przesadą, zważywszy na to, kto tak naprawdę u nas gotował. Oczywiście nie wszystko, co mówiłem, było pochlebne, skądże znowu! Jeżeli w godzinie szczytu opowiada się o własnej żonie innej kobiecie, to o negatywach też trzeba mówić, bo inaczej straci się słuchaczkę.

– Powiedz no mi lepiej, jak to się stało, że w ogóle się poznaliście. – Bridget powiedziała to z pretensją w głosie, jak ktoś, kto przeczytał instrukcję na opakowaniu, ale nie umiał z niej skorzystać.

– Zaraz ci opowiem, Bridget – odpowiedział obcy głos w mojej głowie. Właśnie zatrzymaliśmy się na światłach przed przejściem dla pieszych.

Jest ósma wieczór w obskurnej kawalerce Salva w Ealing. Telefonuje do mnie pan Amadeus Osman ze śmierdzącego biura swej WorldWide and Legal Translation Agency, mieszczącego się przy Tottenham Court Road. Mam natychmiast stawić się na Canary Wharf, gdzie za me usługi chce zapłacić majątek Wielka Krajowa Gazeta. Rzecz dzieje się jeszcze w czasach, gdy walczę o pozycję na rynku i w połowie jestem własnością pana Osmana.

Nie minęła godzina, już siedzę w eleganckim biurze redakcji. Z jednej strony mam naczelnego, z drugiej zgrabną reporterkę, asa redakcji – chyba wiadomo, o kogo chodzi. Przed nami siedzi po turecku informator, brodaty afrykański Arab, marynarz, który za tyle, ile zarabiam przez cały rok, powie nam wszystko o układzie skorumpowanych celników i policjantów działającym w dokach Liverpoolu. Po angielsku mówi słabo, jego język ojczysty to tanzańsko zabarwione suahili. As redakcji i jej naczelny są między typowym dla ich zawodu młotem a kowadłem: czy sprawdzić informacje u władz i stracić sensację, czy zaufać informatorowi i dać się rozszarpać na strzępy w sądzie za zniesławienie.

Za zgodą Penelope przejmuję prowadzenie przesłuchania. W miarę kolejnych rund pytań i odpowiedzi nasz informator zmienia i upiększa swoje zeznania, dodaje nowe tematy, zaprzecza starym. Zmuszam drania, żeby opowiadał to samo dwa razy. Wskazuję mu liczne sprzeczności i wreszcie w mym krzyżowym ogniu pytań przyznaje się do wszystkiego. Jest oszustem, wszystko zmyślił. Jeżeli dostanie pięćdziesiąt funtów, to sobie pójdzie. Naczelny nie wie, jak mi dziękować. Jednym zamachem oszczędziłem im i wstydu, i wydatków. Penelope jakoś przełyka to upokorzenie i oznajmia, że jest mi winna bardzo wielkiego drinka.

– Ludzie wyobrażają sobie tłumacza jako takiego małego kujonka w okularach – tłumaczyłem skromnie Bridget, śmiechem zbywając sprawę nagłego i od samego początku dość jednostronnego zainteresowania moją osobą ze strony Penelope. – Ja chyba nie bardzo spełniałem te oczekiwania.

– A może po prostu jej całkiem odbiło – zasugerowała Bridget, mocniej ściskając mi rękę.

Czy wygadałem jej też całą resztę? Czy Bridget, pod nieobecność Hannah, została moją powiernicą? Czy opowiedziałem jej, że w chwili poznania Penelope byłem dwudziestotrzyletnim prawiczkiem, skrywającym za fasadą dandysa tyle kompleksów, że można by nimi wypełnić szafę? I że atencje brata Michaela, a jeszcze wcześniej *Père* André zapędziły mnie w mroczną sferę niepewności seksualnej, z której bałem wynurzyć się na światło dzienne? I że poczucie winy, towarzyszące zmysłowej eksplozji mojego świętej pamięci ojca, przeniosło się w całości i bez zniżek na syna? I o tym, jak w taksówce, którą pędziliśmy do mieszkania Penelope, umierałem ze strachu na myśl o chwili, gdy odkryje moje wady, na przykład nieśmiałość względem płci przeciwnej? I że dzięki jej know-how i staraniom wszystko skończyło się dobrze – nawet bardzo dobrze – lepiej nawet niż sama się spodziewała, jak potem zapewniała Salva, swego wymarzonego mustanga – powinna była dodać: najlepszego w jej stajni – swego samca alfa lub, jak później wyrażała się o mnie do swej psiapsiółki Pauli, gdy myślała, że nie słyszę, swego „czekoladowego żołnierzyka", zawsze stojącego na baczność? I że nim minął kalendarzowy tydzień, Salvo tak zachwycił się pod każdym względem swą nowo odkrytą i niezaspokajalną sprawnością w sypialni, że biorąc w swej wrodzonej impulsywności i naiwności sukcesy seksualne za wielką miłość, zaproponował Penelope małżeństwo i został od razu przyjęty? Nie. Na szczęście w tym względzie przynajmniej udało mi się powściągnąć gadulstwo. Podobnie jak nie wyjawiłem Bridget, jaką cenę przyszło mi płacić przez długich pięć lat za to wszystko, za tę bardzo mi potrzebną terapię. Zresztą wtedy minęliśmy już hotel Connaught i znaleźliśmy się na wyższym krańcu Berkeley Square.

W mym ekspansywnym stanie ducha, choć bez najmniejszego powodu poza naturalną wiarą w siłę grawitacji, założyłem, że skierujemy się teraz w stronę Piccadily. Ale nagle uścisk Bridget na mojej ręce jeszcze się wzmógł i pociągnęła mnie w lewo po schodach przed wielką i efektowną bramę, której numeru nawet nie zdążyłem zauważyć. Brama zatrzasnęła się za nami. Znaleźliśmy się w zdobnej w aksamitne zasłony sieni, w której stali dwaj identyczni blondyni w marynarkach. Nie przypominam sobie, by przyciskała dzwonek lub pukała, więc pewnie dwaj blondyni czekali na nas, spoglądając w monitor. Pamiętam, że nosili takie same spodnie jak ja i że marynarki mieli zapięte na wszystkie trzy guziki. Pamiętam też, że zacząłem się zastanawiać, czy w ich świecie nie jest to obowiązkowe i czy nie powinienem zapiąć wszystkich guzików mojej marynarki z tweedu.

– Pułkownika zatrzymało na mieście – powiedział do Bridget ten, który siedział, nie spuszczając oczu z czarno-białego obrazu bramy, przez którą przedostaliśmy się przed chwilą. – Ale już dojeżdża. Dziesięć minut, góra piętnaście. A tego chcesz tu zostawić czy poczekasz?

– Poczekam – odparła Bridget.

Drugi blondyn wyciągnął rękę po moją torbę. Wręczyłem mu ją na znak Bridget.

Wielka sień przykryta była kopułą pełną białych nimf i dmących w trąby niemowląt; iście królewskie schody rozdzielały się w połowie wysokości i zakręcały ku otwartemu holowi na piętrze z rzędem zamkniętych drzwi. U stóp schodów, po obu ich stronach, znajdowało się dwoje jeszcze elegantszych drzwi, zdobnych w złote orły z rozpostartymi skrzydłami. Te po prawej zamknięte były czerwonym jedwabnym sznurem na mosiężnych uchwytach; nie widziałem, by ktoś nimi wchodził lub wychodził. Na drzwiach po lewej widniał podświetlony napis „Konferencja cisza" bez interpunkcji, ja zawsze zwracam uwagę na interpunkcję. Więc gdyby ktoś chciał się czepiać, mógłby zrozumieć, że wewnątrz odbywa się konferencja o ciszy. To chyba najlepiej obrazuje stan mojego ducha, na przemian postkoitalny, żartobliwy, zakręcony i całkowicie odjechany. Nigdy nie brałem narkotyków, ale gdybym brał, pewnie tak właśnie czułbym się jak w tej chwili. I dlatego musiałem dokładnie określić otoczenie, w którym się znalazłem, nim wszystko rozpłynie się i zmieni znowu w coś innego.

Drzwi z zapalonym napisem pilnował siwy, wyglądający trochę na Araba ochroniarz, starszy od obu blondynów naraz, ale wciąż chyba czynny zawodowo jako bokser, o czym świadczyłyby spłaszczony nos, opuszczone ramiona i dłonie złączone na genitaliach. Nie pamiętam, jak znalazłem się na piętrze. Na pewno pamiętałbym, gdybym szedł za Bridget, bo miała bardzo obcisłe dżinsy, więc pewnie szliśmy na górę obok siebie. Bridget znała dom, jego układ i obu blondynów. Arabskiego ochroniarza też, bo uśmiechnęła się do niego, na co on odpowiedział czułym, pełnym uwielbienia uśmiechem, nim przywołał z powrotem na twarz bokserski grymas. Nikt nie musiał jej mówić, gdzie się czeka – na półpiętrze przed podziałem schodów, tego bym nigdy się nie domyślił, patrząc z dołu.

Były tam dwa fotele, skórzana kanapa bez oparć i pisma ilustrowane, oferujące na sprzedaż wyspy na Karaibach i czartery jachtów z załogą i helikopterem, cena do uzgodnienia. Bridget wzięła do ręki jedno z czasopism, przerzuciła je, więc i ja zacząłem przeglądać. Ale nawet gdy dałem się ponieść marzeniom, którym to z tych „Framów" odpłynę z Hannah w siną dal, równocześnie zacząłem nadstawiać ucha na donośne głosy, dochodzące mnie głucho z sali konferencyjnej, bo z natury jestem podsłuchiwaczem, bo tego mnie nauczono, zresztą nie tylko w Rozmównicy. Ukryte dzieci na dalekich misjach muszą nadstawiać uszy, by wiedzieć, skąd spadnie na nie kolejny cios.

Nadstawiwszy więc uszu, zacząłem rozróżniać dobiegający z pokojów na górze jęk pracujących pełną parą faksów, świergot błyskawicznie podnoszonych telefonów i pełne napięcia chwile ciszy, kiedy nie działo się nic, a cały dom jakby wstrzymywał dech. Co parę minut mijała nas po schodach młoda asystentka, by podać ochroniarzowi karteczkę z wiadomością, ten zaś lekko uchylał strzeżone przez siebie drzwi i podsuwał ją komuś po drugiej stronie, po czym zamykał je i znów kładł dłonie na genitaliach.

A z sali konferencyjnej nie przestawały dobiegać głosy. Były to głosy męskie i ważne, w tym sensie, że w zebraniu uczestniczyli równie ważni panowie, a nie jeden przywódca przemawiający do podwładnych. Zauważyłem też, że choć słowa brzmiały z daleka jak angielskie, głosy różniły się akcentem: jedne były z subkontynentu indyjskiego, inne z Ameryki Północnej, jeszcze inne mogły należeć do białego kolonizatora z Afryki. To wszystko bardzo przypominało konferencje wysokiego szczebla, w których miałem kilkakrotnie zaszczyt uczestniczyć, gdzie zasadnicze wystąpienia są po angielsku, ale dyskusje zakulisowe prowadzone są w językach poszczególnych delegatów, z pomocą tłumaczy, owych niezbędnych pomostów między duszami poszukującymi Boga.

Jednak jeden głos brzmiał tak, jak gdyby skierowany był do mnie osobiście. Rodowicie angielski, z wyższych sfer, melodyjnie wznosił się i opadał. Moje antenki były tak wyczulone, że choć nie zrozumiałem ani słowa, już po paru minutach mógłbym się założyć, iż jest to głos kogoś, kogo znam i darzę szacunkiem. Wciąż jeszcze przekopywałem się przez własną pamięć, by go w niej odnaleźć, gdy moją uwagę przykuło przypominające grzmot trzaśnięcie otwierających się drzwi wejściowych. Do sieni wkroczył trupio chudy i wiecznie zdyszany Julius Bogarde, zwany Strachem, mój dawny pan od matematyki w Sanktuarium i główny animator tamtejszego nieszczęsnej pamięci kółka turystycznego. Fakt, iż Strach zginął dziesięć lat temu, prowadząc grupę struchlałych ze strachu uczniów niewłaściwym zboczem jakiejś góry we wschodniej Szkocji, jeszcze pogłębił moje zdumienie tą nieoczekiwaną reinkarnacją.

– Maxie – usłyszałem pełen podziwu szept zrywającej się na równe nogi Bridget. – Ty wariacie. Której to się dziś poszczęściło?

No dobra – to nie był Strach.

Bo nie sądzę, by dziewczyny Stracha, jeżeli je w ogóle miał, mogły w jakichkolwiek okolicznościach uważać się za szczęśliwe. Wręcz przeciwnie. Nowo przybyły miał jednak długie przeguby rąk Stracha, jego wariacko niemal pośpieszny krok i zdeterminowany wyraz twarzy, jego sztywną jasną czuprynę, zwianą na bok i na stałe przez wiatr, i czerwone wypieki na policzkach. I dyndający na ramieniu, wypłowiały na słońcu płócienny chlebak, podobny do torby na maskę gazową ze starych filmów. Sam Strach, gdyby kiedykolwiek przybył do Londynu – a byłoby to całkowicie wbrew jego zasadom – tak właśnie by się ubrał: wymięty, prany własnoręcznie, piaskowy strój tropikalny z wełnianym bezrękawnikiem i skórzanymi trzewikami z wytartymi noskami. A gdyby kiedykolwiek wchodził ku nam po tych wspaniałych schodach, uczyniłby to właśnie tak: trzy lekkie wielkie susy, z obijającą się o boki torbą na maskę gazową.

– Pieprzony rower – odezwał się ze złością, dając przy okazji Bridget całusa, który chyba więcej znaczył dla niej niż dla niego. – W samym środku Hyde Parku. Tylna opona, szlag na miejscu. Dwie dziwki zsikały się ze śmiechu. Ty jesteś ten od języków?

Zwrócił się do mnie nagle. Nie jestem przyzwyczajony, by klienci używali tak mocnych słów, i to w obecności dam, ale powiem od razu, że człowiek, którego pan Anderson określił mianem geniusza w swojej dziedzinie, w ogóle nie przypominał żadnego z moich dotychczasowych klientów, co wiedziałem, jeszcze zanim przygwoździł mnie do ziemi nieco nieprzytomnym spojrzeniem Stracha.

– To Brian, kochanie – powiedziała szybko Bridget, może w obawie, że powiem coś innego. – Brian Sinclair. Jack już wie o nim wszystko.

Z dołu zawołał do nas męski głos, ten sam, na który przedtem zwróciłem uwagę:

– Maxie! Człowieku, gdzieś ty się podziewał? Tu już wszystko ruszyło!

Ale Maxie nie zwrócił na to uwagi. Gdy spojrzałem w dół, właściciela głosu już nie było.

– Wiesz, o co cała awantura, Sinclair?

– Jeszcze nie, proszę pana.

– Ten stary pierdoła Anderson nic ci nie powiedział?

– Kochanie! – zaprotestowała Bridget.

– Powiedział, że sam nie wie, proszę pana.

– Znasz francuski, lingala, suahili i coś jeszcze, tak?

– Tak jest, proszę pana.

– Bembe?

– Bez problemu, proszę pana.

– Szi?

– Szi też.

– Kinyaruanda?

– Lepiej go zapytaj, którego nie zna, kochanie – doradziła Bridget. – Będzie szybciej.

– Na kinyaruanda tłumaczyłem wczoraj wieczorem, proszę pana – odpowiedziałem, śląc Hannah miłosne przesłanie.

– Ja pierdolę. – Zamyślił się, nie przestając przyglądać się mi jak nowemu nieznanemu gatunkowi. – Skąd znasz ich aż tyle?

– Mój ojciec był misjonarzem w Afryce – wytłumaczyłem i trochę poniewczasie przypomniałem sobie, że pan Anderson powiedział mi, iż jestem synem inżyniera górnika. O mało nie dodałem „katolickiego", żeby już wszystko było jasne, ale Bridget posłała mi mordercze spojrzenie, więc postanowiłem opowiedzieć to kiedy indziej.

– A francuski też na sto procent, tak?

Mile połechtany pozytywnym kierunkiem, w jakim zdążało to przesłuchanie, musiałem trochę się pokrygować:

– Nigdy nie twierdzę, że na sto procent, proszę pana. Dążę do perfekcji, ale zawsze można nauczyć się czegoś nowego. – Zawsze to mówię klientom, ale powiedzieć coś takiego Maxiemu wydało mi się aktem sporej odwagi.

– No, a ja oblałem francuski na maturze – odparł. Jego nieprzytomne spojrzenie ani na chwilę nie opuściło mojej twarzy. – I nie masz żadnych obiekcji, tak? Że może nie wszystko będzie regulaminowo?

– Jeżeli to dla dobra kraju… – powtórzyłem odpowiedź daną przedtem panu Andersonowi.

– Dla kraju, dla Konga, dla Afryki – zapewnił mnie.

I już go nie było, ale zdążyłem jeszcze zauważyć kolejną ciekawostkę związaną z moim nowym pracodawcą. Na przegubie lewej ręki miał zegarek do nurkowania, na prawej – bransoletę ze złotego łańcucha. Jego prawa dłoń, sądząc po fakturze, była kuloodporna. Skroń musnęły mi kobiece usta. Przez chwilę byłem absolutnie przekonany, że to usta Hannah, ale to tylko Bridget żegnała się ze mną. Nie wiem, jak długo potem czekałem. Albo czy znalazłem coś, o czym mógłbym myśleć dłużej niż przez dwie sekundy. Oczywiście poza pierwszymi wrażeniami na temat mego nowego dowódcy i wszystkiego, co zaszło między nami podczas tej krótkiej wymiany zdań. Bembe, powtarzałem sobie w kółko. Na myśl o bembe zawsze się uśmiecham, bo w tym to języku my, dzieci ze szkółki misyjnej, darliśmy się na siebie, gdy w ulewnym deszczu kopaliśmy piłkę na rozmokłym boisku z czerwonej gliny.

Pamiętam też, że zrobiło mi się przykro, bo opuścili mnie równocześnie Maxie i Bridget. Był moment, że tak upadłem na duchu, iż zapragnąłem znaleźć się z powrotem na przyjęciu na cześć Penelope. Ale wtedy zerwałem się na równe nogi i postanowiłem, że muszę zatelefonować do Hannah, choćby nie wiem co. Już szedłem na dół po schodach – miały poręcz wypolerowaną na tak wysoki połysk, że poczułem wyrzuty sumienia, iż kładę na nich spoconą łapę. Spiąłem się w sobie, by przejść przez sień pod okiem siwego ochroniarza, gdy jak w zwolnionym tempie drzwi do sali konferencyjnej otworzyły się i obradujący wyszli z niej dwójkami i trójkami. W sumie zgromadziło ich się chyba z szesnastu.

Tu muszę się skupić. Kiedy człowiek trafia na dużą, zagadaną grupę o dobrze znanych publicznie twarzach, zaraz zaczyna robić im w myśli zdjęcia i dopasowywać do nich nazwiska. Tylko czy właściwe? Z dziesięciu czy jedenastu obecnych tam białych mogę w tej chwili zidentyfikować na pewno dwóch sławnych liderów biznesu londyńskiego City, jednego byłego rzecznika Downing Street, obecnie pracującego jako niezależny konsultant, jednego siedemdziesięcioletniego uszlachconego specjalistę od wrogich przejęć i jednego wiecznie młodego gwiazdora muzyki pop, powiernika młodszych członków rodziny królewskiej, któremu wspaniała gazeta Penelope zarzuciła ostatnio różne występki związane z narkotykami i seksem. Twarze tych ludzi na zawsze wryły mi się w pamięć. Poznałem ich natychmiast. Wyszli razem, dalej razem stali i razem rozmawiali niecałe trzy kroki ode mnie. Słyszałem urywki ich rozmowy.

Żadnego z dwóch obecnych Hindusów wtedy nie znałem, ale od tamtego czasu udało mi się zidentyfikować tego bardziej hałaśliwego jako założyciela wielomiliardowego imperium odzieżowego z główną siedzibą w Manchesterze i Madrasie. Z trzech czarnych Afrykanów rozpoznałem tylko jednego, przebywającego obecnie na wygnaniu ministra finansów pewnej republiki zachodnioafrykańskiej, którego nazwiska nie wymienię z racji okoliczności, w jakich obecnie się znajduję. Podobnie jak jego dwaj towarzysze, sprawiał wrażenie zrelaksowanego i całkowicie zasymilowanego, zarówno pod względem stroju, jak i zachowania.

Zdążyłem się nauczyć, że uczestnicy większości konferencji wychodzą z posiedzeń albo obrażeni, albo podekscytowani. Ci byli podekscytowani, ale również w wojowniczym nastroju. Mieli wielkie nadzieje, ale też wielkich wrogów. Jednym z nich był jakiś Tabby, którego miano rzucił z nienawiścią przez pożółkłe zęby ów siedemdziesięcioletni rozbójnik giełdowy. Zapewniał swych hinduskich rozmówców, że Tabby to kawał drania nawet według standardów panujących w jego profesji; że z przyjemnością wyciąłby mu jakiś numer, gdyby nadarzyła się taka okazja. Jednak wszystkie te przelotne obserwacje poszły w zapomnienie, gdy na szarym końcu wyszedł z sali Maxie w towarzystwie równie wysokiego, lecz znacznie bardziej eleganckiego w stroju i gestach właściciela głosu, który zdawał się zwracać do mnie, gdy czekałem na schodach: lord Brinkley z The Sands, miłośnik sztuki, przedsiębiorca, światowiec, były minister z ramienia Nowej Partii Pracy i – najważniejszy powód mojej do niego sympatii – wieloletni obrońca interesów afrykańskich.

Powiem od razu, że poznanie go osobiście jak najbardziej umocniło mnie w wysokiej ocenie lorda Brinkleya, jaką wyrobiłem sobie na podstawie jego wystąpień w telewizji i moim ulubionym środku przekazu, w radiu. Ostre rysy, silna szczęka i długa czupryna były dla mnie doskonałym potwierdzeniem oddania wyższym celom, z którymi zawsze go identyfikowałem. Ileż to razy oklaskiwałem go, gdy oskarżał świat zachodni o brak sumienia w postępowaniu względem Afryki! A skoro Maxie i lord Brinkley działali ramię w ramię w tajnym, prokongijskim przedsięwzięciu – i to dosłownie, bo tak właśnie szli teraz w moim kierunku – to czułem się zaszczycony, że i ja mogę wziąć w nim udział.

Był jeszcze jeden, bardziej osobisty powód, dla którego darzyłem lorda Brinkleya takim uznaniem – Penelope. Nieśmiało stojąc z boku zgromadzenia, wspominałem z rozkoszą, jak to sir Jack (bo wtedy jeszcze był tylko *sir*) uzyskał od jej wspaniałej gazety rekordowe odszkodowanie za bezpodstawne doniesienia o przedsięwzięciach finansowych, i jak ten jego tryumf położył się cieniem na naszym pożyciu małżeńskim, bo Penelope jak zwykle broniła świętej wolności prasy oczerniania, kogo tylko zechce, a Salvo stawał po stronie sir Jacka za jego wielokrotnie okazywaną sympatię do Afryki i determinację, z jaką walczył z trzema przekleństwami tego kontynentu: wyzyskiem, korupcją i epidemiami, by przywrócić należną Afryce pozycję w gospodarce światowej.

Byłem wtedy tak oburzony na postępowanie gazety, że w tajemnicy przed Penelope wysłałem do lorda Brinkleya prywatny, osobisty list, na który w dodatku uprzejmie odpowiedział. Właśnie to poczucie duchowej więzi – przyznaję, w połączeniu ze swego rodzaju dumą, że jestem jednym z jego wiernych fanów – ośmieliło mnie, by wyłonić się z cienia i zwrócić się do niego sam na sam.

– Przepraszam pana – powiedziałem, w porę przypomniawszy sobie, że operacja jest tajna, więc nie należy zwracać się do niego ani per „lordzie Brinkley", ani „milordzie", ani „wasza lordowska mość".

Lord Brinkley zatrzymał się, a razem z nim Maxie. Z ich zdziwionych min wywnioskowałem, że obaj nie byli pewni, o którego „pana" mi chodzi, więc odwróciłem się tak, by stanąć dokładnie naprzeciw lorda. Z przyjemnością zauważyłem, że o ile Maxie zachował się z pewną rezerwą, o tyle lord Brinkley dalej uśmiechał się uprzejmie. Gdy człowiek ma taki kolor skóry, jak ja, inni uśmiechają się na dwa sposoby: albo szczerze, albo jak biali liberałowie, czyli z przesadą. Ale uśmiech lorda Brinkleya był stuprocentowym wyrazem spontanicznej dobroci.

– Chciałem tylko powiedzieć panu, że jestem bardzo dumny – dodałem.

Chciałem dodać, że Hannah byłaby równie dumna, gdyby wiedziała, ale się powstrzymałem.

– Dumny? A z czego, mój chłopcze?

– Że biorę w tym udział. Że będę pracował dla pana. Nazywam się Sinclair. Jestem tłumaczem przysłanym przez pana Andersona. Znam francuski, suahili, lingala i wiele pomniejszych języków afrykańskich.

Uprzejmy uśmiech nie zmienił się ani o jotę.

– Andersona? – powtórzył, szukając w pamięci. – Nie znam tego nazwiska. Przepraszam, to pewnie jakiś kolega naszego Maxiego.

To mnie oczywiście zdziwiło, bo mylnie zakładałem, że stoi przede mną właśnie ten Jack, o którym rozmawiał przy mnie przez telefon pan Anderson. Tymczasem najwyraźniej wcale tak nie było. Piękna lwia grzywa lorda Brinkleya uniosła się w odpowiedzi na czyjeś wołanie, choć ja niczego nie usłyszałem.

– Już idę, Marcel. Na północ mam ustawioną telekonferencję. Wszyscy trzej macie być ze mną. Trzeba zapiąć wszystko na ostatni guzik, zanim ten zasraniec Tabby znowu zacznie mieszać.

Oddalił się pośpiesznie, zostawiając mnie z Maxiem, który stał przy mnie z nieco zdziwioną miną. Ale ja wciąż patrzyłem czule za lordem Brinkleyem, który wdzięcznie rozkładając ręce, brał w uścisk wszystkich trzech Afrykanów naraz. Musiał mieć dar przekonywania w wielu językach, sądząc po ich zachwyconych minach.

– Coś ci się nie podoba, stary? – zapytał Maxie. Oczy Stracha patrzyły na mnie ze skrywanym rozbawieniem.

– Nic takiego, proszę pana. Nie wiem tylko, czy nie popełniłem faux pas.

Na to zaśmiał się hałaśliwie i przywalił mi swą kuloodporną ręką w plecy.

– Byłeś pierwszorzędny. Ale narobił w gacie! Masz torbę? Gdzie jest? Przy biurku przy wejściu? No, to marsz.

Niedbale machnął dłonią na pożegnanie temu doborowemu towarzystwu i przepchnął mnie przez tłum do sieni, gdzie jeden z blondynów już podawał mi torbę. Przy krawężniku czekał z otwartymi drzwiami zaciemniony minivan z włączonym niebieskim kogutem. Kierowca był w cywilu. Na chodniku stał chudy mężczyzna z wygoloną głową. W samochodzie siedział już olbrzym z siwym kucykiem i w skórzanej kurtce. Wygolony pchnął mnie na siedzenie obok olbrzyma i wskoczył za mną, zatrzaskując drzwi. Maxie równie szybko znalazł się na miejscu obok kierowcy. W tej samej chwili od strony Mount Street pojawili się z rykiem motorów dwaj policyjni motocykliści, a nasz kierowca ruszył za nimi całym pędem.

Ale jeszcze udało mi się obejrzeć przez ramię. W trudnych sytuacjach tak właśnie się zachowuję. Każą mi patrzeć w jedną stronę, ja patrzę w drugą. Odwróciłem się więc i przez tylną, półprzeźroczystą szybę dobrze przypatrzyłem się kamienicy, spod której odjeżdżaliśmy. Zobaczyłem trzy, może cztery schodki prowadzące do zamkniętej, granatowej, a może czarnej bramy. Nad bramą zobaczyłem dwie kamery, duże, zamontowane wysoko. Zobaczyłem płaską, ceglaną georgiańską fasadę z białymi oknami i spuszczonymi roletami. Poszukałem numeru domu – nie było go. Dom zniknął, ale niech mi nikt nie wmawia, że go nie było. Był, widziałem. Wchodziłem przez jego bramę, ściskałem dłoń mojego bohatera Jacka Brinkleya, który, według słów Maxiego, z tego powodu narobił w gacie.

Zapytacie pewnie, czy w takim razie nasz świeżo upieczony tajny agent Salvo sam nie trząsł się ze strachu, wieziony na łeb na szyję przez zaatakowany bombami Londyn w towarzystwie nieznanych mu mężczyzn ku nieznanemu przeznaczeniu, którego mógł się jedynie domyślać? Otóż nie. Salvo jechał przecież służyć swym mocodawcom, ojczyźnie, Kongu, panu Andersonowi i Hannah. Tu znów przychodzi mi na myśl Paula, powiernica Penelope, osoba chyba nie do końca normalna, która studiowała psychologię na jakiejś podrzędnej kanadyjskiej uczelni. Z braku klientów z gotówką Paula ma zwyczaj praktykować na każdym, kto niebacznie znajdzie się w jej polu rażenia. W ten właśnie sposób poinformowała mnie – wytrąbiwszy najpierw prawie całą butelkę mojej ulubionej rioji, że jedną z mych licznych wad jest „brak świadomości istnienia zła".

Było więc nas pięciu w minivanie, gdy popędziliśmy w kierunku zachodnim z Berkeley Square, goniąc policyjną eskortę po pasach dla autobusów, na czerwonych światłach, omijając wysepki na jezdni z niewłaściwej strony, ale atmosfera wewnątrz pojazdu była tak spokojna, jak gdyby chodziło o jednodniową wycieczkę po rzece. Kierowca w cywilu tak sprawnie zmieniał biegi, że jego widoczna na tle przedniej szyby sylwetka była prawie nieruchoma. Obok niego rozwalił się na siedzeniu Maxie, który nawet nie zapiął pasów. Na kolanach trzymał otwartą torbę na maskę gazową i, zaglądając do sfatygowanego notesu, rzucał od niechcenia serię rozkazów przez telefon komórkowy:

– Gdzie ten Sven, do jasnej cholery? Powiedz mu, że ma ruszyć dupę i obsłużyć dzisiejszy lot. Do końca tygodnia ma ich być sześćdziesięciu. Musi ich sprowadzać czarterem z Kapsztadu, jego sprawa. Harry, tylko żeby mi byli sprawni. Doświadczeni, ale nie jakieś stare pryki. Najwyższe stawki, pełne ubezpieczenie. Czego ci jeszcze trzeba? Dziwek za darmo?

Ja tymczasem poznawałem moich towarzyszy. Ten, który siedział po prawej stronie, ten z siwym kucykiem, nazywał się Benny, jak przedstawił się, zgniatając mi dłoń w straszliwym uścisku. Miał rozłożyste ciało i ospowatą twarz kojarzące się z bokserem, który zszedł na psy. Z głosu domyśliłem się, że jest białym Rodezyjczykiem. Ten wygolony, siedzący po mojej lewej ręce, był mniej więcej o połowę mniejszy od Benny'ego i mimo stuprocentowo typowego cockneya kazał mówić do siebie Anton. Miał na sobie porządniejszą od mojej marynarkę, zaprasowane w kanty spodnie z gabardyny i brązowe buty o lśniących noskach.

– Tylko tyle mamy bagażu, szefie? – mruknął Anton, trącając jednym z tych nosków, z prawdziwej skóry, moją torbę z imitacji.

– To cały nasz bagaż, Antonie.

– No, a co tam mamy? – Jego wargi poruszyły się tak nieznacznie; z daleka trudno byłoby dostrzec, że w ogóle coś powiedział.

– Rzeczy osobiste, panie władzo – odpowiedziałem wesoło.

– Ale jak osobiste, szefie? Tak osobiste jak magnetofon? Jak gnat kaliber 9 milimetrów? Czy jak wełniane gacie? Bo w naszych czasach już nie wiadomo, co jest osobiste, a co nie. Nie tak, Ben?

– Sprawy osobiste to skomplikowane zagadnienie – zgodził się z drugiej strony mnie wielki Benny.

Na przednim siedzeniu Maxie nie przestawał rzucać mięsem:

– Mam w dupie, która teraz godzina, Corky i tak nigdy nie sypia. Jak nie będzie gotowy za pięć dni, to go nie bierzemy. No, kurwa, masz ten ołówek czy to też zgubiłeś?

Za oknami przewinęły się Knightsbridge, potem Chelsea. Z przyjemnością zauważyłem, że na murze nad bulwarem nie było żadnego dziecka. Nasza motocyklowa eskorta wciąż kierowała się na zachód. Znów przejechali skrzyżowanie na czerwonym świetle i położyli się w skręcie w lewo, na południe, wywołując w mej głowie niekontrolowaną eksplozję. Jechaliśmy przez most Battersea! Byliśmy o tysiąc kroków od Norfolk Mansions, Prince of Wales Drive 17, mojego mieszkania, jej mieszkania, naszego mieszkania, i zbliżaliśmy się coraz szybciej! Przed oczami stanęła mi wyidealizowana wizja mojego małżeństwa, taka sama, jaką uraczyłem Bridget. Po lewej stronie leżał nasz park, gdzie lada rok miałem zabierać nasze potomstwo do wesołego miasteczka! Za plecami miałem naszą rzekę! Iluż to poobiednich i postkoitalnych przechadzek odbyliśmy jej nabrzeżem z Penelope! Patrzcie, widzę okno naszej sypialni! Tak śpieszyłem się, wkładając smoking, że zostawiłem włączone światło!

Wziąłem się w garść. Tajni agenci Korony Brytyjskiej, nawet tacy na pół etatu, nie doprowadzają się do takiego stanu, nawet rażeni gromem. A jednak widok mojego Battersea, nawołującego swego syna marnotrawnego, przyprawił mnie o atak strachu znanego każdemu początkującemu cudzołożnikowi: strachu przed wyrzuceniem na bruk z jedną walizką, przed utraceniem na zawsze szacunku wspaniałej kobiety, gdy za późno uświadamia sobie, że tylko ją kocha, tylko jej pożąda; przed przepadkiem kolekcji płyt kompaktowych i miejsca w hierarchii majątkowej, nawet jeżeli to bardzo skromne miejsce, i przed anonimową śmiercią pod krzakiem na Hampstead Heath.

Przejechaliśmy przez most. Gdy znaleźliśmy się w odległości kontaktu głosowego z moją bramą, policyjna eskorta nagle gdzieś zniknęła, a nasz kierowca jeszcze raz skręcił w lewo na prowadzący w dół zjazd, przejechał otwartą bramę i zatrzymał się z piskiem opon. Drzwi minivana otworzyły się i do środka wdarł się ogłuszający ryk silnika, ale byłem tak zdezorientowany, że nie mogłem zlokalizować źródła dźwięku. A potem zobaczyłem nagle srebrny, lśniący w świetle sodowych lamp helikopter z obracającym się śmigłem.

– Dokąd lecimy?! – wrzasnąłem do Antona, który właśnie wyskakiwał zgrabnie na asfalt.

– Jeszcześ tak nie leciał, szefie! *London by night!* A teraz zabieraj dupę z auta, ale już!

Maxie zrobił trzy kroki w stronę śmigłowca, po czym odwrócił się – torba na maskę znów uderzyła go w udo – odepchnął Antona i nachylił się do mnie.

– Coś nie tak, stary?

– Tam jest mój dom, proszę pana. Przy tej ulicy. Pięćset kroków stąd. Tam mieszkam z żoną. A dziś jest jej wieczór – tłumaczyłem, znowu zapominając we wzburzeniu, że przecież miałem mieszkać w skrytce pocztowej.

– Jak to jej wieczór, stary?

– Przyjęcie na jej cześć, proszę pana. Dostała awans. W pracy. Jest znaną dziennikarką.

– No dobra. To jak będzie? Jedziesz z nami czy wracasz do mamusi i nas olewasz?

I tu całkiem niespodziewanie przyszli mi z pomocą Jurny Thorne i cała galeria jego poprzedników, i wszystkie inne kurczaki, które metaforycznie wyrzucałem do śmieci albo które powinienem był do śmieci wyrzucić. I zaraz, w kolejnym wahnięciu huśtawki nastrojów, do której zresztą już się prawie przyzwyczaiłem, poczułem, że zapadam się pod ziemię ze wstydu. Że też w takiej chwili muszę zawracać innym głowę takimi bzdurami! Szybko podbiegłem w ślad za Maxiem do helikoptera. Benny i Anton byli cały czas obok mnie. Wielki Benny podsadził mnie do schodków w otwarty właz, Anton pchnął mnie na miejsce przy oknie i sam z rozmachem usiadł obok mnie. Maxie siedział już obok pilota ze słuchawkami na uszach.

I nagle Fram stało się faktem. Elektrownia w Battersea odleciała w dół wraz z Prince of Wales Drive. Znaleźliśmy się dwieście metrów nad realnym światem i skierowaliśmy się na północ. Przesuwając się nad całkowicie zakorkowaną Park Lane, rzuciłem okiem na boisko krykietowe, ale nikt tam nie grał. Potem z rozkoszą i bólem serca zobaczyłem ten sam szpital, w którym wczoraj narodziłem się na nowo przy łożu umierającego. Przekrzywiając głowę, patrzyłem, jak odpływa za horyzont. Oczy zaszły mi łzami, zamknąłem je i chyba zdrzemnąłem się na parę minut, bo gdy je otworzyłem, unosiły się nam na spotkanie światła lotniska Luton, a moim jedynym pragnieniem było za wszelką cenę zatelefonować do Hannah.

Teraz wiem, że każde lotnisko ma strony jasną i ciemną. Gdzieś tam lądowały i startowały zwykłe samoloty, ale najgłośniejszym dźwiękiem, jaki towarzyszył nam w biegu przez ogrodzony teren, był stukot podeszew moich pożyczonych butów o beton. Zapadał wilgotny zmierzch. Przed nami pojawiła się zielona szopa częściowo wpuszczona w ziemię, z otwartymi na nasze powitanie drzwiami. W środku panował nastrój ćwiczeń rezerwistów, emanujący od ośmiu dobrze zbudowanych mężczyzn z wojskowymi plecakami u nóg. Maxie przechadzał się między nimi, rozdając tu klepnięcie po plecach, tu oburęczny afrykański uścisk dłoni. Rozglądałem się za telefonem, ale na próżno. Zresztą przecież nie miałem drobnych.

– Gdzie Pająk, do jasnej cholery?

– Zaraz będzie, pułkowniku – brzmiała pełna szacunku odpowiedź Antona. – Mówił, że auto mu się rozkraczyło.

Zauważyłem drzwi z napisem „Tylko dla personelu", więc przez nie wszedłem. Tu też nie było telefonu. Wróciłem akurat w chwili, gdy Maxie rozmawiał z mężczyzną o wyglądzie chorego na nadkwasotę, w czarnym berecie na bakier i długim płaszczu, z aktówką pod pachą. Stali w kącie pomieszczenia i usiłowali porozumieć się po francusku. Maxie nie kłamał: jego francuszczyzna rzeczywiście była okropna. Czy jego towarzysz był owym tajemniczym Philipem lub Philippe? Nie miałem jednak ani czasu, ani ochoty zajmować się tą kwestią, bo młody człowiek w dresie już zbierał od wszystkich komórki, podpisywał je na nalepkach, wkładał do tekturowego pudełka i wydawał w zamian numerki, takie jak w szatni. Zrozumiałem, że z każdym telefonem znikającym w pudełku maleją moje szanse na skontaktowanie się z Hannah.

Zwróciłem się do Antona:

– Niestety muszę wykonać jeszcze jeden pilny telefon.

– A do kogo, szefie?

– Do żony.

– A po co, jeśli można spytać? Ja z moją nie rozmawiałem od ośmiu lat.

– Mamy takie rodzinne zmartwienie. Umiera nasz bardzo bliski przyjaciel. Ona jest przy nim. To znaczy, moja żona. W szpitalu. Opiekuje się nim. On umiera.

Maxie zostawił na chwilę swego Francuza, by włączyć się do rozmowy. Najwyraźniej nie uronił z niej dotąd ani słowa.

– To gdzie on umiera, stary?

– W szpitalu, proszę pana.

– Na co?

– Na ciężką chorobę krwi. Zbyt zaawansowaną, żeby go wyleczyć.

– Parszywa śmierć. W którym?

– North London District.

– To prywatny czy państwowy?

– Państwowy. Ale częściowo prywatny. Tam jest specjalny oddział chorób krwi.

– Będzie prosił o jeszcze jeden rok. Ci, co mają zdechnąć, zawsze proszą o jeszcze jeden rok. On prosi o jeszcze jeden rok?

– Nie mówił, proszę pana. Przynajmniej nie do tej pory. W każdym razie nie przy mnie.

– A może przełykać?

Przypomniałem sobie dochodzącą od Jeana-Pierre'a woń alkoholu metylowego. Tak, może.

– To ja bym radził, żeby mu coś przedawkować. Najlepiej całe opakowanie rozpuszczalnej aspiryny. Tylko żeby żona nie zostawiła na niej odcisków palców, potem najlepiej niech upchnie pod poduszkę. Masz komórkę, Anton?

– Proszę bardzo, pułkowniku.

– Niech dzwoni. Potem oddaj chłopcom. Żadnych komórek na akcji. Ani palenia! – ryknął na całe pomieszczenie. – Panowie, ostatni pet. Gasimy!

– Chciałbym to załatwić na osobności – powiedziałem do Antona, gdy znów zostaliśmy sami.

– Każdy by chciał – powiedział Anton i ani drgnął.

Zdjąłem marynarkę, podwinąłem lewy rękaw, odsłaniając numer telefonu do szpitala i wewnętrzny oddziału Hannah, który zapisała mi własnoręcznie długopisem wyciągniętym zza ucha. Wystukałem numer. W słuchawce zabrzmiał kobiecy głos z jamajskim zaśpiewem.

– Cześć, Grace – powiedziałem dziarsko. – Dzwonię w sprawie pacjenta imieniem Jean-Pierre. Zdaje się, że Hannah jest u niego. Czy mogę z nią rozmawiać?

– Salvo? – Serce podeszło mi do gardła, ale to dalej była Grace. – To ty, Salvo? Ten facet od tłumaczeń?

– Tak, i bardzo chciałbym rozmawiać z Hannah. – Ze względu na Antona telefon przyciskałem do ucha z całej siły. – To sprawa osobista i do tego trochę pilna. Czy mogłabyś z łaski swojej poprosić ją do telefonu? Powiedz jej, że to... – Już miałem powiedzieć „Salvo", ale opamiętałem się w ostatniej chwili. – Że to ja – dodałem z uśmiechem na użytek Antona.

W odróżnieniu od Hannah Grace poruszała się w afrykańskim tempie. Jeżeli coś w ogóle warte jest zachodu, to trzeba to robić powoli.

– Hannah jest zajęta – odezwała się wreszcie zrzędliwym tonem.

Zajęta? Z kim? Jak? Zacząłem mówić wojskowym tonem, trochę tak jak Maxie.

– Mimo wszystko chciałbym jednak z nią porozmawiać. To ważna sprawa, Grace. Będzie świetnie wiedziała, o co chodzi.

Kolejne monstrualne oczekiwanie, cierpliwie znoszone przez Antona.

– Wszystko w porządku, Salvo?

– Tak, dziękuję. I co, idzie?

– Hannah ma teraz bardzo ważne zebranie z przełożoną. Nie można im przeszkadzać. Lepiej zadzwoń kiedy indziej, Salvo. Może jutro, jak będzie po dyżurze.

Z przełożoną? A od kiedy to przełożona jest władcą świata? Co to za zebranie? O czym? O sypianiu z żonatymi tłumaczami? Muszę zostawić jej jakąś wiadomość, ale jaką?

– Salvo? – To znowu Grace.

– Co?

– Mam dla ciebie bardzo smutną wiadomość.

– Jaką?

– Jean-Pierre, ten menel z parku. Umarł nam, Salvo. Hannah strasznie się przejęła. Ja zresztą też.

Musiałem chyba w tym momencie zamknąć oczy. Gdy je otworzyłem, Anton zdążył już wyjąć mi telefon z dłoni i wręczyć go dresiarzowi.

– Tak żona ma na imię? – zapytał. – Hannah?

– A czemu nie?

– A bo ja wiem, szefie? Zależy, do kogo zapisałeś numer na ręce, no nie?

Ludzie Maxiego zarzucali już plecaki na ramiona i wychodzili w mrok. W wieczornej poświacie zobaczyłem tępy zarys jakiegoś samolotu. Anton szedł przy mnie, wielki Benny zajął się Francuzem w berecie.

Rozdział 5

To znany fakt, że w przeddzień bitwy myśli najwierniejszego młodego rekruta mogą biec w nieprzewidzianym kierunku, że nawet mogą być bardzo buntownicze. Nie będę udawał, iż sam nie byłem tu wyjątkiem, tym bardziej że wystrój, wentylacja i oświetlenie naszej pozbawionej okien machiny latającej sprawiały, iż byłaby znacznie lepiej przystosowana do przewozu psów niż ludzi i że po pewnym czasie w ryku obu silników można było usłyszeć wszystkie głosy, których usłyszeć się nie chciało – w moim przypadku na czoło wysuwał się głos Penelope. Zamiast miękkich foteli mieliśmy żelazne klatki, otwierające się od strony ciągnącego się środkiem przejścia; w każdej leżał brudny więzienny materac. U sufitu zwieszały się hamaki z pomarańczowej siatki i uchwyty, przydatne tylko dla tych, którzy chcieli rzucić się z samolotu w przestworza. Jedyną pociechą było dla mnie to, że Anton i Benny też siedzieli w sąsiednich z moją celach. Benny chyba podliczał wydatki swego gospodarstwa domowego, Anton zaś ostentacyjnie zasłonił się wielce archiwalnym czasopismem pornograficznym.

Kabina pilotów, owo *sanctum* każdego samolotu, w tym modelu oddzielona była od reszty starą taśmą. Obaj lotnicy, panowie w średnim wieku, z nadwagą, nieogoleni, tak skwapliwie ignorowali swych pasażerów, że ktoś mógłby zapytać, czy w ogóle wiedzieli, że ich mają. Gdy dodać do tego jeszcze rząd niebieskich lampek wzdłuż przejścia, przypominający mi o pewnym szpitalu w północnej części Londynu, nic dziwnego, że moje poczucie uczestnictwa w słusznej sprawie musiało ustąpić podróżom w głowie, jakie odbywałem nowo otwartą linią wahadłową między Penelope a Hannah.

W ciągu kilku minut od startu nasza grupa, niemal co do jednego, padła ofiarą afrykańskiej śpiączki. Plecaków używali jako poduszek. Z dwoma wyjątkami: Maxie i jego francuski przyjaciel, przycupnięci na wspólnym materacu z tyłu samolotu, podawali sobie kartki jak zaniepokojona groźnym listem z banku para małżeńska. Francuz zdjął beret, ukazując orli profil, przenikliwe oczy i łysą głowę, zdobną tonsurą włosów koloru słomy. Udało mi się wyciągnąć z lakonicznego Benny'ego, że nazywał się monsieur

Jasper. Jaki Francuz ma na imię Jasper? – pytałem sam siebie z niedowierzaniem. Ale może on też, tak jak ja, podróżował pod pseudonimem.

– Myślisz, że powinienem podejść i zaoferować im moje usługi? – zapytałem Antona, podejrzewając, że obaj dżentelmeni mogą mieć kłopoty z porozumieniem.

– Szefie, jak pułkownik chce czyichś usług, to sam je sobie bierze – odpowiedział, nie unosząc głowy znad pisemka.

O pozostałych członkach grupy, prócz jednego, nie potrafię powiedzieć nic bliższego. Pamiętam ich jako prawie identycznych mężczyzn o groźnym wejrzeniu, w wypchanych kurtkach i czapkach bejsbollowych, którzy milkli za każdym razem, gdy się do nich zbliżałem.

– Problem z żoną wyjaśniony, stary? Aha, przy okazji, tutaj mówi się do mnie per „pułkowniku".

Chyba musiałem się zdrzemnąć, bo uniósłszy wzrok, natrafiłem na niebieskie oczy Maxiego w powiększających je okularach, siedzącego po turecku tuż obok mnie. Natychmiast podniosło mnie to na duchu. Ileż razy słuchałem opowieści brata Michaela o wojennych czynach Lawrence'a z Arabii i innych angielskich bohaterów! Jak za dotknięciem czarodziejskiej różdżki wnętrze samolotu zamieniło się w namiot arabskich koczowników, a pomarańczowa siatka w dach z koziej skóry. Oczyma wyobraźni widziałem w jej otworach gwiazdy nad pustynią.

– Z żoną wszystko w porządku, załatwione. Dziękuję, pułkowniku – odpowiedziałem, starając się dorównać mu dziarskością. – Mogę z przyjemnością stwierdzić, że w tym względzie nie ma już żadnych problemów.

– A jak się ma ten wasz cierpiący przyjaciel?

– No, właśnie wziął i umarł – odparłem równie beztrosko.

– Biedak. No, ale po co wlec się za stadem, jak już na kogoś przyszedł czas. Interesujesz się Napoleonem?

– Nie bardzo – odpowiedziałem, bojąc się przyznać, że moja wiedza historyczna nie wybiega poza jedną biografię Cromwella, naszego wodza.

– Pod Borodino nie wiedział, co jest grane. Już pod Smoleńskiem mu odbijało, a zanim dotarł pod Borodino, całkiem spierniczał. W wieku czterdziestu lat. Nie umiał się wysikać, nie umiał myśleć. No, to ja mam jeszcze trzy lata. A ty?

– No, aż dwanaście – powiedziałem, dziwiąc się w duchu, że ktoś, kto nie zna francuskiego, porównuje się z Napoleonem.

– Akcja będzie szybka. Anderson ci mówił? – I mówił dalej, nie czekając na odpowiedź: – Zjawiamy się po cichutku, gadamy z paroma facetami z Konga, dogadujemy się, zbieramy od nich podpisy na umowie i spadamy, też po cichutku. Z nimi zejdzie nam najwyżej sześć godzin. Każdy z osobna już się zgodził, teraz muszą zgodzić się razem. Oficjalnie będą wtedy gdzie indziej i muszą się tam znaleźć, zanim zegar wybije północ. Kumasz?

– Kumam, pułkowniku.

– To twoja pierwsza akcja, tak?

– Niestety tak. Mój chrzest bojowy, można by powiedzieć – przyznałem z przepraszającym uśmiechem, który miał dać do zrozumienia, że jestem świadomy własnych niedociągnięć. A potem, ponieważ jednak nie mogłem powściągnąć ciekawości: – Pewnie nie może mi pan powiedzieć, dokąd lecimy?

– Na małą wysepkę na północy, gdzie nikt nam nie będzie przeszkadzał. Im mniej wiesz, tym łatwiej będziesz potem zasypiał. – Pozwolił sobie na lekkie złagodzenie rysów. – Zawsze to samo. Najpierw mówią: „Pośpiesz się i czekaj", a potem: „Gdzie jesteś, do cholery?" A potem zanim się człowiek obejrzy, zaraz pojawia się dziesięciu innych zasrańców, naszych rozniosło po całym świecie, i jeszcze łapie się gumę.

Jego niespokojny wzrok spoczął na chwilę na ułożonych jedna na drugiej skrzyniach przypominających walizki, identycznych rozmiarów i pomalowanych na czarno, przymocowanych do stelażu obok drzwi kabiny. Na podłodze pod nimi, skulony na materacu jak nowo narodzone cielę, leżał gnom w płaskiej, sukiennej czapce i pikowanej kamizelce. Wydawało się, że śpi tak jak reszta jego towarzyszy.

– Pająk, to badziewie w ogóle działa? – zapytał Maxie, podnosząc głos, by być słyszany po drugiej stronie kadłuba.

Gdy tylko to powiedział, gnom zerwał się na równie nogi i komicznie stanął przed nami na baczność.

– Raczej nie, pułkowniczku. Na oko to kupa śmiecia – odpowiedział wesoło, a moje ucho wytrawnego tłumacza natychmiast wykryło walijską intonację. – Za takie marne pieniądze zebrać sprzęt w dwanaście godzin?

– Co jest do żarcia?

– A, to całkiem inna sprawa, pułkowniczku. Widzisz, anonimowy dawca przysłał nam cały kosz przysmaków od Fortnuma i Masona. Chyba anonimowy, bo ani karteczki z nazwiskiem, ani adresu.

– A co w koszu?

– Właściwie to niewiele. Zdaje się, że tylko cała angielska szynka, z kilo pasztetu z gęsich wątróbek, parę filetów wędzonego łososia, pieczeń wołowa na zimno, krakersy serowe, magnum szampana. Nic takiego, na co człowiek by się skusił. Nawet myślałem, czyby nie odesłać.

– Będzie na drogę powrotną – zdecydował Maxie, przerywając mu tę wyliczankę. – Co jeszcze mamy w karcie?

– Chow mein. Najlepsze, jakie można znaleźć w całym Luton. Już pewnie zimne, w sam raz.

– To podawaj tę chińszczyznę, Pająk. I przywitaj się z naszym panem od języków. Na imię ma Brian. Wypożyczony z Rozmównicy.

– A, z Rozmównicy? Kopę lat! Działka pana Andersona. Dalej śpiewa barytonem? Chyba że go wykastrowali?

Gnom, przedstawiony mi teraz jako Pająk, uśmiechnął się do mnie oczyma jak węgielki. Odwzajemniłem uśmiech pewny, że właśnie zdobyłem kolejnego przyjaciela w naszym wielkim przedsięwzięciu.

– Wojskowe sprawy też umiesz. – Maxie nie pyta, tylko stwierdza fakt, wyciągając ze swej torby na maskę gazową starą, blaszaną piersiówkę, owiniętą oliwkowym płótnem i paczkę herbatników. Piersiówka, jak się potem dowiedziałem, zawierała wodę mineralną z Malvern.

– Jakie wojskowe, pułkowniku? – odparłem. Chow mein rzeczywiście było zimne i lepkie, ale postanowiłem nie narzekać.

– Broń, artyleria, siła ognia, kaliber, te rzeczy. – Ugryzł herbatnik.

Zapewniłem go, że dzięki praktyce w Rozmównicy znam wiele terminów technicznych i wojskowych.

– Ale zwykle, jeżeli w danym języku nie ma odpowiedniego słowa, zapożyczają je z najbliższego języka kolonialnego – dodałem, bo znalazłem się wreszcie na znajomym gruncie. – W przypadku Kongijczyka oczywiście z francuskiego. – Nie mogłem się powstrzymać. – No chyba że szkolił się w Ruandzie albo Ugandzie, wtedy będziemy kraść z angielskiego: *mag, ambush, RPG*.

Maxie zainteresował się, i to chyba nie wyłącznie z grzeczności.

– Czyli jak taki Munyamulenge gada z jednym z Bembe, to mówi o *semi-automatique*?

– No, zakładając, że w ogóle będą się mogli dogadać.

– A czemu nie, stary?

– No, bo na przykład Bembe może znać kinyaruanda, ale mieć kłopoty z kinyamulenge.

– To co wtedy robią? – Otarł usta ręką.

– Zwykle jakoś sobie radzą. Rozumieją się, ale tylko częściowo, nie do końca.

– A wtedy co?

– Próbują w suahili, próbują po francusku. Zależy, które języki znają.

– Oczywiście, chyba że ty się napatoczysz. Bo ty znasz je wszystkie.

– No, w tym przypadku tak – odpowiedziałem skromnie. – Tylko że ja nie będę się narzucał. Poczekam, aż naprawdę będę potrzebny.

– Czyli jakikolwiek język znają, my znamy go lepiej. Tak? No, to brawo. – Zamyślił się. Zresztą z tonu można było wywnioskować, że wcale nie jest tak zadowolony, jak świadczyłyby o tym jego słowa. – Pytanie tylko, czy musimy im to wszystko mówić? A może powinniśmy siedzieć cicho? Nie ujawniać, jaki mamy sprzęt?

Sprzęt? Jaki sprzęt? Czy dalej chodzi o moją znajomość terminów wojskowych? Ostrożnie dałem wyraz moim wątpliwościom.

– Twój sprzęt, na miłość boską. Twój arsenał językowy. Każde dziecko wie, że dobry żołnierz nie pokazuje wrogowi całej swojej broni. To samo z twoimi językami. Trzeba część z nich okopać i zamaskować, i wytoczyć dopiero we właściwej chwili. Tak mi się wydaje, na zdrowy rozum.

Zacząłem się przekonywać, że Maxie posiadał niebezpieczny, magiczny dar. Polegał on na tym, że każdy z jego najdziwaczniejszych planów wydawał się całkiem normalny, nawet jeżeli nie wiedziało się jeszcze, na czym ów plan polega.

– A co powiesz na to? – zaczął, jakby proponował mi właśnie kompromis, mający zadowolić moje wygórowane ambicje. – Załóżmy, że powiemy, że mówisz po angielsku, francusku i suahili, i tyle. To przecież i tak dość. A o tych tam małych języczkach nikomu nie powiemy. Jak ci się to widzi? Dla ciebie byłoby to coś innego, coś nowego.

Jeżeli dobrze go rozumiałem, wcale mi się to nie widziało. Ale odpowiedziałem trochę inaczej.

– Pułkowniku, a w jakim konkretnie kontekście, w jakich okolicznościach mielibyśmy to powiedzieć? Albo nie powiedzieć – dodałem z uśmiechem, który, mam nadzieję, był mądry. – I nie chcę się czepiać, ale komu mielibyśmy to powiedzieć?

– Wszystkim. Wszystkim w sali. Dla dobra misji. Żeby konferencja się udała. Słuchaj. – Tu zrobił pauzę, jak każdy zawodowiec, gdy chce coś wytłumaczyć żółtodziobowi. Przyznam, że i ja często przybieram ten sam ton. – Mamy dwóch Sinclairów. – Wyciągnął obie kuloodporne dłonie, z których każda miała reprezentować innego mnie. – Sinclair nad linią wody. – Uniósł lewą dłoń. – I Sinclair pod wodą. – Opuścił prawą dłoń na udo. – Ten nad wodą to wierzchołek góry lodowej. Mówi po francusku i w kilku odmianach suahili. No i oczywiście po angielsku do kumpli. Normalny zestaw przeciętnego tłumacza. Kumasz?

– Na razie kumam, pułkowniku – potwierdziłem, siląc się na entuzjazm.

– A pod spodem... – Wpatrywałem się w jego prawą dłoń. – Pozostałe dziewięć dziesiątych góry lodowej, czyli te wszystkie inne języki. Potrafiłbyś to jakoś rozegrać, tak? Wcale nie takie trudne, jak się człowiek przyłoży.

Zabrał ręce i rzucił się na kolejny herbatnik, czekając, aż zrozumiem jego słowa.

– Ale ja chyba ciągle tak do końca nie rozumiem, pułkowniku – powiedziałem.

– Nie bądź dupa, Sinclair. Rozumiesz doskonale. Sprawa jest prosta. Wchodzę do sali obrad, przedstawiam cię. – Uczynił to swą straszliwą francuszczyzną, w dodatku żując herbatnik: – *Je vous présente monsieur Sinclair, notre interprète distingué. Il parle anglais, français et swahili.* I już. Jak słyszysz, że ktoś zaczyna gadać w jakimkolwiek innym języku, ty nic nie rozumiesz. – Starał się, jak mógł, ale wyraz mojej twarzy wciąż go nie satysfakcjonował. – Chłopie, na miłość boską. Przecież to nie takie trudne rżnąć głupa. Kupa ludzi robi to codziennie bez wysiłku. Dlatego że są głupami. A ty nie. Ty jesteś, kurwa, genialny. No, to bądź genialny. Dla takiego młodego, silnego faceta to spacerek.

– To kiedy będę mógł użyć tych innych języków, pułkowniku? Tych, jak pan mówi, spod wody? – nalegałem.

Tych, z których jestem najbardziej dumny, pomyślałem. Tych, dzięki którym wybijam się nad przeciętność. Tych, których według mnie wcale nie powinno trzymać się pod wodą, tylko tryumfalnie wynieść na powierzchnię. Tych, z którymi na moim miejscu każdy obnosiłby się wszem wobec.

– Jak ci powiemy. Nie wcześniej. Mam dla ciebie rozkazy w zalakowanej kopercie. Część pierwsza dziś, część druga rano, jak tylko dostaniemy ostateczne potwierdzenie, że mamy zielone światło. – A potem, ku mojej uldze, przywołał na twarz ten swój rzadki uśmiech, ten, dla którego można by za nim przewędrować całą pustynię. – Jesteś naszą tajną bronią, Sinclair. Jesteś naszą gwiazdą, nie zapominaj o tym. Ile razy w życiu człowiek dostaje szansę namieszać w historii?

– Raz, i to jak ma szczęście – odpowiedziałem lojalnie.

– A szczęście to inaczej przeznaczenie – poprawił mnie Maxie ze Strachopodobnym, mistycznym błyskiem w oku. – A z przeznaczeniem trzeba się zmierzyć, inaczej dupa blada. Nie jedziemy na jakieś tam ćwiczenia dla cieniarzy. My niesiemy Wschodniemu Kongu demokrację na lufach karabinów. Pokazać ludziom, że można, dać im odpowiednich przywódców. A wtedy całe Kiwu będzie z nami.

Wystarczył tylko ten pierwszy przebłysk jego wielkiej wizji, by zakręciło mi się w głowie. Następne słowa powiedział mi wprost do serca – mojego i Hannah.

– Przecież największym błędem ludzi, którzy mają coś do powiedzenia w Kongu, zawsze była obojętność. Tak?

– No – przytaknąłem skwapliwie.

– Wchodzili, jeżeli mogli szybko zarobić, a potem dupa w troki, zanim znowu się wszystko spieprzy. Tak?

– No.

– Kraj jest w zawieszeniu. Bezradny rząd, wszyscy czekają na wybory, które może będą, może nie. A nawet jak będą, to pewnie dalej nic się nie zmieni. I tworzy się próżnia. Tak?

– No – powtórzyłem jeszcze raz.

– I my właśnie ją wypełnimy. Zanim ją wypełnią jacyś zasrańcy. Bo każdy by chciał: jankesi, Chińczycy, Francuzi, siły międzynarodowe, wszyscy. Byle zdążyć przed tymi wyborami. My, jak wejdziemy, to na dobre. A tym razem wygra na tym Kongo.

Znów spróbowałem dać wyraz mojemu uznaniu dla wszystkiego, co mówił, ale nie dał sobie przerwać.

– Kongo wykrwawiało się od pięciu wieków – ciągnął ze złością. – Z powodu arabskich handlarzy niewolników, innych Afrykanów, ONZ, CIA, chrześcijan, Belgów, Francuzów, Anglików, Ruandyjczyków, kopalni diamentów, złota, innych surowców, połowy spekulantów giełdowych świata, własnego rządu w Kinszasie i lada moment też przez kompanie naftowe. Czas, żeby dać im jakąś szansę. I my im ją damy.

Jego błędny wzrok padł na monsieur Jaspera po drugiej stronie kadłuba, który stał, trzymając rękę dokładnie tak, jak kasjerka w naszym minimarkecie w Battersea, kiedy nie ma wydać reszty.

– Drugą część rozkazów dostaniesz jutro – oznajmił, zabrał torbę i odszedł.

Kiedy ulega się czarowi Maxiego, mózg jest jakby znieczulony. Wszystko, co mówił, brzmiało w mych dwukulturowych uszach jak najpiękniejsza muzyka. Ale gdy oprzytomniałem, mimo nieregularnego huku silników samolotu, zacząłem też słyszeć mniej od mojego zgodne głosy.

Powiedziałem „no". Czy to to samo, co „tak"?

Nie powiedziałem „nie", więc pewnie powiedziałem „tak".

Ale na co się zgodziłem?

Czy pan Anderson, mówiąc mi o tym zadaniu, poinformował mnie, że mam się zamienić w językową górę lodową, zanurzoną pod wodą w dziewięciu dziesiątych? Nie. Powiedział tylko, że ma dla mnie dla odmiany trochę ruchu i że wysyła mnie tam, gdzie trzeba będzie żyć w nieprawdzie, a nie w prawdzie biblijnej, w której zostałem wychowany. Ani słowa o górach lodowych i kontrolowanej schizofrenii.

„Nie bądź dupa, Sinclair. Sprawa jest prosta". Ale jak prosta, pułkowniku? Zgoda – udać, że słyszy się coś, czego naprawdę się nie słyszało, to rzeczywiście w miarę prosta sprawa. To każdy potrafi. Ale udać, że się nie słyszało, gdy się słyszało, to w moim odczuciu bynajmniej nieproste. Dobry tłumacz reaguje bez namysłu. Tego uczy się całe życie: słyszy coś, rzuca się i już tłumaczy. Oczywiście od czasu do czasu musi się zastanowić. Ale cały talent polega na natychmiastowym, automatycznym działaniu, nie na zastanawianiu.

Wciąż jeszcze medytowałem na ten temat, gdy jeden z naszych nieogolonych pilotów wrzasnął, żebyśmy się trzymali. Samolot zatrząsł się jak trafiony pociskiem, znów się zatrząsł, a potem długo jeszcze tłukł się po nierównościach, nim wreszcie stanął. Drzwi kabiny otworzyły się z trzaskiem, zimny powiew sprawił, że wreszcie doceniłem marynarkę z grubego tweedu. Pierwszy skoczył w nicość nasz pułkownik, po nim Benny z plecakiem, po nim monsieur Jasper z walizką. Anton ponaglił mnie, więc trzymając torbę przed sobą, poszedłem w ich ślady. Poczułem pod stopami miękką ziemię, wciągnąłem w płuca woń morza w odpływie. Naprzeciw nam skakały dwie pary reflektorów. Najpierw zajechała półciężarówka, potem mikrobus. Anton pchnął mnie do mikrobusu, Benny pchnął za mną Jaspera. W cieniu samolotu faceci w kurtkach ładowali do ciężarówki czarne skrzynie. Naszym mikrobusem kierowała kobieta, wersja Bridget w średnim wieku, w chustce na głowie i krótkim kożuchu. Dziurawa droga nie miała ani linii, ani znaków. Czy jechaliśmy po prawej, czy lewej stronie? W skąpym świetle przyćmionych reflektorów popatrzyła na nas bezpańska owca. Wyjechaliśmy pod górę i zaczęliśmy zjeżdżać w dół, gdy z bezgwiezdnego nieba pobiegły ku nam dwa granitowe słupy bramy. Koła zagrzechotały na kratce dla bydła, minęliśmy sosnowy zagajnik i zatrzymaliśmy się na wybrukowanym kocimi łbami i otoczonym wysokim murem podwórzu.

Dach i mansardy domu ginęły w mroku. Przeszliśmy gęsiego za kierowcą na wysoki, skąpo oświetlony kamienny ganek. Powitał nas rząd kaloszy, z których każdy miał wymalowany na biało rozmiar. Siódemki były przekreślone, tak jak to się robi na kontynencie. Jedynki też miały ogonek z przodu. Na ścianie wisiały starodawne rakiety śnieżne, skrzyżowane jak tenisowe. Czy nosili je Szkoci? Szwedzi, Norwegowie, Duńczycy? A może nasz gospodarz po prostu kolekcjonuje skandynawskie rupiecie? „Mała wysepka na północy, gdzie nikt nam nie będzie przeszkadzał". Im będziemy mniej wiedzieć, tym lepiej będzie nam się spało. Pani, która prowadziła nasz mikrobus, weszła już do środka. Według naszywki na futrzanym kołnierzu kożuszka miała na imię Gladys. Ruszyliśmy za nią i znaleźliśmy się w wielkiej sieni z drewnianymi balami na suficie. Z sieni rozchodziły się korytarze na wszystkie strony. Kto nie czuł się najedzony po chińszczyźnie, mógł teraz napić się herbaty i zjeść coś na zimno. Druga kobieta, chętnie uśmiechająca się Janet, kierowała ruchem; mnie kazała zająć miejsce na rzeźbionej ławie.

Pękaty, stojący zegar pokazywał czas brytyjski. Sześć godzin od rozstania z Hannah. Pięć od rozstania z Penelope. Cztery od rozstania z panem

Andersonem. Dwie od wylotu z Luton. Pół godziny od chwili, gdy Maxie powiedział, że mam trzymać moje najlepsze języki pod wodą.

Anton, mój dobry pasterz, potrząsnął mnie za ramię. Wspinając się za nim po spiralnych schodach, byłem prawie przekonany, że idę odebrać kolejną, zasłużoną karę od ojca prefekta z Sanktuarium.

– Dobrze się czujemy, szefie? – zapytał Anton, pchnięciem otwierając jakieś drzwi. – Nie tęsknimy za żoneczką, za ogródkiem?

– W sumie nie, Anton. Tylko spodziewam się, że... – powiedziałem głupawo.

– No, to świetnie, że się spodziewasz. Na kiedy?

Uświadomiwszy sobie, że od nieudanego telefonu do Hannah prawie nie rozmawialiśmy, uznałem za stosowne spróbować przełamać lody.

– A ty naprawdę jesteś żonaty, Anton? – zaśmiałem się, pamiętając jego uwagę, że nie rozmawiał z żoną przez osiem lat.

– Od czasu do czasu, szefie. Raz tak, raz nie.

– Czyli jakby między jednym zadaniem a drugim? – podchwyciłem.

– Jakby, szefie. Tak jakby. Jak tak, to tak.

Podjąłem jeszcze jedną próbę.

– A co robisz w wolnym czasie? Kiedy nie jesteś na akcji?

– A, różne rzeczy, szefie. Trochę siedzę w pierdlu, jeżeli mam cierpliwość. Lubię Kapsztad. Nie więzienie, tylko plaże. Tu mi się spodoba jakaś laska, tam inna, jak każdemu, no nie? A teraz paciorek, szefie, i spać, bo jutro nasz wielki dzień, a jak ty się wyłożysz, to wszyscy leżymy, no i pułkownik miałby pretensje, co nie?

– A ty jesteś jego zastępcą – powiedziałem z podziwem. – To duża odpowiedzialność.

103

– Powiedzmy tylko tyle, że jak ktoś jest nie-zrównoważony, to pilnować to rzeczywiście spora odpowiedzialność.

– Ja jestem niezrównoważony? – zapytałem i sam się zdziwiłem, że zapytałem.

– Szefie, moim skromnym zdaniem, to ktoś z takim wzrostem, z takimi długimi rzęsami, z któ-rymi nie wie, co robić, i z tyloma paniami w rękawie musi być kilkoma facetami naraz. Pewnie dlatego zna tyle języków.

Zamknąłem za nim drzwi i usiadłem na łóżku. Ogarnęło mnie rozkoszne zmęczenie. Zrzuciłem po-życzone ubranie i padłem w oczekujące mnie ramio-na Hannah. Najpierw jednak podniosłem słuchawkę stojącego na szafce nocnej telefonu i kilkakrotnie nacisnąwszy widełki, przekonałem się, że nie jest podłączony.

Rozdział 6

Obudziłem się w bieliźnie, nagle i wcześnie jak zwykle. Z przyzwyczajenia odwróciłem się na prawy bok, by przyjąć pozycję „na łyżeczkę" wokół ciała Penelope. Nawet się nie zdziwiłem, że jej nie było – pewnie znów nie wróciła jeszcze z nocnego zadania dziennikarskiego. Zbudziłem się po raz drugi, już znacznie czujniej, by przekonać się, że leżę w łóżku białego, zmarłego krewnego, którego brodate oblicze, oprawne w ozdobną wiktoriańską ramę, spogląda-ło na mnie groźnie znad marmurowego kominka. Wreszcie, ku wielkiej radości, obudziłem się po raz trzeci, trzymając w ramionach Hannah, dzięki czemu mogłem poinformować ją – niezgodnie z postanowieniami ustawy o tajemnicy państwowej – że biorę udział w tajnej misji mającej na celu wprowadzenie w Kongu demokracji i dlatego właśnie do niej nie zatelefonowałem.

Dopiero wtedy, gdy poranne słońce zaglądało do środka przez zasłony, poczułem, że mogę zlustrować mój dobrze wyposażony pokój, w którym tradycja harmonijnie łączyła się z nowoczesnością: toaletka z lustrem, na której stała staroświecka, elektroniczna maszyna do pisania i papier A4, komoda i szafa oraz prasa do spodni, zestaw do porannej herbaty z dzbankiem bezprzewodowym i staroświeckie krzesło bujane. Udawszy się do należącej do pokoju łazienki, zostałem tam powitany przez takie luksusy jak podgrzewany wieszak na ręczniki, szlafrok, prysznic, szampon, olejek do kąpieli, ręczniki i w ogóle wszystko, czego moja dusza mogłaby zapragnąć – za to ani jednej wskazówki co do tego, gdzie się znajdowałem. Kosmetyki były produkcji międzynarodowych gigantów, nie było instrukcji przeciwpożarowych, spisów wyposażenia ani darmowych pudełek z zapałkami. Nie było też ani powitalnych karteczek z nadrukiem podpisu kierownika o cudzoziemskim nazwisku, ani Pisma Świętego w jakimkolwiek języku.

Wziąłem prysznic i owinięty w szlafrok zająłem pozycję przy oknie. Wyglądając pomiędzy ich granitowymi szczeblinami, chłonąłem widok na zewnątrz. Najpierw zobaczyłem miodowej barwy sowę, chyba płomykówkę, z rozpostartymi skrzydłami, nieruchomą z wyjątkiem końców piór. Na ten widok zrobiło mi się ciepło na sercu, ale tak pospolity ptak nie bardzo pomagał mi w lokalizacji mojego miejsca pobytu. Na lewo i prawo ciągnęły się zgniłozielone, pokryte łąkami wzgórza, a pomiędzy nimi srebrzyło się morze, na którego odległym horyzoncie dostrzegłem niewyraźny zarys kontenerowca, zdążającego nie wiedzieć gdzie, bliżej brzegu zaś małe kutry rybackie ścigane przez mewy. Jednak choć wytężałem wzrok, nie mogłem dostrzec ich bander. Nie było też widać żadnej drogi poza tą, którą przebyłem poprzedniego wieczoru. Podobnie niewidoczne lotnisko nie zdradzało swej obecności ani anteną radarową, ani nawet rękawem wiatrowym. Po położeniu słońca zorientowałem się, że patrzę na północ, a z ułożenia liści drzewek nad morzem, że przeważają tu wiatry zachodnie. Bliżej domu wznosił się trawiasty pagórek, zwieńczony altaną w stylu XIX-wiecznym, a na wschód od niego ruiny kaplicy i cmentarz, w którego jednym z rogów stał celtycki krzyż – ale równie dobrze mógł to być pomnik wojenny albo nagrobek miejscowego notabla.

Ponownie skupiwszy uwagę na altanie, zobaczyłem przy niej ze zdumieniem człowieka na długiej, wysuwanej drabinie. Przed chwilą go tam nie było, więc musiał dopiero co pojawić się zza kolumny. Na ziemi u jego stóp leżała czarna skrzynka, podobna do tych, które przyleciały z nami samolotem. Wieko otwarte było w moją stronę, więc zawartości nie widziałem. Czy ten człowiek coś naprawiał? Ale co? I dlaczego o tak wczesnej porze?

Zaciekawiony dostrzegłem jeszcze dwóch innych ludzi przy równie tajemniczej pracy: jeden z nich klęczał na ziemi przy ujęciu wody albo może czegoś innego, drugi właśnie wspinał się po słupie telegraficznym i najwyraźniej nie potrzebował do tego ani liny, ani drabiny, przyćmiewając w ten sposób wyczyny osobistego trenera Penelope, który uważa się za niezłego Tarzana – i bardzo dobrze. Natychmiast też zorientowałem się, że ten drugi znany mi jest nie tylko z widzenia. Ledwo dotarł na wierzchołek słupa, już wiedziałem, że to mój nowy, gadatliwy walijski znajomy – Pająk, szef aprowizacji grupy i weteran z Rozmównicy.

Już miałem gotowy plan. Pod pretekstem przedśniadaniowej przechadzki naciągnę Pająka na nieszkodliwą pogawędkę, a potem poczytam napisy na grobach na cmentarzu, by w ten sposób ustalić, jaki jest miejscowy język, a co za tym idzie również gdzie się znajduję. Przybrawszy się w moje pokutne, szare spodnie i marynarkę z tweedu, wziąwszy za ciasne buty do ręki, podkradłem się głównymi schodami do ganku. Ale gdy chwyciłem za klamkę, okazało się, że drzwi na zewnątrz są zamknięte, podobnie jak wszystkie inne drzwi, a nawet okna. Wiem, bo sprawdziłem. Ale to nie wszystko. Przez okna udało mi się dostrzec co najmniej trzech facetów w kurtkach, rozstawionych na straży wokół domu.

W tym momencie muszę się przyznać do nawrotu obaw co do wymagań, jakie postawił przede mną Maxie, i które, mimo determinacji wzięcia udziału w tej wielkiej misji, przez całą noc nawiedzały mnie we śnie. Jeden sen był szczególnie nieprzyjemny. Nurkowałem z maską bardzo głęboko, poziom wody w masce stopniowo się podnosił. Gdybym się nie obudził, zalałby ją całą i wtedy bym się utopił. Dlatego też dla rozrywki i wyzbycia się takich negatywnych myśli postanowiłem zwiedzić pokoje na parterze; dodatkowy cel był taki, by poznać scenę, na której przyjdzie mi wystąpić.

Dom ten, zgodnie ze swym pierwotnym przeznaczeniem – wielka rezydencja rodzinna – oferował od strony ogrodu szereg reprezentacyjnych pokojów w amfiladzie. Z każdego prowadziły przeszklone drzwi na trawiasty taras, skąd szerokimi kamiennymi schodami dochodziło się do kolumnowej altany na wzgórku. Rozglądając się uważnie, czy nie natknę się na faceta w kurtce, spróbowałem otworzyć drzwi do pierwszego z pokojów i znalazłem się w ładnej bibliotece z turkusowymi ścianami i robionymi na zamówienie, przeszklonymi mahoniowymi regałami. W nadziei, że książki uchylą rąbka tajemnicy co do właściciela, podsunąłem głowę do szyby i zacząłem czytać tytuły, ale były to niestety identicznie oprawione wydania wielkich pisarzy świata w oryginale: Dickens po angielsku, Balzak po francusku, Goethe po niemiecku i Dante po włosku. A gdy spróbowałem otworzyć szafę w nadziei znalezienia ekslibrisu czy notatek na marginesach, okazało się, że wszystkie, od góry do dołu, są pozamykane na klucz.

Za biblioteką był wyłożony boazerią pokój bilardowy. Stół, na oko dwuipółmetrowy, nie miał kieszeni, co świadczyłoby o francuskiej lub innej kontynentalnej proweniencji; z kolei mahoniowa tablica punktów była oryginalnym dziełem Burroughesa z Londynu. Trzeci pokój, elegancki salon, miał złocone lustra i zegar ze złoconego brązu, nienastawiony ani na brytyjski, ani na europejski czas, tylko uparcie wskazujący godzinę dwunastą. Kredens z marmurowo-mosiężnym blatem oferował kuszący asortyment czasopism od francuskiej „Marie-Claire" przez angielski „Tatler" po szwajcarskie „Du". Właśnie gdy je przeglądałem, usłyszałem z następnego, czwartego pokoju, stłumione francuskie przekleństwo. Drzwi były otwarte. Podsunąłem się ku nim bezszelestnie po wypolerowanym parkiecie. Znalazłem się w pokoju karcianym. Na samym środku stał owalny, pokryty zielonym suknem stół. Wokół niego ustawiono osiem wysokich foteli z szerokimi, drewnianymi oparciami. Na najdalszym z nich siedział przed komputerem monsieur Jasper, tym razem bez beretu, i pisał coś na klawiaturze dwoma palcami. Jego długą szczękę skrywał nieogolony, rudy zarost, przez co wyglądał jak wielki detektyw. Przez chwilę świdrował mnie nieprzychylnym spojrzeniem.

– Dlaczego mnie pan szpieguje? – zapytał wreszcie po francusku.

– Nie szpieguję pana.

– To dlaczego nie włożył pan butów?

– Bo są za małe.

– Kradzione?

– Pożyczone.

– Jest pan Marokańczykiem?

– Anglikiem.

– To czemu gada pan po francusku jak *pied-noir*?

– Wychowałem się w Afryce Równikowej. Mój ojciec był inżynierem – odparłem z godnością, udając, że nie usłyszałem jego uwagi o mojej francuszczyźnie. – A w ogóle to kim pan jest?

– Mieszkam w Besançon. Jestem francuskim notariuszem, prowadzącym skromną, międzynarodową praktykę, głównie zajmującą się pewnymi sprawami technicznymi. Mam dyplomy z prawa podatkowego we Francji i Szwajcarii. Na Uniwersytecie w Besançon wykładam o dobrodziejstwach rajów podatkowych. Zostałem zatrudniony jako jedyny radca prawny pewnego anonimowego syndykatu. Czy to pana zadowala?

W obliczu takiej ekspansywności miałem wielką ochotę sprostować fikcyjne informacje na temat własnej osoby, ale ostrożność przeważyła.

– Ale skoro to taka skromna praktyka, jak to się stało, że wynajęto pana do takiej ważnej umowy? – zapytałem.

– Bo jestem czysty, szanowany, pracuję na uniwersytecie i zajmuję się wyłącznie sprawami cywilnymi.

Nie reprezentuję żadnych handlarzy narkotyków ani bandytów. Interpol nigdy o mnie nie słyszał. Zajmuję się wyłącznie sprawami wchodzącymi w zakres mojej specjalności. Może chciałby pan założyć na Martynice firmę zarejestrowaną w Szwajcarii, będącą własnością anonimowej fundacji z Liechtensteinu, będącą pana wyłączną własnością?

Zaśmiałem się z żalem.

– A może chciałby pan doprowadzić się do bezbolesnej upadłości na koszt podatnika francuskiego?

Znów pokręciłem głową.

– To może chociaż wytłumaczy mi pan, jak działa ten przeklęty anglosaski komputer? Najpierw nie pozwalają mi wziąć mojego notebooka, teraz dają mi ten, bez instrukcji, bez francuskiej klawiatury, bez logiki, bez... – Ponieważ lista braków stawała się za długa, rozpaczliwie wzruszył ramionami w bardzo galijskim geście.

– A nad czym tak pracuje pan tu całą noc? – zapytałem, zauważywszy teraz otaczające go na stole sterty papieru i puste filiżanki po kawie.

Jego długie, chude ciało opadło z westchnieniem na oparcie fotela.

– Wszystko przez uprzejmość, cholerną uprzejmość. Sam się pytałem, dlaczego tak idą na rękę tym bandytom, dlaczego nie powiedzą im, żeby poszli sobie do diabła.

Zastanawiałem się w duchu, kogo to mianowicie pytał. Ale wiedziałem, że muszę być ostrożny, by nie przerywać potoku jego wymowy.

– Powiedzieli mi: „Jasper, nie możemy stracić tego bardzo ważnego kontraktu. Czas to pieniądz. Konkurencja nie śpi".

– Czyli to pan przygotowuje umowę! – wykrzyknąłem, przypomniawszy sobie słowa Maxiego, że właśnie doprowadzenie do podpisania umowy jest celem naszej operacji. – O Boże! To chyba wielka odpowiedzialność? Czy to bardzo skomplikowane? Chyba tak?

Moje pytanie, choć w zamierzeniu pochlebne, wywołało tylko pogardliwe skrzywienie warg.

– Kontrakt nie jest skomplikowany, ponieważ napisałem go przejrzyście. Jest czysto akademicki i całkowicie niewiążący.

– A ile jest stron?

– Trzy. Nie wiemy, kim są te strony, ale strony wiedzą. Umowa nie wymienia żadnych nazw ani nazwisk, przedstawia mnóstwo niesprecyzowanych, hipotetycznych ewentualności. Jeżeli stanie się jedno, to może stanie się drugie. A jeżeli nie... – Kolejne galijskie wzruszenie ramion.

– Ale jeżeli umowa nie wymienia nazw stron, a te hipotetyczne ewentualności nawet nie są sprecyzowane, i w dodatku jeżeli cała umowa nie jest wiążąca, to w takim razie co sprawia, że w ogóle jest umową?

Trupio chude rysy wykrzywiły się w pełnym wyższości uśmieszku.

– To, że to umowa nie tylko hipotetyczna, ale w dodatku rolnicza.

– Hipotetycznie rolnicza?

Uśmiech potwierdził.

– Ale jak to możliwe? Przecież umowa jest albo rolnicza, albo hipotetyczna. Przecież nie ma hipotetycznych krów. Nie ma, prawda?

Monsieur Jasper wyprostował się na krześle, położył dłonie płasko na zielonym suknie stołu i popatrzył na mnie z pełną politowania miną, jaką prawnicy trzymają w pogotowiu dla swych najmniej zamożnych klientów.

– W takim razie niech mi pan odpowie – zaproponował – czy jeżeli umowa dotyczy ludzi, ale nazywa ich nie ludźmi, ale krowami, to czy umowa taka jest hipotetyczna czy rolnicza?

Miałem dość rozsądku, by nie próbować odpowiedzieć.

– To o jakiej konkretnie hipotezie mówimy? Na przykład w tym przypadku?

– Hipotezą jest pewne zdarzenie.

– Jakie zdarzenie?

– Tego w umowie nie ma. Może czyjaś śmierć. – Kościsty palec ostrzegał mnie przed tragedią. – Może powódź, może ślub, może akt boski lub ludzki. Może wywiązanie się lub niewywiązanie się z umowy przez którąś ze stron. Tego w umowie nie ma – powtórzył. Miał teraz głos i nikt, a już na pewno nie ja, nie mógł mu go odebrać. – Wiemy tylko tyle, że w przypadku, gdyby to nieokreślone zdarzenie miało miejsce, zaczną obowiązywać pewne warunki i okoliczności rolnicze, nastąpi kupno i sprzedaż pewnych materiałów rolniczych, przekazanie pewnych praw rolnych, a pewne hipotetyczne udziały w pewnych zyskach z produkcji rolnej zostaną przypisane pewnym niewymienionym z nazwiska lub nazwy osobom prawnym lub fizycznym. Ale tylko w przypadku takiego zdarzenia.

– Ale jak to się stało, że skontaktował się z panem ten anonimowy syndykat? – zaprotestowałem. – Jest pan najlepszym specjalistą, ale siedzi pan w Besançon, skromnie…

Nie potrzebował więcej zachęty.

– Rok temu uczestniczyłem w zawarciu umowy na budowę całego osiedla apartamentów wakacyjnych w Walencji. Sprawiłem się świetnie, to było największe osiągnięcie w mojej karierze. Apartamentów co prawda nie wybudowano, ale to już nie moja sprawa.

Moim klientem była zarejestrowana na Wyspach Normandzkich firma deweloperska, obecnie już upadła.

Natychmiast skojarzyłem fakty. Apartamenty wakacyjne w Walencji. Czy to nie ten skandal pchnął lorda Brinkleya na pierwszą stronę gazety Penelope? Tak. Tytuł brzmiał: „Eldorado arystokraty marzeniem ściętej głowy".

– A teraz ta sama firma znowu funkcjonuje? – zapytałem.

– Osobiście miałem zaszczyt ją likwidować. Firma już nie istnieje.

– Ale istnieją jej dyrektorzy.

Jego chytra wyższość znów powróciła w całym rozkwicie, jeżeli w ogóle przez chwilę jej nie było.

– Nie istnieją, bo nie mają nazwisk. Jeżeli mają nazwiska, istnieją. Jeżeli nie mają, są pojęciami abstrakcyjnymi.

Ale albo znudził się tą rozmową, albo uznał, że przekracza granice tajemnicy zawodowej, bo przesunął dłonią po nieogolonej twarzy, a potem spojrzał na mnie, jak gdyby nigdy mnie nie widział.

– A pan kto? Co pan tu robi, na tym zadupiu?

– Jestem tłumaczem konferencyjnym.

– Z jakich języków?

– Suahili, francuski i angielski – odpowiedziałem niechętnie, bo woda znów zaczęła zalewać mi maskę.

– Ile panu płacą?

– Chyba nie powinienem panu mówić. – Ale próżność zwyciężyła, czasem to mi się zdarza. Za długo już się wymądrzał. Nadszedł czas, by pokazać, ile jestem wart. – Pięć tysięcy dolarów – powiedziałem od niechcenia.

Jego głowa, chwilowo wsparta na rękach, uniosła się gwałtownie.

– Pięć?

– Tak jest. Pięć. A co?

– Nie funtów?

– Dolarów, mówiłem. – Wcale nie podobał mi się jego tryumfalny uśmiech.

– Mnie płacą – wypowiedział sumę z bezlitosnym naciskiem – dwieście... tysięcy... franków... szwajcarskich. – I żeby mnie dobić: – W gotówce, w banknotach po sto. Żadnych dużych nominałów.

Zaniemówiłem. Dlaczego Salvo, mistrz rzadkich języków, których w dodatku musi się wyprzeć, ma dostać zaledwie ułamek tego, co dostanie ten zarozumiały francuski notariusz? Moje oburzenie sięgało daleko wstecz – w czasy, gdy WorldWide and Legal Translation Agency pana Osmana zabierała mi pięćdziesiąt procent zarobków. Ale powstrzymałem się. Udałem podziw. Francuz był wielkim ekspertem prawnym, ja byle tłumaczem.

– A nie wie pan przypadkiem, gdzie znajduje się to przeklęte miejsce? – zapytał, wracając do pracy.

Nie wiedziałem.

– Tego nie było w umowie. Będę domagał się dodatku.

Gong Sanktuarium wzywał nas na modlitwę. Nim doszedłem do drzwi, monsieur Jasper już zawzięcie stukał w klawiaturę. Z jego zachowania można by wnioskować, że nasza rozmowa w ogóle nie miała miejsca.

Uśmiechnięta Janet wskazała mi drogę do wielkiej jadalni. Gdy tam wszedłem, zorientowałem się od razu, że w naszej grupie coś nie gra. Luksusowy bufet śniadaniowy Janet – angielskie kiełbaski, najlepszy bekon i smażone jajka – jakoś nie skusiły chłopców, którzy siedzieli to tu, to tam, zniechęceni, z podkrążonymi oczyma. Przy jednym stole Anton rozmawiał ściszonym głosem z dwoma facetami w kurtkach;

przy drugim Benny spoglądał niewidzącymi oczyma w głąb filiżanki, opierając swój wielki podbródek na jeszcze większej dłoni. By dostosować się do panującego nastroju, wziąłem sobie tylko skromną porcję wędzonego łososia i usiadłem samotnie, czekając na rozwój wypadków. Ledwo wziąłem do ust pierwszy kęs, pośpieszne skrzypienie gumowych podeszew na kamiennej posadzce korytarza obwieściło pojawienie się naszego pułkownika Maxiego w pożółkłej bluzie wioślarskiej z Oksfordu, długich szortach z wystrzępionymi nogawkami i starych tenisówkach, za to bez skarpetek. Jego chłopięce policzki poczerwieniały od porannego powietrza, oczy za okularami błyszczały radością. Za nim skradał się Pająk.

– Koniec paniki – oświadczył Maxie, ale dopiero wtedy, gdy wypił jednym haustem szklankę świeżego soku pomarańczowego podaną mu przez Gladys. – Zwycięstwo na wszystkich frontach. – Nie zwracał uwagi na powszechne westchnienia ulgi. – Wszystko zgodnie z planem. Philip i Banda Trojga wylądują za dwie godziny, dziesięć minut.

Philip – nareszcie! Philip, który jest nad Maxiem!
– Jest teraz godzina…
Zegarek od cioci Imeldy spieszył się minutę. Szybko go powstrzymałem. Brat Michael chyba w najśmielszych snach nie przypuszczał, w jak wielkiej sprawie będę używał jego ostatniego prezentu.
– Orszak królewski pojawi się dwadzieścia minut później. Konferencja zaczyna się punkt o wpół do dwunastej. Przerwy na sikanie ogłosi Philip ad hoc. Lunch dla delegatów o czternastej piętnaście, o ile tak powie Philip i o ile większość roboty będzie już za nami. I bardzo proszę, atmosfera ma być rozluźniona, a nie kryzysowa. Tak chce Philip i tak ma być. Prognoza pogody jest super, więc część na świeżym

powietrzu pewnie też się odbędzie. Kończymy absolutnie najpóźniej o siedemnastej trzydzieści. Janet, powieś w sali konferencyjnej tabliczkę z zakazem palenia, tylko dużą. Sinclair, jesteś mi potrzebny. Gdzie ten Sinclair, kurwa jego mać?

Nadszedł czas na drugą zalakowaną kopertę z rozkazami.

Rozdział 7

Nie zaprzeczę, że nie czułem pewnego niepokoju, idąc za Maxiem po wąskich schodach do piwnicy, choć moje obawy stłumił nieco widok Pająka i jego walijskich oczu, w których czaiły się złośliwe, ale szczere iskierki. Pocieszyłem się jeszcze bardziej, gdy okazało się, że zamiast do terra incognita trafiłem do Rozmównicy w miniaturze. Minąwszy niepozorne drzwi dla służby – całkiem podobne do tych, które prowadzą do Rozmównicy w Whitehall – przeszliśmy przybrudzonym sadzą korytarzem do dawnej kotłowni, obecnie przekształconej na stację nasłuchu. A raczej – podsłuchu. Oczywiście z punktu widzenia techniki daleko jej było do najnowszego sprzętu pana Andersona, ale gdyby użyto trochę zielonej farby i powieszono na ścianach parę jego sławnych motywujących haseł, mógłbym czuć się jak w katakumbach pod Northumberland Avenue, po której kroczą przy oknach naszej piwnicy pary niezaprzysiężonych nóg.

Uważnie obserwowany przez Maxiego i Pająka obrzuciłem wzrokiem ten dość przedpotopowy sprzęt. Kable z korytarza biegły do metalowej szafki, na której stały dwa rzędy magnetofonów po sześć w rzędzie. Każdy magnetofon był ponumerowany i podpisany.

– Co to jest KK, pułkowniku? – zapytałem.

– Komnaty królewskie.

– A AG?

– Apartament gościnny.

Przeczytałem wszystkie: „KK/salon, KK/1. sypialnia, KK/2. sypialnia, KK/gabinet, KK/hol, KK/łazienka i wc, AG/salon, AG/sypialnia, AG/łazienka, weranda zach., weranda wsch., kamienne schody góra, kamienne schody dół, chodnik, alejka żwirowa 1, 2 i 3, altana, ganek, ogród zimowy".

– No i jak, Brian? – Pająk nie posiadał się z dumy. – Nie wszyscy muszą jechać na cyfrowym sprzęcie. No, chyba że chcielibyśmy, żeby jacyś zagraniczni rybacy włazili nam w szkodę.

Nie powiem, bym był wstrząśnięty. W jakiś sposób spodziewałem się czegoś takiego. Ciarki po plecach przebiegły mi pewnie po prostu z powodu tremy, tym bardziej że Maxie kazał mi podziwiać przygotowane dla mnie „krzesło elektryczne", jak się wyraził. Fotel rzeczywiście przypominał ten instrument kaźni, ale bliższe oględziny wykazały, że to stary grat, do którego przyczepiono taśmą klejącą kable, a z przodu zamontowano coś w rodzaju szpitalnej tacki, na której czekały już notatniki do stenografowania, papier A4 i zatemperowane ołówki HB. Na jednym z oparć zainstalowano krótkofalówkę, na drugim ponumerowane przyciski. Zaraz zorientowałem się, że numery na nich odpowiadały numerom na magnetofonach.

– Jak tylko będzie przerwa, lecisz tu na dół – mówił Maxie suchym, rozkazującym tonem. – Słuchasz wszystkiego, czego każemy ci słuchać, i zaraz tłumaczysz to przez słuchawki z mikrofonem do pokoju operacyjnego. A tam jest Sam.

– A Sam to kto, pułkowniku?

– Sam cię prowadzi. Wszystkie rozmowy są nagrywane automatycznie. Sam powie ci, których masz słuchać na żywo. W każdej wolnej chwili odsłuchasz te mniej ważne. Sam będzie cię informować i odbierać od ciebie informacje, i potem przekaże je komuś, kto będzie wiedział, jaki z nich zrobić użytek.

– A Sam będzie w kontakcie z Philipem – podsunąłem, próbując znaleźć się jak najbliżej mózgu naszej operacji, ale Maxie nie połknął przynęty.

– A jak przerwa się skończy, lecisz na górę, wracasz na swoje miejsce przy stole konferencyjnym i zachowujesz się jak gdyby nigdy nic. Pająk ma za zadanie obsługiwać cały ten system, pilnować, czy mikrofony mu się nie zawiesiły, zapisywać i zabezpieczać taśmy. Ma połączenie z grupą obserwacyjną, więc wie, gdzie jest każdy z uczestników, i wtedy zapala światełka na tej mapie.

Była to nie mapa, a raczej domowej roboty plan londyńskiego metra, zrobiony na kartonowej podstawie i upstrzony maleńkimi żaróweczkami jak dziecinna kolejka elektryczna. Pająk zasiadł przed nim z miną artysty dumnego z własnego dzieła.

– Anton odpowiada za obserwację – ciągnął Maxie. – Obserwatorzy składają raport Antonowi, Anton mówi Pająkowi, gdzie znajdują się obserwowani, Pająk wyświetla ich na mapie, ty ich słuchasz i wszystko streszczasz. Sam cię słucha. Każdemu z obserwowanych odpowiada inny kolor lampki. Obserwację robimy gołym okiem, nasłuchem statycznym i interkomem. Pokaż mu.

Ale najpierw musiałem dać jakiś przykład.

– Wymień dwa kolory, synu – rozkazał. – Twoje ulubione. Byle jakie.

– Zielony i niebieski – zaproponowałem.

– Ale gdzie, synu, gdzie?

– Kamienne schody góra – powiedziałem na chybił trafił.

Pająk błyskawicznie przycisnął cztery guziki. Po lewej stronie planu metra rozjarzyły się zielone i niebieskie diody. Jeden z magnetofonów zaczął obracać się bezszelestnie.

– Podoba ci się, synu? Podoba?

– A teraz włącz mu główną sypialnię – rozkazał Maxie.

W samym środku apartamentów królewskich rozbłysło jasne purpurowe światło. Przypomnieli mi się biskupi wizytujący naszą misję, których szpiegowałem jako dziecko z domu dla służby.

– Główna sypialnia i apartamenty królewskie to nie nasz rewir, chyba że Philip osobiście zarządzi inaczej – ostrzegł mnie Maxie. – Tam mikrofony są na wszelki wypadek. Do celów archiwalnych, nie operacyjnych. Nagrywamy, ale nie słuchamy. Dotarło?

– Dotarło, pułkowniku. – A potem, sam dziwiąc się własnej śmiałości, zapytałem: – A czyim konsultantem jest Philip, proszę pana?

Maxie popatrzył na mnie, jak gdyby podejrzewał niesubordynację. Pająk zamarł przed swym planem metra. Ale ja brnąłem dalej. Nie wiem do końca, skąd się to u mnie bierze: ten ośli upór, przejawiający się w najmniej odpowiednich chwilach.

– Jest konsultantem, tak? – ciągnąłem. – Ale czyim? Nie chcę się naprzykrzać, pułkowniku, ale mam chyba prawo wiedzieć, dla kogo pracuję, prawda?

Maxie otworzył usta, by coś powiedzieć, po czym je zamknął. Miałem wrażenie, że naprawdę nie wie, co powiedzieć. Nie dlatego, że tyle wiedziałem, ale dlatego, że tyle nie wiedziałem.

– Myślałem, że Anderson już ci wszystko wyjaśnił.

– Ale co, pułkowniku? Chodzi tylko o podstawowe sprawy. Jeżeli nic nie wiem, to nie mogę dać z siebie wszystkiego.

Znów chwila ciszy, w której Maxie przelotnie podzielił się swym zdumieniem z Pająkiem.

– Philip to wolny strzelec. Pracuje dla tego, kto mu płaci. Ma układy.

– Układy w rządzie? W Syndykacie? Z kim układy, pułkowniku? – Podobno jak się wpadło do dołka, nie trzeba kopać. Ale wpadłem w taki nastrój, że już nie mogłem się powstrzymać.

– Układy, chłopie! Nie wiesz, co to są układy? Sam mam układy. Pająk ma układy. Nie działamy oficjalnie, tylko nieoficjalnie, ale mamy układy, mamy dojścia. Tak to jest na tym świecie, na miłość boską. – Tu zreflektował się, jakby zrobiło mu się mnie żal. – Philip to wolny strzelec, konsultant. Został wynajęty. Jego działka to Afryka, jest naszym *buana m'kubwa*. Mnie to wystarczy, więc tobie też musi.

– Skoro pan tak mówi, pułkowniku…

– Philip zgonił tu wszystkich uczestników, Philip ustalił warunki umowy i doprowadził wszystkich do stołu obrad. Czterdzieści osiem godzin temu nie było szans, żeby zgodzili się zasiąść ze sobą przy jednym stole. Więc zamknij się i podziwiaj go za to.

– Już się zamknąłem, pułkowniku, i już go podziwiam. Nie ma sprawy.

Maxie już biegł gniewnie na górę, skacząc po dwa schody – ja za nim. Gdy znaleźliśmy się w bibliotece, rzucił się na fotel, mnie wskazując sąsiedni. Siedzieliśmy w nich jak dwaj dżentelmeni, by nieco ochłonąć. Za przeszklonymi drzwiami na taras trawnik ciągnął się uspokajająco aż pod altanę.

– W pewnej miejscowości w Danii, niecałe półtora tysiąca kilometrów stąd, trwa konferencja – odezwał się znowu. – Rozumiesz?

– Rozumiem, pułkowniku.

– Nazywa się Forum Wielkich Jezior. Słyszałeś o tym?

Nie słyszałem.

– Banda naiwniaków ze skandynawskich uczelni przewodniczy nieoficjalnym naradom, jak rozwiązać problemy Wschodniego Konga jeszcze przed wyborami. Że niby jak się zbierze wszystkich zainteresowanych, którzy serdecznie i wzajemnie się nienawidzą, da się im wygadać, to zaraz zdarzy się cud. Pewnie, jeżeli ktoś wierzy w cuda.

Uśmiechnąłem się porozumiewawczo. Już wszystko dobrze, znowu jesteśmy towarzyszami broni.

– Dziś mają dzień wolny. W programie jest na dziś zwiedzanie wędzarni ryb i parków rzeźb, ale trzej delegaci wymówili się i przyjeżdżają tu. Na własną, nieoficjalną konferencję. – Rzucił na stolik między naszymi fotelami cienki segregator. – Tu masz te swoje podstawy. Życiorysy, języki, narodowość uczestników. Ukochane dzieło Philipa. Trzej delegaci, trójkąt zła – ciągnął. – Jeszcze kilka miesięcy temu odrzynali sobie nawzajem jaja, mordowali żony, kradli ziemię, bydło, bogactwa mineralne. Jak im troszeczkę pomożemy, zostaną sojusznikami.

– A tym razem przeciwko komu, pułkowniku? – zapytałem odpowiednio znużonym tonem. Mój sceptycyzm był jak najbardziej na miejscu, bo przecież w naszym ziemskim raju sojusze zawiera się tylko po to, by dołożyć wspólnemu wrogowi. Dlatego minęła dłuższa chwila, nim w pełni pojąłem niezwykłą wagę jego odpowiedzi.

– Tym razem właśnie nie przeciwko komu, tylko pod czyimi auspicjami. Słyszałeś może o tym facecie, co ogłosił, że jest zbawcą Konga, takim profesorku, który się tam ostatnio pojawił? Każe mówić o sobie Muangaza. To znaczy „Światło", no nie?

– Albo „Światłość" – odpowiedziałem. Był to zwykły, automatyczny odruch tłumacza. – Zależy, czy mówi się wprost, czy w przenośni.

– No więc Muangaza to klucz do sukcesu. To też przenośnia, no nie? Jeżeli uda nam się go ustawić przed wyborami, to jesteśmy w domu. Jak nie, to dupa blada, bo drugiej nagrody nie przewidziano.

Zakręciło mi się w głowie – nie, to jeszcze za mało powiedziane. Już lepiej: wyleciałem w kosmos, przez cały czas wysyłając do Hannah namiętne sygnały.

„Słuchałam go, Salvo", opowiada mi Hannah w krótkiej chwili odpoczynku od miłości, przechodząc z francuskiego na angielski. „To apostoł prawdy i pojednania. W Kiwu słychać go w każdym radiu. Dwa tygodnie miałam wolne, więc pojechałam ze znajomymi na wielki wiec aż do Birmingham. W sali było cicho, jak makiem zasiał. Jego ruch nazywa się Trzecia Droga. Zrobi coś, czego nie udało się żadnej partii. Dlatego że przemawia do serc, a nie do portfeli. Zjednoczy wszystkie ludy Kiwu, te z północy i te z południa. Zmusi kacyków z Kinszasy, by wycofali ze Wschodniego Konga swe sprzedajne wojska i pozwolili nam rządzić się samym. Rozbroi prywatne armie i mordercze bandy i każe im wynieść się za granicę, do Ruandy, gdzie jest ich miejsce. Kto naprawdę ma prawo zostać, zostanie, pod warunkiem że chce zostać prawdziwym Kongijczykiem. I wiesz co jeszcze, Salvo?"

Co jeszcze, Hannah?

„W roku 1964, w czasie wielkiego powstania, Muangaza walczył po stronie Patrice'a Lumumby i został ranny!"

Ale jak to możliwe, Hannah? CIA, z niewielką pomocą Belgów, zamordowała Lumumbę już w 1961, trzy lata przed wybuchem powstania.

„Salvo, czepiasz się. Wielkie powstanie było powstaniem Lumumby. Wszyscy, którzy wzięli w nim udział, brali swój zapał od Patrice'a Lumumby. Walczyli za wolne Kongo i za Patrice'a, żywego lub umarłego".

A więc kocham się z rewolucją.

„A teraz znowu jesteś głupi. Muangaza nie jest rewolucjonistą. Opowiada się za umiarem, prawem i sprawiedliwością, i za tym, by pozbyć się wszystkich, co okradają nasz kraj i go nie kochają. Chce, by widziano w nim nie wojownika, ale krzewiciela pokoju i zgodnego życia wszystkich prawdziwych kongijskich patriotów. To *l'oiseau rare*, rzadki ptak, wielki bohater, który uśmierzy wszystkie nasze bolączki. Ale może ja cię nudzę?"

Z tym stwierdzeniem, podającym w wątpliwość, czy traktuję ją poważnie, zdecydowanym gestem odrzuca pościel i siada na łóżku. A trzeba wiedzieć, jaka jest piękna, jaka psotna w miłości, by w pełni uświadomić sobie ten widok. O nie, Hannah, wcale mnie nie nudzisz. Na chwilę zamyśliłem się, bo przypomniałem sobie, co szeptał mi kiedyś w nocy mój świętej pamięci ojciec, którego marzenia były bardzo podobne do twoich.

„Nasze Kiwu, Salvo, synu mój... Żyjące w pokoju z bożej łaski pod flagą Konga... Wolne od zarazy, jaką jest obcy wyzysk, ale gotowe przyjąć do siebie wszystkich, którzy szczerze chcą dzielić się bożym darem bogactw naturalnych i nieść oświatę całemu ludowi... Módlmy się, byś dożył tego dnia, Salvo, synu mój".

Maxie czekał na odpowiedź. No, słyszałem o tym facecie z Konga czy nie? Podobnie jak Muangaza, postanowiłem trzymać się trzeciej drogi.

– Chyba tak – powiedziałem ostrożnie, starannie siląc się na właściwą dozę obojętności w głosie. – Czy to nie taki prorok kompromisu z odzysku?

– A, czyli go znasz?

– Nie, skąd! – Jak to się stało, że mógł tak o mnie pomyśleć? – Szczerze mówiąc, pułkowniku, od kongijskiej polityki staram się trzymać z daleka. Jestem zdania, że tak dla mnie lepiej.

I do poznania Hannah była to, ogólnie mówiąc, prawda. Kto się asymiluje, ten musi wybrać tak jak ja.

– No, to trzymaj się, bo zaraz go poznasz – poinformował mnie Maxie, znów spoglądając na zegarek. – Wielki człowiek pojawi się tu ze swym wiernym apostołem i doradcą politycznym, sztuk jedna, i częściowo wiernym libańskim pośrednikiem Feliksem Tabizim, w skrócie Tabby. Pan profesor jest Szi, jego apostoł też.

„Tabby", powtórzyłem w myśli, wracając, też w myśli, do luksusowego domu przy Berkeley Square. Zasraniec Tabby, który znowu zacznie mieszać. Już miałem zapytać, skąd w otoczeniu Muangazy znalazł się częściowo wierny libański pośrednik, ale Maxie sam pośpieszył z wyjaśnieniem.

– Tabby to dla pana profesora konieczne zło. Każdy afrykański przywódca musi mieć kogoś takiego. To były muzułmanin-radykał, dawniej zabawiał się z Hamasem, ale ostatnio dla zdrowia nawrócił się na chrześcijaństwo. Pomaga staremu prowadzić kampanię, prostuje mu ścieżki, załatwia finanse, pierze pieniądze.

– A jakie zna języki? Ten pan Tabizi?

– Francuski, angielski, arabski i wszystkie, jakich mógł się nauczyć w czasie swoich podróży.

– A Philip? Po jakiemu będzie rozmawiał?

– Po francusku, w lingala, trochę w suahili.

– A po angielsku?

– No chyba, że po angielsku. Przecież to Anglik.

– A profesor zna pewnie wszystkie? W końcu to człowiek wykształcony... – Wcale nie chciałem, żeby zabrzmiało to jak wyśmiewanie się z lingwistycznej niekompetencji Maxiego, ale obawiam się, że tak właśnie to przyjął, bo zmarszczył brwi.

– No to co? – zapytał z irytacją.

– To, że w takim razie nie za bardzo się panu przydam, pułkowniku. A przynajmniej nie na górze i nie w takim charakterze. Bo skoro Muangaza mówi po francusku i w suahili, to ja mogę zostać w kotłowni z Pająkem i tylko słuchać.

– Nie pieprz. Zapomniałeś, że to ty masz być gwiazdą wieczoru? Faceci, którzy zajmują się zbawianiem świata, nie mają w zwyczaju służyć innym za tłumacza. A w dodatku takiemu Tabiziemu nie wierzyłbym nawet, gdyby miał mi powiedzieć, która godzina, i to obojętnie po jakiemu. – Chwila namysłu. – A poza tym musimy cię mieć na stanie, bo Muangaza upiera się przy suahili. Francuski jest dla niego za bardzo kolonialny. Więc mamy jednego, który zna świetnie francuski, a słabo suahili, i drugiego, który zna trochę suahili i słabo francuski.

Mile połechtany, że zostałem nazwany „gwiazdą wieczoru", zadałem już tylko jedno pytanie. Nie tyle ja, ile Hannah.

125

– A co ma dać ta cała konferencja, pułkowniku? O co nam chodzi? Jak by można to zdefiniować? Klientów zawsze o to pytam.

Wcale nie pytam, ale moje natręctwo najwyraźniej trafiło w jakiś czuły punkt.

– Sinclair, na miłość boską, przecież nam chodzi o to, żeby jakoś ustawić ten kraj! – wybuchnął na cały głos. – Chcemy do tego zasranego domu wariatów wprowadzić trochę zdrowego rozsądku. Oddajemy biednym jak cholera, uciśnionym ludziom ich własny kraj, zmuszamy ich, żeby się nawzajem tolerowali, zarabiali, zaczęli jakoś żyć! Masz z tym jakiś problem?

Jego dobre chęci, w których szczerość i dziś nie mam powodu wątpić, sprawiły, że zamyśliłem się na chwilę, ale wcale nie zamierzałem ustąpić.

– Absolutnie żadnego, pułkowniku. Tylko że, widzi pan, mówimy tu cały czas o demokracji na lufach karabinów. Trudno się dziwić, że od razu zaczynam się zastanawiać, o kogo panu chodzi. Kto mianowicie ma znaleźć się na tych lufach? Bo przecież zbliżają się tam wybory. Dlaczego mamy je uprzedzić? Rozumie pan?

Czy wspominałem już, że Hannah ma tendencje pacyfistyczne, jak by to określił pan Anderson? Że wywłóczone zakonnice z finansowanej przez amerykańskich zielonoświątkowców misji wbiły jej do głowy kwakierską niechęć do przemocy i zamiłowanie do nadstawiania drugiego policzka?

– Mówimy o Kongu, tak?

Tak jest, pułkowniku.

– Jednej z najstraszliwszych trupiarni na świecie. Tak?

Tak jest, bez wątpienia. Może nawet najstraszliwszej.

– My tu gadamy, a tam ludzie giną jak muchy. Jedno plemię wyrzyna drugie o byle co, choroby, głód, dziesięcioletnie dzieci idą do wojska, zasrana niekompetencja od dołu aż po samą górę, gwałty, chaos. Tak?

Tak jest, pułkowniku.

– Wybory nie przyniosą demokracji, tylko chaos. Zwycięzcy wezmą wszystko, powiedzą przegranym, że mogą się ugryźć. Przegrani powiedzą, że był kant, i spieprzą w busz, czyli do partyzantki. A ponieważ i tak wszyscy będą głosować według przynależności plemiennej, wracamy do punktu wyjścia albo jeszcze gorzej. Chyba że...

Czekałem.

– Chyba że zdążymy wprowadzić tam kogoś umiarkowanego, komu uda się trafić do wyborców, udowodnić im, że to, co on proponuje, ma szansę powodzenia, i przerwać błędne koło. Kumasz?

Kumam, pułkowniku.

– Taki właśnie jest plan Syndykatu. Taki plan zamierzamy dzisiaj sprzedać. Wybory to zachodnie fanaberie. Uprzedzić je, wprowadzić swojego człowieka, wreszcie dać ludowi coś z tej władzy, niech raz wybuchnie pokój, nie wojna. Międzynarodowe korporacje nie lubią biedy. Karmienie milionów głodujących się nie opłaca. Znacznie taniej ich sprywatyzować, a potem niech zdychają. No więc nasz mały Syndykacik tak nie myśli. Ani on, ani Muangaza. Oni myślą o infrastrukturze, o podziale, długoterminowo.

Moje myśli znów popędziły z dumą do lorda Brinkleya i jego międzynarodowej grupy wspólników. „Mały?" W życiu nie widziałem w jednym pomieszczeniu większych ludzi!

– Dla inwestorów to żyła złota, wiadomo, i cóż w tym złego? – mówił dalej Maxie. – Czemu odmawiać komuś porządnego udziału za to, że podejmuje spore ryzyko? Ale w tym worku zostanie jeszcze dość dla tubylców, kiedy skończy się tam ten cały burdel. Na szkoły, szpitale, drogi, wodę pitną. I mamy światełko w tunelu dla innych. No i co, z tym też masz jakiś problem?

Jakiż mogłem mieć z tym problem? Ja albo Hannah? Albo Noah i miliony takich jak on?

– A że przez pierwszych parę dni zginie ich kilka setek, a zginie, to czy jesteśmy źli, czy dobrzy? – Już stał, energicznie rozcierając sobie ścierpniętą nogę. – Aha, jeszcze jedno. – Dalej rozcierał udo. – Żadnego bratania się z tubylcami. Nie jesteś tu po to, by się w kimś zakochać, tylko żeby zrobić swoje. Jak im podadzą obiad, lecisz zaraz do kotłowni i jesz z Pająkem. Jeszcze jakieś pytania?

Żadnych, poza jednym: czy ja też jestem tubylcem?

Z segregatorem Philipa w dłoni siadam najpierw na krawędzi łóżka, potem na drewnianym bujaku. Raz jestem gwiazdą wieczoru, to znów boję się jak jasna cholera. Jestem takim Wielkim Jeziorem, do którego uchodzą wszystkie rzeki świata. Woda już występuje mi z brzegów. A za oknem sielanka – ogród tonie w ukośnym słońcu afrykańskiego lata Europy. Któżby w taki dzień nie miał ochoty przechadzać się w jego promieniach, z dala od wścibskich oczu i uszu? Któż mógłby się oprzeć wygodnym fotelom rozstawionym w altanie?

Otwieram segregator. Biały papier, żadnych znaków wodnych, klauzuli tajności, adresu, autora. Odsuwam kartkę na odległość ręki. Pierwsza strona ma numer 17, pierwszy akapit numer 12, z czego wnioskuję, że akapity od pierwszego do jedenastego są nieodpowiednie dla byle tłumacza, który męczy się tak dla kraju i nad, i pod powierzchnią wody. Nagłówek akapitu numer 12 brzmi „Watażkowie".

Watażka Pierwszy nazywa się Dieudonné, czyli Bożydar. Dieudonné jest z plemienia Munyamulenge, czyli rasowo niczym nie różni się od Ruandyjczyka. Od razu go polubiłem. Banyamulenge – liczba mnoga od Munyamulenge – byli spośród wszystkich innych plemion ulubieńcami mojego świętej pamięci ojca. Ten romantyk nazywał ich zawsze Żydami Kiwu, uznając w ten sposób ich samotność, zręczność na polu walki i codzienny, bezpośredni kontakt z Bogiem. Pogardzani przez swych „czystych" kongijskich braci jako mieszańcy z Tutsi – więc chętnie zabijani – Banyamulenge zajmują od ostatnich stu lat niedostępny płaskowyż Mulenge na Wyżynie Kiwu Południowego, gdzie mimo ciągłych prześladowań starają się nie rezygnować ze swego pluralistycznego stylu życia, swych owiec i bydła, nie zwracając uwagi na cenne surowce zalegające ich ziemię. Dieudonné to bardzo typowy przedstawiciel swego ludu.

Ma trzydzieści dwa lata, ale jest już doświadczonym żołnierzem. Początkowo uczył się w buszu u skandynawskich misjonarzy zielonoświątkowców, dopóki nie podrósł na tyle, by walczyć. Nie wiadomo, by zależało mu na majątku. Posiada pełnomocnictwo starszych plemienia do osiągnięcia następujących celów:

a) wejście Banyamulenge do nowego, tymczasowego rządu Kiwu Południowego przed wyborami,

b) rozwiązanie sporów o ziemię na Wysokim Płaskowyżu,

c) prawo do powrotu tysięcy Banyamulenge wygnanych z Konga, szczególnie tych, którzy zostali zmuszeni do ucieczki po wydarzeniach w Bukawu w roku 2004,

d) integracja Banyamulenge z obywatelskim społeczeństwem Konga i oficjalne zakończenie pięćdziesięcioletnich prześladowań.

Języki: kinyamulenge i kinyaruanda, szi, suahili, (bardzo) słaby francuski.

Przechodzę do Watażki Drugiego. To Franco, nazwany tak na cześć wielkiego afrykańskiego pieśniarza i gitarzysty, którego dokonania znam doskonale ze skrzypiącej płyty gramofonowej, którą miał na misji *Père* André. Franco to starej daty wojownik z plemienia Bembe, z Uwira. Ma około sześćdziesięciu pięciu lat. Niewykształcony, ale sprytny. Zażarty kongijski patriota. Szkoda tylko, że Philip nie ostrzegł czytelnika przed lekturą kilku następnych zdań.

Za czasów Mobutu terroryzował ludność okolic wzgórz Walungu za cichym przyzwoleniem policji. Uwięziony po wybuchu wojny w roku 1996, uciekł i schronił się w buszu, gdzie przyłączył się do Mai Mai, by uniknąć prześladowań za dawne uczynki. Obecnie w randze co najmniej pułkownika. Częściowo niepełnosprawny z powodu odniesionej rany w nogę. Jedna z jego żon to córka generała Mai Mai. Franco posiada rozległe majątki ziemskie i sześciu bogatych braci. Umie trochę pisać i czytać. Mówi w swym ojczystym języku, bembe, suahili, słabo po francusku, a co dziwniejsze, również w kinyaruanda i w spokrewnionym z tym językiem kinyamulenge.

Trudno mi teraz opisać, jak dziwne obrazy stanęły przed oczyma ukrytego dziecka. Bo choć Mai Mai to nie straszliwi Simbowie z czasów mego ojca, pod względem barbarzyństwa prawie im dorównywali. I niech nikogo nie zmyli stopień pułkownika – niech nikomu nie przywodzi on na myśl odczyszczonych i odprasowanych mundurów, uprzejmych salutów, baretek, odznaczeń i tym podobnych. Mówimy tu raczej o pióropuszach, czapeczkach bejsbollowych, kamizelkach z małpiej skóry, spodenkach gimnastycznych, dresach i malowanych w barwy wojenne twarzach. Ulubione buty to obcięte kalosze. Ze zdolności magicznych preferują zamienianie kul karabinowych w wodę, co Mai Mai, a przedtem Simbowie, potrafili o każdej porze dnia i nocy, oczywiście pod warunkiem odbycia odpowiednich obrzędów. Obrzędy te to na przykład pilnowanie, by nie połknąć wody deszczowej, nie jadać z kolorowych talerzy i nie dotykać żadnych przedmiotów uprzednio niespryskanych magicznym płynem. Moc ową czerpią Mai Mai wprost z czystej kongijskiej ziemi, której to ziemi przysięgają bronić własną krwią i tak dalej. Mówimy tu wreszcie o przypadkowych i odruchowych mordach, gwałtach i całej gamie innych okropności, popełnianych pod wpływem najróżniejszych czynników, od wyrafinowanej czarnej magii po parę galonów piwa marki Primus rozcieńczonych winem palmowym.

Było więc dla mnie wielką tajemnicą, jaki to cud miałby sprawić, by te dwie grupy, Mai Mai i Banyamulenge, stały się dla siebie zgodnymi partnerami w autonomicznym i zjednoczonym Kiwu, w dodatku pod wspólnym, oświeconym przywództwem. Co prawda Mai Mai zawierali od czasu do czasu taktyczne sojusze z Banyamulenge, ale bynajmniej nie przeszkadzało to pierwszym w plądrowaniu wiosek drugich, paleniu ich zbóż i porywaniu bydła i kobiet.

Czego po dzisiejszej konferencji spodziewa się Franco?

a) Trzecia Droga jest dla niego szansą na szybkie wzbogacenie się, zdobycie wpływów i broni dla swych ludzi,

b) oczekuje licznego udziału Mai Mai w każdym przyszłym rządzie Kiwu, chodzi między innymi o uzyskanie kontroli nad przejściami granicznymi (wpływy z łapówek i cła) i koncesji górniczych (niezależnie od swych antyruandyjskich nastrojów Mai Mai sprzedają Ruandzie rudy metali),

c) liczy na to, że wzrost znaczenia Mai Mai w Kiwu wzmocni ich pozycję względem rządu federalnego w Kinszasie,

d) jest zdeterminowany oczyścić Kongo z wpływów ruandyjskich, o ile Mai Mai będą mogli sprzedawać rudę innym klientom,

e) uważa zbliżające się wybory za zagrożenie dla egzystencji Mai Mai i zamierza im zapobiec.

Watażka Trzeci wcale nie jest watażką, tylko bogatym, wykształconym we Francji dziedzicem wschodniokongijskiej handlowej fortuny. Jego pełne imię brzmi Honoré Amour-Joyeuse, więc znany jest pod skrótem Haj. Podobnie jak Muangaza pochodzi z ludu Szi, jest więc czystej krwi Kongijczykiem. Niedawno powrócił do Konga z Paryża, gdzie ukończył z wyróżnieniem wydział handlowy Sorbony. Według Philipa jego wpływy pochodzą nie tyle z Wyżyny Południowej Banyamulenge czy z otaczających ją od północy i południa mateczników Mai Mai, ile z poparcia ze strony nowo powstającej klasy młodych przedsiębiorców z Bukawu. Wyglądam przez okno. Jeżeli w moim dzieciństwie ostał się jakiś raj, jest nim na pewno to dawne kolonialne miasto, położone na południowym krańcu jeziora Kiwu wśród falujących wzgórz i mglistych gór.

Jego rodzinny majątek to plantacje kawy i warzyw, hotele, browar wraz z flotą ciężarówek, biuro handlu diamentami, złotem, kasyterytem i koltanem oraz jego największa duma: dwie nowo nabyte dyskoteki. Większość tych przedsiębiorstw jest uzależniona od współpracy z sąsiednią Ruandą.

A więc to watażka, który nie jest watażką, ale za to jest zależny od własnych wrogów.

Haj to zdolny organizator, szanowany przez pracowników. Odpowiednio zmotywowany potrafiłby szybko powołać pod broń pięciuset uzbrojonych ludzi, a to dzięki powiązaniom z miejscowymi kacykami z podbukawskich rejonów Kaziba i Burhinyi. Ojciec Haja, Luc, prowadzi równie dobrze prosperujące przedsiębiorstwo w Gomie, porcie na północy.

Pozwalam sobie na przelotny uśmiech. Bukawu to raj mojego dzieciństwa, Goma to raj Hannah.

Luc jest weteranem Wielkiego Powstania i wieloletnim towarzyszem broni Muangazy. Ma posłuch wśród innych wpływowych biznesmenów z Gomy, którzy podzielają jego oburzenie z powodu uzależnienia handlu w Kiwu od Ruandy. Początkowo zamierzał stawić się osobiście, ale musiał udać się na leczenie specjalistyczne w klinice kardiologicznej w Kapsztadzie. Haj bierze udział w konferencji w zastępstwie ojca.

Co więc takiego oferuje ten rodzinny duet miejskich baronów?

Jeżeli pojawi się okazja i ktoś, kogo mogliby poprzeć, Luc i jego środowisko w Kiwu Północnym gotowi są wywołać powstanie ludowe na ulicach Gomy i potajemnie udzielić Muangazie wojskowego i politycznego wsparcia, w zamian za co zażądają udziału we władzy i wpływu na nowy rząd prowincji.

A Haj?

Haj może przekonać inteligencję i biznesmenów Bukawu do Trzeciej Drogi jako formy odwetu na Ruandzie.

Ale jest może i znacznie bardziej prozaiczna przyczyna obecności Haja wśród nas: W zamian za wyrażoną chęć przyłączenia się do Trzeciej Drogi Luc zgodził się przyjąć zaliczkę przyszłych zysków w wysokości (wykreślone), co potwierdził odpowiednim pokwitowaniem.

Haj mówi w języku szi, słabo w suahili; by lepiej prowadzić interesy, nauczył się też kinyaruanda. Najchętniej jednak posługuje się „bardzo elegancką" francuszczyzną.

A więc tak to wygląda, powiedziałem Hannah, wstając, by otworzyć drzwi, bo ktoś do nich załomotał: mamy jednego żołnierza-chłopa z plemienia Munyamulenge, jednego starego wiarusa-inwalidę z Mai Mai i jednego kształconego we Francji miejskiego dandysa, zastępującego ojca. Czy siedemdziesięcioletni profesor, choćby nie wiem jaki idealista, ma jakiekolwiek szanse połączyć te trzy sprzeczności w pokojowy sojusz dla demokracji – wszystko jedno, czy przyniesionej na lufach karabinów, czy w jakikolwiek inny sposób?

– Pułkownik mówi, że masz się nauczyć jeszcze tego – oznajmił Anton, wciskając mi w dłoń kolejną teczkę. – A te świństwa, które już przeczytałeś, mam ci zabrać. Co będzie, jak dzieci się dobiorą?

A po ludzku: w zamian za pozbawiony szczegółów *briefing* Philipa dostaję do ręki fotokopię owego kontraktu sporządzonego przez Jaspera i niezawierającego żadnych nazwisk.

Wróciwszy na fotel bujany i zagłębiwszy się w lekturze, zauważyłem z rozbawieniem, że francuskie akcenty dodano rozpaczliwie piórem. Wstęp umowy określał jej strony, wcale ich nie precyzując.

Strona Pierwsza jest dobroczynną organizacją kapitałową, dostarczającą biednym krajom Afryki Środkowej tani sprzęt i usługi rolnicze.

Innymi słowy, chodzi o nasz anonimowy Syndykat.

Strona Druga, zwana dalej Inżynierem, to cieszący się powszechnym uznaniem profesor uczelni wyższej, który pragnie radykalnie zreorganizować przestarzałe metody upraw, by w ten sposób przyczynić się do podniesienia poziomu życia wszystkich grup miejscowej ludności.

Czyli, mówiąc jak Francuz z Francuzem, nasz Muangaza.

Strona Trzecia, zwana dalej Sojuszem, to cieszące się powszechnym szacunkiem stowarzyszenie przywódców zainteresowanych społeczności, gotowych do współpracy pod egidą Inżyniera (patrz powyżej)...

Ich wspólnym celem jest doprowadzenie wszelkimi dostępnymi środkami do koniecznych reform, niezbędnych do stworzenia jednolitej struktury społecznej dla całego Kiwu. Chodzi między innymi o wspólną politykę finansową oraz o doprowadzenie do przekształceń własnościowych w sektorze bogactw mineralnych tak, by umożliwić poprawę sytuacji ekonomicznej wszystkich mieszkańców Kiwu...

W zamian za pomoc finansową i techniczną ze strony Syndykatu, udzieloną w przygotowaniach do wspomnianej reformy, zwanych dalej Wydarzeniem, Inżynier, w porozumieniu z innymi członkami Sojuszu, zobowiązuje się nadać Syndykatowi klauzulę najwyższego uprzywilejowania. Syndykat może zbywać wspomnianą klauzulę określonym przez siebie osobom prawnym...

Ze swej strony Syndykat zobowiązuje się dostarczyć specjalistycznych usług, personelu i sprzętu wartości do pięćdziesięciu milionów franków szwajcarskich w jednej transzy, zgodnie z wyszczególnieniem zawartym w Załączniku...

Syndykat zobowiązuje się zatrudnić na własny koszt ekspertów, specjalistów, instruktorów i menedżerów koniecznych do wyszkolenia miejscowej siły roboczej w posługiwaniu się wspomnianym sprzętem, pozostać w określonym umową regionie aż do chwili zakończenia Wydarzenia, na okres nie krótszy niż sześć miesięcy od dnia jego rozpoczęcia...

Jak na tak nieokreślony dokument, załącznik jest niezwykle dokładny. Wymieniony w nim sprzęt to łopaty, kielnie, motyki oraz ciężkie i lekkie taczki. Po co te taczki? Co można wozić taczką w lasach tropikalnych, jeżeli jeszcze nie wycięto ich tam w pień? Zamykam oczy i znów je otwieram. Mamy modernizować Kiwu za pomocą kos, motyk i taczek?

Koszt kolejnych transz sprzętu, jeżeli okażą się konieczne, zostanie pokryty nie przez Syndykat, lecz z „przychodów brutto wytworzonych przez Wydarzenie". Inaczej mówiąc, filantropia Syndykatu ma swoje granice: owych pięćdziesiąt milionów franków szwajcarskich.

Podział łupów po Wydarzeniu zajmuje całą stronę, pełną wyliczeń, dat i procentów. Na pierwsze pół roku Syndykat domaga się wyłączności na wszelkie zyski z Określonych Rejonów – określonych dokładnie, bo szerokością i długością geograficzną. Nieotrzymanie wyłączności równa się unieważnieniu umowy. Jednak w dowód dobrej woli, pod warunkiem właściwego zachowania się członków Sojuszu, Sojusz otrzyma miesięczne wynagrodzenie w wysokości dziesięciu procent przychodów brutto.

Oprócz półrocznej wyłączności (pomniejszonej o owych dziesięć procent) Syndykat musi też otrzymać gwarancje „wieczystego zwolnienia z wszelkich miejscowych opłat celnych i podatkowych w Określonych Rejonach" i „bezpieczny teren do przygotowywania, pozyskiwania i przewozu towarów". Jako „jedyny inwestor i jedyna ze Stron podejmujących ryzyko", otrzyma też „sześćdziesiąt siedem procent przychodów brutto przed odliczeniem kosztów administracyjnych i wydatków nieprzewidzianych, ale dopiero od początku siódmego miesiąca po Wydarzeniu..."

Już miałem pomyśleć sobie, że Syndykat ma zbyt wygórowane wymagania, ostatni akapit tryumfalnie przywrócił mi nadzieję do stanu, w jaki wprawiła ją moja rozmowa z Maxiem.

Wszystkie inne zyski po zakończeniu sześciomiesięcznego okresu wstępnego zostaną w całości przekazane członkom Sojuszu, który rozdzieli je równo i sprawiedliwie między wszystkie grupy społeczeństwa zgodnie z ogólnie przyjętymi zasadami. Środki te zostaną przeznaczone na ochronę zdrowia, oświatę i pomoc społeczną, by zapewnić wszystkim obywatelom spokój, jedność i wzajemną tolerancję.

W wypadku gdyby niezgody między poszczególnymi frakcjami uniemożliwiły sprawiedliwy podział zysków, Muangaza powoła radę mężów zaufania, którzy zajmą się rozdziałem dóbr, zwanych dalej Częścią Ludu. Alleluja! Wreszcie znajdą się pieniądze na szkoły, drogi, szpitale, dla następnych pokoleń, jak to określił Maxie. Hannah może spać spokojnie. Ja też.

Zasiadłem przed postawioną na toalecie z lustrem staroświecką elektroniczną maszyną do pisania i raźno zabrałem się do przekładu na suahili. Ukończywszy pracę, wyciągnąłem się na łóżku z mocnym postanowieniem uspokojenia wzburzonego umysłu. Zegarek od cioci Imeldy wskazywał wpół do dwunastej. Hannah wróciła już z nocnego dyżuru, ale nie może spać. Leży na łóżku, wciąż jeszcze w swym pielęgniarskim kitlu, i wpatruje się w zabrudzony sufit – ten sam, w który wpatrywaliśmy się wspólnie, dzieląc się nadziejami i marzeniami. Myśli sobie: gdzie on jest, czemu nie telefonuje, czy jeszcze go zobaczę, czy też jest takim samym kłamcą, jak oni wszyscy? Myśli o Noahu, swym synku, i o tym, że kiedyś zabierze go do Gomy.

Nisko nad altaną przeleciał mały samolot. Zerwałem się i rzuciłem do okna, by zobaczyć jego oznaczenia, ale się spóźniłem. Gdy w moich drzwiach znów pojawił się Anton, by odebrać ode mnie owoc mej pracy i poprowadzić na dół, obiecałem sobie, że będzie to mój najlepszy występ w życiu.

Rozdział 8

Gdy zadyszany wszedłem z Antonem do pokoju karcianego, w którym wcześniej tego samego dnia natknąłem się na Jaspera, szybko zauważyłem, że nastąpiła tu subtelna zmiana dekoracji. Środek sceny zajmowała teraz biała tablica na stojaku. Z ośmiu krzeseł wokół stołu zrobiło się dziesięć. Nad ceglanym kominkiem zawieszono okrągły zegar ścienny – tuż obok tabliczki z napisem „Zakaz palenia" po francusku. Przy drzwiach prowadzących do wnętrza domu stał Jasper, świeżo ogolony i uczesany – i starannie pilnowany przez Benny'ego.

Przebiegłem wzrokiem stół. Jak wyglądają wizytówki na anonimowej konferencji? Muangaza nazywał się tu *mzi*; umieszczono go na honorowym miejscu, w samym środku długości stołu od strony domu. Po bokach znaleźli się jego wierny apostoł *M. le Sécretaire* i nieco mniej wierny *M. le Conseiller*, czyli Tabby, któremu Maxie nie ufałby, nawet gdyby ten miał mu powiedzieć, która godzina. Po drugiej stronie, plecami do przeszklonych drzwi do ogrodu, umieszczono Bandę Trojga, oznaczoną na wizytówkach jedynie słowem *Monsieur* i jedną jedyną literą: D jak Dieudonné, F jak Franco i H jak Honoré Amour-Joyeuse, Wielki Biznesmen z Bukawu, znany lepiej jako Haj. Franco, jako najstarszy, otrzymał miejsce w środku, naprzeciw Muangazy.

Skoro w ten sposób zajęte zostały przeciwległe, dłuższe boki stołu, jego końce przypadły gospodarzom spotkania: na jednym z nich miał więc zasiąść *Monsieur le Colonel*, w którym domyśliłem się Maxiego, wraz z *Monsieur Philippe*, a na drugim Jasper i ja. Nie uszło mojej uwagi, że o ile Jaspera uhonorowano tytułem *Monsieur L'avocat*, mnie zbyto prostym *Interprète*.

Przy miejscu Philipa umieszczono mosiężny dzwonek. Do dziś słyszę go w pamięci. Miał czarną, drewnianą rączkę i był miniaturową repliką dzwonka, który tyrańsko zatruwał życie nam, więźniom Sanktuarium. Wyciągał nas z łóżek, mówił nam, kiedy modlić się, jeść, iść do toalety, na salę gimnastyczną, do klas i na boisko, znów kiedy się modlić, iść do łóżka i zmagać z demonami. W dodatku Anton wyjaśniał mi właśnie, że na dźwięk tego dzwonka będę gonił do kotłowni i z powrotem jak ludzkie jojo.

– Zadzwoni na przerwę i potem znowu, kiedy zechce, żebyś wrócił do stołu, bo się za tobą stęsknił. Tylko że nie wszyscy będziemy mieli przerwę, co, szefie? – dodał, mrugając porozumiewawczo. – Bo my będziemy wiadomo gdzie, słuchając wszystkiego po cichutku przez zabawki Pająka.

Odmrugnąłem wdzięczny, że tak mnie traktuje. Na podjeździe pojawił się dżip. Anton skoczył przez drzwi rączo jak elf. Domyśliłem się, że spieszy się objąć dowodzenie grupy obserwacyjnej. Nad domem przemknął drugi samolot i znów nie zdążyłem się mu przypatrzyć. Biegły kolejne minuty, w czasie których mój wzrok jakby sam z siebie odwracał się od pokoju karcianego, wędrując po pięknych gruntach za szybą. Wtedy właśnie zobaczyłem tam nieskazitelnie ubranego białego w panamie na głowie, kremowych spodniach, różowej koszuli, czerwonym krawacie i szytej na miarę granatowej marynarce, ostrożnie przemykającego się między kępami trawy aż do altany. Dotarłszy tam, upozował się między dwiema kolumnami jak dawny angielski egiptolog, uśmiechając się w stronę, z której przybył. Mogę teraz powiedzieć, że zobaczywszy go wtedy po raz pierwszy, poczułem, że w moim życiu znalazł się ktoś ważny. Nie miałem wątpliwości, że w ten sposób zobaczyłem z ukrycia naszego wolnego strzelca, afrykańskiego konsultanta – by znów zacytować Maxiego: „naszego *buana m'kubwa*" – Philipa lub Philippe'a, mówiącego płynnie po francusku, w lingala, choć nie w suahili, architekta naszego spotkania, przyjaciela Muangazy i innych delegatów.

Potem na tle nieba pojawił się szczupły, pełen godności Afrykanin. Miał brodę, ubrany zaś był w klasyczny zachodni garnitur. Kroczył z takim namaszczeniem, że przywiódł mi na myśl brata Michaela, prowadzącego wielkopostną procesję po krużgankach Sanktuarium. Bez większego wysiłku rozpoznałem w nim naszego zielonoświątkowego pluralistę, watażkę Dieudonnégo, męża zaufania pogardzanych Banyamulenge, tak kochanych przez mego świętej pamięci ojca.

W ślad za nim szedł drugi Afrykanin, jakby celowo ukształtowany jako przeciwieństwo pierwszego: bezwłosy olbrzym w połyskliwym, brązowym garniturze, którego marynarka z trudem opinała mu tors, straszliwie wyginający się przy każdym powłóczeniu okaleczonej lewej nogi. Nie mógł to być nikt inny jak Franco, nasz stary wiarus kuternoga, dawny mobutowski oprawca, obecnie zaś w randze co najmniej pułkownika u Mai Mai, przysięgły wróg i okazjonalny sojusznik tego, który kroczył tuż przed nim.

Na szarym końcu, jak gdyby kpiąco ustępował im pierwszeństwa, pojawił się nasz trzeci delegat, Haj, osławiony, kształcony na Sorbonie niekoronowany książę handlarzy z Bukawu. Ale kroczył z taką pogardą, z taką nonszalancją, z tak wyraźnym dystansem względem innych, że musiałem się zastanowić, czy nie żałuje już, że podjął się zastępstwa za ojca. Nie był ani szkieletem, jak Dieudonné, nie świecił łysą czaszką, jak Franco – był miejskim dandysem. Głowa, wygolona po bokach, zdobna była z tyłu w eleganckie falki. Z czoła zwieszał mu się wypomadowany lok. Zaś co do stroju... Surowe poglądy Hannah przytępiły mój apetyt na takie próżności, ale wymuszona na mnie przez pana Andersona zmiana ubrania sprawiła z kolei, że stałem się na nie wyczulony. Miałem przed oczyma absolutnie najnowszy krzyk mody z letniej kolekcji Zegny: trzyczęściowy beżowy garnitur z najcieńszej wełny dla najbardziej wymagających panów, z którym kontrastowały interesująco włoskie zgniłozielone mokasyny z krokodylej skóry, które, jeżeli były autentyczne, wyceniłbym na co najmniej dwieście funtów za parę.

Teraz już wiem, choć wtedy jeszcze nie wiedziałem, że to, co zobaczyłem na trawiastym wzgórku, było ostatnim etapem oprowadzania delegatów przez

Philipa, który ukazał im wszystkie zalety posiadłości, łącznie z apartamentem na podsłuchu, gdzie mogą rozluźniać się między posiedzeniami, i całym ogrodem na podsłuchu, w którym mogą zażyć całkowitej prywatności, tak ważnej dla szczerej i konstruktywnej wymiany poglądów.

Na komendę Philipa trzej delegaci spoglądają posłusznie na morze, potem na cmentarz. Gdy Haj odwraca się za innymi, jego marynarka odchyla się i w słońcu błyska żółto-zielona podszewka i jeszcze coś, jakby stal. Co to może być? Ostrze noża? Telefon komórkowy – jeśli to telefon, czy nie powinienem ostrzec Maxiego? Ale z drugiej strony, może uda mi się go pożyczyć i ukradkiem zatelefonować do Hannah? W tej samej chwili ktoś, chyba Philip, musiał powiedzieć żart, może obsceniczny, bo cała czwórka wybucha śmiechem, który toczy się po trawie i wpada przez drzwi do pokoju karcianego, szeroko otwarte z powodu upału. Nie czyni to jednak na mnie większego wrażenia, wiem bowiem od dziecka, że Kongijczycy, ludzie uprzejmi, nie zawsze śmieją się z oczywistych powodów, szczególnie jeśli są z Mai Mai lub im podobnych stowarzyszeń.

Towarzystwo już opanowało wesołość i rusza teraz w górę po ozdobnych kamiennych schodach, gdzie ulegając usilnym namowom Philipa, kulawy olbrzym Franco obejmuje ramieniem kark kruchego Dieudonnégo i, choć to przecież zaprzysięgli wrogowie, używa go jako podpory – ale tak miło i tak spontanicznie, że moje serce nabrzmiewa optymizmem co do pozytywnego wyniku naszego przedsięwzięcia. W ten sam sposób rozpoczynają trudne zejście – Philip śpieszy przed podpierającą się parą, Haj zamyka pochód. Pamiętam, że północne niebo nad nimi było błękitne jak lód, że złączeni uściskiem watażka Mai

Mai i jego szczupła podpora prowadzeni byli przez chmarę małych ptaszków, podlatujących w ślad za nimi. I że gdy Haj wszedł do cienia, wyjaśniła się tajemnica wewnętrznej kieszeni jego marynarki – był dumnym właścicielem całej kolekcji piór Parkera.

To, co wydarzyło się potem, było typowym nieporozumieniem, bez którego nie może się obejść żadna konferencja z prawdziwego zdarzenia. Anton uprzedzał nas, że miało nastąpić ogólne przedstawienie. Philip miał wprowadzić Bandę Trojga od ogrodu i w tej samej chwili z drugiej strony miał pojawić się Maxie z Muangazą i jego świtą w symbolicznym, historycznym geście wyjścia sobie naprzeciw. Reszta z nas miała stać w szeregu i albo zostać zaszczycona uściskiem dłoni delegatów, albo nie – w zależności od ich kaprysu.

A tymczasem wszystko się wszystkim pomieszało. Albo Maxie i jego grupa trochę za późno zakończyli zwiedzanie, albo Philip i jego delegaci zakończyli je trochę przedwcześnie. Może stary Franco tak skutecznie podpierał się na Dieudonném, że poruszał się szybciej, niż przewidziano. Tak czy inaczej efekt był ten sam: Philip wraz z towarzyszami wkroczyli do sali, wnosząc do niej słodkie wonie mego afrykańskiego dzieciństwa, ale tu powitać ich mogli tylko wybitny tłumacz, pozbawiony swych mniej znanych języków, prowincjonalny francuski notariusz i wielki Benny z kucykiem – lecz gdy tylko Benny zorientował się, co się dzieje, natychmiast popędził po Antona.

Na każdej innej konferencji wziąłbym w tym momencie sprawy w swoje ręce, bo wybitni tłumacze muszą być zawsze gotowi, by w potrzebie zastąpić dyplomatów, i sam wielokrotnie odgrywałem już tę rolę. To jednak była operacja Philipa. Właśnie oczy Philipa, zniewalające w mięsistej twarzy, w jednym mgnieniu właściwie oceniły sytuację. W zachwycie podniósł równocześnie oba palce wskazujące, wydał z siebie okrzyk *ah, parfait, vous voilà!* i zerwał z głowy panamę, ukazując bujne, siwe włosy, zaczesane za uszy na kształt małych rogów.

– Pozwoli pan, że się przedstawię – oznajmił najlepszym paryskim akcentem. – Jestem Philippe, konsultant do spraw rolnictwa i niezmordowany przyjaciel Konga. A pan, sir? – Starannie uczesana głowa pochyliła się ku mnie, jak gdyby miała tylko jedno sprawne ucho.

– Nazywam się Sinclair, proszę pana – odpowiedziałem z podobną wylewnością i też po francusku. – Pracuję w językach francuskim, angielskim i suahili. – Oczy Philipa skierowały się na Jaspera. Szybko pojąłem, o co chodzi. – Proszę pozwolić przedstawić sobie monsieur Jaspera Albin, naszego mecenasa z Besançon – mówiłem dalej. A potem, dla większego efektu: – Niech mi będzie wolno jak najserdeczniej powitać w imieniu nas wszystkich naszych szanownych delegatów z Afryki.

Moja spontaniczna przemowa miała konsekwencje nieprzewidziane ani przeze mnie, ani też, jak podejrzewam, przez Philipa. Stary Franco odsunął łokciem Dieudonnégo, swój żywy kostur, i oburącz chwycił moje dłonie. Założę się, że dla zwykłego, niezorientowanego Europejczyka był po prostu jeszcze jednym olbrzymim Afrykaninem w błyszczącym garniturze, który stara się za wszelką cenę dostosować do zachodnich obyczajów. Ale nie dla Salva, ukrytego dziecka. Dla Salva był samozwańczym, warcholskim protektorem naszej Misji, nazywanym i przez braci, i służbę Beau-Visage, czyli Piękna Twarz – samotnym włóczęgą, ojcem niezliczonych dzieci, który po zapadnięciu zmroku pojawiał się w misyjnym domu

z czerwonej cegły z leśnym czarem w oczach, staro-
świeckim belgijskim karabinem w ręce, ze skrzynką
piwa i świeżo ubitą antylopą, wystającą z wielkiej
torby myśliwskiej, przebywszy ze trzydzieści kilometrów na piechotę, by ostrzec nas przed kolejnym
grożącym nam niebezpieczeństwem. Nad ranem
znajdowaliśmy go przycupniętego na progu, uśmie-
chającego się przez sen, z karabinem na kolanach.
Potem, po południu tego samego dnia, przenosił się
na rynek miasteczka, gdzie wpychał nieszczęsnym
turystom swe obrzydliwe pamiątki: amputowaną go-
rylą łapę albo zasuszony bezoki łeb impali.

– Buana Sinclair – odezwał się teraz ten czci-
godny dżentelmen, gestem wzniesionej pięści naka-
zując milczenie. – Jestem Franco, wysoki oficer Mai
Mai. Nasza wspólnota to prawdziwa, autentyczna
siła, stworzona przez naszych przodków dla obrony
naszej najświętszej ojczyzny. Gdy byłem dzieckiem,
ruandyjska dzicz napadła na naszą wioskę i w swej
nienawiści spaliła nam zboże i pocięła na strzępy
trzy nasze krowy. Matka zaprowadziła nas do lasu,
gdzie się ukryliśmy. Kiedy wróciliśmy, znaleźliśmy
związanych i też rozsiekanych ojca i dwóch braci. –
Wskazał zakrzywionym palcem na stojącego za nim
Dieudonnégo. – Gdy umierała moja matka, te kara-
luchy Banyamulenge nie przepuściły jej do szpitala.
Szesnaście godzin konała na moich oczach w przy-
drożnym rowie. Dlatego nie jestem przyjacielem
cudzoziemców i najeźdźców. – Głęboki oddech, po
nim głębokie westchnienie. – W Konstytucji zapisano,
że Mai Mai stali się oficjalną częścią armii federalnej.
Ale to sztuczne połączenie. Kinszasa daje mojemu
generałowi piękny mundur, ale pieniędzy na żołd
już nie. Daje mu wysoki stopień, a nie daje broni.
Dlatego właśnie duchy przodków mojego generała

kazały mu usłuchać Muangazy. A ponieważ szanuję mojego generała i kierują mną te same duchy, i ponieważ przyrzekł mi pan i pieniądze, i broń, stawiam się tu na rozkaz generała.

Usłyszawszy tak wspaniałą mowę, już otworzyłem usta, by przełożyć ją na francuski, gdy powstrzymało mnie znaczące spojrzenie Philipa. Czy Franco usłyszał łomot mojego serca? A stojący za nim Dieudonné? A ten pajac, Haj? Cała trójka stała, czekając, co powiem, jakby zachęcając mnie, bym zaczął tłumaczyć piękne słowa Franca. Na szczęście dzięki Philipowi w ostatniej chwili opamiętałem się: bowiem Franco, przejęty doniosłością chwili, przemawiał w swym ojczystym języku bembe, którego miałem nie znać nad powierzchnią wody.

Jednak patrząc w twarz Philipa, nie można było domyślić się, że o tym wiedział. Chichotał wesoło, przyjacielsko pokpiwając z pomyłki starego. Haj wybuchnął szyderczym śmiechem jak hiena. Niezrażony tym Franco sam zaczął mozolnie tłumaczyć swe słowa na suahili. Wciąż jeszcze to robił, ja zaś wciąż jeszcze kiwałem głową, by wyrazić aprobatę dla jego krasomówstwa, gdy ku mej olbrzymiej uldze drzwi do dalszych części domu rozwarły się z trzaskiem od pchnięcia Benny'ego, za którym wmaszerowali do sali nieco zdyszany Maxie i jego trzej goście z Muangazą pośrodku.

Ziemia jakoś mnie nie pochłonęła, nikt nie wskazał na mnie oskarżycielsko palcem i nie zadenuncjował. Jakoś znaleźliśmy się wszyscy za stołem; właśnie tłumaczę powitalne słowa Philipa na suahili. Suahili uwalnia mnie od tremy, jak zawsze. Jakoś udało mi się przetrwać wszystkie uściski dłoni i prezentacje. Wszyscy znaleźli się na swoich miejscach – poza Jasperem, który po przedstawieniu Muangazie i jego doradcom został wyprowadzony z pokoju przez Benny'ego zapewne po to, by chronić jego zawodową bezstronność. Przemówienie Philipa jest żartobliwe i zwięzłe, pauzy zaś robi dokładnie wtedy, gdy ich potrzebuję.

Sam przemawiam do litrowej butelki wody Perrier znajdującej się pół metra ode mnie, bo kontakt wzrokowy z klientem w pierwszych minutach posiedzenia to śmiertelna pułapka dla tłumacza. Oczy spotykają się, przeskakuje iskierka porozumienia i zanim się obejrzę, już ten ktoś ma mnie w kieszeni. Pozwalam więc sobie najwyżej na ukradkowe muśnięcia spuszczonego wzroku, w trakcie których Muangaza trwa jak hipnotyczny ptasi cień, zawieszony między dwoma akolitami: ospowatym, budzącym szacunek Tabizim, eks-szyitą obecnie nawróconym na chrześcijaństwo, odzianym od stóp do głów w grafitowy strój od najlepszego projektanta, i lśniącym, bezimiennym uczniem i doradcą politycznym, którego w skrytości ducha zaczynam nazywać Delfinem z powodu braku owłosienia i nieschodzącego z ust uśmiechu. Uśmiech, podobnie jak cieniutki warkoczyk wyrastający z wygolonego karku, sprawia wrażenie, jakby egzystował całkiem niezależnie od właściciela. Maxie ma na sobie wojskowy krawat. Mam rozkaz niczego nie tłumaczyć na angielski bez jego polecenia.

W tym miejscu przyda się parę słów na temat psychologii typowego poligloty. Można często zauważyć, że ludzie przechodzący na inny język europejski zmieniają wraz z nim własną osobowość. Anglik odzywający się po niemiecku od razu mówi głośniej. Jego usta zmieniają kształt, rozwierają się struny głosowe, autoironię zamienia na dominację. Angielka, gdy zaczyna mówić po francusku, staje się miększa, wydyma wargi, by dodać sobie seksapilu; z kolei samiec z tego gatunku przechodzi w pompatyczność. Ze mną pewnie dzieje się to samo. Ale języki afrykańskie nie mają podobnego wpływu. Są funkcjonalne, solidne, nawet gdy chodzi o kolonialną odmianę francuszczyzny. To języki przyjemne, w sam raz do prostych rozmów i hałaśliwych dyskusji, tak częstych u ludzi z Konga. Subtelności i uniki osiąga się w nich nie tyle gimnastyką słowną, ile zmianą tematu lub, dla ostrożniejszych, przytoczeniem przysłowia. Czasem łapię się na tym, że przy przeskoku z jednego języka na drugi mój głos staje się bardziej gardłowy, by mówić głośniej i uderzyć w bardziej męski ton. Albo mam wrażenie, na przykład w kinyaruanda, że językiem obracam w ustach gorący kamyk. Prawda jest jednak przede wszystkim taka, że w chwili, gdy zajmuję moje miejsce przy stole, staję się tym, co przekładam.

Philip zakończył powitalne przemówienie. Kilka sekund po nim zakończyłem i ja. Siada i w nagrodę popija łyk wody, ja też, nie z pragnienia, ale dlatego że się z nim identyfikuję. Znów spoglądam ukradkiem na niedźwiedziowatego Franca i jego sąsiada, wychudłego Dieudonnégo. Franco ma na twarzy chwalebną bliznę, biegnącą od góry czoła po czubek nosa. Czy ręce i nogi noszą podobne ślady po rytuale inicjacyjnym chroniącym od kul? Czoło Dieudonnégo jest wysokie i gładkie jak u dziewczyny, jego rozmarzony wzrok wciąż chyba patrzy na wzgórza, spod których przybył. Dandys Haj, rozparty na fotelu po drugiej stronie Franca, sprawia wrażenie, jakby świadomie nie zwracał na nich najmniejszej uwagi.

– Dzień dobry, moi przyjaciele? Czy wasze oczy są na mnie zwrócone?

„On jest taki drobny, Salvo? Dlaczego tak jest, że wielu ludzi niewielkich wzrostem ma więcej odwagi niż ludzie od nich więksi?" Drobny jak Cromwell, nasz wódz, ale z każdego centymetra sześciennego jego ciała emanuje dwa razy więcej energii niż z wszystkich innych obecnych. Lekka bawełniana marynarka, łatwa w praniu, jak przystało na wędrownego kaznodzieję. Wokół głowy aureola szpakowatych włosów wszędzie tej samej długości – taki czarny Albert Einstein, tyle że bez wąsów. Na grdyce, zamiast krawata, złota moneta, o której mówiła mi Hannah, wielkości pięćdziesięciopensówki: „To jego niewolnicza obroża, Salvo. Oznacza, że nie można go kupić. Że już go kupiono. Że należy do ludu Kiwu i że zapłacono zań tą właśnie monetą. Jest niewolnikiem Trzeciej Drogi!"

Tak, Muangaza, wszystkie nasze oczy zwracają się na ciebie. Moje też. Czekając, aż przemówi, nie muszę już szukać schronienia w butelce perriera. Nasi trzej delegaci, z początku zgodnie z regułami afrykańskiej grzeczności niegapiący się w niego, patrzą teraz na swe Światło i patrzą. Kim jest? Jakie duchy nim kierują, jaką magię uprawia? Czy będzie nas ganił? Przestraszał, wybaczał, rozśmieszał, wzbogacał? Czy każe nam tańczyć, obejmować się, zwierzać się, co czujemy? A może będzie nami pogardzał, unieszczęśliwi nas, każe żałować za grzechy i wyznawać je, bo zawsze coś takiego grozi nam wszystkim, i Kongijczykom, i pół-Kongijczykom? Bo Kongo to paw afrykańskich narodów, ich papuga, pośmiewisko. Kongo można gwałcić, rabować, rozwalać, doprowadzać do bankructwa, korumpować, mordować, oszukiwać, wyszydzać. Bo Kongo słynie na cały kontynent z nieudacznictwa, korupcji i anarchii.

Czekamy, by poznać jego rytm, jego moc, ale on każe nam czekać. Czekać, aż zaschnie nam w ustach, aż uschną nam lędźwie – a przynajmniej czeka na to ukryte dziecko, bo nasz wielki Zbawca jest niesamowicie podobny do najlepszego kaznodziei z naszej misji, *Père* André. Podobnie jak André musi najpierw porazić wzrokiem każdego ze słuchaczy po kolei, najpierw Franca, potem Dieudonnégo, potem Haja i mnie, i wreszcie takim samym spojrzeniem obrzucić wszystkich razem. Z tą różnicą, że ja czuję na sobie nie tylko jego oczy, ale także ręce, bo taką już mam hiperaktywną pamięć.

– No cóż, panowie! Skoro zwróciliście już na mnie oczy, czy nie uważacie, że popełniliście gruby błąd, zjawiając się tu dziś? Może doskonały pilot monsieur Philippe'a powinien był was wysadzić na innej wyspie?

Ma za silny głos jak na swój wzrost, ale jak zawsze, gdy tłumaczę na francuski, mówię cicho, jakby na stronie.

– Zastanawiam się, czego tu szukacie – grzmi przez stół do starego Franca, który już zaczyna zgrzytać zębami. – Bo chyba nie mnie? Ja nie jestem jednym z was, wcale nie! Ja jestem Muangaza, prorok harmonijnej koegzystencji i dobrobytu dla Kiwu. Ja myślę głową, nie karabinem, maczetą czy penisem. Ja się nie zadaję z mordercami z Mai Mai, o nie! – Przenosi pogardliwy wzrok na Dieudonnégo. – Ani z obywatelami drugiej kategorii, z Bayamulenge. O nie! – Teraz wyzywające uniesienie podbródka w kierunku Haja. – Ani z młodymi dandysami z Bukawu. Dziękuję bardzo. – Ale równocześnie pozwala sobie na porozumiewawczy uśmiech dla syna Luca, starego towarzysza broni i współplemieńca. – Choćby chcieli postawić mi piwo i dać pracę w kopalni złota u Ruandyjczyków. O nie! Jam jest Muangaza, dobre serce Konga, szczery sługa silnego, zjednoczonego Kiwu. Bo jeżeli rzeczywiście przybyliście tu spotkać się z kimś takim, załóżmy, że to możliwe, ale muszę jeszcze się zastanowić, więc może jednak trafiliście na właściwą wyspę.

Dudniący głos zniża się teraz do porozumiewawczego pomruku. Mój głos zlatuje za nim po francusku.

– Czy pan przypadkiem nie jest Tutsi? – pyta, patrząc wprost w przekrwione oczy Dieudonnégo. Zadaje to pytanie po kolei każdemu z delegatów z osobna, a potem wszystkim razem. Czy są Tutsi? Hutu? Bembe? Rega, Fulero? Nande? A może Szi, jak on?

– Jeżeli tak, uprzejmie proszę opuścić salę. Jak najszybciej. Natychmiast. Bez urazy. – Wykonuje aktorski gest w kierunku przeszklonych drzwi. – Proszę wyjść! Do widzenia, panowie! Dziękuję za przybycie. I bardzo proszę przysłać mi rachunek za poniesione koszty!

Nikt się nie rusza poza nadruchliwym Hajem, który przewraca oczyma i spogląda komicznie od jednego do drugiego z tak niepasujących do siebie towarzyszy.

– Co was zatrzymuje, przyjaciele? No, nie wstydźcie się! Wasz ładny samolocik jeszcze nie odleciał. Ma dwa solidne silniki. Czeka, żeby odwieźć was z powrotem do Danii, i to za darmo. No, już was nie ma, do domu, nikt wam nic nie powie!

Nagle uśmiecha się promiennym, totalnym, afrykańskim uśmiechem, który przecina jego einsteinowską twarz na pół, a nasi delegaci uśmiechają się i rechoczą wraz z nim, z ulgą. Najgłośniej Haj. *Père* André też znał takie sztuczki: rozładować napięcie w najmniej spodziewanej chwili, wtedy słuchacz jest wdzięczny, chce go mieć za przyjaciela. Nawet Maxie się uśmiecha. I Philip, i Delfin, i Tabizi.

– Ale jeżeli jesteście z Kiwu, z południa, środka lub z północy – donośny głos tym razem wychodzi nam naprzeciw – jeżeli jesteście prawdziwymi, bogobojnymi ludźmi z Kiwu, którzy miłują Kongo, którzy chcą nadal być kongijskimi patriotami, posłusznymi uczciwemu, sprawnemu rządowi w Kinszasie, jeżeli chcecie wypędzić z kraju wszystkich co do jednego ruandyjskich katów i wyzyskiwaczy, to bardzo proszę pozostać na miejscach. Proszę zostać i ze mną porozmawiać. I ze sobą nawzajem. I określmy razem nasz wspólny cel, drodzy bracia, i razem zdecydujmy, jak najlepiej go osiągnąć. Wstąpmy na Trzecią Drogę jedności i pojednania w Bogu.

Urywa, zastanawia się nad tym, co powiedział, przypomina sobie o czymś, zaczyna znowu.

– No tak, tylko że mówiono wam, że Muangaza to niebezpieczny separatysta. Ma opętańcze osobiste ambicje. Pragnie podzielić nasze ukochane Kongo i nakarmić nim po kawałku szakali z zagranicy! Przyjaciele, ja jestem wierniejszy naszej stołecznej Kinszasie niż Kinszasa jest względem samej siebie! – Teraz uderza w wysoki ton, ale potem pójdziemy jeszcze wyżej. – Jestem wierniejszy niż nieopłacony żołnierz Kinszasy, który rabuje nasze miasta i wioski i gwałci nasze kobiety! Jestem jej tak wierny, że chcę wyręczyć Kinszasę! Chcę nieść pokój, nie wojnę. Dać nam mannę, nie głód! Budować nam szkoły, drogi i szpitale, być prawdziwym gospodarzem, a nie przekupnym zdziercą! Chcę wypełnić wszystkie obietnice Kinszasy. Chcę nawet Kinszasy!

„On daje nam nadzieję, Salvo".
Hannah całuje moje oczy, dając mi nadzieję. Moje dłonie obejmują jej cudownie kształtną głowę.

„Czy nie rozumiesz, co dla ludzi ze Wschodniego Konga znaczy słowo »nadzieja«?"

Kocham cię.

„Ci biedacy z Konga są tak umęczeni, że już nie wierzą, by można ich było uzdrowić. Jeżeli Muangazie uda się natchnąć ich nadzieją, pójdą za nim wszyscy. A jeżeli nie, wojna trwać będzie nadal, a on dołączy do innych fałszywych proroków, którzy prowadzili nas do piekła".

Więc miejmy nadzieję, że trafi ze swym przesłaniem do elektoratu, podsuwam z szacunkiem.

„Ale z ciebie romantyk, Salvo. Dopóki obecny rząd jest u władzy, każde wybory będą źle przeprowadzone i niesprawiedliwe. Ci, których nie da się przekupić, i tak zagłosują po linii plemiennej, potem wyniki się sfałszuje, napięcie jeszcze wzrośnie. Musimy zacząć od stabilizacji i uczciwości. Wybory potem. Wystarczy, byś raz posłuchał Muangazy, żebyś się zgodził".

Ja wolę słuchać ciebie.

Jej usta oddalają się od mych oczu w poszukiwaniu czegoś solidniejszego.

„Pewnie wiesz, że Potwór wszędzie nosił ze sobą magiczny kij, który był tak ciężki, że nikt go nie mógł udźwignąć, tylko on?"

Nie, Hannah, tej wspaniałej wiedzy nie posiadałem. Chodzi jej oczywiście o niesławnej i żałosnej pamięci generała Mobutu, bezwzględnego władcy i niszczyciela Zairu, jedyny jak dotąd obiekt jej nienawiści.

„No więc Muangaza też ma kij. Wszędzie z nim chodzi, tak samo jak Potwór, ale kij Muangazy zrobiony jest ze specjalnego, najlżejszego drewna. Może go podnieść każdy, kto wierzy w Trzecią Drogę, i każdy może przekonać się, jak łatwo się nią idzie. A gdy

Muangaza umrze, to wiesz, co się stanie z jego magicznym kijem?"

Będzie się nim podpierał na drodze do nieba, mówię sennie z głową na jej brzuchu.

„Salvo, tak cię proszę, nie żartuj. Zostanie oddany do pięknego, nowo wybudowanego Muzeum Jedności, które powstanie nad brzegiem jeziora Kiwu, by wszyscy mogli go oglądać. Na pamiątkę dnia, w którym Kiwu stanie się chlubą Konga, wolnego i zjednoczonego".

Jest. Kij. Właśnie ten. Leży przed nami na zielonym suknie stołu, wygląda jak miniaturowa laska marszałkowska. Delegaci obejrzeli magiczne runy i przekonali się o jego lekkości, biorąc go w dłonie. Dla Franca jest to przedmiot ważny, tylko czy z właściwego powodu? Dla Haja to towar. Z czego zrobiony? Czy działa? My możemy dać lepszą cenę. Nieco trudniej odcyfrować reakcję Dieudonného. Czy da mojemu ludowi pokój i równouprawnienie? Czy nasi prorocy dobrze ocenią jego moc? Czy jeżeli pójdziemy za nim w bój, czy ochroni nas przed Frankiem i jemu podobnymi?

Maxie przesunął swój fotel tak, by móc wyprostować nogi. Oczy ma zamknięte, odchyla się w tył jak sportowiec, który czeka na swój występ, ręce ma założone na kark. Siwowłosy Philip, mój wybawca, uśmiecha się nieschodzącym z ust uśmiechem impresaria. Dochodzę do wniosku, że ma twarz wytrawnego aktora. Może mieć równie dobrze trzydzieści pięć i sześćdziesiąt lat, publiczność się nie zorientuje. Jeżeli Tabizi i Delfin słuchają mojego tłumaczenia, nie okazują tego po sobie. Znają przemówienia Muangazy tak dobrze, jak ja znałem kazania André. Za to moja publiczność niespodziewanie powiększa się o naszych trzech delegatów, bo wysłuchawszy tyrady Muangazy w suahili, wolą opierać się na mojej mniej uczuciowej francuszczyźnie, by jeszcze raz zastanawiać się, o co chodzi. Wykształcony Haj słucha mnie krytycznie, Dieudonné – w zamyśleniu, rozważając każde słowo, a Franco – z zaciśniętymi pięściami, gotowy uderzyć pierwszego, kto mu się sprzeciwi.

Muangaza tymczasem przestał bawić się w demagoga i zaczął grać rolę wykładowcy z ekonomii. Natychmiast dopasowuję się do tego w moim tłumaczeniu. Informuje nas surowym tonem, że Kiwu jest okradane. Wie, ile Kiwu jest warte i ile kto jest mu winien. Liczby ma w małym palcu, odczekuje, aż zapiszę je w notatniku. Dyskretnie uśmiecham się do niego z wdzięcznością. Odwzajemnia mój uśmiech i wyrzuca z siebie nazwy ruandyjskich przedsiębiorstw wydobywczych, które plądrują nasze bogactwa mineralne. Ponieważ większość z nich ma nazwy francuskie, nie tłumaczę ich.

– Czemu im na to pozwalamy? – pyta gniewnie, znów podnosząc głos. – Dlaczego tylko przyglądamy się, gdy nasi wrogowie bogacą się na naszej ziemi, a równocześnie mówimy, że chcemy się ich pozbyć?

Ma ze sobą mapę Kiwu. Delfin przypina ją do tablicy, Muangaza staje przy niej i atakuje ją swym magicznym kijem, pac, stuk i trajkocze dalej, a ja trajkoczę za nim z mojego końca stołu, ciszej, nieco powściągając jego słowa, nieco je łagodząc – przez co on sam zaczyna widzieć we mnie jeżeli nie aktywnego członka jego ruchu oporu, to przynajmniej kogoś, kogo trzeba przekonać.

Urywa, więc ja też. Patrzy wprost na mnie. Zupełnie jak czarownik, gdy na kogoś patrzy, napina mięśnie oczu, by wydać się jeszcze bardziej proroczy i przekonywający. Ale nie patrzy mi w oczy, tylko na moją skórę. Badawczo przygląda się mojej twarzy, a potem, na wszelki wypadek, moim dłoniom. Są jasnokawowej barwy.

– Panie tłumaczu!

– Słucham, Muangazo.

– Chodź no tu, chłopcze!

Chce mnie wychłostać? Mam wyznać przed klasą swoje grzechy? Wszyscy patrzą na mnie, gdy idę wzdłuż stołu i staję przed nim. Orientuję się, że jestem od niego wyższy o głowę.

– No, chłopcze, kim jesteś? – Mówi to żartobliwie i wskazuje palcem najpierw na Maxiego i Philipa, potem na trzech delegatów. – Jesteś jednym z nich czy jednym z nas?

Zagadnięty w ten sposób muszę posłużyć się najwyższą retoryką.

– Muangazo, jestem jednym z jednych i drugich! – wołam w suahili.

Wybucha śmiechem i tłumaczy moje słowa na francuski. Obie strony stołu biją mi brawo, ale dudniący głos Muangazy łatwo je zagłusza.

– Panowie, ten sympatyczny młody człowiek jest symbolem naszej Trzeciej Drogi! Bierzmy z niego przykład, jak bardzo można być jednym! Nie, nie, nie. Zostań tu jeszcze, mój chłopcze, proszę cię, zostań tu jeszcze przez chwilę.

Wiem, że chce mnie uhonorować, choć może wcale tak to nie wygląda. Znów nazywa mnie sympatycznym młodym człowiekiem i każe mi stanąć przy nim, podczas gdy on tłucze w mapę swym magicznym kijem i wychwala pod niebiosa bogactwa mineralne Wschodniego Konga. Zakładam ręce do tyłu i tłumaczę wykład bez notatek, więc przy okazji mogę popisać się przed delegatami doskonałą pamięcią.

– Tu, w Muenga, złoto, przyjaciele! Tu, w Kamituga, złoto, uran, kasyteryt i koltan. – Powtarza się celowo. – Tu koltan i kasyteryt, a tu – kij unosi się i trochę niepewnie zawisa nad Jeziorem Alberta – ropa, przyjaciele, przez nikogo jeszcze niezmierzone i pewnie w ogóle niezmierzone zasoby bezcennej ropy. I wiecie co? Mamy jeszcze jedną cudowną rzecz, o której mało kto wie, chociaż każdy ma na nią chrapkę. Jest tak rzadka, że diamenty to przy niej kamyczki na ulicy. To kamitugaite, przyjaciele, czyli ponadpięćdziesięcioszeżcioprocentowy uran! No, ciekawe, na co to się komu może przydać?

Czeka, aż wzniesie się i opadnie porozumiewawczy śmiech.

– Tylko powiedzcie teraz, kto się na tym wzbogaci?

Znów czeka z uśmiechem, aż zadam po nim to samo pytanie, więc potem ja się uśmiecham, nie wychodząc z nowej roli prymusa.

– No, na pewno swój udział dostaną grube ryby z Kinszasy. Na pewno nie pogardzą trzydziestoma ruandyjskimi srebrnikami. Ale nie przeznaczą ich potem na szkoły, drogi i szpitale we Wschodnim Kongu, o nie! Wydadzą je w butikach Johannesburga, Nairobi czy Kapsztadu. Ale nie tu, w Kiwu. O nie!

Kolejna pauza. Uśmiech, tym razem nie do mnie, lecz do delegatów. I kolejne pytanie:

– Czy ludzie z Kiwu bogacą się za każdym razem, gdy kolejna ciężarówka koltanu opuszcza nasze granice?

Magiczny kij niepowstrzymanie przenosi się na drugi brzeg jeziora Kiwu.

– A kiedy ropa popłynie do Ugandy, to czy poprawi się dola ludzi z Kiwu? Przyjaciele, ropy będzie coraz mniej, a oni będą coraz biedniejsi. A przecież to nasze kopalnie, przyjaciele, nasza ropa, nasze bogactwa, dane nam od Boga, by troszczyć się o nie i cieszyć się nim w Jego imię! To nie studnie, które napełniają się z powrotem po deszczu. To, co zabiorą nam ci złodzieje, nie odrośnie jutro czy pojutrze!

Kręci głową, kilkakrotnie mruczy: „O nie!", jakby przypominał sobie wielką niesprawiedliwość.

– No a kto sprzedaje to, co kradzione, z wielkim zyskiem, z którego nawet jeden procent nie trafia z powrotem do prawowitych właścicieli? Przyjaciele, doskonale znacie odpowiedź na to pytanie! Spekulanci z Ruandy! Wyzyskiwacze z Ugandy i Burundi! Nasz skorumpowany rząd rozgadanych kacyków z Kinszasy najpierw sprzedaje naszą własność obcym, a potem jeszcze nas z tego tytułu opodatkowuje! Dziękuję, chłopcze, doskonale, proszę pana. Może pan usiąść.

Siadam i myślę o koltanie, oczywiście nie w czasie rzeczywistym, bo w nim tłumaczę Muangazę non stop, ale tak jak najświeższe wiadomości biegną u dołu ekranu telewizora, podczas gdy na całym ekranie trwa normalny program. Co to jest koltan? To bardzo cenna ruda metalu, kiedyś wydobywana tylko we Wschodnim Kongu – wystarczy zapytać jednego z moich klientów, który działa na giełdzie metali. Kto był na tyle niemądry, by rozłożyć na części własny telefon komórkowy, na pewno znalazł wśród rupieci mikroskopijny kawałek tego surowca, bez którego telefon nie będzie działał. Przez całe dziesięciolecie strategiczne zapasy tego czegoś utrzymywały Stany Zjednoczone, o czym moi klienci przekonali się na własnej skórze, gdy Pentagon rzucił go całe tony na rynki światowe.

Dlaczego jeszcze koltan zajmuje w mojej głowie honorowe miejsce? Powróćmy do Bożego Narodzenia

Roku Pańskiego 2002. PlayStation2, obowiązkowa zabawka elektroniczna bogatych brytyjskich dzieci, staje się towarem deficytowym. W klasie średniej rodzice załamują ręce i załamuje je też Penelope w swym wstępniaku: „Teraz nazwiemy po imieniu tych, co zepsuli nam Święta!" Ale gniew swój kieruje w niewłaściwą stronę. Deficytowi winna jest nie niekompetencja producenta, tylko ogromna fala ludobójstwa, która ogarnęła wtedy Wschodnie Kongo i na jakiś czas przerwała dostawy koltanu.

„A wiesz, Salvo, że Muangaza jest profesorem historii naszego Konga? Zna na pamięć każdy szczegół tego pasma nieszczęść. Wie, kto zabijał kogo, ilu i kiedy, i w odróżnieniu od wielu tchórzy nie boi się prawdy".

Jeden z tych tchórzy to ja, ale tu, przy tym zakrytym zielonym suknem stole, nie mam się gdzie schować. Muszę ośmielić się iść wszędzie tam, gdzie nie boi się iść Muangaza, choć ciąży mi każde jego słowo. Dwie minuty temu podawał dane o wydobyciu. Teraz mówi o ludobójstwie i znów sypie liczbami jak z rękawa: ile wiosek zrównano z ziemią, ilu mieszkańców ukrzyżowano lub rozsiekano, ile spalono podejrzanych o magię, ile było gwałtów zbiorowych. I tak trwa błędne koło prowokowanego z zewnątrz odwetu i zemsty plemienia na plemieniu, a społeczność międzynarodowa nie może się dogadać, ja sam wyłączam telewizor, jeżeli wcześniej nie zrobiła tego Penelope. Mord trwa nawet teraz, podczas przemówienia Muangazy, ja tłumaczę. Co miesiąc w zawierusze tych zapomnianych wojen ginie kolejnych trzydzieści osiem tysięcy Kongijczyków.

– Tysiąc dwieście ludzi dziennie, przyjaciele, i to wliczając soboty i niedziele! Dziś, jutro i codziennie przez cały następny tydzień.

Rzucam spojrzenie na twarze delegatów. Mają kiepskie miny. Może tym razem to oni włączyli autopilota, nie ja? Kto wie, co teraz myślą, jeżeli w ogóle pozwalają sobie na jakieś myśli? To kolejni trzej Afrykanie, którzy zasiedli w południowym skwarze na skraju drogi i nikt na świecie, może nawet oni sami, nie potrafi odgadnąć, co dzieje się w ich głowach. Ale dlaczego Muangaza mówi nam to wszystko, gdy czas nagli? Żeby nas pognębić? Nie, żeby dodać nam zapału.

– A więc należy się nam, przyjaciele! Dwa razy, trzy razy bardziej niż innym. Żaden inny kraj na świecie nie cierpiał tak, jak nasze ukochane Kiwu! Żaden inny kraj nie ma większego prawa sięgnąć do swych bogactw i złożyć ich u stóp pokrzywdzonych, i powiedzieć: „To już nie jest ich. To, mój biedny ludu, wyklęty ludu Kiwu, jest nasze!"

Jego potężny głos zadudniłby echem nawet w Albert Hall, ale w naszych sercach rodzi się jedno, konkretne pytanie: skoro bogactwo Kiwu wpadło w złe ręce, a niesprawiedliwość dziejów każe nam je odebrać, i skoro Kinszasa nic w tym kierunku nie robi, a wszystko, co w Kiwu ma jakąś wartość, i tak wędruje na wschód, to co możemy począć my?

– Przyjaciele, przypatrzcie się dobrze politykom i obrońcom naszego wielkiego kraju. Co zobaczycie? Nową politykę? O tak, bardzo nową, macie rację. Można powiedzieć, że prosto spod igły. I nowiutkie partie polityczne. Mają bardzo poetyczne nazwy, *des noms très poétiques*. W stojącej nierządem Kinszasie jest tyle nowej demokracji, że boję się przejść Bulwarem 30 Czerwca w moich starych butach! *Cette ville de putains!* Powstaje tyle nowych trybun partyjnych, z najlepszego drewna i za wasze pieniądze. Tyle pięknie wydrukowanych, dwudziestostronicowych manifestów politycznych, które mają dać nam pokój, pieniądze, leki i powszechne szkolnictwo, i to najpóźniej do połowy przyszłego tygodnia. I tyle ustaw antykorupcyjnych, że aż chce się zapytać, kto dostał w łapę, żeby je spisać.

Tym razem pierwszy zaczyna się śmiać gładkoskóry Delfin i szorstki Tabizi, którym wtórują Philip i Maxie. Ten, który niesie Światło, czeka z surową miną, aż śmiech ucichnie. Dokąd nas prowadzi? Czy sam wie? *Père* André nigdy nie miał określonego morału. Trochę za wolno zaczynam się orientować, że Muangaza miał taki cel od początku.

– Ale przypatrzcie się, proszę, tym naszym nowym politykom, przyjaciele. Zdejmujcie im z głów kapelusze. Wpuście im do ich mercedesów za setki tysięcy dolarów trochę naszego porządnego afrykańskiego słońca i powiedzcie, co zobaczycie. Nowe, pełne optymizmu twarze? Zdolnych absolwentów wyższych uczelni, gotowych służyć naszemu państwu? O nie, przyjaciele, nie ich! Zobaczycie znów te same, stare twarze tych samych, starych drani!

Pyta teraz, co udało się Kinszasie zrobić dla Kiwu. Odpowiedź brzmi: nic. Gdzie ten pokój, o którym mówią, gdzie dobrobyt i spokój? Gdzie ich miłość do kraju, bliźniego, społeczeństwa? Był w Kiwu wszędzie, na północy i południu, i nie znalazł nic, co by o tym świadczyło. Wysłuchiwał za to skarg ludu: Tak, chcemy Trzeciej Drogi, Muangazo! Modlimy się o nią, o niej śpiewamy pieśni, dla niej tańczymy! Tylko jak na nią wejść?! – naśladuje żałosny krzyk. Ja naśladuję Muangazę:

– Kto nas obroni, gdy nasi wrogowie ślą na nas wojska, Muangazo? Ty jesteś człowiekiem pokoju! Już nie jesteś tym wielkim wojownikiem, którym byłeś kiedyś. Kto nas zorganizuje, kto pójdzie z nami do boju, kto nauczy nas być silnymi w jedności?

Czy naprawdę jestem jedyną osobą w pokoju, która uświadamia sobie, że odpowiedź na te prośby ludu czai się w głowie tego, który siedzi u szczytu stołu z wyciągniętymi do przodu, sfatygowanymi, zamszowymi butami? Chyba tak, bo następne słowa sprowadzają mnie na ziemię tak gwałtownie, że Haj odwraca się i patrzy na mnie wyłupiastymi oczyma komika.

– Nie ma nazwy? – woła do nas oburzony Muangaza. – Ten dziwny Syndykat, który nas tu dziś zwabił, nie ma nazwy? Oj, to bardzo źle! A gdzie ją zgubił? Bardzo to wszystko dziwne i podejrzane! Może powinniśmy nałożyć okulary i pomóc mu jej szukać? Bo dlaczego uczciwi ludzie mieliby wstydzić się swych nazwisk? Co mają do ukrycia? Niech się ujawnią, niech powiedzą, kim są i czego chcą.

Zaczynaj powoli, *Père* André. Powoli i ostrożnie. Masz jeszcze dużo do powiedzenia. Ale Muangaza to stary wyga.

– No, drodzy przyjaciele – zwierza się tak zmęczonym tonem, że chciałoby się pomóc mu dźwigać ten ciężar. – Powiem wam, że odbyłem z tymi anonimowymi dżentelmenami długą i trudną rozmowę. – Wskazuje na Philipa, nie odwracając się ku niemu. – O tak. I to niejedną. Można powiedzieć, że od zmroku od świtu. Było ciężko, bo musiało być ciężko. Te anonimy mówiły mi: „Powiedz, czego chcesz, Muangazo, bez upiększeń i uników. A potem my powiemy, czego sami chcemy. Wtedy ustalimy, czy chcemy ubić wspólny interes, czy też uściśniemy sobie dłonie, powiemy »przepraszam« i »nie, dziękuję«, jak to w interesach". Więc odpłaciłem im tą samą monetą. – Tu bezwiednie sięga do swej niewolniczej monety i tym samym przypomina nam, że nie da się go kupić. – Panowie, wiadomo dobrze, czego chcę: pokoju, dobrobytu i jedności dla całego Kiwu. Wolnych wyborów, ale dopiero po przywróceniu spokoju. Ale pokój, jak dobrze wiadomo, nie bierze się sam z siebie. Wolność też nie. Pokój zawsze ma wrogów. Pokój trzeba wywalczyć mieczem. By pokój mógł zaistnieć naprawdę, musimy złączyć siły, odzyskać nasze kopalnie i miasta, wypędzić cudzoziemców i dać całemu Kiwu rząd tymczasowy, który położy podwaliny pod prawdziwe, trwałe, demokratyczne państwo opiekuńcze. Ale jak mamy osiągnąć to sami, panowie? Niszczy nas niezgoda. Nasi sąsiedzi są od nas potężniejsi i sprytniejsi.

Spogląda surowo na Franca i Dieudonnégo, jakby chciał ich zmusić, by zbliżyli się do siebie, a sam ciągnie swą rozmowę z anonimowymi dżentelmenami.

– „By nasza sprawa zwyciężyła, wy, panowie, musicie pomóc nam się zorganizować. Potrzeba nam waszego sprzętu i wiedzy. Bez nich pokój w mym ukochanym Kiwu będzie zawsze tylko złudzeniem". Tak właśnie przemawiałem do tych ludzi bez nazwisk. To moje własne słowa. A ludzie bez nazwisk słuchali mnie uważnie, i nic w tym dziwnego. Wreszcie jeden z nich przemówił w imieniu wszystkich. Nie wolno mi go tu nazwać nawet dziś, choć to sprawdzony przyjaciel naszego kraju. A powiedział tak: „To, co proponujesz, Muangazo, jest dobre i słuszne. Jesteśmy ludźmi interesu, ale nie ludźmi bez duszy. Ryzyko jest duże, koszty też. Jeżeli poprzemy twoją sprawę, skąd pewność, że nie wyjdziemy z tego z pustymi kieszeniami i guzem na głowie?" My zaś ze swej strony odpowiadamy: „Kto weźmie udział w naszym wielkim przedsięwzięciu, będzie miał też udział w jego zyskach".

Zniża głos, ale może sobie na to pozwolić. Ja też. Mógłbym szeptać, zasłaniając usta dłonią, i tak by mnie słyszeli.

– Mówi się, przyjaciele, że diabeł niejedno ma imię. My, Kongijczycy, znamy je prawie wszystkie. Za to ten Syndykat nie ma ani jednego. Nie nazywa się cesarstwem belgijskim, hiszpańskim, portugalskim, brytyjskim, francuskim, holenderskim, amerykańskim czy nawet chińskim. W ogóle się nie nazywa. A jak coś się nie nazywa, to jest to chyba spółka z bardzo ograniczoną odpowiedzialnością. Nie ma nazwy, więc nie ma flagi. Coś, co nie ma nazwy, pomoże nam wzbogacić się i zjednoczyć, ale nie stanie się właścicielem nas ani naszego ludu. Dzięki czemuś, co nie ma nazwy, Kiwu po raz pierwszy będzie swoim własnym właścicielem. A gdy nadejdzie ten dzień, odwiedzimy grube ryby z Kinszasy i powiemy im: „Dzień dobry, grube ryby. Jak się macie? Jak zwykle na kacu, co?"

Już nikt się nie śmieje ani nie uśmiecha. Nas już nie ma.

– „No więc, grube ryby, mamy dla was dobre wieści. Kiwu uwolniło się od obcych najeźdźców i wyzyskiwaczy. Porządni obywatele z Gomy i Bukawu powstali przeciwko ciemiężycielom i przyjęli nas z otwartymi ramionami. Ruandyjskie wojska uciekły, a za nimi wszyscy *génocidiares*. Kiwu odzyskało swe kopalnie, które stały się dobrem publicznym, bo tak się należało. Nasze środki produkcji, dystrybucji i dostaw znalazły się w jednym ręku, w ręku ludu. Już nie eksportujemy wszystkiego na wschód. Znaleźliśmy alternatywne drogi transportu. Ale jesteśmy też patriotami i wierzymy w jedność Demokratycznej Republiki Konga w ramach określonych przez konstytucję. Więc, grube ryby, oto nasze warunki – raz, dwa, trzy, tak czy nie? Bo my już do was nie przyjdziemy, teraz wy przyjdziecie do nas!"

Siada i przymyka oczy. Zupełnie jak *Père* André. Dzięki temu jego słowa jakby dłużej brzmiały. Pozwalam sobie na szybki przegląd reakcji naszych delegatów. Bo takie mocne przemówienie może drażnić. Im bardziej poniesie ono słuchaczy, tym bardziej mogą się mu opierać. Wiercący się na krześle Haj przestał się wiercić, zadowalając się tylko serią min. Kościsty Dieudonné przyciska końce palców do skroni i medytuje, a na krawędzi jego brody perlą się krople potu. Jego sąsiad Franco wbija wzrok we własne kolana, jakby trzymał na nich fetysz.

Philip się ocknął.

– No, to kto pierwszy zaszczyci nas jakąś odpowiedzią? – Znacząco spogląda na ścienny zegar, bo jednak czasu mamy niewiele.

Z racji starszeństwa wszystkie oczy kierują się na Franca. Ten krzywi się, tym razem patrząc na swe dłonie. Unosi głowę.

– Kiedy upadł Mobutu, ludzie Mai Mai bronili naszej świętej ziemi maczetami, strzałami z łuków i dzidami – oznajmia powoli w suahili. Obrzuca groźnym wzrokiem wszystkich zebranych, jakby spodziewał się, że ktoś ośmieli się mu zaprzeczyć. Nikt nie przeczy, więc mówi dalej: – Mai Mai wiedzą, jak było. Teraz zobaczymy, jak będzie. Bóg nas obroni.

Teraz kolej na Dieudonnégo.

– My, Banyamulenge, jesteśmy za federacją, bo inaczej zginiemy – oświadcza, zwracając się wprost do Franca. – Zginiemy, jeśli zabierzecie nam bydło. Zginiemy, jeśli zabijecie nam owce. Zginiemy, jeśli zabierzecie nam ziemię. Dlaczego nie możemy być panami wyżyn, na których żyjemy, pracujemy i się modlimy? Dlaczego nie możemy być rządzeni przez naszych własnych wodzów? Dlaczego naszym życiem mają rządzić wodzowie innych, dalekich plemion, które nas nie uznają, które przymuszają nas do swej woli? – Odwraca się do Muangazy. – Banyamulenge pragną pokoju tak samo jak ty, Muangazo. Ale ziemi naszej nie wyrzekniemy się nigdy.

Muangaza nie otwiera oczu. Na postawione w domyśle pytanie odpowiada Delfin.

– Muangaza też jest za federacją – mówi cicho. – Muangaza tylko nie domaga się całkowitej integracji. Jego projekt konstytucji gwarantuje Banyamulenge prawo do ziemi i samorządu.

– A wyżyny Mulenge będą odrębnym terytorium?

– Będą.

– W przeszłości Kinszasa odmawiała tym słusznym żądaniom.

– Muangaza to przyszłość, nie przeszłość. Dostaniecie te słuszne prawa – odpowiada chytry Delfin, na co Franco wydaje z siebie szyderczy pomruk, ale to może tylko chrząknięcie. W tej samej chwili Haj prostuje się na fotelu jak diabeł z pudełka i omiata stół dzikim spojrzeniem.

– Czyli robimy zamach stanu, tak? – pyta wysokim, natrętnym tonem wyrafinowanego paryżanina. – Pokój, dobrobyt, jedność. Ale jak wycisnąć tę wodę, to chodzi nam o zdobycie władzy. Dziś Bukawu, jutro Goma, Ruandyjczycy do domu, pieprzyć ONZ, a Kinszasa niech nas w dupę pocałuje.

Ukradkowe spojrzenie po naszych delegatach upewnia mnie w przekonaniu, że przeżyli szok kulturowy. Zupełnie jakby na utrzymane w poważnym nastroju spotkanie kółka parafialnego wdarł się z ulicy młody elegancki heretyk i zapytał, co będą pili.

– No, bo czy nam tego potrzeba? – pyta dalej Haj, dramatycznym gestem rozwierając dłonie. – Goma ma swoje problemy, spytajcie mojego tatę. Goma ma towar, Ruandyjczycy kasę i siłę. Trudno. Ale Bukawu to nie Goma. W Bukawu, od buntu żołnierzy w zeszłym roku, Ruandyjczycy siedzą cicho. A władze miasta nienawidzą ich bardziej niż kogokolwiek. – Unosi dłonie w górę francuskim gestem, mającym wyrażać obojętność. – Ja tylko pytam.

Ale Haj nie pyta Muangazy, pyta mnie. Jego wesołe spojrzenie krąży po wszystkich twarzach wokół stołu i z szacunkiem zatrzymuje się wreszcie na wielkim człowieku, ale gdy tylko zaczynam tłumaczyć, szybko wraca ku mnie i opuszcza mnie dopiero wtedy, gdy echo ostatnich słów ucichnie wreszcie w moich uszach. Spodziewam się, że Muangaza podejmie wyzwanie – a jeśli nie on, to może Delfin. Jednak zamiast nich do akcji wkracza z boku mój zbawca, Philip, który teraz pomoże im.

– To dziś, Haj – tłumaczy z cierpliwością ćwiczoną przez wiele lat. – Nie wczoraj. I, jeżeli wierzyć historii, również nie jutro. Czy z Trzecią Drogą, ze stworzeniem warunków na trwały pokój naprawdę musimy czekać na powyborczy chaos i kolejny ruandyjski najazd? Czy jednak nie lepiej, by Muangaza sam wybrał czas i miejsce, tak jak zresztą uważa twój szanowny ojciec?

Haj wzrusza ramionami, przeciąga się, kręci głową, nie jest przekonany. Philip przez chwilę czeka, czy tamten jeszcze nie chce czegoś powiedzieć, ale chwila ta jeszcze nie mija, nim mój zbawca podnosi dzwonek i lekko nim potrząsa, ogłaszając krótką przerwę, by delegaci mogli określić swe stanowisko.

Rozdział 9

Nigdy bym się nie spodziewał, że schodząc dyskretnie po schodach do piwnicy – po raz pierwszy w roli tłumacza pod linią wody – będę czuł się, jakbym fruwał, ale tak właśnie było. Poza jedną nieprzyjemną odzywką Haja wszystko szło jak najlepiej. Bo czy kiedykolwiek po jeziorach i dżunglach naszego nieszczęsnego Konga rozlegał się głos rozsądku i umiaru? Czy naszemu nieszczęśliwemu ludowi udało się kiedyś znaleźć takich opiekunów, prawdziwych zawodowców – Maxiego, człowieka czynu, i Philipa, negocjatora o umyśle ostrym jak brzytwa? Ale historia zaczynała przyśpieszać, i to właśnie dzięki nam! Nawet stary Pająk, który, jak twierdził, ni w ząb nie rozumiał tego, co nagrywał – zresztą miałem wrażenie, że w ogóle nie bardzo orientował się, o co w tym wszystkim chodzi – był w doskonałym nastroju.

– Moim zdaniem świetnie się dogadują – oznajmił swym śpiewnym, walijskim akcentem, gdy zakładał mi słuchawki i sprawdzał mikrofon. Najchętniej chyba sam by mnie posadził na fotelu. – Jak pójdą razem po rozum do głowy, może wyjdzie z tego coś rozsądnego.

Ale ja oczywiście czekałem, aż odezwie się Sam. Sam powie mi, na których mikrofonach mam się skoncentrować, poinformuje mnie, co mam robić, i potem odbierze raport. Czy ja znam już jakiegoś Sama? Może to też jakiś spec od podsłuchu, kolejny weteran Rozmównicy, może zaraz wychynie z cienia i da mi pokaz swych niezwykłych zdolności? Jakież więc było moje zdumienie, gdy głos, który rozległ się w moich słuchawkach, okazał się głosem kobiety, i to kobiety najwyraźniej bardzo opiekuńczej.

– Dobrze się czujesz, kochanieńki?

– Nigdy nie czułem się lepiej, Sam. A ty?

– Brian, na górze świetnie się spisałeś. Nie mogą się ciebie nachwalić.

Czy w tych słowach matczynej pochwały nie brzmi czasem niemal nieuchwytna szkocka nuta?

– Skąd jesteś, Sam? – pytam podekscytowany, bo świat wciąż jeszcze jest dla mnie tak piękny, jak tam na górze.

– A bardzo byś się zdziwił, gdybym powiedziała, że z Wandsworth?

– Zdziwił? Na miłość boską, to jesteśmy sąsiadami! Połowę zakupów robię w Wandsworth!

Niezręczne milczenie. Znowu przypominam sobie poniewczasie, że przecież mieszkam w skrytce pocztowej.

– Dlatego miniemy się jak sklepowe wózki nocą, kochanieńki – odpowiada z godnością Sam. – Zaczniemy od wszystkich siódemek, jeśli łaska. Obiekty właśnie wchodzą w zasięg.

Siódemki to apartament gościnny. Nie spuszczając oczu z planu metra Pająka, idę korytarzem w ślad za delegatami i czekam, aż jeden z nich sięgnie do kieszeni po klucz i otworzy drzwi – jaki sprytny ten Philip: dał im klucze, by zwiększyć ich poczucie bezpieczeństwa! Teraz armatnie wystrzały, czyli dźwięk kroków po deskach podłogi, potem powódź spłuczek i kurków w łazience. Bum! Trzask! I tak dalej. A teraz są w salonie, nalewają sobie napoje bezalkoholowe, siąkają nosami, stukają szklankami, przeciągają się, nerwowo ziewają.

Dziś widzę ten ich apartament równie wyraźnie, jak otaczające mnie obecnie cztery posępne ściany, choć nigdy w nim nie byłem i nigdy go nie zobaczę. Nie widziałem też komnat królewskich Muangazy ani pokoju operacyjnego Sam, w którym miała nawet specjalnie zabezpieczony telefon satelitarny, bo przecież nie chcemy, żeby ktoś podsłuchał jej rozmowy z Syndykatem i innymi anonimowymi osobami – a przynajmniej tak poinformował mnie Pająk podczas którejś z naszych błyskawicznych wymian zdań na początku kolejnej sesji. Pająk, jak wielu podsłuchiwaczy, to człowiek gadatliwy, w dodatku Walijczyk. Zapytany, czym zajmował się w trakcie pracy w Rozmównicy, odpowiedział, że nie był u pana Andersona „uchem", czyli tłumaczem, lecz skromnym „pluskwiaczem", czyli zakładaczem podsłuchów. Ale najlepiej czuł się zawsze na polu walki:

– Wtedy to dopiero jest życie. Najlepszy ubaw, jak leży człowiek na pysku w gównie, w dupie ma moździerz kaliber 60, a zewsząd leci na niego kupa żelastwa.

Kradziony dźwięk płynie do nas głośno i wyraźnie, kostki lodu stukają o ścianki szklanek, automat do kawy daje więcej basów niż cała orkiestra symfoniczna. Pająk, choć to dla niego nie pierwszyzna, jest spięty zupełnie jak ja, ale jakoś nic nie psuje się w ostatniej chwili, żadnych spięć, żadnych zwarć, wszystko gra.

Ale nie do końca, bo jesteśmy w salonie delegatów, gdzie nikt nic nie mówi. Mamy dźwięk tła, ale bez pierwszego planu. Ktoś czasem jęknie, ktoś stęknie, ale ani słowa. Znowu trzask, beknięcie, skrzypienie. A potem, gdzieś daleko, jakieś mamrotanie, ale konia z rzędem temu, kto zgadnie, kto mamrocze do czyjego ucha. I znowu nie słychać zwykłych głosów. Nie ma czego podsłuchiwać. Czyżby oracja Muangazy sprawiła, że wszyscy zapomnieli języka w gębie?

Wstrzymuję oddech, Pająk też. Leżę jak mysz pod miotłą w łóżku Hannah, udaję, że mnie nie ma, a jej koleżanka Grace dobija się do zamkniętych drzwi i chce koniecznie wiedzieć, dlaczego Hannah nie przyszła na tenisa, którego uczy ją Grace, a Hannah, choć nie cierpi kłamać, tłumaczy się bólem głowy.

– Sam, może oni się modlą?

– Ale do kogo, Brian?

Być może Sam nie wie za wiele o Afryce, bo odpowiedź może być tylko jedna – do chrześcijańskiego Boga lub ich własnej wersji tegoż. Banyamulenge, których tak upodobał sobie mój świętej pamięci ojciec, znani są z tego, iż z Bogiem konwersują bezustannie, czy to bezpośrednio, czy to przez swych proroków. Nie mam też wątpliwości, że Dieudonné modli się zawsze, kiedy poczuje taką potrzebę. A skoro Mai Mai wymagają od Boga właściwie wyłącznie tylko ochrony w walce, Franco myśli głównie o tym, co sam może z tego mieć. Zapewne dostał od czarownika liście drzewa tekowego, które rozgniata się i rozsmarowuje na ciele, by przejąć ich moc. Nie mam pojęcia, do kogo modli się Haj. Może do Luca, swego chorego ojca.

Dlaczego nikt nic nie mówi? I dlaczego wśród skrzypień, zgrzytów i szumów w tle, na które jestem przygotowany, wyczuwam narastające w pokoju napięcie, jak gdyby ktoś przykładał delegatom pistolet do głowy?

Niechże ktoś się odezwie, na miłość boską!

Przekonuję ich w myśli, błagam ich. Słuchajcie. W porządku. Rozumiem. Na obradach czuliście się onieśmieleni i lekceważeni, drażniły was zgromadzone wokół stołu białe twarze. Muangaza przemawiał do was z góry, ale taki już jest, to kaznodzieja, oni wszyscy tacy. No i ciąży na was wielka odpowiedzialność. Przed żonami, klanami, plemionami, duchami, wieszczkami, jasnowidzami, czarownikami, nie wiadomo kim jeszcze. Ale tak was proszę, dla dobra Sojuszu, dla dobra Hannah, dla dobra nas wszystkich: mówcie coś!

– Brian?

– Sam.

– Zaczynam się zastanawiać, czy to nie my powinniśmy się modlić.

I ja zaczynam tak myśleć: jesteśmy spaleni. Jeden z delegatów – najbardziej podejrzewam Haja – położył palec na ustach, a drugą ręką – skubany chytrus! – pokazuje na ściany, telefon albo telewizor albo wywraca oczyma w kierunku żyrandola. Chce w ten sposób powiedzieć: „Panowie, ja to znam, świat jest zły, możecie mi wierzyć na słowo, jesteśmy na podsłuchu". A skoro tak, to może być różnie. Wszystko zależy, kim są obiekty – czyli, według słów Maxiego, obserwowani. I czy sami konspirują, czy też uważają, że ktoś inny konspiruje przeciwko nim. Najlepiej by było, gdyby powiedzieli: „A co nas to obchodzi, gadajmy i tak". Tak zareaguje przeciętny, rozsądny człowiek, bo ludzi zwykle nie obchodzi, czy ktoś ich podsłuchuje, czy nie. Ale tu nie mamy do czynienia z ludźmi przeciętnymi. I mnie, i Sam doprowadza do szału to, że nasi delegaci, gdyby tylko mieli krztynę rozumu, bardzo łatwo mogliby sobie z nami poradzić, i dlatego właśnie siedzę i czekam, czy przypadkiem na to nie wpadną.

– Brian, nie masz ochoty wydrzeć się na nich?

– Owszem, Sam.

Tylko że ja boję się czegoś znacznie gorszego: że spalone są nie mikrofony Pająka, tylko ja, Salvo. Że jednak Philip przyszedł mi z pomocą o ułamek sekundy za późno. Że wystarczyła chwila, w której Franco odezwał się w niewłaściwym języku do nieodpowiedniej osoby, by Haj tymi swoimi wyłupiastymi oczyma dostrzegł, co się ze mną dzieje. Zobaczył, że już otwieram głupi ryj, a potem zamykam go i udaję głupiego.

I tak martwię się, i martwię, aż nagle, jak wybawienie, rozlega się bas starego Franca, który zaczyna mówić nie w bembe, ale w nabytym w więzieniu kinyaruanda. Tym razem nie muszę udawać, że nie rozumiem, tym razem mogę go rozumieć!

Pan Anderson wciąż przypomina swym uczniom, że to, co podsłuchujemy, to w większości niezrozumiałe bzdury i że właśnie dlatego łatwo się zniechęcić. Według pana Andersona trzeba iście hiobowej cierpliwości, by z oceanu dyrdymałów wyłowić perełkę informacji. W tym sensie pierwsze zdania wymienione przez naszych trzech delegatów w niczym nie odbiegały od normy, będąc oczekiwaną przeze mnie mieszaniną skatologicznych wypowiedzi wyrażających ulgę, gdzieniegdzie tylko przeplatanych nawiązaniami do czekającej nas jeszcze dyskusji.

Franco (z wściekłością przytaczając kongijskie przysłowie): Piękne słowa krowy nie nakarmią.

Dieudonné (odpowiada też przysłowiem): Zęby się szczerzą, ale czy serce?

Haj: Jasna cholera! Tata ostrzegał mnie, że ten stary to ciężki przypadek, ale żeby aż tak? Oj, oj, oj. I gdzie on się nauczył mówić w suahili jak Tanzańczyk z papugą w dupie? Myślałem, że to zwykły szi.

Nikomu nie chce się odpowiedzieć. Zawsze tak jest, jeśli w jednym pokoju znajdzie się trzech mężczyzn. Zaczyna mówić ten najbardziej gadatliwy, a dwaj inni, których też chce się usłyszeć, nabierają wody w usta.

Haj (mówi dalej): No i co to za jeden, ten śliczny asfalt? (Zdumione milczenie, które udziela się i mnie). Ten tłumacz, kurwa, w wieśniackiej marynarce?

Haj mówi o mnie „asfalt"? Nazywano mnie już bardzo różnie. W szkółce misyjnej byłem *métis*, *café au lait*, goloną świnią. W Sanktuarium w zasadzie wszystkim, od Bambo po brudasa. Ale żeby ktoś o takim kolorze skóry nazywał mnie asfaltem? Tego jeszcze nie było.

Haj (mówi dalej): Znałem raz jednego takiego. Może to kuzyni. Był księgowym, pomagał ojcu kombinować. Nie darował żadnej lasce w mieście, dopiero jakiś wkurzony mężuś odstrzelił mu dupę. Ale nie ja. Po pierwsze, nie jestem żonaty, po drugie, nie zabijam ludzi. Już dość się zabijamy. Niech szlag nas trafi. Dość. Papieroska?

Haj ma złotą papierośnicę. Zauważyłem ją w sali konferencyjnej, wystawała z tej jego żółto-zielonej, zegnowskiej podszewki. Teraz słyszę szczęk jej otwieranego wieczka. Franco zapala papierosa i zaczyna kaszleć jak potępieniec.

– Co tu jest grane, Brian?

– Dyskutują na temat mojej przynależności etnicznej.

– Czy to normalne?

– W sumie tak.

Dieudonné, który najpierw odmówił, teraz mówi „Czemu nie?" i też zapala.

Haj: Chory jesteś, czy co?

Dieudonné: Czy co.

Siedzą czy stoją? Posłuchaj uważnie, usłyszysz nierówne skrzypienie adidasów kulawego Franca, Haj tanecznym krokiem przechadza się po parkiecie w tych zgniłozielonych krokodylkach. Słuchaj dalej, usłyszysz bolesny jęk i westchnienie miękkiego pian-

kowego siedzenia fotela, na którym siada Dieudonné.
Pan Anderson dobrze szkoli swoich ludzi.

Haj: Coś ci powiem na początek, kolego.

Dieudonné (podejrzliwie, że ktoś zwraca się do niego tak miło): Co?

Haj: Ludziom w Kiwu zależy na pokoju i pojednaniu znacznie bardziej niż tym dupkom w Kinszasie. (Naśladuje głos ulicznego demagoga): Zabić ich. Wykłuć im te ruandyjskie oczka. Jesteśmy za tobą. Za tobą jakieś dwa tysiące kilometrów dżungli. (Czeka chyba na reakcję, ale się nie doczekuje). A temu staremu to nie przeszkadza. (Naśladuje Muangazę, i to całkiem udanie): Przyjaciele, oczyśćmy nasz piękny, zielony kraj z tych karaluchów! O tak. Przywróćmy ojczyznę naszym ukochanym rodakom! I tu się z nim zgadzam. Jak wszyscy. (Czeka. Znów brak reakcji). Kto przeciw? Nie widzę! Wyrzucić ich, wyrzucić! Jep, dup! Wypierdalać! (Brak reakcji). Byle bez przemocy. (Skrzypienie krokodylków). No i nie wiadomo, kogo wyrzucić. Tych biedaków, co siedzą u nas od dziewięćdziesiątego czwartego, też? Też mamy ich wyrzucić? I razem z nimi Dieudonné? Zabierajcie dzieci, ale zostawcie krowy?

Czyli to Haj będzie nam psuł atmosferę. Tego właśnie obawiałem się jeszcze tam, na górze. Subtelnie i podstępnie udało mu się w ciągu zaledwie kilku minut sprowadzić rozmowę na najtrudniejszy z czekających nas tematów: nierozwiązany status ludu Banyamulenge i sens uczestnictwa Dieudonnégo w całym przedsięwzięciu.

Franco (kolejne przysłowie, tym razem rzucone niczym wyzwanie): Kłoda może leżeć w wodzie dziesięć lat, krokodylem nie zostanie!

(Długa, pełna napięcia cisza).

Dieudonné: Franco!

Zgrzyt w słuchawkach o mało nie zrzucił mnie na ziemię. Dieudonné ze złości przejechał fotelem po kamiennej podłodze. Wyobraziłem sobie, jak ściska dłońmi oparcie i w niemym błaganiu unosi ku Francowi spotniałe czoło.

Dieudonné: Kiedy to się skończy, Franco? To, co dzieje się między nami? Banyamulenge może są Tutsi, ale nie są Ruandyjczykami! (Oddech znów go zawodzi, ale jeszcze walczy). Jesteśmy Kongijczykami, Franco, tak samo Kongijczykami, jak Mai Mai! Właśnie, że tak! (Usiłuje zakrzyczeć szyderstwa Franca). Muangaza to rozumie, czasem rozumiesz to nawet ty! (I po francusku, by postawić kropkę nad i). *Nous sommes tous Zaïrois!* Pamiętasz, czego uczyli nas śpiewać w szkole za czasów Mobutu? Czemu nie możemy śpiewać tego teraz? *Nous sommes tous Congolais!*

Nie, Dieudonné, nie wszyscy, poprawiam go w myśli. Mnie też uczono tej ślicznej piosenki, dopóki któregoś dnia koledzy nie wytknęli palcami ukrytego dziecka i nie wrzasnęli: *Pas Salvo, pas le métis! Pas le cochon rasé!*

Dieudonné (ciągnąc swą tyradę): W powstaniu sześćdziesiątego czwartego mój ojciec, Munyamulenge, walczył ramię w ramię z twoim, który był Simbem (chrapliwie łapie dech), a ty sam jako młody człowiek walczyłeś u ich boku. Czy przez to zostaliście naszymi sojusznikami? (Chrapliwy oddech). Przyjaciółmi? (Chrapliwy oddech). Nie. (Gniewnie przechodzi na francuski). *C'était une alliance contre la nature!* Simbowie potem dalej zabijali nas, kradli nam bydło dla swoich żołnierzy, dokładnie tak, jak teraz Mai Mai. Gdy się bronimy, nazywacie nas podłymi Banyamulenge. Gdy się nie bronimy, mówicie o nas „tchórzliwi Banyamulenge". (Teraz ledwie dyszy). Ale jeżeli uda nam się teraz razem... (chrapliwy oddech) skończyć z zabijaniem, z nienawiścią... (chrapliwy oddech) z zemstą jednych na drugich... powstrzymać się... i zjednoczyć... pod tym czy innym przywództwem...

Urywa. Oddycha tak głośno, że przypomina mi się Jean-Pierre w szpitalu. Tylko tamten miał kroplówkę. Czekam w napięciu na odpowiedź Franca, ale bezsilnie muszę słuchać Haja.

Haj: Sojusznikami? Niby w czym? I po co? Żeby zjednoczyć Kiwu? Północ z południem? „Przyjaciele, przejmijmy nasze bogactwa i w ten sposób zawładnijmy naszym przeznaczeniem". Akurat! Już je przejęto! Przejęła je banda ruandyjskich maniaków, uzbrojonych po zęby, którzy w wolnym czasie gwałcą nasze kobiety! Interahamwe są tacy mocni, że zasrane ONZ nie śmie bez pytania puścić nad ich pozycjami jednego samolotu.

Dieudonné (pogardliwy śmiech): ONZ? Jak będziemy czekać, żeby pokój przyniosło nam ONZ, to nasze dzieci zdążą umrzeć, i wnuki też.

Franco: No, to może zabralibyście tak te swoje dzieci i wnuki do Ruandy i dali nam święty spokój?

Haj (szybko wtrącając po francusku, zapewne po to, by zapobiec poważniejszej kłótni): Nam? Czy ja słyszałem „nam"? (Prawdziwa kanonada krokodylków o podłogę, potem cisza). Naprawdę myślicie, że chodzi o nas? Temu staremu nie zależy na nas, tylko na władzy. Chce przejść do historii, zanim zdechnie, i w tym celu sprzeda nas temu pokopanemu Syndykatowi, a wtedy to już naprawdę będzie po nas.

Ledwo skończyłem tłumaczyć te herezje, dzwonek Philipa wezwał nas na drugą rundę rozmów.

W tym miejscu muszę opisać pewien incydent, który, choć wtedy raczej nie zaciążył na mym i tak przeciążonym umyśle, w świetle późniejszych wypadków nabiera poważniejszego znaczenia. Rozlega się dzwonek Philipa, zdejmuję słuchawki. Wstaję i, odpowiadając mrugnięciem na mrugnięcie Pająka, wychodzę po schodach z piwnicy. Na górze nadaję umówiony sygnał: trzy krótkie stuknięcia w żelazne drzwi. Stojący za nimi Anton uchyla je lekko i zamyka za mną, niestety z głośnym hukiem. Nie zamieniając ze mną ani słowa, prowadzi mnie wokół domu na wschodni koniec pergoli i zostawia już niedaleko od pokoju karcianego – wszystko zgodnie z planem. A jednak nie wszystko: obaj nie wzięliśmy pod uwagę słońca, które świeci mi prosto w oczy i na chwilę oślepia.

Ruszam więc w stronę sali obrad ze wzrokiem wbitym w ziemię, by uniknąć słonecznego blasku, i w tej samej chwili słyszę zbliżające się kroki i wybuch afrykańskiego śmiechu delegatów, którzy pojawiają się niespodziewanie na drugim końcu pergoli. Zaraz spotkamy się twarzą w twarz. Błyskawicznie orientuję się, że muszę znaleźć dobrą wymówkę, dlaczego pojawiam się z niewłaściwej strony budynku. Czy zauważyli Antona, który odprowadzał mnie za róg? Czy usłyszeli huk żelaznych drzwi?

Na szczęście na jednodniowych kursach bezpieczeństwa osobistego, obowiązkowych dla wszystkich nieetatowych współpracowników, nauczono mnie szybko myśleć. Jak spędzałem cenne chwile wolnego czasu, gdy delegaci rozeszli się na prywatne dyskusje? Odpowiedź: tak, jak zawsze w przerwie w obradach – zaszyłem się w jakimś spokojnym, ustronnym zakątku do chwili, gdy zabrzmiał dzwonek. Tak przygotowany umysłowo kontynuuję marsz ku drzwiom pokoju karcianego. Dochodzę na miejsce, zatrzymuję się. Dochodzą oni, zatrzymują się. A raczej tylko Haj. Haj, najszybszy z nich, szedł z przodu, Franco i Dieudonné są jeszcze kilka kroków z tyłu. Nim doszli, Haj, który przed paroma minutami nazwał mnie „asfaltem", teraz zwraca się do mnie z przesadną uprzejmością:

– No to co, panie tłumaczu, dobrze pan wypoczął? Gotowy na następną batalię?

Ot, takie nieszkodliwe pytanie. Problem polega na tym, że znów mówi w kinyaruanda. Ale tym razem Philip nie musiał przychodzić mi w sukurs. Uśmiechnąłem się z niezrozumieniem i z pewną dozą żalu. Gdy to nie wystarczyło, wzruszyłem ramionami i pokręciłem głową, dając do zrozumienia, że wciąż nic nie rozumiem. Haj zorientował się w swej omyłce albo udał, że się orientuje, wybuchnął przepraszającym śmiechem i klepnął mnie po ramieniu. Czy próbował mnie podejść? Nie. A przynajmniej tak sobie wtedy powiedziałem. Po prostu wpadł w pułapkę, w którą wpadłby każdy poliglota. Po długiej rozmowie toczonej w kinyaruanda w apartamencie gościnnym zapomniał przestawić się na inny język. Każdemu może się zdarzyć. Nie ma o czym mówić.

Rozdział 10

Panowie, głos zabierze *Monsieur le Colonel*!

W bladoniebieskich oczach Maxiego zapala się bojowa iskra. Góruje nad tablicą, staje na baczność. Jego Borodino jeszcze nieprędko. Zrzucił marynarkę, ale krawata nie zdjął. Pewnie tak rzadko go wkłada, że zapomniał, że ma go na sobie. Jest nas teraz mniej. Muangaza, kiedyś rewolucjonista, dziś Prorok Pokoju, skrył się w komnatach królewskich wraz ze swym uczniem z warkoczykiem. Na polu walki pozostawił tylko Tabiziego – przygarbione ramiona boksera, nakryte powiekami oczy, farbowane czarne włosy zaczesane skrupulatnie do tyłu, by ukryć łyse ciemię – już ten dopilnuje, czy gra toczy się fair.

Ale ja widzę nie Maxiego, Tabiziego czy delegatów, tylko moje dzieciństwo. A konkretnie wielką wojskową mapę miasta Bukawu, klejnotu Afryki Środkowej, a może i całej Afryki, położonego na południowym krańcu najwyższego, a przez to najchłodniejszego jeziora kontynentu. Jezioro, otulone mgłą i otoczone dymiącymi wzgórzami, jest czarodziejskie. Wystarczy zapytać mojego świętej pamięci ojca. Wystarczy zapytać rybaków, z którymi gawędził w porcie, gdy wyciągali z sieci *sambaza* i przekładali je do żółtych, plastikowych wiader, w których rzucały się całymi godzinami w nadziei, że ktoś, na przykład ja, wypuści je z powrotem do wody. Rybacy opowiadali mu o *mamba mutu* – pół kobiecie, pół krokodylu, i o złych ludziach, którzy nocą skradają się nad brzeg i za pomocą czarów wymieniają żyjące dusze niewinnych przyjaciół na powodzenie w życiu doczesnym i karę w przyszłym. Dlatego właśnie o jeziorze Kiwu mówi się szeptem, że jest przeklęte, i dlatego czasem rybacy znikają wciągnięci w głębiny przez *mamba mutu*, która przepada za ludzkim mózgiem. Tak przynajmniej rybacy zapewniali mojego świętej pamięci ojca, który był dość mądry, by nie drwić z ich wierzeń.

Wzdłuż głównej alei stoją typowe domy z czasów kolonialnych o zaokrąglonych ścianach i wysokich oknach, ozdobione tulipanowcami, dżakarandą i bugenwillą. Okoliczne wzgórza uginają się pod ciężarem bananowców i plantacji herbaty, które wyglądają z lotu ptaka jak zielone materace. Ze zboczy wzgórz można policzyć pięć półwyspów miasta. Najokazalszy z nich to La Botte, o, tu jest na mapie Maxiego, rzeczywiście trochę jak apeniński but, pełen pięknych willi i zadbanych ogrodów, schodzących aż nad samą wodę – sam marszałek Mobutu raczył mieć tu swą rezydencję. Półwysep z początku wybiega śmiało w jezioro, jakby chciał popędzić wprost do Gomy, ale potem zakręca ostro w prawo, celując we wschodni, ruandyjski brzeg.

Papierowe strzałki Maxiego są praktyczne i taktyczne. Wskazują dom gubernatora, stacje radia i telewizji, kwaterę sił ONZ i koszary wojskowe. Natomiast żadna z nich nie wskazuje przydrożnego targu, na którym zatrzymywaliśmy się na kozie szaszłyki, gdy ojciec przywoził mnie do miasta na urodziny. Ani katedry o zielonym dachu, wyglądającej jak dwa wyrzucone na brzeg i odwrócone do góry dnem statki, gdzie modliliśmy się za moją nieśmiertelną duszę. Ani ponurego, kamiennego uniwersytetu katolickiego, na którym mógłbym kiedyś studiować, gdyby starczyło mi pilności. Ani misji Sióstr Białych, na której karmiono ukryte dziecko słodkimi ciasteczkami, tłumacząc mu, jakiego ma dobrego wujka.

Maxie stoi tyłem do nas. Philip siedzi tuż przy nim. Rysy ma tak płynne, że trudno uchwycić jeden, konkretny wyraz twarzy. Już wydaje się, że tak, ale wystarczy spojrzeć jeszcze raz, a już go nie ma. Nasi trzej delegaci siedzą tam, gdzie przedtem. Franco w środku. Dieudonné teraz patrzy groźniej, Franco pręży mięśnie karku. Tylko Haj ostentacyjnie obnosi się ze swym lekceważeniem. Wspierając odziane w zegnowski materiał łokcie na zielonym stole wygląda, jakby bardziej interesował się oknem niż własną ziemią na mapie. Czy mu na niej zależy? Czy kocha Bukawu tak jak ja kocham je we wspomnieniach? Wątpię.

Wchodzi Anton z kijem bilardowym. Jego pojawienie się trochę mnie peszy. Dlaczego nie jest razem ze swoimi obserwatorami? Dopiero po chwili dociera do mnie, że kiedy delegaci są w sali obrad, nie ma kogo obserwować – a to pokazuje, że gdy tłumacz działa na najwyższych obrotach, gdy jego „trzecie ucho" jest w stanie najwyższej gotowości, zaczynają się problemy z myśleniem zdroworozsądkowym.

– Teraz będzie trochę wojskowych terminów, stary – ostrzega mnie półgłosem Maxie. – Dasz sobie radę?

Czy dam sobie radę, pułkowniku? Pytał pan, czy wojskowe sprawy też umiem, to umiem. Magicznego kija Muangazy nie ma teraz wśród nas, więc Anton podaje Maxiemu kij bilardowy. I oficer, i żołnierz zachowują się jak na musztrze. Maxie chwyta kij w punkcie równowagi. Mówi sucho, wyraźnie. Proste słowa, dobre pauzy. Słuchać. Słucham i przekładam, jak umiem najlepiej.

– Panowie, najpierw sprawy najważniejsze. W prowincji Kiwu nie będzie żadnej, ale to żadnej zbrojnej interwencji. Stary, powiedz im to tak, żeby do nich dotarło.

Tego się nie spodziewałem, ale robię, co mi każe. Haj wydaje z siebie kwik rozbawienia, chichocze i kręci głową z niedowierzaniem. Sękata twarz Franca wyraża zdezorientowanie. Dieudonné spuszcza zamyślony wzrok.

– Powstanie będzie spontanicznym działaniem dotąd wzajemnie zwalczających się grup plemiennych – ciągnie niezrażony Maxie. – Dojdzie do niego bez udziału, bez jakiegokolwiek udziału sił spoza Konga. Nie będzie ich widać ani w Gomie, ani w Bukawu. Powiedz to tak, żeby Haj zrozumiał. Bo to jest warunek jego ojca. Powiedz mu.

Mówię. Haj powraca do obserwacji świata za oknem, gdzie toczy się właśnie bitwa powietrzna między wrogimi dywizjonami wron i mew.

– Nastąpi lekkie naruszenie delikatnej równowagi sił miejscowych – zaczyna znów Maxie. – Żadna inna strona, czy to oficjalna, czy to złożona z najemników, nie będzie dolewać oliwy do ognia. Z punktu widzenia społeczności międzynarodowej będzie to typowa, zwyczajna, wewnątrzkongijska afera. Wbij im to do łbów, dobrze, stary?

Pułkownik każe, to wbijam. Wrony Haja ustępują pola, bo mewy mają przewagę liczebną.

– Posterunek ONZ w Bukawu to pryszcz – oznajmia Maxie z coraz większym naciskiem, choć ja używam nieco bardziej eleganckiego określenia. – Kompania piechoty zmechanizowanej na transporterach opancerzonych z zabezpieczeniem przeciwminowym, urugwajska kompania wartownicza, chińska jednostka inżynieryjna, przedstawiciele Ruandy i Mai Mai, którzy ciągle wpadają na siebie na korytarzach. Tą zbieraniną dowodzi jeden podpułkownik z Nepalu, który wkrótce idzie na emeryturę. Jak tylko coś się dzieje, zaraz drą się przez telefon satelitarny do swojej kwatery głównej, żeby im powiedzieć, co mają robić. To wiemy, bo przecież Philip słuchał tych rozmów, prawda?

W odpowiedzi na rozbawienie wywołane moim tłumaczeniem Philip kłania się wszystkim obecnym. Niezależny konsultant, który podsłuchuje dowódców ONZ? W duchu jestem wstrząśnięty, ale nie okazuję tego.

– Jeżeli będzie wyglądało, że biją się Kongijczy-cy z Kongijczykami, ONZ w Bukawu, Gomie i gdzie indziej będzie tylko grymasić, ewakuować cywilów, a potem wycofa się na z góry upatrzone pozycje, niech się tubylcy biją. Ale… i niech zrozumieją, że to bardzo wielkie „ale", co, stary? Ale jeżeli ONZ czy ktokolwiek inny połapie się, że jesteśmy z zewnątrz, to mamy przerąbane.

Suahili to język bardzo żywy, więc nawet nie próbuję łagodzić soczystego języka pana pułkowni-ka. Ale o ile moje tłumaczenie wywołuje aprobujący śmiech Franca i blady uśmiech Dieudonnégo, o tyle Haja stać tylko na szyderczy okrzyk.

– A temu o co chodzi, do diabła? – rzuca Maxie kątem ust, jak gdybym to ja zachował się niegrzecz-nie, a nie Haj.

– Jest w dobrym humorze, pułkowniku.

– Nie ciebie pytam, tylko jego.

Przekazuję pytanie Hajowi – a dokładniej mó-wiąc, plecom jego zegnowskiej marynarki.

– A może tego dnia nikt nie będzie miał ochoty na zadymę? – odpowiada, leniwie wzruszając ramio-nami. – Może będzie lało?

Czujny Philip natychmiast przychodzi z pomocą.

– Pułkownik mówi tutaj o paru rozbitych wy-stawach, nic więcej, Haj. Pewnie, będzie trochę rabunku, trochę strzelaniny, tu i tam zapali się jakieś auto, ale nikt nie wymaga od ciebie, żebyś spalił całe miasto. Twój ojciec jest gotowy zrobić wszystko, by zniszczenia w Gomie ograniczyć do minimum. Jestem pewny, że podobnie jest w przy-padku twoim i Bukawu. Nam potrzeba tylko trochę fajerwerków, trochę zamieszek, żeby powstała sy-tuacja, w której charyzmatyczny, lubiany przywód-ca o sensownych poglądach, a w tym przypadku chodzi przecież o Muangazę, starego towarzysza broni twego ojca, pojawił się tryumfalnie jako mąż opatrzności. Luc miał świetny pomysł co do Gomy: zacznie się od wiecu protestacyjnego, na którym sprawy wymkną się nieco spod kontroli, resztę załatwi piwo. Może jest to też jakiś pomysł dla ciebie na Bukawu.

Ale nawet dyplomatyczne talenty Philipa nie wystarczają, by Haj przestał grymasić. Wręcz przeciwnie – teraz macha giętkimi dłońmi nad głową, jakby chciał zaprzeczyć wszystkiemu, co było tu dotąd powiedziane. To z kolei wywołuje wybuch gardłowej, arabsko zabarwionej francuszczyzny Feliksa Tabiziego.

– Będzie tak – grzmi monotonnym głosem, jakby karcił zbuntowanego służącego. – We właściwym czasie Muangaza i jego doradcy opuszczą swą tajną, zagraniczną siedzibę i pojawią się na lotnisku w Bukawu. Powita ich rozentuzjazmowany tłum, zorganizowany na tę okazję przez ciebie i twojego ojca. Tłum tryumfalnie poprowadzi Muangazę do miasta. I już! Gdy znajdzie się w Bukawu, walki ustaną natychmiast. Wasi ludzie złożą broń, przestaną rabować sklepy i zaczną świętować razem z innymi. Ci, którzy pomogli Muangazie w tej wielkiej sprawie, zostaną nagrodzeni, w pierwszej kolejności twój ojciec. Ci, co nie pomogli, będą mieli mniej szczęścia. Szkoda, że twojego ojca tu nie ma. Mam nadzieję, że szybko wyzdrowieje. On kocha Muangazę. Od dwudziestu lat mają względem siebie liczne zobowiązania. No i teraz je spłacą. Ty też.

Haj zapomniał o widoku za oknem. Opiera się o stół, obracając w palcach wielką, złotą spinkę.

– Czyli ma być taka mała wojna? – odzywa się w końcu.

– Daj spokój, Haj, co to za wojna! – przekonuje go Philip. – Chyba głównie z nazwy. A potem zaraz pokój.

– Jak zawsze – dodaje Haj i chyba po raz pierwszy zaczyna godzić się z logiką Philipa. – A zresztą kogo obchodzi mała wojna? – ciągnie, rozwijając temat po francusku. – No, bo cóż to jest mała śmierć? *Pfui*. Nic. Trochę tak, jak być tylko trochę w ciąży. – I na poparcie tego stwierdzenia raczy nas wojennymi okrzykami, które musiałem cierpieć, będąc pod linią wody: – Dup! Jep! Rata-tata-tata! – Po czym z rozłożonymi rękami pada jak martwy na stół i zaraz się zrywa, i nikt już nie wie, o co właściwie mu chodzi.

Maxie opanuje lotnisko w Bukawu, niech tylko ktoś spróbuje mu przeszkodzić. Kawumu, bo tak się nazywa, leży trzydzieści pięć kilometrów na północ od miasta i jest zasadniczym elementem sukcesu. Na tablicy pojawia się zdjęcie lotnicze. Czy dwadzieścia lat temu Bukawu już miało lotnisko? Przywołuję wspomnienie wyboistego, trawiastego pola, na którym pasą się kozy, i srebrny dwupłatowiec, pilotowany przez brodatego polskiego księdza, ojca Jana.

– Kto zajmie lotnisko, ten ma na talerzu całe Kiwu Południowe. Dwa tysiące metrów asfaltu. Można wtedy ściągnąć, co się chce, kogo się chce, kiedy się chce. I równocześnie blokuje się jedyne lotnisko, na które Kinszasa może przysłać większe siły. – Kij bilardowy dosadnie uderza w tablicę: – Z Kawumu można eksportować na wschód do Nairobi – pac! – na południe do Johannesburga – pac! – na północ do Kairu i jeszcze dalej. Albo w ogóle dać sobie spokój z subsaharyjską Afryką i wejść wprost na rynki europejskie. Jeden boeing 767 zabiera czterdzieści ton, może latać na okrągło. A Ruandyjczykom, Tanzańczykom i Ugandyjczykom możemy pokazać palec. Przemyślcie to.

Tłumaczę i wszyscy myślą. Szczególnie Haj. Z głową wciśniętą między długie dłonie, z wyłupiastymi oczyma wbitymi w Maxiego bezwiednie naśladuje Dieudonnégo, który siedzi obok w bardzo podobnej pozie.

– Koniec z pośrednikami, mafiosami, haraczami, cłami, opłacaniem obcych wojsk – zapewnia nas Maxie, więc ja też. – Sami prowadzicie kopalnie, sami dostarczacie klientom rudę, Kinszasa nie dostanie złamanego centyma. Powiedz im to prosto i wyraźnie, stary.

Mówię im to prosto i wyraźnie. Są pod wrażeniem. Poza Hajem, który wyrywa się z kolejną denerwującą obiekcją.

– W Gomie jest dłuższy pas startowy – upiera się i wyciąga rękę.

– Tak, zalany lawą na jednym końcu – replikuje Maxie, kijem bilardowym wybijając rytm na wianuszku okolicznych wulkanów.

– Ale to pas startowy, nie? Ma dwa końce.

Franco wybucha śmiechem, Dieudonné pozwala sobie na rzadki uśmiech. Maxie bierze głęboki wdech, ja też. Żałuję, że nie mogę przez pięć minut porozmawiać po męsku na osobności z Hajem w jego ojczystym języku szi. Wytłumaczyłbym mu, że mało brakuje, by zepsuł wszystko tymi swoimi drobiazgowymi pretensjami.

Niezrażony Maxie mówi dalej:

– Bierzemy Kawumu i kropka. – Mocno ociera usta pięścią i zaczyna znowu. Haj chyba naprawdę zaczyna grać mu na nerwach. – Teraz każdy z nich, po kolei, musi mi powiedzieć, czy wchodzi w to, czy nie. Czy zaczynamy od zajęcia Kawumu, czy też pieprzymy się półśrodkami, dajemy się wyprzedzić konkurencji i marnujemy najlepszą szansę, jaka od chuj wie ilu lat pojawia się przed Wschodnim Kongiem? Zacznij od Franca.

Zaczynam od Franca. Ten, jak zwykle, się nie śpieszy. Gapi się na mnie, na mapę, potem na Maxiego. Ale najdłużej gapi się na pogardzanego Dieudonnégo.

– Mój generał uważa, że *Monsieur le Colonel* dobrze mówi – wyrzuca z siebie wreszcie.

– Jaśniej. I mówię to do nich wszystkich. Najpierw zajmujemy lotnisko, lotnisko Kawumu, a potem miasta i kopalnie? Proste pytanie, prosta odpowiedź. Jeszcze raz go zapytaj.

Pytam. Franco rozprostowuje pięść, teraz znów gapi się we własną dłoń, zamyka ją.

– Mój generał jest zdecydowany. Najpierw lotnisko, potem kopalnie i miasta.

– Jako sojusznicy? – nalega Maxie. – Razem z Banyamulenge? Jako towarzysze broni? Zapominacie o dawnych urazach?

Wpatruję się w moją butelkę perriera. Czuję, że dziki wzrok Haja wędruje od jednej do drugiej twarzy, a potem spoczywa na mnie.

– Zgoda – oznajmia jakoś tak śpiewnie Franco.

Dieudonné jakby nie wierzył własnym uszom.

– Z nami? – pyta cicho. – Godzicie się, żeby Banyamulenge poszli z wami na równych prawach?

– Jak trzeba, to trzeba.

– A potem, jak już wygramy? Czy razem będziemy utrzymywać pokój? Naprawdę godzicie się na to?

– Generał mówi, że tak, to tak – warczy Franco. I by sprawę zakończyć, przytacza kolejne ze swych najwyraźniej niezliczonych przysłów. – Przyjaciele moich przyjaciół są moimi przyjaciółmi.

Teraz kolej na Dieudonnégo. On patrzy tylko na Franca i z grymasem bólu chwyta powietrze.

– Jeżeli twój generał dotrzyma słowa... I ty też... I Muangaza... Wtedy Banyamulenge pójdą z wami.

Wszystkie oczy, również moje, zwracają się ku Hajowi. Świadomy, że znalazł się w centrum uwagi, sięga dłonią pod podszewkę marynarki i wyciąga złotą papierośnicę. Zauważa tabliczkę z zakazem palenia, krzywi się, opuszcza papierośnicę z powrotem do kieszeni i wzrusza ramionami. Według Maxiego o jeden raz za dużo.

– Stary, możesz powiedzieć Hajowi coś ode mnie?

– Do usług, pułkowniku.

– Nie za bardzo mi odpowiada to jego gówniane to-tamto. Jesteśmy tu, żeby zawrzeć sojusz, a nie siedzieć na dupie i gdybać. Skoro jest tu zamiast ojca, to dlaczego nie robi tego, co mu kazał, tylko warcholi? Myślisz, że uda ci się mu to jakoś w miarę grzecznie przetłumaczyć?

Nawet dla najwytrawniejszego tłumacza istnieją pewne granice owijania w bawełnę. Szczególnie, gdy ma się do czynienia z klientem tak szczerym jak Maxie. Robię, co mogę, ale ponieważ wiem już – i nad, i pod linią wody – do czego zdolny jest Haj, przygotowuję się na kolejny wybuch. Proszę sobie wyobrazić moje zdumienie, gdy zamiast tego zaczynam tłumaczyć doskonale skonstruowany wywód rzeczywiście godny kogoś, kto ukończył z wyróżnieniem wydział handlowy na Sorbonie. Przemówienie trwało dobre pięć minut, ale nie przypominam sobie, by choć raz zająknął się lub powtórzył. Wywód jest trudny i wygłoszony beznamiętnie. Trudno się domyślić, że chodzi o ukochane, rodzinne miasto mówcy – i moje. Oto najważniejsze punkty:

Eksploatacja kopalni nie będzie możliwa bez zgody miejscowej ludności.

Siła militarna to za mało. Jakiekolwiek trwałe rozwiązanie wymaga okresu bez wojny, powszechnie zwanego pokojem.

Problem, jaki staje więc przed delegatami, nie polega na tym, czy plan pana pułkownika daje najlepsze szanse pozyskiwania i eksportu rudy, ale czy Muangaza i jego Trzecia Droga mogą uzyskać społeczny konsensus.

Dostęp do bogactw mineralnych. Haj mówi nie tylko o dostępie fizycznym, ale i prawnym. Jak widać, kierowana przez Muangazę nowa administracja Kiwu zamierza wydać Syndykatowi wszelkie wymagane koncesje, prawa i pozwolenia zgodnie z prawem miejscowym.

Ale pozostaje jeszcze prawo kongijskie. Kinszasa, choć odległa o dwa tysiące kilometrów, nadal jest stolicą państwa. Na arenie międzynarodowej reprezentuje całą Demokratyczną Republikę Konga, a jej zwierzchnictwo nad wschodem kraju jest zapisane w konstytucji. Kinszasa jest w dalszej perspektywie kluczowa.

Haj zwraca swój egzoftalmiczny wzrok na Philipa:

– Dlatego moje pytanie, *mzi* Philip, brzmi następująco: w jaki sposób wasz Syndykat zamierza ograniczyć prawa rządu w Kinszasie? Muangaza mówi o Kinszasie z pogardą. Pan pułkownik mówi nam, że Kinszasa nie skorzysta w żaden sposób na naszym zamachu stanu. Ale kiedy opadnie dym, ostatnie słowo nie będzie należało do Muangazy, lecz do Kinszasy.

Philip słuchał przemówienia Haja w napięciu i jeśli mam sądzić po zachwyconym uśmiechu, bardzo mu się ono podobało. Złączone palce dłoni przesuwa lekko nad falą swych siwych włosów, ale tak, by ich nawet nie musnąć.

– To będzie wymagało silnych nerwów i silnych ludzi, Haj – tłumaczy z tym samym uśmiechem. – Na przykład Muangazy, na przykład twojego szanownego ojca. I czasu. Nic dziwnego. Są pewne etapy negocjacji, z którymi możemy się zmierzyć dopiero wtedy, gdy do nich dojdzie. Myślę, że to właśnie jeden z nich.

Haj wykazuje zdumienie – jak na mój gust, nieco przesadne. Dlaczego?

– Czyli żadnych wcześniejszych uzgodnień z kacykami z Kinszasy? Serio?

– Serio.

– A nie przyszło wam na myśl, żeby kupić ich teraz, kiedy nie zażądają wiele?

– Absolutnie nie! – Cnotliwy śmiech.

– Ludzie, odbiło wam. Jak będziecie z tym czekać do czasu, kiedy będzie wam na nich zależeć, to was wydoją.

Ale Philip nie da się zagadać. Podziwiam go za to.

– Niestety, Haj. Żadnych wstępnych rozmów z Kinszasą, żadnego dogadywania się na boku, żadnych udziałów, żadnych łapówek. Może nas to trochę kosztować, ale byłoby to sprzeczne z naszymi zasadami.

Maxie zrywa się na nogi, jakby przybyło mu nowych sił. Koniec kija bilardowego ląduje najpierw na Gomie, a potem przesuwa się drogą wzdłuż zachodniego brzegu jeziora Kiwu.

– *Mzi* Franco, słyszałem, że od czasu do czasu grupy waszych dzielnych bojowników urządzają na tej drodze zasadzki.

– Podobno – odpowiada ostrożnie Franco.

– Od świtu pierwszego dnia operacji poprosimy o intensyfikację tych działań, tak by zamknąć drogę w obu kierunkach.

Haj wydaje z siebie pisk protestu.

– Dla ciężarówek mojego taty też? My wozimy tamtędy piwo na północ.

– No, to wasi klienci wytrzeźwieją na parę dni – odcina się Maxie i znów zwraca do Franca: – Słyszałem też, że wasz szanowny generał ma kontakty z licznymi bojówkami Mai Mai stacjonującymi tu, między Fizi a Baraką.

– To całkiem możliwe – niechętnie przyznaje Franco.

– I że Mai Mai mają swe siły również na północy, w okolicy Walikale.

– To tajemnica wojskowa.

– Proszę, by w dniu operacji Mai Mai pojawili się pod Bukawu. Wasze siły są też wokół Uwira. Niech też się zjawią.

Haj uważa za stosowne jeszcze raz zaprotestować. Czy po to, by przeszkodzić Maxiemu, czy to tylko zbieg okoliczności? Obawiam się, że to pierwsze.

– Panie pułkowniku, muszę znać dokładny plan zajęcia lotniska Kawumu. To prawda, żołnierze piją. Są niezadowoleni i nieopłacani. Ale broń jednak mają i lubią strzelać do ludzi.

Maxie odpowiada monotonnym, pozbawionym emocji głosem:

– Zakładam, że lotnisko opanuje niewielki, nieumundurowany oddział elitarnych najemników, na tyle doświadczonych i zdyscyplinowanych, by załatwić sprawę bez jednego wystrzału. Może być?

Haj kiwa wypomadowanym lokiem. Opierając podbródek na dłoni, zastyga w pozycji przesadnej uwagi.

– Albo pojawią się wcześnie rano razem ze sprzątającymi, albo w sobotni wieczór, udając drużynę piłkarską, która chce z kimś zagrać. Na miejscu są dwa boiska, leje się piwo, z wiosek przychodzą dziewczyny, pełna swoboda. Dalej może być?

Kolejne skinienie.

– Jak znajdą się na miejscu, nie będą biegać, tylko chodzić. Pełny luz. Broni nie pokazują, uśmiechają się, machają. W ciągu dziesięciu minut wieża kontrolna, pas startowy i skład amunicji są nasze. Rozdajemy tubylcom papierosy, piwo, kasę, klepiemy ich po plecach, rozmawiamy z szefami, dogadujemy się. Mówimy, że dzieje się tylko tyle, że na chwilę nieoficjalnie wynajmujemy lotnisko, żeby sprowadzić parę transportów sprzętu górniczego bez zawracania głowy celnikom.

Ton Haja staje się nienaturalnie służalczy.

– Z całym szacunkiem dla pana pułkownika, z kogo dokładnie składać się będzie ten oddział elitarnych najemników?

– Z zawodowców z RPA. Szkolonych w siłach specjalnych, wybieranych indywidualnie.

– Czarnych, *Monsieur le Colonel*, jeśli wolno spytać?

– Zulu i Owambo, sprowadzeni z Angoli. Sami weterani, żadnych żółtodziobów. Najlepsi żołnierze na świecie.

– A ilu, *Monsieur le Colonel*?

– Nie więcej niż pięćdziesięciu. Na razie mamy już ponad czterdziestu.

– A kto, jeśli można wiedzieć, poprowadzi tych ludzi?

– Ja. Osobiście. Ja sam, we własnej osobie, a co myślałeś? – mówi coraz ostrzejszym tonem. – I tu obecny Anton. I jeszcze kilku innych, dobrych kolegów.

– Przepraszam bardzo, ale *Monsieur le Colonel* jest biały.

Maxie podwija prawy rękaw i przez chwilę naprawdę myślę, że będzie awantura. Ale pułkownik tylko przypatruje się swemu ramieniu.

– A niech mnie, rzeczywiście! – woła ku wielkiej uldze i rozbawieniu wszystkich zebranych. Haj ostentacyjnie uczestniczy w ogólnym wybuchu wesołości.

– A pańscy koledzy, *Monsieur le Colonel*? Czy też są biali?

Śmiech nieco ucichł.

– Jak śnieg.

– To czy w takim razie może nam pan wyjaśnić, w jaki sposób grupa białych jak śnieg cudzoziemców może dokonać niespodziewanego ataku na lotnisko Bukawu, nie ściągając przy tym uwagi tych, którzy mieli mniej szczęścia?

Tym razem nikt się nie śmieje. Tym razem słychać tylko wrony i mewy, i szelest ciepłego wiatru na trawiastym pagórku.

– Bardzo łatwo. W oznaczonym dniu – tak właśnie określał Maxie termin operacji – lotnisko będzie wizytowane przez szwajcarską firmę specjalizującą się w produkcji sprzętu kontroli lotów jako wstęp do przedstawienia całościowej oferty.

Cisza przerywana tylko moim tłumaczeniem.

– Wyczarterowany przez firmę samolot, przewożący sprzęt nieokreślonego typu – starannie naśladuję jego intonację – zatrzyma się niedaleko wieży kontrolnej. Pracownicy szwajcarskiej firmy to Europejczycy. Będziemy nimi ja, obecny tu Anton i Benny, którego poznaliście po przybyciu. Na mój znak nasz doborowy oddział najemników, który tymczasem dotrze na lotnisko przez główną bramę, wejdzie na pokład samolotu. Znajdzie tam ciężkie karabiny maszynowe, ręczne granatniki, granaty, odblaskowe opaski, prowiant i dużo amunicji. Jeżeli ktoś zacznie do nich strzelać, odpowiedzą ogniem, starając się ograniczyć stosowanie przemocy do minimum.

Doskonale rozumiem, dlaczego Philip postąpił w tej chwili tak, jak postąpił. No, bo w końcu po czyjej stronie jest Haj? Jak długo jeszcze mamy tolerować to jego malkontenctwo? Przecież nawet go tu nie proszono! Przyjechał w ostatniej chwili, w zastępstwie ojca. Czas pokazać mu, gdzie jego miejsce.

– *Monsieur Haj* – zaczyna Philip, sprytnie naśladując sposób zwracania się Haja do *Monsieur le Colonel*. – Haj, kochany chłopcze. Z całym szacunkiem dla twojego kochanego ojca, którego tak nam tu dziś brakuje. Jak dotąd mało, może za mało, mówiliśmy o roli, jaką sam masz odegrać w kampanii Muangazy. Jak zamierzasz przygotować się na jego przyjście? Szczególnie w Bukawu, które przecież jest jakby twoim rewirem. Myślę, że to dobry moment, byś nas oświecił.

W pierwszej chwili można odnieść wrażenie, że Haj nie dosłyszał pytania. Potem szepcze kilka słów w szi, które, choć nieco mniej eleganckie, dziwnie przypominają mi te, które w trattorii w Battersea wypowiedział drobny dżentelmen: „Boże, daj mi siłę, gdy będę przemawiał do tego dupka", i tak dalej – a ja oczywiście nie zdradzam się, że zrozumiałem, tylko robię w notatniku kilka niewinnych znaczków.

Po czym Haj dostaje szału. Zrywa się na równe nogi, wykręca piruet, pstryka palcami i rzuca głową na wszystkie strony. I stopniowo zaczyna komponować rytmiczną odpowiedź na pytanie Philipa. A ponieważ moją muzyką są tylko słowa i ponieważ jestem kompletnym ignorantem, gdy chodzi o kongijskie zespoły, nawet dziś nie potrafię powiedzieć, jakiego to wielkiego artystę czy jaki zespół, czy jaki gatunek muzyki chciał w ten sposób sparodiować.

Ale prawie wszyscy pozostali obecni – jak najbardziej. Bo dla wszystkich poza mną i Maxiem, u którego wyczuwam przez skórę podobny brak zainteresowania muzyką rozrywkową, występ Haja jest wirtuozerski, natychmiast rozpoznawalny i bardzo zabawny. Surowy Dieudonné śmieje się jak wariat i z zachwytem rytmicznie klaszcze w dłonie. Wielkie cielsko Franca też kiwa się z przyjemnością, podczas gdy wybitny tłumacz, nauczony dawać sobie radę w najtrudniejszych warunkach, nie przerywa przekładu, najpierw na francuski, potem – zmrożony spojrzeniem Maxiego – na angielski; poniższy tekst jest poprawioną wersją pośpiesznych zapisków poczynionych podczas obrad:

Przekupimy żołnierzy.

Przekupimy nauczycieli i lekarzy.

Przekupimy komendanta garnizonu Bukawu
i szefa policji,
i drugiego szefa policji.

Otworzymy więzienie i na każdym rogu każdej ulicy w mieście ustawimy ciężarówkę pieprzonego piwa,

i parę kilo semteksu czy jak to się tam nazywa.

I zwołamy wszystkich antyruandyjskich Ruandyjczyków, i rozdamy im z ciężarówek piękną nową broń.

A kto nie ma broni, niech idzie gdzie indziej!

I dla wszystkich meneli, wariatów i facetów, co strzelają do innych, bo widzieli w nich diabła, też mamy piwo i broń.

A dobrzy katolicy z Bukawu, i księża, i siostry, co kochają Jezusa i nie chcą kłopotów, nam ich też nie narobią, bo wiedzą jak mało jest dobrych chrześcijan...

Powiemy im, że do nowego Jeruzalem właśnie wjeżdża na ośle sam książę ubogich!

Więc jeszcze jedno piwko, kochany, jeszcze jeden koktajl Mołotowa. Rozwal sobie jeszcze parę wystaw, spłać parę starych długów…

Bo i tak da ci w kość nasz Ludowy Raj!

Już i Philip się śmieje, kręcąc z podziwem głową i dzwonkiem oznajmiając kolejną przerwę. Ale teraz mój ukradkowy wzrok przykuwa Tabizi. Jego twarz mieni się cała źle skrywaną furią. Czarne jak węgielki oczy patrzą spod ciężkich powiek, jakby chciały zabić, wprost w czoło Haja – przypominając mi, że niektórzy Arabowie czują do swych subsaharyjskich braci bezbrzeżną pogardę.

Rozdział 11

Sam, gdzie oni są, do diabła? Słyszę ciszę!

– Sprawdzamy, kochanieńki. Cierpliwości.

Usiłuję być cierpliwy. Niezrozumiałe słowa; głos Sam pyta Antona, potem Philipa.

– Jest Franco.

– Gdzie?

– W komnatach królewskich. Imprezuje z Muangazą.

– Łączymy? – pytam zbyt entuzjastycznie.

– W żadnym wypadku, Brian, dzięki. Doskonale poradzą sobie bez ciebie.

Wyłapuję w słuchawkach odgłos krokodylków Haja w pergoli. Słychać też kroki drugiej osoby, którą wstępnie identyfikuję jako Dieudonnégo. Sam natychmiast potwierdza moje przypuszczenia: obserwatorzy donieśli, że Haj chwycił Dieudonnégo za łokieć i dosłownie zaciągnął do alejki w ogrodzie. A nawet lepiej: Haj położył palec na ustach, by Dieudonné zachował milczenie, dopóki nie znajdą się w bezpiecznej odległości od domu. Jestem w siódmym niebie. Dla podsłuchiwacza nie ma piękniejszych słów niż: „Chodźmy gdzieś, gdzie nas nie podsłuchają" albo „Zostań na miejscu, oddzwonię do ciebie z budki".

Ale nawet w tym zapale czuję przypływ współczucia dla Dieudonnégo, który na pewno będzie czuł się rozdarty między wielkimi planami Maxiego a krytykanctwem Haja.

Tymczasem obaj są już na schodkach do altany. Gdy po nich wchodzą, Haj rozpoczyna taniec. Tańczy i mówi na przemian: stuk krokodylków, potok słów. Podsłuchiwacze słyszą jak niewidomi, ale czasem i widzą jak oni. Tak teraz patrzę i ja: widzę ich tak dokładnie, jakbym był ślepy. Widzę, jak krokodylki Haja muskają kamienne schody, pac-pac, pac-pac. Widzę powiewający na boki lok, odchylone do tyłu szczupłe ciało, dłonie unoszące się za nim jak jedwabny szal na tle bezchmurnego niebieskiego nieba. Mówi ciszej, niż stukają jego krokodylki.

Po jakiemu mówi? W swym ojczystym języku, czyli w szi, bo akurat Dieudonné też nim włada. Improwizuje i chwilami podpiera się francuszczyzną, ale przede wszystkim jest pewny, że mówi – albo wydaje mu się, że mówi – językiem, którego nie zrozumie nikt, kto go podsłuchuje. Tylko że ja rozumiem.

Więc pędzę za nim. Już jestem tam razem z nimi. Pędzę tak szybko, że gdy zamykam oczy, widzę ich trzecim okiem. Za każdym razem, gdy Haj wstępuje na kolejny schodek, a pokaszlujący Dieudonné mozolnie wspina się za nim, wybitny tłumacz Salvo nie odstępuje go ani na krok uzbrojony w słuchawki i notatnik. Gdy Haj zeskakuje z powrotem, Dieudonné zamiera. Ja też. Jeszcze jeden schodek, Haj daje susa na trawę, ja też. Haj wie, że z nim tam jestem. I ja wiem, że on wie. Specjalnie bawi się tak ze mną i ja bawię się z nim. Całkiem nieźle bawi się z „asfaltem" i „asfalt" nieźle bawi się z nim. Raz w górę, raz w dół i raz dokoła!

Nie wie tylko, jak prymitywny jest nasz sprzęt. Jest człowiekiem nowoczesnym i założę się, że ma fioła na punkcie techniki. Myśli, że mamy wszystkie najnowsze zabawki z Rozmównicy: mikrofony kierunkowe, lasery, satelity, Bóg wie co. A to nieprawda. To nie Rozmównica, Haj. Mikrofony Pająka są statyczne. Im nie przeszkadza, że i ty, i Dieudonné jesteście w ruchu. Sprzęt Pająka jest porządny, staroświecki i na kabel. Bez przebić. „Asfalt" jest zachwycony.

Teraz jest to pojedynek jeden na jeden, *mano a mano*, Haj kontra Salvo. Dieudonné jest tu tylko widzem. Haj ma szi, stepowanie, skoki i wypady, Salvo – podsłuchujące uszy. Krokodylki Haja stukają jak drewniaki na bruku. Okręca się na pięcie, jego głos to wznosi się, to opada, to znów rozlega się dokoła – tu trochę szi, tam kiryaruanda i trochę francuskiego *argot* na dodatek, by było jeszcze trudniej. Ja podsłuchuję go przez trzy różne mikrofony w trzech różnych językach na zdanie, odbiór jest urywany, kapryśny jak on sam. Ja też tańczę, choć tylko w głowie. Toczę z Hajem na schodach pojedynek na szable i za każdym razem, gdy da mi chwilę wytchnienia, pompuję w Sam streszczone tłumaczenia, lewą ręką przyciskam notatnik, ołówek w prawej tańczy po papierze w rytm muzyki Haja.

– Brian, nie musisz tak się drzeć, kochany, słyszę cię bardzo dobrze.

Trwa to dziewięć minut, dwie trzecie przerwy. „Asfaltowi" nigdy jeszcze tak dobrze się nie podsłuchiwało.

Haj: Bardzo jesteś chory? (Staccato krokodylków, parę schodków pod górę, trzy w dół, stop. Nagła cisza). Bardzo? (Bez odpowiedzi. Kolejne staccato. Wraca). Żony też? A dzieci? (Czy Dieudonné skinął głową? Najwyraźniej tak). Jasna cholera. Od dawna? (Bez odpowiedzi). Jak to złapałeś?

Dieudonné: Od dziewczyny. A myślałeś, że jak?

Haj: Kiedy?

Dieudonné: W dziewięćdziesiątym ósmym.

Haj: Na wojnie?

Dieudonné: A jak?

Haj: Walczyłeś z Ruandyjczykami? (Zapewne kolejne skinienie). Walczyłeś z Ruandyjczykami i rżnąłeś się za Demokratyczną Republikę Konga, która jest tylko jedna? Ja pierdolę. Już ci ktoś podziękował?

Dieudonné: Za to, że złapałem tę zarazę?

Haj: Za to, człowieku, że walczyłeś w kolejnej bezsensownej wojnie. (Tańczy po schodach w górę i w dół). Ja pierdolę. Niech to diabli. (Kolejne, cichsze przekleństwa). Ten anonimowy Syndykat chce cię orżnąć, chyba to rozumiesz (zakłócenia). Banyamulenge mają najlepszych wojowników, dyscyplinę, motywację, najlepsze minerały... złoto i koltan na płaskowyżu... i nawet ich nie wydobywacie, tak kochacie te swoje pieprzone krowy!

Dieudonné (z kaszlem i całkiem spokojnie): To będziemy dyktować warunki. Pójdziemy do Muangazy i powiemy: najpierw dajcie nam to, coście obiecali, albo nie będziemy walczyć za was, tylko przeciwko wam. Tak mu powiem.

Haj: Muangazie? To ty myślisz, że to Muanga-za kieruje tym wszystkim? To mi dopiero bohater! Nasze światło, nasze światowej klasy światełko...! A jaki z niego przyjaciel ubogich! Ma w Hiszpanii ubogą willę za jedyne dziesięć milionów dolarów. Zapytaj mojego tatę... telewizor plazmowy w każdym sraczu... (Gwałtowny stuk krokodylków, dźwięk bardzo zniekształcony, potem odbiór poprawia się. Cicho, kontrapunktując wcześniejszy hałas): Dieudonné. Uważaj, jak do ciebie mówię. Jesteś dobrym człowiekiem. Kocham cię.

Dieudonné: (zakłócenia).

Haj: Nie umrzesz. Nie chcę, żebyś umarł. W porządku? Umowa stoi? Ani ty, ani Banyamulenge. Dość tego. Dość wojny, głodu, kolejnej wojny, zarazy. Jeżeli masz od czegoś umrzeć, umrzyj od piwa. Obiecujesz?

Dieudonné (ponury śmiech): Od piwa i anty-retrowirusów.

Haj: No, bo nie chcę, żeby ktokolwiek zdychał gdziekolwiek w Kongu, chyba że cicho i spokojnie. I od piwa. Pocisz się jak dziwka. Siadaj.

Odbiór jest teraz znacznie lepszy. Anton daje znać przez Sam, że Dieudonné zasiadł na kamiennej ławce pod bukiem nieopodal altany. Haj krąży wokół niego w promieniu dwóch i pół, trzech metrów. Ja jestem tam z nimi.

Haj: Ruandyjczycy są od nas silniejsi, wiesz o tym...? Silniejsi niż... Banyamulenge, silniejsi niż te małpoludy z Mai Mai (naśladuje małpie odgłosy)... silniejsi niż całe... Kiwu razem wzięte... Tak? Przyznaj, że to prawda.

Dieudonné: Możliwe.

Haj: Nie możliwe, kurwa, tylko pewne. Dobrze o tym wiesz. Słuchaj no... (Wraca do Dieudonnégo i zaczyna mówić mu wprost do ucha. Mam stuprocentowy odbiór, bo jeden z mikrofonów wisi na gałęzi drzewa tuż nad ich głowami). Kocham mojego ojca. Jestem Afrykaninem, więc go szanuję. Masz jeszcze ojca...? W porządku, to w takim razie szanujesz jego ducha. Rozmawiasz z jego duchem, jesteś mu posłuszny, on cię prowadzi. A mój ojciec żyje, rozumiesz? Ma trzy żony i tyle dziwek, ile da radę przerobić. Jest właścicielem sporej części Gomy i Ruandyjczycy są dla niego silną konkurencją albo przynajmniej tak się mu wydaje.

Anton donosi za pośrednictwem Sam, że Haj co chwila to chowa się za pniem buku, to pokazuje z powrotem, co ma natychmiastowe przełożenie na jakość odbioru.

Haj: Parę miesięcy dzwoni do mnie, rozumiesz...? Poważna sprawa, che che... w biurze, nie u niego w domu... nie chce, żeby jego... żony podsłuchiwały przez dziurkę od klucza... mówi mi o wspaniałej sprawie, mówi, że jego stary kumpel Muangaza postanowił zdążyć przed wyborami, które mogą tylko doprowadzić do wojny domowej, że wypieprzy z kraju wszystkich, których nie lubi, a wszystkich, których lubi, zrobi bogatymi, i że lud też będzie bogaty, a wszystko dlatego, że ma za sobą tych dobroczyńców z Syndykatu, a oni mają kasę, dobre chęci, broń i amunicję. Ja na to, że pięknie. Że to zupełnie jak król Leopold, kiedy pojawił się w Kongu. Oczywiście stary dostał szału. Odczekałem, aż się uspokoi, czyli aż do następnego dnia... (zanik, potem głos wraca) ...tymczasem coś złego, naprawdę złego... Pogadałem z różnymi znajomymi, bardzo złymi ludźmi... z Kinszasy... takimi, że ojciec by mnie zabił, gdyby wiedział, że ich znam, takimi, dla których warto być grzecznym, jeżeli chce się dożyć do rana... (silne zakłócenia) ...co mi powiedzieli...? Ale w całkowitym zaufaniu, którego teraz właśnie nadużywam? Że Kinszasa też w to wchodzi. Że Kinszasa dostanie taką działkę... że nam wszystkim w pięty pójdzie.

Odbiór doskonały. Sam informuje mnie, że Haj i Dieudonné siedzą teraz obok siebie na ławce, mikrofon wisi dwa metry nad nimi, nawet się nie kołysze, bo nie ma wiatru.

Haj: No, to znowu idę do starego i mówię: Ojcze, kocham cię i jestem ci wdzięczny, że dobrze płaciłeś, żebym miał jakiś mózg, i szanuję twoje dobre chęci względem Muangazy i Wschodniego Konga. Dlatego pozwól sobie powiedzieć, że na podstawie mojego zawodowego, biznesowego doświadczenia jesteś dupa, i to z dwóch powodów. Według mnie obaj z Muangazą sprzedaliście się temu parszywemu Syndykatowi o wiele za tanio, tak mniej więcej tysiąc procent za tanio. A po drugie, i wybacz, że mówię bez ogródek, po co komu kolejna pieprzona wojna? I ja, i ty jesteśmy całkowicie uzależnieni od Ruandy. To oni wysyłają nasz towar na cały świat. Dla wszystkich, tylko nie dla Kongijczyków, to zasadniczy powód, by z nimi współpracować na przyjacielskich zasadach dla obopólnego zysku. A nie, by mordować sobie nawzajem żony i dzieci albo wynosić do władzy stetryczałego i niewypróbowanego faceta, który uwziął się, żeby wszystko, co choć trochę pachnie Ruandą, wywalić z Konga. Czy mówię mu o moich niedobrych znajomościach w Kinszasie? Akurat. Ale za to powtarzam, co mi powiedział mój dobry kumpel Marius, taki grubas z Holandii, kolega za studiów.

Odbiór chwilowo zanika. Ludzie Sam donoszą, że obaj panowie przechadzają się powoli po trawie z drugiej strony altany. Bardzo słaby odbiór.

Haj: ...ma czterdzieści lat... (dwusekundowe zakłócenia) siedzi na państwowej kasie... afrykańskim (?) wiceprezesem... (siedem sekund zakłóceń). Więc mówię staremu... (cztery sekundy zakłóceń) wysłuchał... mówi, że jestem największą porażką jego życia... hańbię imię przodków... a potem zapytał, gdzie znajdzie tego Mariusa, żeby... mu powiedzieć, dlaczego zamknięcie granicy z Ruandą to najlepsze rozwiązanie wszystkich problemów naszego świata. Zawsze tak mówi, kiedy nie chce się przyznać, że zaczyna zmieniać zdanie.

Pisk metalu, westchnienie piankowych poduszek, odbiór dobry. Sam raportuje, że obaj siedzą teraz w wiklinowym koszu z widokiem na morze. Głos Haja jest napięty, niemal histeryczny.

Haj: Więc stary wsiadł w samolot i poleciał do Nairobi zobaczyć się z Mariusem. Luc lubi Nairobi, ma tam superdziwkę. Marius od razu przypadł mu do gustu. Wypalili razem parę cygar. Marius też od razu polubił Luca. I od razu mówi mu, jaka z niego dupa. „Tak, jak mówi ten zasraniec, pana syn, jest pan porządnym, mądrym człowiekiem. I razem z tym Muangazą chce wykopać Ruandyjczyków z Kiwu, żeby już was nie wykorzystywali. Świetny pomysł, ale jest taka sprawa: czy na serio myślicie, że nie wrócą i nie skopią wam dupy, i z nawiązką nie odbiorą tego, co im zabierzecie? Przecież tak jest od zawsze. Nie lepiej pójść po rozum do głowy i raz w życiu zrobić coś, co wydaje się nie do pomyślenia? Zamiast ich wyrzucać, stańcie przed lustrem, uśmiechnijcie się od ucha do ucha i udawajcie, że ich kochacie. Skoro tak czy tak musicie robić z nimi interesy, to może lepiej się wreszcie z tym pogodzić? A wtedy moja firma albo w was zainwestuje, albo was wykupi, wsadzimy do zarządu kogoś cwanego, choćby tego zasrańca, twojego syna, z Kinszasą jakoś się załatwi i zamiast kolejnych trzech milionów trupów zafundujemy wam pokojowe współistnienie.

Dieudonné (po długim namyśle): I twój ojciec posłuchał tego człowieka?

Haj: Luc to Luc, kurwa, najlepszy pokerzysta w całej Gomie. Ale wiesz co? Ten gruby Holender miał rację. Bo jak Ruandyjczycy wrócą, to wiesz z czym? Zrobią nam z dupy jesień średniowiecza. Tak jak ostatnio, tylko jeszcze gorzej. Sprowadzą Angolczyków, Zimbabwejczyków i wszystkich innych, którzy nas nienawidzą i chcą nam zabrać to, co mamy. A jak to się stanie, to nie będzie żadnego procesu pokojowego, żadnego międzynarodowego nacisku, żadnych wyborów, tylko wy, Banyamulenge, będziecie ginąć jak muchy, bo w tym jesteście najlepsi. Ale beze mnie. Bo ja będę w Paryżu i będę śmiał się jak głupi.

– Brian, kochanieńki, zostań na miejscu, posiłki w drodze.

– To system Pitmana, no nie, stary? Tylko że dla mnie to jak zwój drutu kolczastego.

Maxie pojawia się za mną zupełnie jak kiedyś Strach. Z dłońmi na oparciach fotela przygląda się mojemu babilońskiemu pismu klinowemu, bo tak moje stenograficzne zapiski nazywa pan Anderson. Pająk zniknął wypędzony przez Maxiego. W drzwiach prowadzących na korytarz stoi Philip, wciąż w różowej koszuli i czerwonych szelkach. Czuję się zbrukany, sam nie wiem dlaczego. Zupełnie jakbym kochał się z Penelope tuż po jej powrocie z którejś z weekendowych konferencji.

– Moja własna wersja, pułkowniku – odpowiadam. – Trochę stenografii, trochę zwykłych skrótów, trochę własnej inwencji.

Tak zawsze mówię klientom, bo nauczyłem się jednego: nie powinni myśleć, że moje zapiski to oficjalny dokument, bo inaczej będą mnie ciągać po sądach albo jeszcze gorzej.

– To może przeczytasz nam jeszcze raz, co, stary?

Odczytuję, jak sobie tego życzą. Po angielsku, nie opuszczając najmniejszych szczegółów. Maxie i Philip grają mi na nerwach, choć bardzo staram się tego nie okazywać. Już im tłumaczyłem, że bez skomplikowanego sprzętu pana Andersona możemy tu siedzieć całą noc, ale to ich bynajmniej nie zniechęca. Koniecznie muszą odsłuchać samo nagranie przez słuchawki, co wydaje mi się nieracjonalne, bo przecież żaden z nich nie rozumie ani słowa w moich językach spod linii wody. A chodzi im o tych siedem sekund zakłóceń tuż po pierwszej wzmiance o holenderskim amatorze cygar. Tylko że skoro ja sam nie mogę dosłuchać się niczego więcej, to dlaczego im miałoby się to udać?

Oddaję słuchawki Philipowi, myśląc, że pewnie każdy przyłoży ucho do jednej, ale Philip przywłaszcza sobie obie. Słucha raz, drugi, trzeci. I za każdym razem kiwa głową do Maxiego. Potem oddaje słuchawki Maxiemu, każe mi puścić ten fragment jeszcze raz i wreszcie Maxie też kiwa do Philipa, potwierdzając w ten sposób to, co podejrzewałem od początku – że wiedzieli, co chcą usłyszeć, ale mnie tego nie mówią. A wybitny tłumacz nigdy nie czuje się głupiej i bardziej nieprzydatny niż wtedy, gdy orientuje się, że klient nie dał mu wszystkich potrzebnych informacji. A poza tym to przecież moja taśma, nie ich. To moja zdobycz. To ja wydarłem ją

Hajowi, nie oni. To ja walczyłem sam na sam z Hajem, to był nasz pojedynek.

– Świetny materiał, stary – zapewnia mnie Maxie.

– Cała przyjemność po mojej stronie, pułkowniku – odpowiadam, bo tak wypada. Ale co sobie myślę, to moja sprawa: nie musisz mnie chwalić, nawet twoje pochwały są mi niepotrzebne.

– Absolutnie pierwszorzędny – mruczy Philip jak kot.

I już ich nie ma, choć na schodach słyszę kroki tylko jednego. Philip jest tak poufnym konsultantem, że chodzi bezszelestnie. Wcale bym się nie zdziwił, gdyby się okazało, że nie rzuca cienia.

Wygląda na to, że przez dłuższy czas po ich wyjściu nie robiłem nic. Zdjąłem słuchawki, otarłem twarz chustką, nałożyłem słuchawki z powrotem i oparłszy podbródek na dłoni, po raz n-ty odsłuchałem siedmiosekundowy fragment. Co takiego usłyszeli w nim Maxie i Philip, czego mi nie powiedzieli? Puszczałem go sobie wolniej, puszczałem szybciej i wciąż nie rozumiałem nic. Na początku *u*, trzy czy cztery sylaby, potem trzy- lub czterosylabowe słowo z -*ère* lub -*aire* na końcu; od ręki mógłbym wymienić kilkanaście słów z takim zakończeniem: *débonnaire*, *légionnaire*, *militaire*, wszystko, co na końcu czyta się „er". A potem akcentowane „ak", jak w *attaque*.

Znów zdjąłem słuchawki, ukryłem twarz w dłoniach i szeptałem w ciemność. Dziś nie pamiętam poszczególnych słów. Byłoby przesadą twierdzić, że już wtedy czułem się zdradzony. Najwyżej można mówić o powoli narastającym we mnie poczuciu rozpaczy, której źródła wolałem się nie domyślać. Mój pojedynek z Hajem zakończył się więc zupełnie inaczej: to ja leżałem na deskach, znokautowany, pokonany. Zacząłem wręcz zastanawiać się, czy cały ten pojedynek nie zrodził się wyłącznie w mojej wyobraźni – ale natychmiast przypomniałem sobie, jak bardzo Hajowi zależało na tym, by nikt go nie podsłuchał, już od pierwszej rozmowy w apartamentach gościnnych. Ale – niezależnie od tego, co miałaby na ten temat do powiedzenia najbliższa przyjaciółka Penelope, Paula – nie byłem jeszcze na etapie negacji. Nawet jeszcze nie wiedziałem, co chciałem zanegować. Jeżeli miałem poczucie, że kogoś zawiodłem, to poczucie było skierowane do wewnątrz. Zawiodłem sam siebie i tak właśnie telepatycznie opisywałem swój stan Hannah. Była to niewątpliwie najgorsza chwila tego wielkiego dnia.

– Sam? To ja, Brian. Co jest?

Nic nie jest. Sam nie ma na posterunku. Liczyłem na odrobinę kobiecego współczucia, ale w słuchawkach słyszałem tylko niewyraźny szmer męskich głosów. Sam nawet nie wyłączyła swojego mikrofonu, co uważam za szczyt niedbalstwa i beztroski. Zerkam na zegarek od cioci Imeldy. Przerwa trochę się przedłuża. Zdaje się, że nawet niepełna opowieść Haja o flircie jego ojca z konkurencją reprezentowaną przez grubego, lubiącego cygara Holendra musiała wprowadzić pewne zamieszanie. Dobrze mu tak za to, że nazwał mnie „asfaltem". Pająka wciąż nie ma. W ogóle bardzo mało powiedziano mi o topografii domu. Nie wiem na przykład, gdzie znajduje się pokój operacyjny. Albo gdzie siedzą obserwatorzy Antona. Gdzie skrywa się Jasper. Gdzie jest Benny. No, ale przecież wcale nie muszę tego wiedzieć, prawda? Ja tu tylko tłumaczę. Wszyscy mogą wiedzieć, ale nie ja.

Rzucam okiem na plan metra. Haj i Dieudonné się rozdzielili. Biedny Dieudonné, sam w swoim apartamencie! Pewnie postanowił szybko zmówić paciorek. Haj powrócił do altany, miejsca swego rzekomego tryumfu. Gdyby tylko wiedział! Wyobrażam sobie, jak patrzy w morze tymi wyłupiastymi oczkami, dumny, że tak Muangazie namieszał. Światełko Franca się nie świeci. Pewnie nadal siedzi u Muangazy w komnatach królewskich. To nie nasz rewir. Wyłącznie do celów archiwalnych.

Muszę czegoś słuchać. Byle nie słyszeć oskarżycielskich głosów, przede wszystkim Hannah, które zaczynają odzywać się w mojej głowie. Nie zasłużyłem sobie, by mnie krytykowano. Starałem się, jak mogłem, by być pożyteczny dla pracodawcy. A gdybym udał, że Haj nie powiedział tego, co powiedział? Gdybym zachował to dla siebie? Zostałem zatrudniony, dostanę za to pieniądze. Gotówką. Nawet jeżeli to drobiazg w porównaniu z tym, co płacą Jasperowi. Jestem tłumaczem. Oni mówią, ja przekładam. Nie przestaję tłumaczyć, gdy zaczynają mówić rzeczy złe. Nie cenzuruję, nie redaguję, nie skracam, nie dodaję. Inni może tak, ja nie. Ja tłumaczę wszystko jak leci. Gdybym tego nie robił, nie byłbym pana Andersona synem umiłowanym, jego słuchajcie. Nie byłbym geniuszem w swej dziedzinie. Sprawy prawne, handlowe, cywilne czy wojskowe – tłumaczę wszystko wszystkim tak samo i bezstronnie, nie zwracam uwagi na kolor skóry, narodowość czy wyznanie. Jestem pomostem między ludźmi. Amen, bez odbioru.

Znowu próbuję wywołać Sam. Ciągle jej nie ma. Szmer głosów w pokoju operacyjnym ucichł. Teraz, znów dzięki gapiostwu Sam, słyszę Philipa. W dodatku mówi tak wyraźnie, że słyszę, co mówi. Mogę tylko domyślać się, z kim rozmawia. Wiem za to, że jego głos przechodzi przez przynajmniej jedną ścianę, nim trafia do mikrofonu Sam, ale to mi w niczym nie przeszkadza. Zaczynam dochodzić do siebie po pojedynku z Hajem; już teraz, gdyby mucha zakaszlała mi w słuchawce, od razu odgadłbym jej wiek i płeć. Niespodzianką jest tylko głos Philipa: tak różni się od eleganckiej wersji, do której już zdążyłem się przyzwyczaić, że przez kilka pierwszych taktów z trudem go poznaję. Rozmawia z jakimś Markiem; jeśli sądzić po rozkazującym tonie Philipa, Mark jest jego podwładnym.

Philip: Chcę wiedzieć, jak się nazywa jego lekarz, jaka jest diagnoza, czy pacjent jest leczony, a jeżeli tak, to jak, kiedy zamierzają go wypisać, jeśli w ogóle, kto siedzi przy jego łożu boleści, kto jeszcze jest przy nim poza żonami, kochankami i obstawą... Nie, Mark, nie mam pojęcia, w jakim jest szpitalu, to twoja robota, do cholery, za to ci płacą, ty jesteś na miejscu. No, a ile jest w Kapsztadzie klinik kardiologicznych, na litość boską?

Koniec rozmowy telefonicznej. Taki konsultant jak Philip to zbyt wielka figura, by na koniec powiedzieć „do widzenia". Teraz chce pogadać z Pat. Wykręcił nowy numer i po uzyskaniu połączenia prosi do telefonu właśnie ją.

Philip: Ma na imię Marius, jest Holendrem, gruby, około czterdziestki, pali cygara. Ostatnio był w Nairobi i z tego, co wiem, zapewne jeszcze tam jest. Studiował w Paryżu i reprezentuje naszych dobrych znajomych, Union Minière des Grands Lacs. Wiesz, o kogo chodzi? (Dziewięćdziesiąt sekund, podczas których Philip na przemian powtarza „tak" i robi notatki. Ja też notuję. Wreszcie): Bardzo ci dziękuję, Pat. Cudownie. Dokładnie tak, jak się obawiałem, tylko jeszcze gorzej. Tego właśnie nie chcieliśmy się dowiedzieć. Jestem ci bardzo wdzięczny. Do widzenia.

No, to teraz już wiemy. Nie *débonnaire*, *légionnaire* czy *militaire*, tylko *Minière*. Nie *attaque*, tylko

Lacs. Haj mówił o konsorcjum wydobywczym, którego afrykańskim przedstawicielem jest ów gruby Holender. Zauważam, że Pająk jest już na swoim miejscu, że sprawdza wyłączniki, wymienia taśmy, podpisuje nowe. Ściągam słuchawki znad jednego ucha i uśmiecham się, by nie wydać się nietowarzyski.

– Zdaje się, Brian, że dzięki tobie będziemy mieli kupę roboty w przerwie obiadowej – odzywa się Pająk z tajemniczą walijską satysfakcją. – Kupę zabawy!

– Jakiej zabawy?

– No, tego to ci nie mogę powiedzieć. Pan Anderson zawsze nas uczył, że tajemnicami nie warto się wymieniać. Nie pamiętasz? Bo na takiej zamianie zawsze się traci.

Nakładam słuchawki z powrotem i teraz dokładniej przyglądam się planowi metra. Purpurowe światełko Muangazy nęci mnie jak neon burdelu. „Chodź, Salvo. Co cię powstrzymuje? Szkolny regulamin?" To nie nasz rewir, chyba że Philip osobiście zarządzi inaczej. Do celów archiwalnych, nie operacyjnych. Nagrywamy, ale nie słuchamy. No, chyba że ktoś jest tłumaczem-asfaltem. Bo jeżeli ja nie mam prawa słuchać, to kto? Pan Anderson, który nie zna żadnych języków poza angielskim, a i to z północnym akcentem? A może ten parszywy Syndykat, jak określił go Haj: czy oni słuchają? Chyba tylko dla rozrywki, popijając porto, paląc hawańskie cygara w swej twierdzy na Wyspach Normandzkich.

Czy ja naprawdę tak myślę? Czy nim się obejrzałem, knowania Haja już odniosły taki skutek? Czy moje afrykańskie serce bije jednak mocniej, niż mi się dotąd zdawało? A może to serce Hannah? Bo jeżeli nie, to dlaczego moja prawa dłoń porusza się teraz tak samo pewnie, jak wtedy, gdy wrzucała do śmieci przygotowane dla Penelope *coq au vin*?

Waham się przez moment, ale nie z powodu wyrzutów sumienia. Czy gdy nacisnę włącznik, w całym domu nie rozlegną się syreny alarmowe? Czy purpurowa lampka na planie metra nie zamiga ostrzegawczo? Czy po schodach nie wpadną po mnie do piwnicy ludzie Antona?

Wszystko jedno. Naciskam i znajduję się w salonie komnat królewskich, do których nie mam wstępu. Franco mówi w suahili. Odbiór doskonały, żadnego echa, żadnego tła. Wyobrażam sobie, że muszą tam być i grube dywany, i kotary, i miękkie fotele. Franco jest zrelaksowany. Może dali mu whisky. Dlaczego akurat whisky? Bo Franco wygląda mi na kogoś, kto pija whisky. Rozmawiają Franco i Delfin. Brak dowodów obecności Muangazy, choć w głosach rozmówców wyczuwam, że jest niedaleko.

Franco: Słyszałem, że na tej wojnie będzie dużo samolotów.

Delfin: To prawda.

Franco: Mam brata. Mam wielu braci.

Delfin: To wielkie szczęście.

Franco: Mój najlepszy brat to dobry wojownik, ale nieszczęśliwy, bo ma same córki. Cztery żony i pięć córek.

Delfin (przysłowie): Choć noc długa, dzień w końcu nadejdzie.

Franco: Najstarsza z tych córek ma na szyi narośl i dlatego trudno ją wydać za mąż. (Jęk wysiłku, którego nie rozumiem, dopóki nie domyślam się, że Franco usiłuje sięgnąć do tej samej części swego okaleczonego ciała). Jeżeli Muangaza da samolot, żeby zawiózł córkę brata na operację do Johannesburga, brat dobrze sobie pomyśli o Trzeciej Drodze.

Delfin: Nasza Światłość jest wiernym mężem i ojcem wielu dzieci. Załatwimy transport.

Obietnica zostaje przypieczętowana stuknięciem szklanki o szklankę. Następują zapewnienia o wzajemnym szacunku.

Franco: Mój brat jest człowiekiem zdolnym, ma wielki mir wśród swych ludzi. Gdy Muangaza zostanie gubernatorem Kiwu Południowego, dobrze zrobi, jeżeli mianuje brata komendantem policji na cały region.

Delfin: W nowym demokratycznym państwie wszystkie nominacje będą odbywać się w sposób przejrzysty.

Franco: Brat da za trzyletnią kadencję sto krów i pięćdziesiąt tysięcy dolarów.

Delfin: Oferta zostanie rozpatrzona w sposób demokratyczny.

Pająk przygląda mi się zza swojego sprzętu, unosząc brwi. Zdejmuję słuchawki.

– Coś nie w porządku? – pytam.

– Ale skąd, stary.

– No, to co się gapisz?

– Był dzwonek. Tak się zasłuchałeś, że nie słyszałeś.

Rozdział 12

Trzy kopalnie, panowie! Wszystkie trzy są odkrywkowe, eksploatowane jak dotąd w stopniu minimalnym. Są podstawowym warunkiem odrodzenia Kiwu.

Maxie, z kijem bilardowym w dłoni, znów zagrzewa nas do boju. Lotnisko jest już w naszych rękach, Muangaza u władzy. Syndykat wkrótce opanuje wszystkie kopalnie w Kiwu Południowym, ale na razie trzeba zadowolić się tymi trzema. Leżą na uboczu, nikt nie ma na nie oficjalnej koncesji, nic, tylko wydobywać.

Wróciwszy do sali obrad, miałem poczucie, że obecni przeobrazili się jak aktorzy w teatrze. Haj i Dieudonné, którzy kilka minut temu toczyli bardzo podejrzaną rozmowę, zachowują się teraz, jak gdyby w ogóle się nie znali. Haj podśpiewuje pod nosem „tralala" i uśmiecha się do siebie, Dieudonné w zamyśleniu gładzi brodę kościstymi koniuszkami palców. Rozdziela ich zwalisty Franco. Jego pomarszczona twarz zastygła w pełnej godności minie. Kto mógłby przypuszczać, że przed chwilą próbował przekupić seraficznego Delfina? A już Philip na pewno nie jest tym samym człowiekiem, który dopiero co wydawał przez telefon satelitarny stanowcze rozkazy. Siedzi teraz z pulchnymi dłońmi złożonymi na brzuchu, zupełnie jak poczciwy wiejski proboszcz. Czy między jednym a drugim aktem zaczesuje swe faliste siwe włosy? Czy poprawia małe loczki za uszami? Tylko Tabizi najwyraźniej nie umie powstrzymać kłębiących się w jego głowie buntowniczych myśli. Nad ciałem panuje, ale nie potrafi ugasić ognia zemsty, tlącego się w czarnych jak ropa naftowa oczach.

Mapa, z której teraz korzysta Maxie, jest tak ogromna, że Anton musiał rozłożyć ją na jednym z końców stołów jak obrus. Podobnie jak jego pułkownik, też zdjął marynarkę. Nagie przedramiona wytatuowane są od łokcia po przegub: łeb bizona, dwugłowy orzeł trzymający w szponach kulę ziemską i trupia czaszka na tle gwiazdy, upamiętniająca nikaraguański Escuadrón de Helicópteros. Anton właśnie przyniósł tacę pełną małych plastikowych zabawek: śmigłowce z powyginanymi łopatami wirnika, dwusilnikowe samolociki z pourywanymi śmigłami, haubice z przyczepami na amunicję, piechurzy idący na bagnety i inni, ostrożniejsi, leżący na brzuchu.

Maxie maszeruje wzdłuż stołu z kijem bilardowym gotowym do strzału. Usiłuję unikać wzroku Haja. Za każdym razem, gdy Maxie wskazuje coś na mapie, unoszą głowę znad notatek i tu już czeka na mnie wyłupiastooki wzrok Haja. Co takiego chce mi powiedzieć? Że go zdradziłem? Że wcale nie było tego pojedynku? Że jesteśmy najlepsi kumple?

– Mała mieścina, nazywa się Lulingu – mówi Maxie do Franca. Kij bilardowy o mało nie przebija mapy. – To w samym sercu terytorium waszych Mai Mai. *Le coeur du Maï Maï. Oui? D'accord?* Fantastycznie. – Odwraca się ku mnie na pięcie. – A gdybym go poprosił, żeby ściągnął tam trzystu swoich najlepszych ludzi, myślisz, że by to dla mnie zrobił?

Podczas gdy Franco zastanawia się nad moją propozycją, Maxie bierze na cel Dieudonnégo. Czy zamierza mu poradzić, by zażył całą fiolkę aspiryny? Albo żeby nie marudził, bo przyszedł czas działania?

– Twój teren, tak? Twoi ludzie. Twoje pastwiska. Twoje bydło. Twój płaskowyż.

Koniec kija rusza ku wschodnim brzegom jeziora Tanganika, zatrzymuje się w pół drogi, skręca w lewo i znów się zatrzymuje.

– To nasz teren – przyznaje Dieudonné.

– Moglibyście utrzymać dla mnie umocnioną bazę, o, tu?

Twarz Dieudonnégo pochmurnieje.

– Dla ciebie?

– Dla Banyamulenge. Dla zjednoczonego Kiwu. Dla pokoju, współistnienia i dobrobytu wszystkich plemion Kiwu. – Najwyraźniej Maxie przejął już od Muangazy wszystkie jego mantry.

– A co z zaopatrzeniem?

– My to załatwimy. Z powietrza. Zrzucimy wam wszystko, czego będziecie potrzebować, tak długo, jak będzie trzeba.

Dieudonné przenosi wzrok na Haja, jakby chciał go o coś błagać. Potem zakrywa twarz długimi, chudymi dłońmi i tak pozostaje. Na ułamek sekundy towarzyszę mu w ciemność. Czy Haj go przekonał? A jeżeli tak, to czy przekonał również mnie? Twarz Dieudonnégo się unosi. Już podjął decyzję, ale jaką – można się tylko domyślać. Zaczyna głośno myśleć, mówi krótkimi, zdecydowanymi zdaniami. Patrzy przed siebie.

– Proponują, żebyśmy przyłączyli się do wojsk Kinszasy. Ale tylko po to, byśmy nie mogli niczego zrobić sami. Dają nam stanowiska, byśmy myśleli, że się liczymy, ale naprawdę nie dają nam żadnej władzy. Kiedy dojdzie do wyborów, Kinszasa tak określi okręgi wyborcze, że Banyamulenge nie będą mieli nic do powiedzenia w parlamencie. A jak nas zaczną mordować, Kinszasa nie kiwnie palcem, żeby nas bronić. Wtedy upomną się o nas Ruandyjczycy i będzie to kolejna katastrofa dla Kiwu. – Oznajmia swe postanowienie przez rozchylone palce: – Mój lud nie może nie skorzystać z tej okazji. Będziemy walczyć za Muangazę.

Haj gapi się na niego szeroko otwartymi oczyma, wydaje z siebie dziewczęcy pisk niedowierzania. Maxie uderza końcem kija we wzgórza na południowy zachód od Bukawu.

– A ta wspaniała kopalnia jest wasza, Haj? Zgadza się? Twoja i Luca?

– Nominalnie – przyznaje Haj, denerwująco wzruszając ramionami.

– No, to wasza czy nie wasza? – To pół żart, pół wyzwanie, którego nawet nie usiłuję łagodzić.

– Nasza firma komuś ją podnajęła.

– Komu?

– Znajomym ojca – odcina się Haj, a ja zastanawiam się, kto jeszcze wyczuł w jego głosie buntownicze nutki.

– Ruandyjczykom?

– Ruandyjczykom, którzy kochają Kongo. Są tacy.

– I zapewne są lojalni względem twego ojca?

– W wielu przypadkach tak. W innych są pewnie lojalni względem siebie. To normalne.

– A gdybyśmy potroili wydobycie z tej kopalni i dali im w tym udział, to czy byliby lojalni względem nas?

– Jakich „nas"?

– Względem Syndykatu. Zakładając, że są dobrze uzbrojeni i przygotowani na atak. Twój ojciec mówił, że są gotowi walczyć za nas do ostatniego tchu.

– Skoro mój ojciec tak mówi, to mówi prawdę.

Podenerwowany Maxie zwraca się do Philipa:

– Myślałem, że to już załatwione.

– Oczywiście, że załatwione, Maxie – odpowiada uspokajająco Philip. – Umowa stoi. Luc zgodził się na wszystko już dawno temu.

Ponieważ ta wymiana zdań odbywa się po angielsku i jest natury prywatnej, nie tłumaczę jej, ale Haj i tak kręci głową i uśmiecha się jak idiota, co ściąga na niego niemą wściekłość Feliksa Tabiziego.

– Trzej przywódcy, trzy niezależne enklawy. – Maxie rusza dalej, tym razem zwracając się do wszystkich: – Każda ma lotnisko, nieużywane, używane lub używane częściowo. Każda z tych enklaw będzie zaopatrywana z Bukawu. W ten sposób za jednym zamachem rozwiązujemy problem dostępu,

217

wydobycia i transportu. I każda z tych enklaw jest nie do znalezienia i nie do zdobycia. Zakładając, że nieprzyjaciel nie dysponuje lotnictwem.

Nieprzyjaciel? Czyli kto? Czy to Haj tak się zastanawia, czy ja?

– Na miłość boską, nie zawsze zdarza się operacja wojskowa, na której opłaca się ludzi zyskami z terenu, który się zajmuje – przekonuje Maxie, właśnie jak ktoś, kto bardzo chce przekonać oponenta. – I jeszcze ma się tę satysfakcję, że przy okazji można przysłużyć się ojczyźnie. To też im powiedz, stary. Wbij im do głowy, ile na tym zyska społeczeństwo. Każda grupa współpracuje z przychylnie nastawionymi miejscowymi kacykami, też dając im zarobić, i nic w tym zdrożnego, jeżeli kacykowie podzielą się z własnym klanem czy plemieniem. A na dłuższą metę nie ma najmniejszego powodu, by takie bazy nie mogły funkcjonować jak samowystarczalne społeczności. Ze szkołami, sklepami, drogami, ośrodkami zdrowia i tak dalej.

Na chwilę uwagę zebranych przyciąga Anton, ustawiający plastikowy samolocik w bazie Franca. Wszyscy patrzą. Maxie wyjaśnia, że to AN-12. Przywozi górników, wywrotki, wózki widłowe i inżynierów. Pasa startowego wystarczy, i to z zapasem. AN może w ten sposób przerzucić wszystko, czego dusza zapragnie. Ale w tym momencie Haj znowu mu przerywa, tym razem podnosząc prawą rękę, którą trzyma w górze jak posłuszny uczeń, oczekujący na swą kolej.

– *Monsieur Philippe*?

– Haj?

– Czy mam rację, że zgodnie z umową każda z grup musi utrzymać swoją bazę przez co najmniej sześć miesięcy?

– Rzeczywiście.

– A potem co?

– Potem Muangaza będzie już władcą obwołanym przez lud i trwać będzie proces tworzenia zjednoczonego Kiwu.

– A przez tych sześć miesięcy, zanim kopalnie przejdą na własność ludu, to będą czyje?

– Syndykatu, oczywiście.

– Syndykat będzie wydobywać rudę?

– Mam taką nadzieję. – To żart.

– I transportować też?

– Oczywiście. Luc to wszystko wie.

– A czy Syndykat będzie też ją sprzedawał?

– Chodzi ci o to, czy zajmie się marketingiem?

– Ja użyłem słowa „sprzedawał"?

– A ja „marketing" – wtrąca Philip z uśmiechem kogoś, kto uwielbia czasem się pokłócić.

– I zgarniał całą kasę?

Z drugiej strony stołu Tabizi o mało nie wybucha, ale Philip zręcznie go uprzedza.

– Dlaczego zaraz „zgarniał", Haj? Wszelkie dochody, to brzmi znacznie ładniej, będą rzeczywiście przekazane na rzecz Syndykatu za poniesione koszty. Między innymi wysokie koszty wyniesienia Muangazy do władzy.

Haj zastanawia się, wszyscy patrzą.

– A te kopalnie, te trzy bazy wybrane przez wasz Syndykat, po jednej dla każdego z nas... – zaczyna znowu.

– No?

– No, przecież nie zostały wybrane przypadkowo. To bardzo szczególne kopalnie.

– Niestety nie wiem, o co ci chodzi, Haj. Nie jestem specjalistą.

– To kopalnie złota i diamentów, tak?

– No, mam nadzieję, że tak! Bo jeżeli nie, to popełniamy wielki błąd.

– Bo te kopalnie to równocześnie składowiska.

– Naprawdę?

– Naprawdę. Dokoła nich są całe hałdy rud koltanu. Wydobytej, zwiezionej na jedno miejsce i porzuconej, bo zaraz potem Kongijczycy mieli ważniejsze rzeczy na głowie. Na przykład masowe umieranie. Wystarczy lekko obrobić, żeby zmniejszyć masę, wywieźć i już jesteście bogaci. A na to nie potrzeba wam sześciu miesięcy, wystarczą dwa.

Kątem oka widzę, że Tabizi delikatnie obmacuje się upierścienionymi palcami po ospowatych bliznach na szczęce, ale mam wrażenie, że cały czas myśli o szczęce Haja.

– No, to dzięki za te informacje, Haj – odpowiada Philip z miną niewiniątka. – Nie sądzę, żeby nasi eksperci tego nie wiedzieli, ale na wszelki wypadek wszystko im przekażę. Zresztą koltan to już niestety nie taki cymes, jak kiedyś. No, ale o tym to już pewnie sam najlepiej wiesz.

– Co to jest *roamer*, pułkowniku?

Teraz ja podnoszę rękę i proszę o wyjaśnienie. Maxie zaperza się, ale wyjaśnia. No, bo skąd miałem wiedzieć, że chodzi o nadajnik radiowy, który tak szybko przeskakuje z jednej częstotliwości na drugą, że w całej Afryce, nie mówiąc już o Bukawu, nie ma takiego odbiornika, który mógłby go usłyszeć.

– A *merc*?

– Do jasnej cholery, skrót od *mercenaire*, najemnik. A coś ty myślał, chłopie? Że chodzi o mercedesa? Myślałem, że terminologię wojskową masz opanowaną.

– A PMC, pułkowniku? – To w niecałe dwie minuty później.

– Private Military Company, Sinclair, skądżeś ty się urwał? Taka firma, co świadczy usługi wojskowe.

Przepraszam go. Wybitny tłumacz nie powinien przepraszać.

– A *cordon* to kordon. Tyle chyba wiesz, stary? W końcu to francuskie słowo, powinieneś je znać. Jak tylko zajmiemy którąś z baz, zakładamy kordon wokół niej. W promieniu dwudziestu pięciu kilometrów. Nikt nie ma prawa ani wejść, ani wyjść bez naszego pozwolenia. Zaopatrzenie helikopterem. Nasz helikopter, nasz pilot, wasza baza.

Anton stawia na każdej z baz po jednym helikopterku. Unikając wzroku Haja, widzę, że teraz Philip znajduje się w centrum uwagi.

– A te helikoptery, panowie… – Philip to niezły showman. Czeka, aż zapadnie całkowita cisza, po czym, zaczyna jeszcze raz: – Te helikoptery, które są tak ważnym elementem naszej operacji, będą dla ułatwienia identyfikacji przemalowane na biało. A żeby mogły wszędzie latać bez ograniczeń, proponuję, żeby na wszelki wypadek domalować im jeszcze oznaczenia ONZ – dodaje niedbałym tonem, który usiłuję zachować w moim tłumaczeniu. Nie spuszczam wzroku z butelki perriera, nie słucham coraz głośniejszych okrzyków oburzenia Hannah.

Maxie wraca na scenę. Ma wiele dobrego do powiedzenia na temat moździerza kaliber 60 milimetrów, bez którego trudno o dobry ubaw, jak twierdzi Pająk. Maxie nie zapomina też pochwalić granatników rakietowych, które wyrzucają pocisk na dziewięćset metrów, ten zaś wybucha, robiąc sieczkę z całego plutonu. Tłumacząc go, mam wrażenie, że znajduję się w długim tunelu i że mój głos dobiega mnie z ciemności.

– Pierwszy transport: paliwo, potem amunicja.

– Ludzie dostaną po kałasznikowie produkcji czeskiej. Niech mi ktoś pokaże lepszy karabin maszynowy.

– Każda baza dostanie po trzy rosyjskie kaemy kaliber 7,62, dziesięć sztuk amunicji i po jednym białym helikopterze do transportu ludzi i sprzętu.

– Każdy biały helikopter będzie wyposażony w działko systemu Gatlinga, montowane w nosie kadłuba, zdolne wystrzelić w ciągu minuty cztery tysiące sztuk amunicji kaliber 12,7 milimetra.

– Należy przewidzieć dość czasu na szkolenie. Nie znam jeszcze jednostki, której szkolenie by zaszkodziło.

Powiedz im to wszystko, stary.

Mówię.

Dzwonek nie dzwoni, ale zegar tyka. My, żołnierze, musimy być punktualni. Otwierają się podwójne drzwi prowadzące do biblioteki. Przed suto zastawionym bufetem stoją nasze zapomniane kobiety. Nadal przebywając jakby poza własnym ciałem, zauważam homary na lodzie, przybranego plasterkami ogórka łososia, wędliny, deskę z serami, wśród których nie brakuje też uratowanego z kosza na śmieci brie, białe wino w spotniałych od chłodu kubełkach, piramidę świeżych owoców i wreszcie istny klejnot w koronie – piętrowy tort z chorągiewkami Kiwu i Demokratycznej Republiki Konga na szczycie. A przez przeszklone drzwi z ogrodu wkraczają ze świetnym wyczuciem czasu i w kolejności starszeństwa Muangaza, jego wierny sekretarz Delfin i na końcu Anton.

– Przerwa obiadowa, panowie! – woła ten żartowniś Philip. Wszyscy posłusznie wstają. – Panowie, do boju!

Białe helikoptery z oznaczeniami ONZ, powtarzam sobie w myśli. Działka systemu Gatlinga, montowane w nosie kadłuba, zdolne wystrzelić w ciągu minuty cztery tysiące sztuk amunicji w walce o pokój, jedność i dobrobyt Kiwu.

Powiem od razu, że w ciągu całej mojej dotychczasowej kariery nigdy jeszcze nie znalazłem się w sytuacji, by klienci nie nalegali z całą stanowczością, bym uczestniczył we wszystkich imprezach towarzyszących obradom – czy to w wystawnych bankietach, na które trzeba było przywdziać smoking i wysłuchiwać oficjalnych toastów, czy to tylko w skromnych koktajlach i przekąskach zimnych i gorących. Tym razem jednak rozkazy pułkownika były jasne. Poza tym narastające złe przeczucia skutecznie pozbawiły mnie apetytu mimo osobnego bufetu kanapkowego, jaki powitał mnie w kotłowni.

– Widzisz, jak nas źle traktują, stary? – wita mnie Pająk, jedną ręką wpychając do ust kawał sera i pół marynowanego ogórka, drugą wymachując w kierunku swych magnetofonów. – Bierz, co chcesz, i czekaj na dalsze rozkazy.

– Kto tak powiedział?

– Philip.

Zadowolenie Pająka bynajmniej mnie nie uspokaja. Z tym samym przemądrzałym uśmieszkiem, z którym zapowiadał mi przedtem pracowitą przerwę obiadową, teraz informuje mnie, że nie mam nic do roboty. Nałożyłem słuchawki, ale tylko po to, by przekonać się, że nic w nich nie słychać. Tym razem Sam nie zapomniała wyłączyć mikrofonu. Pająk przegląda sfatygowane czasopismo wojskowe i je, aż mu się uszy trzęsą, ale czy mnie nie obserwuje? Wybieram na mojej desce rozdzielczej przycisk „biblioteka" i zgodnie z przewidywaniem słyszę szczęk talerzy i sztućców. Przyjęcie trwa w najlepsze. Słyszę, że Gladys, a może Janet, pyta: „Czy można panu nałożyć?" i że czyni to w zaskakująco płynnym suahili. Zapamiętałem rozkład tej zaimprowizowanej w bibliotece jadalni: bufet, ale jednak z obsługą, do tego osobne stoliki, dwa dwu- i jeden czteroosobowy. Z napisów na desce rozdzielczej wynika, że każdy z nich jest na osobnym podsłuchu. Drzwi do ogrodu otwarto, by można zaczerpnąć świeżego powietrza. Stoły rozstawione w ogrodzie też mają osobne mikrofony. Philip pełni honory domu:

– Monsieur Dieudonné, a może tu? *Mzi* Franco, czy tu będzie panu wygodnie z tą nogą?

Dlaczego ja ich słucham? Dlaczego tak czujnie? Wybieram jeden ze stołów i słyszę rozmowę Franca z Muangazą i Delfinem. Franco opowiada im swój sen. Ukryte dziecko, wdzięcznie słuchając ploteczek misyjnej służby, zdążyło poznać sporo tych afrykańskich snów, więc nie dziwi mnie już ani sam sen Franca, ani jego własna, dość naciągana interpretacja.

– Wszedłem na podwórko sąsiada i zobaczyłem trupa leżącego twarzą w błocie. Odwróciłem go i wtedy popatrzyły na mnie moje własne oczy. To znaczy, że muszę szanować polecenia mojego generała i wywalczyć dla Mai Mai jak najkorzystniejsze warunki.

Delfin chichocze z aprobatą, Muangaza się nie odzywa. Ja jednak słucham przede wszystkim tego, czego nie słyszę: stuku zielonych krokodylków na płytkach posadzki, wybuchów szyderczego śmiechu. Przełączam się na pierwszy z małych stolików i słyszę dyskusję o rolnictwie, prowadzoną przez Philipa i Dieudonnégo w mieszaninie francuszczyzny i suahili. Przełączam na drugi, nie słyszę niczego. Gdzie jest Maxie? Gdzie Tabizi? Ale czyż jestem stróżem braci moich? Nie, ja szukam Haja. Gdzie on jest? Przełączam się z powrotem na największy stół w płonnej nadziei, że siedzi tam i milczy w imię przyjaźni pomiędzy wielkim człowiekiem a własnym ojcem. Ale słyszę tylko jakieś stuki i zgrzyty. Żadnych głosów, nawet Muangazy. Po chwili orientuję się w sytuacji: Franco wyciągnął właśnie z głębi swego przepastnego, brązowego garnituru woreczek na fetysze i prezentuje zawartość nowemu przywódcy: kość dłoni małpy, puzderko na maść, niegdyś własność jego dziadka, kawałek bazaltu z pożartego przez dżunglę miasta. Muangaza i Delfin uprzejmie podziwiają te cuda. Jeżeli jest z nimi Tabizi, to w ogóle się nie odzywa. Natężam słuch, ale Haja jak nie było, tak nie ma.

Wracam do Philipa i Dieudonnégo, by stwierdzić, że przyłączył się do nich Maxie, który teraz masakruje piękny język francuski w rozmowie o rolniczych praktykach ludu Banyamulenge. Robię coś, co powinienem był zrobić pięć minut temu. Przełączam się na salon Muangazy i słyszę wrzask Haja.

No dobrze, w pierwszej chwili przypisałem mu ten wrzask czysto instynktownie. Wrzask ów nie zawierał ani jednego z przeróżnych dźwięków, które dotąd wydawał Haj. Dotąd bowiem nie wydawał przy mnie odgłosów przerażenia, bólu i błagania o litość, stopniowo przechodzących w nieco bardziej artykułowane jęki, i dopiero wtedy mogłem potwierdzić wstępną identyfikację. Co mówił dokładnie, tego nie wiem, i na pewno nie uda mi się tego powtórzyć dosłownie. Po raz pierwszy w życiu mój ołówek, gotowy przecież do działania, jakoś nie potrafił wejść z kontakt z papierem. Zresztą słowa były i tak dość banalne: różne tam „proszę", „na miłość boską" i „już nie". Na pewno wzywał jakiejś „Marii", ale trudno powiedzieć, czy chodziło o Matkę Boską, o kochankę czy o jego własną matkę.

Gdy pierwszy raz usłyszałem jego krzyk, wydał mi się niezwykle głośny, ale muszę to teraz trochę sprecyzować. Otóż krzyk podziałał na mnie tak, jak gdyby między obiema słuchawkami przeciągnięto mi przez mózg drut, który następnie rozgrzano do czerwoności. Był tak głośny, że nie mogłem uwierzyć, iż Pająk też go nie usłyszał. Ale gdy ośmieliłem się spojrzeć ukradkiem w jego stronę, jego zachowanie nie zmieniło się ani o jotę. Wciąż siedział w tej samej pozie, zajadał tę samą kanapkę z serem i ogórkiem, czytał lub udawał, że czyta to samo wojskowe czasopismo i emanowała z niego ta sama, pełna wyższości satysfakcja, którą tak bardzo grał mi na nerwach.

Szybko przełączyłem się na bibliotekę i próbowałem zebrać myśli. Muangaza, wciąż rozparty przy tym samym stole, mówił właśnie o wydaniu książki z własnymi przemyśleniami na temat demokracji w Afryce. Przy drugim Philip, Maxie i Dieudonné spierali się o sztuczne nawadnianie pól. Przez kilka sekund usiłowałem przekonać samego siebie, że wymyśliłem sobie ten krzyk, ale nie bardzo mi to wyszło, bo za chwilę znalazłem się z powrotem w salonie Muangazy.

W tym miejscu pozwolę sobie nieco uprzedzić wypadki – trzeba było jeszcze kilku kolejnych krzyków, nim udało mi się zidentyfikować pozostałe *dramatis personae*. Na przykład niemal od razu uderzyło mnie, że choć w salonie musiały być jeszcze inne nogi – dwie pary bardzo aktywnych, gumowych podeszew i para podeszew z lekkiej skóry, którą wstępnie przypisałem kociemu w ruchach Tabiziemu – nie było słychać pacnięć krokodylków. Wywnioskowałem stąd, że Haj albo w jakiś sposób znajduje się w powietrzu, albo jest bez butów, albo jedno i drugie. Dopiero kolejne wymiany zdań między Hajem a jego oprawcami pozwoliły mi odgadnąć, że był związany i nagi, przynajmniej od pasa w dół.

Wrzaski, których słuchałem, choć wydawane blisko mikrofonu, były cichsze i bardziej przypominające świński kwik, niż z początku sądziłem – a to dlatego, że tłumił je ręcznik lub coś o podobnym działaniu, zdejmowany za każdym razem, gdy Haj dawał znak, że ma coś konkretnego do powiedzenia, i natychmiast wpychany mu do ust z powrotem, gdy okazywało się, że wcale nie. Było też oczywiste, że w odczuciu swych oprawców znaki takie dawał zbyt często. Dlatego właśnie udało mi się zidentyfikować najpierw Benny'ego: „Spróbuj no jeszcze raz, jaja ci wypalę" i zaraz potem Antona, który obiecywał Hajowi, że „wjedzie mu z tym do dupy, ale nie wyjedzie".

Ale z czym?

Ostatnio tyle słyszy się o torturach, tyle mówi się o tym, czy można określać tym terminem takie praktyki, jak trzymanie kogoś z workiem na głowie, pozbawianie go bodźców zmysłowych czy podtapianie, że właściwie wiele nie trzeba było się domyślać. Od razu było jasne, że to „coś" było podłączone do prądu: Anton groził, że zwiększy napięcie, a w pewnej chwili Benny sklął Tabiziego, że potyka się o te pieprzone kable. Czy mieli paralizator? Albo po prostu dwie elektrody? A jeżeli tak, to czy to coś przywieźli z sobą w ramach standardowego wyposażenia – tak, jak idąc w pochmurny dzień do pracy, zabiera się parasol? Czy też zmajstrowali to coś z tego, co znaleźli na miejscu: tu kawałek kabla, tam transformator, tu kondensator, tam stary pogrzebacz, i gotowe?

A skoro tak, to do kogo zwróciliby się o pomoc, o know-how? Mimo panującego w mojej głowie zamętu inaczej popatrzyłem teraz na uśmieszek Pająka. Było w nim sporo z dumy wynalazcy. Czy to dlatego odwołano go przedtem z posterunku? Żeby zrobił chłopakom własnej roboty paralizator? Taki, który przemówi do serca i do rozumu nawet najbardziej upartemu więźniowi? W każdym razie zadanie to nie pozbawiło go apetytu, bo wciąż zajadał ze smakiem.

Nie będę nawet próbował oddać tu niczego innego, jak tylko zasadnicze punkty przesłuchania prowadzonego przez Tabiziego i zaprzeczeń Haja, które na szczęście bardzo szybko ustąpiły wyznaniu win. Wyobraźni czytelnika zostawiam więc zarówno przyciszone groźby i głośne przekleństwa, jak i krzyki, szloch i błagania o litość. Dla Tabiziego najwyraźniej nie była to pierwszyzna. Jego lakoniczne zapowiedzi kolejnych okropności, aktorskie chwyty i drążące pytania świadczyły o długiej praktyce. Haj zaś, mimo pierwszych pozorów hardości, bohaterem nie był. Jakoś nie mogłem sobie wyobrazić, by miał długo wytrzymać pod pręgierzem.

Należało też zauważyć, że Tabizi nawet nie usiłował nie zdradzić swego źródła informacji, czyli mnie. Informacje te czerpał wprost z naszego pojedynku na schodach altany i nie robił zwykłych w takiej sytuacji uników. Nie używał zwrotów takich jak „z zaufanego źródła" albo „otrzymaliśmy materiał", którymi oficerowie od pana Andersona próbują ukryć prawdę, że chodzi o podsłuch. Na taką nieostrożność można pozwolić sobie tylko w jednym przypadku: gdy przesłuchiwany nie ujrzy już światła dziennego. Na

początku Tabizi pytał swą chropowatą francuszczyzną o zdrowie ojca Haja, Luca.

Haj: Jest źle. Bardzo źle. Umiera.

Tabizi: Gdzie?

Haj: W szpitalu.

Tabizi: W szpitalu gdzie?

Haj: W Kapsztadzie.

Tabizi: W którym szpitalu w Kapsztadzie?

Haj mówi mało i ma do tego dobry powód. Bo
kłamie. Już go poczęstowali paralizatorem, ale na
razie nie na pełnej mocy. Tabizi powtarza pytanie
o szpital w Kapsztadzie. Odgłos jego butów jest
niespokojny. Wyobrażam go sobie, jak krąży wokół
Haja i rzuca mu kolejne pytania. Czasem też pewnie własnoręcznie używa środków perswazji, ale te
sprawy pozostawia jednak przede wszystkim swym
dwóm pomocnikom.

Tabizi: Luc wcale nie pojechał do żadnego pieprzonego szpitala, co?… Co?… Co?… Aha, czyli
to kłamstwo… Czyje?… Luca?… Twoje zasrane
kłamstwo?… No, to gdzie on teraz jest?… Aha, czyli jednak w Kapsztadzie. Następnym razem możesz
powiedzieć od razu. Luc jest w Kapsztadzie, ale nie
w szpitalu. To co tam robi? Głośniej!… A, w golfa…
Uwielbiam golfa. Z kim gra w golfa? Z tym grubym
dżentelmenem z Holandii?… A, z bratem!… Z bratem grubego Holendra czy z własnym bratem?…
Z własnym bratem… No widzisz… A jak ma brat
na imię?… Étienne… Wujek Étienne… Starszy czy
młodszy?… Młodszy… No, to teraz, jak się nazywa
ten Holender?… Pytam, Holender… Pytam, ten gruby Holender… Pytam, ten gruby Holender, o którym
dopiero co mówiliśmy… Holender, z którym twój
ojciec dziś nie gra w golfa… Holender, z którym
studiowałeś w Paryżu, który pali cygara… Pamiętasz

go?... Pamiętasz go?... Gruby Holender, z którym twój ojciec spotykał się w Nairobi, dzięki tobie, ty gnojku... Chcesz jeszcze raz?... Chcesz, żeby chłopcy podkręcili prąd, żebyś wiedział, jak to jest?... Marius... Ma na imię Marius... Pan Marius i co dalej?... Dajcie mu odpocząć minutkę... Niech gada... Dobra, nie dajcie mu odpocząć, dajcie na full... van Tonge... nazywa się Marius van Tonge. A kim z zawodu jest pan Marius van Tonge?... Inwestorem... Jednym z pięciu głównych udziałowców... No, teraz świetnie nam się rozmawia, oby tak dalej, tylko nie staraj się mnie kiwać, to obniżymy trochę napięcie... Ale nie za bardzo, żebyś pamiętał, czemu mówisz... Czyli ten Marius kazał ci nas szpiegować... Szpiegujesz dla Mariusa... Szpiegujesz dla tego grubego holenderskiego zasrańca, płaci ci kupę kasy za to, że mówisz mu wszystko, o czym mówimy... Tak?... Tak?... Tak?... Nie? A więc nie? Załóżmy, że nie... Nie szpiegujesz dla Mariusa, tylko dla Luca, co ty na to? Jesteś szpiegiem Luca i jak tylko wrócisz do domu, powiesz wszystko tatusiowi, a on wtedy pójdzie do Mariusa i zrobi z nim jeszcze lepszą umowę... Nieprawda... Nieprawda... Nieprawda... Dalej nieprawda?... Dalej nieprawda?... Tylko mi tu nie zasypiaj... Nikt nie zamierza pozwolić ci spać... Otwieraj oczy... Jak nie otworzysz oczu w piętnaście sekund, obudzimy cię tak, jak jeszcze nikt cię nie budził... No, lepiej... Znacznie lepiej... No dobra, czyli przyjechałeś tu z własnej i nieprzymuszonej woli... Sam z siebie... Twój tata zgodził się udawać chorego, żebyś mógł tu przyjechać z własnej i nieprzymuszonej woli... Czego nie chcesz?... Wojny!... Nie chcesz kolejnej wojny... Wierzysz w pojednanie z Rwandą... Chcesz doprowadzić do podpisania traktatu handlowego z Rwandą... A kiedy? Za tysiąc lat?

(Śmiech) Chcesz wspólnego rynku wszystkich państw rejonu Wielkich Jezior... I Marius to negocjuje... Ty naprawdę w to wierzysz... No, to gratuluję. (Po angielsku). Dajcie mu wody... No, to teraz opowiedz nam, jakich to złych ludzi znasz w Kinszasie... Tych, co naopowiadali ci tych kłamstw o Muangazie. Nie znasz żadnych złych ludzi... Nie znasz nikogo w Kinszasie... Nikt z Kinszasy z tobą nie rozmawiał... Jak się za ciebie wezmą, to już się nie obudzisz... No, to obudź się teraz, ty... (Znów w łamanej angielszczyźnie). Przyłóż mu Benny, na full... Nienawidzę czarnucha... Nienawidzę... Nienawidzę...

Do tej chwili odpowiedzi Haja były prawie niedosłyszalne i dlatego Tabizi musiał je po nim powtarzać pełnym głosem, najprawdopodobniej po to, by dosłyszały to mikrofony założone w salonie na wszelki wypadek, na korzystanie z których nie miałem pozwolenia, i dla ewentualnych innych słuchaczy – myślę tu szczególnie o Philipie. Ale na wzmiankę o Kinszasie atmosfera w salonie zmienia się radykalnie i podobnej przemianie ulega też Haj. Ożywia się. Ból i upokorzenie przechodzą w gniew, głos staje się silniejszy, wyraźniejszy i nagle, w cudowny sposób, znów mamy do czynienia z dobrze nam znanym, niepokornym *enfant terrible*. Koniec z wyjęczanymi zeznaniami, wyciąganymi z niego przez oprawców. Teraz rzuca wściekłe, potężne oskarżenia, precyzyjne i obelżywe.

Haj: Mam wam powiedzieć, kim są ci spryciarze, z którymi gadałem w Kinszasie? To wasi pierdoleni kumple! Pierdoleni kumple Muangazy! Te same grube ryby, z którymi nie chce gadać, dopóki nie stworzy w Kiwu swojego raju na ziemi! A wiecie, jak ci bezinteresowni urzędnicy państwowi nazywają samych siebie, kiedy chleją piwo i rżną dziwki, i zastanawiają się, jakiego teraz kupić sobie mercedesa? Klubem Trzydziestu Procent. Jakich trzydziestu procent? Tych, które miał dostać lud, a które zamierzają przyznać sobie w zamian za przysługi, jakie oddadzą Trzeciej Drodze. Tych samych trzydziestu procent z tej zasranej operacji, które, jak uwierzył ten dupek, mój ojciec, miały pójść na budowę szkół, dróg i szpitali. A co te grube ryby muszą zrobić, żeby dostać te trzydzieści procent? To, co robią najlepiej: nic. Udać, że niczego nie widzą. Powiedzieć swojemu wojsku, by zostało w koszarach i na parę dni przestało gwałcić ludzi.

Haj zaczyna mówić jak uliczny przekupień. Szłoby mu to pewnie jeszcze lepiej, gdyby mógł wymachiwać rękami.

Haj: Nie ma problemu, *mzi* Muangaza! Chcesz wywołać zamieszki w Bukawu i Gomie, zająć je przed wyborami, wykopać Ruandyjczyków i zacząć małą wojnę? Nie ma problemu! Chcesz zająć lotnisko Kiwumu, pójść w minerały, zachachmęcić to, co już wydobyto, zawieźć do Europy i rzucić na rynki światowe, i jeszcze zarobić na krótkiej sprzedaży? Ależ proszę bardzo! Tylko jeden szczegół: „Część ludu" rozdawać będziemy my, nie ty. A jak to zrobimy, to już nie jest to niczyj zasrany interes. Chcesz być gubernatorem Kiwu Południowego? Masz nasze pełne, stuprocentowe poparcie. Bo jak podpisze jakikolwiek kontrakt na budowę, jak będzie budował jakąkolwiek drogę, jak zasadzi zasrany kwiatek przy alei Patrice'a Lumumby, za każdym razem my bierzemy jedną trzecią. A jak nie, to zaraz sprawdzimy, czy działa zgodnie z konstytucją, i puścimy go z kraju w skarpetkach. Dziękuję za uwagę.

Diatrybę Haja przerywa ni mniej, ni więcej tylko dzwonek telefonu, co jest dla mnie o tyle wstrząsające, że do tej chwili za jedyny działający sprzęt tego rodzaju uważałem telefon satelitarny w pokoju operacyjnym. Anton odbiera, mówi: „Jest tutaj" i oddaje słuchawkę Tabiziemu, który słucha i zaraz zaczyna głośno protestować fatalną angielszczyzną:

Tabizi: Ale właśnie złamałem skurwiela. Mam prawo!

Ale jego protesty nie zdają się na nic, bo odłożywszy słuchawkę, żegna się z Hajem po francusku.

Tabizi: Dobra, muszę iść. Ale jak cię jeszcze raz zobaczę, zabiję cię osobiście. Nie od razu. Najpierw twoje kobiety, dzieciaki, siostry, braci, twojego zasranego ojca i każdego, komu się wydaje, że cię kocha. I dopiero potem ciebie. Umiem to robić przez kilka dni. Kilka tygodni, jak się uda. Rozwiążcie go.

Drzwi zamykają się z trzaskiem, wychodzi. Głos Antona jest szczery i czuły.

Anton: Dobrze się czujesz, synu? Tak już jest, że musimy robić, co nam każą, nie, Benny? My jesteśmy prości żołnierze.

Benny też zachowuje się ugodowo.

Benny: Czekaj, doprowadzimy cię do porządku. Bez urazy, co, kolego? Następnym razem będziemy już po tej samej stronie.

Ostrożność nakazuje mi przełączyć się na bibliotekę, ale nie mogę ruszyć się z miejsca, bo jestem obolały chyba prawie jak Haj. Ramiona mam sztywne, po kręgosłupie spływa pot, na dłoniach mam czerwone ślady po wbitych paznokciach. Sprawdzam, co robi Pająk: zażera się sernikiem plastikową łyżeczką i dalej czyta albo udaje, że czyta, swoje wojskowe pisemko. Czy Anton z Bennym podzielą się z nim uwagami co do jakości sprzętu? Świetny paralizator, Pająk, zaraz nam wszystko wyśpiewał.

Usłyszawszy odległy huk wody, przełączam się z salonu na łazienkę i łapię rubaszny duet Antona i Benny'ego, którzy myją swą ofiarę gąbką. Już zaczynam się zastanawiać, czy nie powinienem zostawić go w spokoju, by sam doszedł do siebie, gdy słyszę ukradkowy, podwójny stuk. Gdzieś otworzyły się i zamknęły drzwi. I wiem od razu, bo nie słyszę kroków, że nadgorliwego Tabiziego zastąpił pojednawczy Philip.

Philip: Dziękuję, chłopcy.

Wcale im nie dziękuje, tylko każe im wyjść. Te same drzwi otwierają się i zamykają. Philip zostaje sam. Słyszę lekki brzęk szkła – to Philip bierze tacę z drinkami i przenosi je na bardziej odpowiadające mu miejsce. Sprawdza, jak mu się siedzi na kanapie, potem na fotelu, wreszcie przenosi się na drugi fotel. W tej samej chwili słyszę powolne kroki krokodylków na twardej podłodze.

Philip: Dasz radę usiąść?

Haj siada na fotelu lub na kanapie, klnie.

Philip: Ominął cię obiad. Przyniosłem ci sałatkę z tuńczykiem. Nie? Żałuj, całkiem niezła. To może whisky z wodą? (Nalewa, nie czekając na odpowiedź: whisky rzeczywiście leje mało, za to dużo wody sodowej, dwa razy chlupią kostki lodu).

Z jego tonu można by wnosić, że w ogóle nie interesuje się tym, co tu przed chwilą zaszło. Że to go w ogóle nie dotyczy.

Philip: Ten twój Marius, ten twój wybitny przyjaciel i kolega z czasów paryskich, to jeden z ośmiu młodych udziałowców w międzynarodowej firmie inwestycyjnej o nazwie Union Minière des Grands Lacs. Ich numer dwa w Johannesburgu, ni mniej, ni więcej, i bardzo zainteresowany sprawami Wschodniego Konga.

Szelest rozkładanej kartki.

Haj (po angielsku; to zapewne jeden z nielicznych znanych mu zwrotów w tym języku): Spierdalaj.

Philip: Union Minière des Grands Lacs jest międzynarodową korporacją, której jedynym właścicielem jest holenderski konglomerat z siedzibą na Antylach. Nadążasz? Nadążasz. A ten konglomerat nazywa się... Tak?

Haj (niewyraźny pomruk): Hogen. (?)

Philip: Ich cele?

Haj: Robić interesy, nie wojnę.

Philip: Ale kto z kolei jest właścicielem Hogen? O to już nie pytałeś. Hogen należy do pewnej fundacji z Liechtensteinu. Normalnie tu ślad by się urwał, ale mieliśmy szczęście. Udało nam się zdobyć całą listę płac.

Nazwiska, które wyczytuje, nie mówią nic ani mnie, ani, jak podejrzewam, Hajowi. W żołądku zaczyna mi się przewracać dopiero w chwili, gdy Philip podaje ich stanowiska i zawody.

Philip: Makler z Wall Street i były doradca prezydenta... dyrektor generalny PanAtlantic Oil Corporation z Denver... były członek Rady Bezpieczeństwa Narodowego, wiceprezes Amermine Gold & Finance Corporation z Dallas... główny doradca Pentagonu do spraw skupu i zapasów najważniejszych bogactw mineralnych... wiceprezes Grayson-Haliburton Communications Enterprise...

Gdy kończy, mam w notatniku dziewięć nazwisk. Jeżeli można wierzyć Philipowi, jest to właściwie *who is who* amerykańskiej finansjery i polityki i trudno ich odróżnić od samej waszyngtońskiej administracji. Ten ostatni fakt podkreśla z satysfakcją.

Philip: Są to wszystko śmiali wizjonerzy, czołowi neokonserwatyści, geopolitycy na wielką skalę.

To tacy ludzie spotykają się w ośrodkach narciarskich, żeby decydować o losach świata. Nie po raz pierwszy w kręgu ich zainteresowań znalazło się Wschodnie Kongo. I co się okazało? Zaraz mają się tam odbyć wybory, a to przecież prosta droga do anarchii. Chińczycy szukają surowców, gdzie się da, już wyją u drzwi. Co robić? Kongijczycy nie cierpią Amerykanów, zresztą z wzajemnością. Ruandyjczycy pogardzają Kongijczykami i dobrze się organizują. I jak coś robią, to robią. Więc Amerykanie wymyślili taki plan gry: zwiększyć wpływy handlowe i ekonomiczne Ruandy we Wschodnim Kongu do tego stopnia, by stały się faktem. Tak naprawdę chodzi im o dokonanie bezkrwawej aneksji. W dodatku liczą na pomocną dłoń CIA. I tu pojawia się twój kumpel Marius.

Jeżeli mój mózg zaczyna się przegrzewać, to Haja już chyba dymi.

Philip: W porządku, zgoda, Muangaza ubił z Kinszasą bardzo brudny interes. No, nie jest też pierwszym politykiem w Kongu, który woli się zabezpieczyć. (Chichot). Ale na pewno jest lepszą alternatywą niż przejęcie władzy przez Ruandyjczyków. (Pauza, obawiam się po to, by Haj mógł skinąć głową). On przynajmniej chce autonomii dla Kiwu, a nie przekształcenia go w kolonię amerykańską. Kinszasa dostanie swoją działkę, więc nie będzie się stawiać. A Kiwu pozostanie na swym miejscu w federacyjnej rodzinie. (Dźwięk nalewanego płynu i brzęk lodu o szkło, Philip zapewne uzupełnia drink Haja). Czyli, jak się dobrze zastanowić, stary ma swoje plusy. Szczerze mówiąc, wydaje mi się, Haj, że jesteś dla niego trochę niesprawiedliwy. Jest naiwny, ale tacy już są ci idealiści. I naprawdę ma dobre chęci, nawet jeżeli nic z tego nie wyjdzie. (Nagła zmiana tonu).

Co mówisz? Czego chcesz? Marynarkę? Masz. Zimno ci? Nie możesz mówić? Masz pióro. Co jeszcze? Papier? Masz. (Odgłos wyrywanej kartki).

Na miłość boską, co się stało z tak do tej pory hiperaktywnym językiem Haja? Whisky poszła mu do głowy? A może paralizator? Skrzyp stalówki po papierze, Haj pisze coś zawzięcie jednym ze swych parkerowskich piór. Do kogo? O czym? To kolejny pojedynek. Znów jesteśmy w apartamentach gościnnych, Haj znów położył ostrzegawczo palec na ustach. Jesteśmy na schodach altany, Haj usiłuje oszukać mikrofony i mnie. Ale tym razem wpycha Philipowi do ręki zapisane kartki.

Philip: To chyba jakiś głupi kawał?

Haj (bardzo cicho): Bardzo dobry kawał.

Philip: Nie dla mnie.

Haj (wciąż cichym głosem): Ale dobry dla mnie i mojego taty.

Philip: Zwariowałeś.

Haj: Ma tak być, i już. Nie chcę o tym gadać.

Bo ja słucham? Nie chce gadać, bo ja słucham? Czy to właśnie chce dać Philipowi do zrozumienia? Szelest kolejnych kartek przechodzących z ręki do ręki. Głos Philipa staje się lodowaty.

Philip: Rozumiem doskonale, dlaczego nie chcesz o tym mówić. Naprawdę myślisz, że wystarczy wypisać rachunek na dodatkowe trzy miliony dolarów, żebyśmy ci je wypłacili?

Haj (nagły krzyk): Tyle jesteśmy warci, dupku! Płatne gotówką! Zrozumiano?

Philip: W porządku. Oczywiście w dniu, w którym Muangaza zostanie mianowany przez Kinszasę gubernatorem Kiwu Południowego.

Haj: O nie! Teraz! Dziś, kurwa!

Philip: Przecież jest sobota.

Haj: To do poniedziałku wieczorem! Albo nie było sprawy! Przelew na konto taty w Bułgarii czy gdzie tam je ma! Zrozumiałeś?

Ścisza głos. Rozwścieczony Kongijczyk ustępuje miejsca pełnemu pogardy absolwentowi Sorbony.

Haj: Tata sprzedał się za tanio. Nie wykorzystał do końca własnej pozycji. Ja zamierzam naprawić ten błąd. Nowa cena jest wyższa o trzy miliony dolarów albo nici z umowy. Milion za Bukawu, milion za Gomę i milion za związanie mnie jak zasraną małpę i te skurwysyńskie tortury. A teraz dzwoń do tego swojego pieprzonego Syndykatu i wołaj do telefonu tego faceta, który może powiedzieć „tak".

Philip usiłuje się targować, by zachować twarz: jeżeli Syndykat, co mało prawdopodobne, miałby przystać na żądania Haja, to może pół miliona z góry, reszta po zakończeniu operacji? Haj po raz drugi proponuje Philipowi, by spierdalał. I żeby poszedł pieprzyć własną matkę, jeśli ją miał.

– Przepraszam, że tak cię zaniedbuję, Brian. Jak ci było? – Słowa Sam dochodzą mnie z innego świata, ale reaguję spokojnie.

– W zasadzie nic się nie działo, Sam. Dużo żarcia, mało gadania. Nie mamy już iść na górę?

– Lada moment, kochanieńki. Philip musiał tylko wyjść za potrzebą.

Drzwi się zamykają. Haj zostaje sam. Snuje się po pokoju. Co robi? Patrzy na własną twarz w lustrze, by przekonać się, jak wygląda ktoś, kto się sprzedał za dodatkowe trzy miliony dolarów, do poniedziałku, oczywiście jeżeli jego propozycja zostanie przyjęta? Zaczyna nucić. Ja tego nie robię. Nie jestem muzykalny. Kiedy coś nucę, wstydzę się tego, nawet gdy jestem sam. Ale Haj jest muzykalny, więc nuci sobie, by się pocieszyć. A może, by pocieszyć nas obu. Ciężko powłóczy nogami w takt swojej pieśni, pac-pac-pac. Nuci, by odpędzić swój wstyd i mój. Ale w odróżnieniu od wszystkiego, co nucił dotąd w mojej obecności, tym razem nuci starą pieśń z mojej misji, która natychmiast przypomina mi ponure godziny spędzone w szkółce niedzielnej. Stoimy szeregiem w niebieskich mundurkach. Klaszczemy w dłonie i tupiemy nogami, tup, tup. I śpiewamy krzepiącą pieśń. Tę o małej dziewczynce, która obiecała Panu Bogu, że cnoty swojej ustrzeże przed każdym, tup. I Pan Bóg za to jej strzegł. Poprowadził ją właściwą drogą, tup. A gdy wolała wybrać śmierć niż oddać się swemu złemu wujowi, Pan Bóg zesłał anielski chór, by powitał ją u raju bram. Tup, tup.

Dzwonek Philipa wzywa na kolejne posiedzenie. Haj słyszy dzwonienie. Ja też je słyszę, choć słabo, przez ukryte mikrofony, ale nie zdradzam się przed Pająkiem. Nadal siedzę ze słuchawkami na uszach, z niewinną miną robiąc notatki. Haj dowleka się do drzwi, popycha je i śpiewa, wychodząc na słońce. A wszystkie po kolei mikrofony z pergoli podejmują jego słodziutką elegię o tryumfie cnoty.

Rozdział 13

Jeszcze dziś trudno mi opisać sprzeczne uczucia, kłębiące się po głowie, gdy wychynąwszy z mojego podziemnego miejsca odosobnienia, zająłem miejsce wśród niewielkiej grupki wiernych, którzy pojawili się w pokoju karcianym na ostatnie posiedzenie konferencji. W piwnicy straciłem wszelkie złudzenia względem ludzkości; za to przechodząc przez pergolę, byłem przekonany, że znajduję się w stanie łaski uświęcającej. Patrzyłem na świat i dochodziłem do wniosku, że podczas mojej nieobecności letnia burza musiała oczyścić powietrze i dodać blasku każdemu liściowi, każdemu źdźbłu trawy. W popołudniowym słońcu altana wyglądała jak grecka świątynia. Wyobraziłem sobie, że świętuję cudowne ocalenie – własne i Haja.

Drugie przywidzenie, równie piękne jak pierwsze, polegało na tym, że mój umysł, nadwerężony ciągłymi zanurzeniami pod linię wody, w końcu uległ fantazji: że wszystko, co się ostatnio wydarzyło, od wrzasku Haja po jego pobożną pieśń, było psychiczną halucynacją wywołaną nadmiernym stresem. Że podobnie ma się rzecz z naszym dźwiękowym pojedynkiem na kamiennych schodach i z innymi, przykrymi przywidzeniami o jakichś kartkach i łapówkach.

Właśnie w nadziei, że uda mi się dowieść tej jakże dla mnie wygodnej hipotezy, zająłem miejsce przy przykrytym zielonym suknem stole obrad i dokonałem szybkiego przeglądu aktorów tego iluzorycznego dramatu, rozpoczynając od Antona, który zbrojny w stertę skórzanych segregatorów krążył wokół stołu jak na musztrze i rozkładał je po kolei przy każdym miejscu. Ani jego strój, ani wygląd nie nosiły najmniejszych śladów wysiłku fizycznego. Kostki dłoni miał nieco czerwone, ale żadnych skaleczeń czy zadrapań. Buty wyglansowane, kanty spodni jak brzytwa. Benny jeszcze się nie pojawił, więc domyśliłem się, że pewnie spędził przerwę obiadową ze swym podopiecznym, Jasperem.

Ponieważ ani Philipa, ani Haja nie było jeszcze wśród nas, przeniosłem wzrok na Tabiziego, który co prawda wydawał się trochę rozdrażniony, ale przecież nic w tym dziwnego, zegar ścienny pokazywał już dwadzieścia po czwartej, zbliżała się godzina prawdy. Na miejscu obok siedział jego pan, Muangaza. Słońce, odbijające się w jego kołnierzyku i przeświecające przez aureolę siwych włosów sprawiało, że nasza Światłość wyglądał rzeczywiście na spełnienie wszystkich marzeń Hannah. Czy naprawdę mógł równocześnie być tym człowiekiem, który w moich rojeniach sprzedał „część ludu" za cichy udział grubych ryb z Kinszasy? Po drugiej stronie siedział wesoło uśmiechnięty, lśniący Delfin. No a już widok Maxiego, rozpartego na swym fotelu obok nadal pustego miejsca Philipa wystarczał w zupełności, by przekonać mnie, że to ze mną jest coś nie w porządku, a wszyscy inni są dokładnie tymi dobrymi ludźmi, za których się podają.

Jakby na potwierdzenie drzwi otwierają się i wkracza przez nie mój wybawca Philip. Machnięciem ręki pozdrawia Dieudonnégo i Franca. Przechodząc obok Tabiziego, szepcze mu coś do ucha. Tabizi zachowuje kamienną twarz i odpowiada skinieniem głowy. Przechodząc obok miejsca Haja, Philip gestem magika wyciąga z kieszeni marynarki zalakowaną kopertę, którą wsuwa, niczym napiwek, do skórzanego segregatora, oczekującego na pojawienie się ostatniego z nieobecnych. I dopiero wtedy zajmuje miejsce przy drugim końcu stołu. Ale wtedy, jak by powiedziała Paula, mam negację za sobą. Teraz już wiem, że Philip porozmawiał z Londynem i z facetem, który może powiedzieć „tak". Poznaję po wściekłej minie Tabiziego, że Haj dobrze ocenił słabość pozycji Syndykatu: że mianowicie przygotowania zaszły już za daleko, że w tym momencie stawka jest już za wysoka, że zainwestowali już tyle, iż trochę więcej nie sprawi im większej różnicy, i że jeżeli teraz zrezygnują, to taka okazja nie powtórzy się w tym samym pokoleniu.

W tym samym złowróżbnym, rzeczywistym świetle po raz drugi przyglądam się Muangazie. Czy musieli mu suszyć aureolę? Czy wsadzili mu pogrzebacz do odbytu? Czy już nie żyje, przywiązany do siodła jak Cyd? Hannah patrzyła nań przez różowe okulary swego idealizmu, ale teraz, gdy naprawdę mu się przyjrzałem, dostrzegłem wypisany na jego twarzy smutny łuk jego życia. Nasza Światłość jest upadłym, jednoosobowym państwem. Kiedyś był odważny, wystarczy spojrzeć w jego życiorys. Przez całe życie był sprytny, pilny, wierny i pomysłowy. Zawsze postępował, jak należało, ale zaszczyty spływały na innych, tych obok i tych poniżej. A to dlatego, że nie był dość bezwzględny, dość przekupny lub dość dwulicowy. No, to teraz nadrobi. Teraz zagra razem z nimi, choć dotąd przysięgał, że to nigdy nie nastąpi. I teraz korona jest w jego zasięgu. I nie jest. Bo jeżeli teraz ją przywdzieje, nie będzie należeć do niego, ale do tych, którym sprzedał się, by ją zdobyć. Każde z jego marzeń obciąża teraz dziesięciokrotna hipoteka. Między innymi to marzenie, że gdy będzie u władzy, nie będzie musiał spłacać swoich długów.

Haj spóźnia się na razie tylko o parę minut, ale w mojej głowie trwa to całe życie. Wszyscy obecni otworzyli już swe segregatory, więc ja czynię to samo. Tekst dokumentu wydaje mi się znajomy. I nic dziwnego, bo w poprzednim życiu tłumaczyłem go przecież z francuskiego na suahili. Segregator zawiera obie wersje. A poza tym kilkanaście stron bardzo poważnych sum i wyliczeń, odnoszących się również, z tego, co widzę, do dość odległej przyszłości: szacunkowe ilości wydobycia, koszty transportu, składowania, przychody, dochody, kłamstwa.

Starannie zaczesana siwa głowa Philipa się unosi. Przeglądając dokumenty, widzę ją spoza oprawek segregatora. Uśmiecha się do kogoś za mną ciepłym, porozumiewawczym, ufnym uśmiechem, więc trzeba mieć się na baczności. Słyszę zbliżające się kroki w krokodylkach i robi mi się niedobrze. Są znacznie powolniejsze niż zwykle. Haj leniwie wkracza do sali, błyska zielono-żółta podszewka, wszystkie parkery są na miejscu, lok też prawie doprowadzony do porządku. W Sanktuarium, gdy powracało się do kolegów po otrzymanej karze chłosty, należało zachowywać się beztrosko. Haj postępuje według tej samej etyki. Dłonie trzyma w kieszeniach spodni, jak to ma w zwyczaju, i, idąc, kołysze biodrami. Ja jednak wiem, ile kosztuje go każdy ruch. W połowie drogi na miejsce zatrzymuje się na chwilę, patrzy mi w oczy i uśmiecha się półgębkiem. Trzymam przed sobą otwarty segregator, więc teoretycznie wystarczyłoby odwzajemnić uśmiech i powrócić do lektury. Ale nie. Patrzę mu prosto w oczy.

Trzymamy się wzrokiem i przyglądamy się sobie nawzajem. Nie mam pojęcia, jak długo to trwało. Nie sądzę, by wskazówka ściennego zegara zdążyła poruszyć się więcej niż o jedną, dwie sekundy. Ale wystarczająco długo, by on wiedział, że ja wiem – zakładając, że w ogóle któryś z nas jeszcze w to wątpił. I dość długo, bym ja wiedział, że on wie, że ja wiem, i tak dalej. I dość długo, by każdy, kto mógł nam się wtedy przyglądać, pomyślał, że jesteśmy albo parą homoseksualistów, wysyłających sobie sygnały godowe, albo dwoma facetami, którzy wiedzą bardzo dużo o czymś, o czym w ogóle wiedzieć nie powinni. W wyłupiastych oczach nie było wiele blasku, ale skąd miało być po tym, co przeszedł? Czy mówił mi: „Zdradziłeś mnie, sukinsynu"? Czy to ja oskarżałem

243

go, że zdradził siebie i Kongo? Dziś, gdy mam na rozmyślanie o tym aż za dużo nocy i dni, interpretuję to spojrzenie inaczej – było w nim ostrożne rozpoznanie bratniej duszy. Bo obaj jesteśmy hybrydami: ja z pochodzenia, on z wykształcenia. I obaj odeszliśmy za daleko od kraju, który nas zrodził, by gdziekolwiek indziej czuć się jak u siebie.

Zasiadł na swym miejscu, skrzywił się z bólu, zauważył wystającą z segregatora białą kopertę. Wydobył ją końcami jednego palca i kciuka, obwąchał i otworzył na oczach wszystkich. Wyciągnął z niej białą kartkę wielkości pocztówki, jakiś wydruk, i szybko przemknął wzrokiem dwulinijkowy tekst, który, jak sądzę, zawierał odpowiednio ostrożne sformułowanie umowy, jaką zawarł w imieniu własnym i ojca. Pomyślałem, że pewnie teraz skinie Philipowi głową, ale Haj najwyraźniej nie czuł takiej potrzeby. Zwinął papier w kulkę i zdumiewająco celnie, jak na swój stan, wrzucił ją do porcelanowego dzbana w rogu sali.

– Za trzy! – zawołał po francusku, wyrzucając ręce nad głowę, i został nagrodzony wyrozumiałym śmiechem wszystkich obecnych.

Pominę tu żmudne negocjacje, niekończące się utarczki o drobiazgi, za pomocą których delegaci wszelkiej maści usiłują zawsze przekonać samych siebie, jacy są dalekowzroczni, jak świetnie bronią interesów swej firmy czy, w tym przypadku, plemienia, i o ile są sprytniejsi od tych z drugiej strony stołu. Włączyłem autopilota i zabrałem się do doprowadzenia do porządku własnego mózgu i własnych emocji wszelkimi dostępnymi środkami – na przykład manifestowaniem całkowitej obojętności względem wszystkiego, co w trakcie dyskusji mówił Haj. Wszystko po to, by rozwiać ewentualne podejrzenia, że on i ja – stosując ulubione określenie instruktorów z pierwszego szkolenia u pana Andersona – mogliśmy stać się względem siebie „wzajemnie świadomi". Równocześnie zmagałem się z całkiem już osobistą świadomością, że Haj mógł doznać na przykład krwotoku wewnętrznego. Uspokoiłem się nieco, gdy doszło do omawiania kłopotliwej sprawy oficjalnego wynagrodzenia Muangazy.

– Ależ *mzi* – oponuje Haj i swym zwyczajem wznosi rękę do góry. – Z całym szacunkiem, *mzi*, chwileczkę! – Mówi po francusku, a ponieważ to jego słowa, tłumaczę je beznamiętnym tonem butelce perriera. – Przecież te liczby są bez sensu. No, bo jak to, do cholery… – Tym słowem energicznie apeluje do swych dwóch towarzyszy. – Wyobrażacie sobie, że nasz zbawca miałby żyć na takim poziomie? No nie, *mzi*, jak ty się z tego wyżywisz? A kto będzie za ciebie płacił czynsz, benzynę, podróże, rozrywki? Te wszystkie wydatki powinny być pokrywane z pieniędzy państwowych, a nie z twojego konta w Szwajcarii.

Jeżeli Haj trafił w czuły punkt, nikt nawet się nie zająknął. Twarz Tabiziego skamieniała, ale już i przedtem była prawie z kamienia. Philip ani drgnął, a Delfin, bo to on odpowiedział za swego pana, był dobrze przygotowany.

– Dopóki nasz ukochany Muangaza będzie wybrańcem narodu, będzie żył, jak dotąd, czyli z pensji zwykłego nauczyciela akademickiego i z tych skromnych dochodów, które ma z własnych książek. Bardzo ci dziękuje za troskę.

Felix Tabizi przesuwa się wokół stołu jak diabeł przebrany za ministranta. Nie rozdaje jednak śpiewników, ale coś, co sam nazywa *notre petite aide-mémoire* – jednostronicowy słowniczek, który ma przypominać czytelnikom, co w świecie rzeczywistym oznaczają tak naprawdę owe prostoduszne terminy rolnicze, te wszystkie „łopaty", „kielnie", „motyki" oraz „ciężkie i lekkie taczki". A ponieważ słowniczek operuje dwoma językami, francuskim i suahili, mogę nic nie mówić i tak jak wszyscy zająć się filozoficznymi rozmyślaniami nad związkiem między słowem a jego znaczeniem.

Zresztą do dziś nie potrafię powiedzieć, co które znaczyło. Najlepsze „lekkie taczki" pochodziły z Bułgarii, ale czym były naprawdę? Pociskami do działek w nosach białych helikopterów? Gdyby mnie spytać, co to „motyka", co to „traktor", co to „kombajn", nadal nie potrafiłbym odpowiedzieć. Czy przyszło mi do głowy, że to może właściwy moment, by zerwać się na nogi i krzyczeć – by zachować się jak ten dzielny drobny dżentelmen w trattorii? Chwycić mój skoroszyt ze skóry, trzasnąć nim o stół: „Odezwę się. Jestem to sobie winny. A więc odezwę się". Jeżeli tak, to wciąż jeszcze się nad tym zastanawiałem, gdy drzwi z biblioteki otworzyły się i pojawił się w nich nasz wybitny notariusz, monsieur Jasper Albin, oczywiście w towarzystwie Benny'ego, swego nieodłącznego opiekuna.

Jasper wyglądał teraz znacznie godniej. Nie było w nim tyle godności wcześniej, gdy sprawiał wrażenie, że szczyci się wyłącznie własnym honorarium. Doskonale pamiętam, jak dziwiłem się, że tak śmiałe i doskonale sponsorowane przedsięwzięcie zostało powierzone opiece prawnej kogoś takiego. Ale teraz Jasper jakby dorósł do swej roli, nawet jeżeli było to tylko jedno wielkie przedstawienie teatralne – a raczej pantomima, bo na szczęście ścieżka dźwiękowa tej historycznej chwili raz na zawsze zniknęła z mojej pamięci. Popołudniowe słońce wciąż wlewa się przez szyby w drzwiach, drobinki kurzu lub wieczornej rosy unoszą się w jego promieniach, Jasper wyciąga ze swej opasłej teczki dwa identyczne, skórzane segregatory o iście królewskim wyglądzie. Na okładkach widnieje jedno słowo, *contrat*. Używając jedynie koniuszków palców, otwiera najpierw jeden, potem drugi, po czym rozsiada się w fotelu i pokazuje nam oryginał, jedyny, zdobny pieczęcią notariusza, niemający najmniejszej mocy prawnej dokument, w dwóch wersjach – we francuszczyźnie Jaspera i moim suahili.

Na znak Philipa wstaję i zajmuję pozycję u boku Jaspera, gdy ten zwraca się do delegatów. Nie jest to zbyt porywające przemówienie. Mówi, że został powiadomiony, iż strony doszły do porozumienia. Ponieważ nie uczestniczył w obradach, a złożona problematyka rolnicza nie wchodzi w zakres jego kompetencji, musi oświadczyć, że nie bierze odpowiedzialności za techniczne terminy zawarte w umowie, wszelkie zaś wątpliwości, jakie mogłyby z tego wyniknąć, rozstrzygnie właściwy sąd. Przez cały czas, gdy to tłumaczyłem, udało mi się ani razu nie napotkać wzroku Haja.

Philip prosi wszystkich sygnatariuszy, by powstali. Ustawiają się w kolejce jak do komunii. Pierwszy stoi Franco. Muangaza, zbyt ważna osobistość, by stać w jakiejkolwiek kolejce, trzyma się z boku w otoczeniu świty. Kolejkę zamyka Haj, którego nadal ignoruję. Franco pochyla się nad moją wersją w suahili, zaczyna podpisywać i nagle się cofa. Czy poczuł się urażony, a może zobaczył zły znak? A jeżeli nie, to dlaczego jego stare oczy wzbierają łzami? Odwraca się, powłócząc niesprawną nogą, dopóki nie staje twarzą w twarz z Dieudonném, swym odwiecznym wrogiem, a obecnie towarzyszem broni – choć nie wiadomo na jak długo. Potężne pięści unoszą się na wysokość ramion. Czy teraz rozerwie swego świeżo upieczonego przyjaciela na strzępy?

– *Tu veux?* – ryczy po francusku. „Chcesz?"

– *Je veux bien, Franco* – odpowiada nieśmiało Dieudonné i obaj panowie rzucają się sobie w objęcia i zamierają w tak silnym uścisku, że obawiam się o całość klatki piersiowej drobniejszego z nich. Udają, że się mocują. Całkiem zalany łzami Franco wreszcie podpisuje, Dieudonné odpycha go i też próbuje podpisać, ale Franco wciąż trzyma go za ramię i domaga się jeszcze jednego uścisku. Wreszcie Dieudonné podpisuje. Haj nie przyjmuje podanego mu pióra i ze swej zegnowskiej marynarki wyciąga własne. Nawet nie udając, że czyta, podpisuje zamaszyście raz i drugi. Brawa rozpoczyna Philip, wtóruje mu sztab Muangazy. Przyłączam się do nich jak równy do równych.

Pojawiają się nasze kobiety z szampanem. Stukamy się kieliszkami, Philip wygłasza kilka przepięknych słów w imieniu Syndykatu, Muangaza odpowiada z godnością, tłumaczę obu błyskotliwie. Otrzymuję podziękowania – niezbyt wylewne. Na podjeździe pojawia się dżip. Sztab Muangazy zabiera swego mistrza. Franco i Dieudonné stoją przy drzwiach, po afrykańsku ściskają się za ręce i przekomarzają w najlepsze, choć Philip usiłuje pchnąć ich w stronę dżipa. Haj wyciąga do mnie dłoń. Ujmuję ją ostrożnie, bo nie chcę sprawić mu bólu i nie wiem, co chce wyrazić tym gestem.

– Masz wizytówkę? – pyta. – Myślę o otwarciu biura w Londynie, może się zgłoszę.

Grzebię w kieszeniach przepoconej tweedowej marynarki i wyciągam z niej wizytówkę: Brian Sinclair, tłumacz akredytowany, zamieszkały w skrytce pocztowej w Brixton. Haj patrzy na nią, potem na mnie. Śmieje się, ale cicho, nie tak, jak dotychczas, jak hiena. I znów za późno łapię się na tym, że zwrócił się do mnie w szi, w którym to języku krzyczał na Dieudonnégo na schodach altany.

– Jeżeli wybierasz się do Bukawu, przyślij mi mejl – dodaje niedbale, tym razem po francusku, i z głębi swej zegny wydobywa platynowe pudełko na wizytówki.

Tę wizytówkę mam przed oczami teraz, gdy piszę te słowa, może nie fizycznie, ale w pamięci. Jest rozmiarów pięć centymetrów na trzy, ma złocone brzegi. Wokół szlaczka ze złota biegnie drugi, na którym brykają zwierzęta Kiwu z dawnych i obecnych czasów: goryl, lew, gepard i słoń. W tle mamy szkarłatne góry, nad nimi różowe niebo, nigdzie natomiast nie widać asfaltu. Za to na odwrocie sylwetka tańczącej kankana dziewczyny wznosi kieliszek szampana. Imiona, nazwisko i liczne tytuły, i kwalifikacje właściciela wymienione są stylem godnym królewskiej proklamacji po francusku, po angielsku i w suahili. Poniżej widnieją adresy służbowe i domowe, po nich zaś jeszcze sznurek numerów telefonicznych. A dodatkowo, przy dziewczynie, zapisany pośpiesznie i odręcznie adres mejlowy.

Spacerując wzdłuż dobrze mi już znanej pergoli, z przyjemnością zauważyłem, że w pośpiechu, jaki towarzyszy zamknięciu obrad każdej konferencji, Pająk i jego pomocnicy już demontowali swoje piękne dzieło. Pająk, w czapce i pikowanej kamizelce, stał rozkraczony na kamiennych schodach Haja i, wesoło pogwizdując, zwijał kabel elektryczny. W altanie stali na drabinach dwaj faceci w kurtkach, trzeci klęczał przed kamienną ławką. W kotłowni plan metra stał już oparty o ścianę, kabelki zwinięte i przewiązane. Magnetofony wróciły już do czarnej skrzyni.

Na biurku Pająka stała wielka brązowa papierowa torba, napełniona do połowy, ziejąca otworem. Biurko miało opróżnione, wyciągnięte szuflady zgodnie z najlepszymi tradycjami Rozmównicy. Każdy, kto przeszedł przez ręce pana Andersona, do końca życia pozostaje niewolnikiem jego zasad określających właściwie wszystko: od tego, co można, a czego nie można powiedzieć osobie najbliższej, po niepozostawianie w takich właśnie papierowych torbach ogryzków jabłek, bo utrudniają spalanie tajnych materiałów. Pająk nie stanowił tu żadnego wyjątku. Jego cyfrowe taśmy były już precyzyjnie oznaczone, ponumerowane i wsunięte do pudełek. Obok leżał zeszyt, który stanowił ich katalog. Na wyższej półce zebrał też jeszcze nierozpakowane, nieużyte taśmy.

Katalog bardzo ułatwił mi wybór najważniejszych materiałów. Na pierwszych stronach spisano taśmy, które zidentyfikowałem natychmiast: apartamenty gościnne, komnaty królewskie i tak dalej. Wybrałem pięć. Ale co to za lista na ostatnich kartkach zeszytu, też odręczna? Co oznacza to S? Dlaczego w kolumnie tabelki, oznaczającej umiejscowienie mikrofonu, zapisano właśnie S? S jak Syndykat? Jak Sinclair? A może – dobry pomysł! – S jak satelita? Czy to możliwe, by Philip, Maxie, Sam lub lord Brinkley czy któryś z jego bezimiennych wspólników, a może wszyscy naraz, postanowili dla własnego bezpieczeństwa, ku pamięci i dla celów archiwalnych nagrywać własne rozmowy telefoniczne? Uznałem, że jak najbardziej. Taśmy oznaczone długopisem literą S były trzy. Chwyciłem trzy czyste, wypisałem na każdej takie samo S i przywłaszczyłem sobie oryginały.

Następnym zadaniem było ukrycie taśm na ciele. Po raz drugi od chwili, gdy zostałem zmuszony do włożenia tweedu, błogosławiłem moją marynarkę. Jej powyciągane, wewnętrzne kieszenie były chyba specjalnie szyte do tego właśnie celu. Podobnie przydatne okazały się zbyt szerokie spodnie, ale notatniki były twarde, o sztywnych grzbietach. Właśnie zastanawiałem się, co z nimi zrobić, gdy usłyszałem przymilny głos Philipa, ten sam, którego używał podczas przedstawienia:

– Brian, kochany, tu jesteś! Chciałem koniecznie ci pogratulować. Wreszcie mam okazję.

Stał na progu z jedną ręką w różowym rękawie na framudze, ze swobodnie skrzyżowanymi stopami. Instynktownie chciałem odpowiedzieć miło, ale w ostatniej chwili pomyślałem, że po takim fantastycznym występie powinienem raczej być wyczerpany i drażliwy.

– Cieszę się, że jest pan zadowolony – powiedziałem.

– Zbierasz się?

– Aha.

Na dowód tego wrzuciłem do torby jeden z notatników. Odwróciłem się i zobaczyłem Philipa tuż przed sobą. Czy dostrzegł wypchane poły marynarki? Uniósł dłonie, już myślałem, że chce mnie chwycić, ale on sięgnął tylko przeze mnie i wyciągnął notatnik z torby.

– No, coś takiego – dziwił się, śliniąc palec i przerzucając zapisane ołówkiem strony. – Nawet nie mogę powiedzieć, że to dla mnie chińszczyzna, bo Chińczycy pewnie też nic by z tego nie zrozumieli.

– Pan Anderson mówi, że to moje babilońskie pismo klinowe.

– A te robaczki na marginesach, to co?

– Moje własne oznaczenia.

– A co ci oznaczają?

– Styl, aluzje, różne rzeczy, o których muszę pamiętać, kiedy przekładam na drugi język.

– Na przykład?

– Na przykład, że ktoś niby zadaje pytanie, a tak naprawdę stwierdza fakt. Albo niby żartuje, ale nie żartuje. Sarkazm. Z sarkazmem trudna sprawa w tłumaczeniu, ciężko go oddać.

– Wiesz, że to fascynujące? I ty musisz to wszystko zapamiętać?

– No właśnie nie, bo zapisuję.

Jest celnikiem na Heathrow, który wyciąga mnie z kolejki na Przylotach, bo jestem „asfaltem”. Nie pyta, gdzie schowałem kokainę albo czy uczęszczałem na kursy Al-Kaidy. Ciekawi go, gdzie spędziłem wakacje, czy hotel był dobry i przez ten cały czas patrzy, jak się ruszam i jak szybko mrugam, i czeka, aż zdradzi mnie tembr głosu.

– No wiesz, jestem pod wrażeniem, jak świetnie ci poszło. Na górze, na dole, wszędzie – powiedział i wrzucił notatnik do torby. – Zdaje mi się, że jesteś mężem takiej znanej dziennikarki.

– To prawda.

– Podobno piękna?

– Tak mówią.

– Musi być z was dobrana para.

– I jest.

– No, to pamiętaj, że nadmierna gadatliwość w łóżku może kosztować życie.

I już go nie było. By sprawdzić, czy naprawdę sobie poszedł, podkradłem się na palcach aż do drzwi piwnicy i zobaczyłem, że skręca za róg domu. Na wzgórku Pająk i jego ludzie wciąż mają jeszcze kupę roboty. Wracam do kotłowni, zabieram i ten notatnik z torby, i trzy pozostałe. Z półki wziąłem cztery inne, czyste, nieco potarmosiłem ich okładki, ponumerowałem je tak samo, jak używane i umieściłem je w torbie. Kieszenie i pasek od spodni o mało mi nie pękły. Wreszcie, czując na plecach dwa notatniki i po jednym w każdej kieszeni spodni, niezgrabnie wydostałem się z piwnicy i przez pergolę dotarłem do mojego pokoju, gdzie mogłem się poczuć trochę bezpieczniej.

Nareszcie do domu! Lecimy na wysokości tysiąca metrów, w każdej klatce impreza! No, bo czemu nie? Znów byliśmy sobą, tą samą kompanią braci, która dwadzieścia cztery godziny temu wyruszyła z Luton nieoznakowanym samolotem. Wracaliśmy z tarczą i z podpisaną umową w kieszeni, możemy teraz wygrać każdy mecz, mistrzostwo jest w zasięgu ręki! Nie ma z nami Philipa. Gdzie jest, nie wiem i nie chcę wiedzieć. Mam nadzieję, że w piekle. Pierwszy przejściem wzdłuż samolotu kroczy Pająk w zaimprowizowanej kucharskiej czapce na głowie, rozdając plastikowe talerzyki, kubki, noże i widelce. Za nim Anton, w ręczniku udającym fartuch, dźwiga dar naszego anonimowego sponsora, czyli obiecany kosz przysmaków od Fortnuma i Masona z Piccadilly. Za Antonem wreszcie kołysze się wielki Benny, nasz poczciwy olbrzym, z magnum prawie zimnego szampana. Świątecznej atmosferze ulega nawet wielki rejent Jasper, izolujący się od reszty w tej samej klatce na końcu kabiny, którą zajmował podczas podróży w tamtą stronę. Co prawda z początku ostentacyjnie odmawiał poczęstunku, ale skarcony ostrym tonem przez Benny'ego i rzuciwszy okiem na nalepkę na butelce, wprost rzuca się na poczęstunek, podobnie jak ja, bo wybitny tłumacz, który tak świetnie wypełnił swoje zadanie, nie może sprawić innym zawodu. Moja torba z imitacji skóry spoczywa nade mną w podwieszonej u sufitu siatce.

– No, to co o nich sądzisz, stary? – pyta Maxie i z kubkiem w dłoni opada przy mnie na pokład jak Lawrence z Arabii. Jak przyjemnie, że nasz pułkownik wreszcie może się napić czegoś porządnego, a nie tylko wody mineralnej. Aż miło patrzeć, jaki jest zaczerwieniony i podekscytowany powodzeniem konferencji.

– O delegatach, pułkowniku? – pytam ostrożnie. – Co ja o nich myślę?

– Myślisz, że im się uda? Miałem wrażenie, że Haj jest trochę niepewny, ale dwaj pozostali są chyba dość solidni. Tylko czy za dwa tygodnie staną na wysokości zadania?

Pomijam milczeniem sprawę niepewności Haja i posiłkuję się repertuarem aforyzmów mojego ojca.

– Pułkowniku, powiem szczerze. Jak się ma do czynienia z Kongijczykami, najważniejsze, by wiedzieć, czego się nie wie. Przedtem nie mogłem tego powiedzieć, ale teraz mogę.

– Nie odpowiedziałeś mi na pytanie.

– Jestem święcie przekonany, że za dwa tygodnie będą u pana boku, tak jak obiecali – odpowiadam, nie potrafiąc opanować chęci przypodobania się naszemu pułkownikowi.

– Chłopcy! – drze się Maxie na całą długość samolotu. – Hip, hip, hura na cześć Sinclaira. Męczyliśmy go nieźle, ale on ani pisnął!

Zrywa się krzyk, kieliszki idą w górę, unosi mnie fala wyrzutów sumienia, dumy, solidarności i wdzięczności. Otarłszy łzy wzruszenia, widzę, że Maxie wyciąga do mnie białą kopertę, bardzo podobną do tej, która wystawała z segregatora Haja.

– Pięć tysięcy dolców, stary. Tak ci mówił pan Anderson?

Przyznałem, że tak.

– Podbiłem to do siedmiu. Moim zdaniem i tak za mało, ale tyle mogłem.

Zaczynam mu dziękować, ale że mam spuszczoną głowę, nie jestem pewien, czy mnie słyszy. Kuloodporna dłoń klepie mnie po ramieniu po raz ostatni, a gdy podnoszę wzrok, Maxie jest już przy drugim końcu kabiny, a Benny krzyczy, żeby uważać na dupy, bo lądujemy. Posłusznie sięgam po torbę i przygotowuję się do uważania na dupę, ale już za późno, bo właśnie wylądowaliśmy.

Nie zauważyłem, kiedy zniknęli. Pewnie nie chciałem widzieć. Cóż jeszcze można powiedzieć? W pamięci pozostał mi ich wyidealizowany obraz, gdy z plecakami zarzuconymi na ramiona i pogwizdując *Most na rzece Kwai*, wymaszerowują przez tylne drzwi zielonego baraku, kierując się lekko pod górę do pozbawionego wszelkich oznaczeń autobusu.

Pani z ochrony prowadzi mnie przez korytarze lotniska. Torba rytmicznie uderza mnie w udo. Staję przed siedzącym za biurkiem grubasem. Torba ze skaju leży teraz u mych stóp, na biurku zaś – inna, z czerwonego nylonu.

– Proszę sprawdzić zawartość i zidentyfikować swoje rzeczy – mówi grubas, nie patrząc na mnie.

Otwieram czerwoną torbę i identyfikuję moje rzeczy: smoking wraz ze spodniami w kolorze bordowym, biała wizytowa koszula, jedwabny pas i cała reszta, zwinięta w jeden wielki kłębek wokół moich lakierków. Gruba koperta zawiera paszport, portfel, kalendarz i różne drobiazgi osobiste. Czarne, jedwabne skarpetki wizytowe zostały wepchnięte razem w lewy lakierek. Wyciągam je i odzyskuję telefon komórkowy.

Jestem na tylnym siedzeniu czarnego lub granatowego volvo kombi, prowadzonego przez tę samą panią, która teraz odwiezie mnie do więzienia. W lusterku wstecznym widzę jej perkaty nosek. Torbę ze skaju ściskam mocno między kolanami, ta druga, nylonowa, leży obok mnie. Telefon komórkowy trzymam na sercu.

Zapada zmierzch. Mijamy miejską pustynię hangarów, warsztatów, ceglanych budynków biurowych. Z ciemności wyskakują ku nam rzęsiście oświetlone, żelazne bramy, zdobne w girlandy z drutu kolczastego. Wokół kręci się sporo uzbrojonych i pogrubianych przez kuloodporne kamizelki policjantów. Pani z ochrony kieruje maskę samochodu wprost na zamkniętą bramę i przyśpiesza. Brama się otwiera. Mijamy morze asfaltu i zatrzymujemy się przy wysepce z czerwono-żółtym klombem.

Drzwi volva się otwierają. Więc jednak jestem wolny. Zegar w sali odlotów pokazuje dwadzieścia po dziewiątej gorącym, sobotnim wieczorem. Wróciłem do Anglii, której ani na chwilę nie opuściłem. Muszę wymienić na funty parę dolarów.

– Miłego weekendu – życzę mojej przewodniczce, co w tłumaczeniu oznacza: „Dziękuję, że pomogła mi pani przemycić taśmy i notatniki przez lotnisko Luton".

Pośpieszny autobus na dworzec Victoria stoi pusty i ciemny. Stojący obok kierowcy palą i rozmawiają. Uciekinier znajduje miejsce gdzieś z tyłu, przy oknie, umieszcza torbę ze skaju między nogami, a drugą, z czerwonego nylonu, na półce nad siedzeniem. Przyciska wyłącznik telefonu komórkowego. Ten zaświeca się i zaczyna drgać. Uciekinier wybiera

121 i przyciska zielony guzik. Jakaś kobieta oznajmia mu surowym głosem, że ma pięć nowych wiadomości.

Penelope, piątek, 19.15: Salvo, ty pojebany skurwielu, gdzie jesteś, do cholery? Szukaliśmy wszędzie. Najpierw się spóźniasz, potem kilku świadków widzi, że wymykasz się tylnymi drzwiami w połowie imprezy. Co się stało? Fergus sprawdził w sraczach i barach na dole, rozsyłał ludzi po całej ulicy, żeby cię szukali (stłumione „tak, wiem, kochanie"). Teraz jesteśmy w limuzynie, Salvo, jedziemy do sir Matthew na kolację. Fergus ma adres, jeżeli zgubiłeś.

Jurny Fergus, piątek, 19.20 (akcent szkocki, z londyńskimi naleciałościami): Salvo, słuchaj, stary, cholernie się o ciebie martwimy. Jeżeli nie dasz znać w ciągu godziny, że jesteś jeszcze wśród żywych, zamierzam kazać moim ludziom szukać cię w rzece. Masz przy sobie coś do pisania? I kawałek papieru? Co? (Zakłócenia, wybuch rubasznego śmiechu). Penelope mówi, że zapisujesz sobie na ręce. I na czym jeszcze, chłopie? (Tu następuje adres w eleganckiej dzielnicy Londynu. Koniec wiadomości).

Penelope, piątek, 20.30: Salvo, jestem już w sieni u sir Matthew. To bardzo piękna sień. Dostałam twoją wiadomość, dziękuję. Mam w dupie twojego najlepszego i najstarszego klienta, nie masz prawa tak mnie traktować. Zaraz, Fergus. Może nie wiesz, Salvo, ale tak się składa, że sir Matthew jest okropnie przesądny. A przez ciebie będzie nas teraz trzynaścioro przy stole, i to w piątek. No więc teraz Fergus rozpaczliwie wydzwania po ludziach – o, chyba znalazł! Kogo znalazłeś, Fergus? (Dłoń zakrywa słuchawkę). Znalazł Jellicoe. Jelly cię zastąpi. Nie ma smokingu, ale Fergus kazał mu się doprowadzić do porządku i przyjechać tak, jak stoi. Więc cokolwiek teraz robisz, nie zjawiaj się tutaj, Salvo, tylko, do jasnej cholery, rób dalej to, co robisz. Stół u sir Matthew nie pomieści piętnastu osób, a ja już dość najadłam się dziś wstydu przez ciebie!

Penelope: sobota, 9.50: To ja, kochanie. Przepraszam, że byłam wczoraj taka zołzowata, ale po prostu martwiłam się o ciebie. Nie powiem, że już się na ciebie nie wściekam, ale kiedy mi wszystko opowiesz, pewnie zrozumiem. Kolacja była w sumie dość fajna, jak zwykle takie nadęte imprezy. Jelly przyjechał całkiem znieczulony, ale Fergus zrobił wszystko, żeby się nie skompromitował. Uśmiejesz się, jak się dowiesz, co jeszcze mi się zdarzyło. Nie mogłam dostać się do mieszkania. Zmieniałam torebki w redakcji i zostawiłam tam klucze, zakładając w sumie, że mój ukochany pojawi się, zabierze mnie do domu i da mi czadu. Paula też gdzieś szalała, więc nie mogłam skorzystać z jej kluczy, no i przyszło mi nocować w Brown's Hotel – no pewnie, że na koszt gazety! A dziś z kolei – straszne nudy, ale uznałam, że skoro się ulotniłeś, to się poświęcę – zgodziłam się zrobić dobry uczynek i pojechać z Fergusem na spotkanie, na którym miał przemawiać do reklamodawców w jakimś strasznie eleganckim dworku w Sussex. Potem tam też będzie impreza, same wielkie nazwiska z branży, więc może mi się to na coś przyda. To znaczy, spotkać się z nimi tak bardziej niezobowiązująco. Sir Matthew też jedzie, więc będę pod dobrą opieką. No, więc teraz jadę do redakcji po rzeczy. I żeby znowu przebrać się błyskawicznie. No, to do zobaczenia, kochanie. Jak nie dziś wieczór, to jutro. Oczywiście nadal jestem na ciebie wściekła, więc będziesz mnie musiał naprawdę solidnie przepraszać. Ale proszę cię, nie przejmuj się wczorajszym, przecież rozumiem. Nawet jeżeli udaję, że nie. *Tchüss*. Aha, na miejscu będę miała wyłączony telefon, bo tam, zdaje się, taki zwyczaj. W razie czego dzwoń do Pauli. Pa, pa.

Hannah, sobota, 10.14: Salvo! Salvo! (Bateria zaczyna siadać). Czemu nie... (Bateria prawie wyczerpana, podczas gdy Hannah rozpaczliwie przechodzi z angielszczyzny na suahili).Obiecałeś, Salvo...! O Boże... O nie!

Gdybym znajdował się w tej chwili w Rozmównicy lub w kotłowni, orzekłbym, że albo mikrofon nie działa, albo że obiekt celowo ścisza głos. Ale wciąż mamy połączenie. Słuchać trochę odgłosów tła, trochę zakłóceń, dźwięk kroków, kilka głosów naraz na korytarzu przed jej pokojem. Dochodzę do wniosku, że Hannah opuściła dłoń trzymającą komórkę i płakała rzewnie przez następne pięćdziesiąt dwie minuty, po czym dopiero przypomniała sobie, że nie zamknęła połączenia. Oddzwaniam do niej, odpowiada mi poczta głosowa. Telefonuję do szpitala, odpowiada mi ktoś, kto mówi, że niższemu personelowi medycznemu nie wolno prowadzić prywatnych rozmów na dyżurze. Autobus powoli się zapełnia. Dwie turystki obrzucają wzrokiem najpierw mnie, potem moją czerwoną nylonową torbę i postanawiają usiąść z przodu, bo tam bezpieczniej.

Rozdział 14

Z myślą o mych śpiących sąsiadach wspinałem się po naszej wspólnej klatce schodowej na paluszkach, przyciskając do piersi czerwoną nylonową torbę, jak gdybym niósł dziecko – wszystko po to, by przypadkiem nie uderzyć nią o poręcz. Poza tym środek lata, sobotnia noc na Prince of Wales Drive – nigdy nie wiadomo. Czasem brewerie trwają aż do świtu, Penelope, jeżeli akurat jest w domu, drze się do telefonu na policję, że napisze w swojej gazecie, że znowu za mało mundurowych na ulicy. A czasem, ponieważ w naszych czasach wszyscy mają domek na wsi, w szkole są wakacje albo gdzieś znowu wybuchła jakaś bomba, idąc do Norfolk Mansions, słyszy się tylko własne kroki na chodniku i sowy, które pohukują z parku Battersea jak Apacze. W tej chwili jednak jedynym dźwiękiem, który mnie zajmował, był zrozpaczony głos Hannah, która oskarżała mnie przez szloch.

Jak zwykle drzwi frontowe nie chciały mnie wpuścić, co tego wieczoru uznałem za symboliczne. Jak zwykle musiałem wyciągnąć klucz, włożyć go z powrotem i spróbować od nowa. Kiedy wreszcie znalazłem się w holu, poczułem się jak własny duch. Od mojej śmierci nic się nie zmieniło. Wszędzie paliło się światło, no oczywiście, przecież go nie zgasiłem, gdy tu wpadłem, by w pośpiechu włożyć smoking, Penelope od tego czasu nie była w domu. Ściągając znienawidzone buty, patrzyłem na zamazaną grafikę przedstawiającą zamek Tintagel, który od pięciu lat wisiał na zesłaniu w najciemniejszym kącie. Był to prezent ślubny od siostry Penelope. Siostrzyczki szczerze się nienawidziły, żadna nie miała najmniejszych związków z zamkiem na obrazku, nigdy tam nie były i się nie wybierały. Są prezenty, które mówią same za siebie.

W dawnej sypialni małżeńskiej zrzuciłem z siebie więzienne spodnie i z mieszanymi uczuciami obrzydzenia i ulgi powierzyłem je koszowi na brudną bieliznę. Do kompletu dorzuciłem tam zwiniętą w kulę marynarkę od smokingu. Może Jurny Fergus będzie chciał się do niego odchudzić? Gdy wszedłem do łazienki po rzeczy do golenia, z perwersyjną satysfakcją zauważyłem, że niebieska kosmetyczka z misiem, w której Penelope trzymała swoje, jak to figlarnie określała, materiały dla prasy, jest nieobecna – a jak wiadomo, tego właśnie najbardziej potrzebuje każda dziewczyna, wybierająca się na spotkanie z reklamodawcami do Sussex.

Wróciwszy do sypialni, wyrzuciłem na łóżko cały łup, czyli taśmy i notatniki, a ponieważ mam obsesję na punkcie porządku, zacząłem się zamartwiać, jak pozbyć się plastikowej torby od pana Andersona. Na szczęście przypomniałem sobie o kuble na śmieci w kuchni. Już miałem wrzucić tam i wizytówki Briana Sinclaira, ale postanowiłem, ot tak, bez powodu, zostawić je sobie na czarną godzinę – ulubione powiedzenie cioci Imeldy. Potem przebrałem się w rzeczy wolnego człowieka: dżinsy, adidasy i skórzaną kurtkę z czasów sprzed Penelope, kupioną za własne pieniądze po pierwszym dyplomie. Całość uzupełniła granatowa, włóczkowa czapka z pomponem, której Penelope nie pozwalała mi nosić, bo wyglądałem w niej za bardzo jak Murzyn.

Wspominam wszystkie te czynności tak dokładnie i w sekwencji liniowej, bo wykonując je, miałem poczucie uczestnictwa w swoistej ceremonii. Każdy ruch był kolejnym krokiem ku Hannah w rozpaczliwie żywionej nadziei, że mnie zechce, choć bardzo w to teraz wątpiłem. Każdy element garderoby, wybierany własnoręcznie z szafy, stawał się częścią posagu, który miał mi towarzyszyć na nowej drodze życia. Zabrałem z holu moją elegancką walizeczkę firmy Antler z szyfrowym zamkiem, wysuwaną rączką i kółkami, przedmiot dumy w czasach, gdy w ten sposób usiłowałem ubarwić czymś bezsensowną egzystencję. Najpierw znalazły się w niej taśmy i notatniki, które zawinięte w starą koszulę poszły do jednej z wewnętrznych kieszeni. Metodycznie przemierzając mieszkanie i pozbywając się wszelkich możliwych źródeł nostalgii, zabrałem notebook z przynależnościami, oba moje magnetofony, jeden kieszonkowy, drugi duży, oba w solidnych torbach na ramię, a poza tym dwa komplety słuchawek i małe radio tranzystorowe. Do tego dołączyłem jeszcze sfatygowany mszał ojca, zbiór listów pisanych na łożu śmierci przez brata Michaela, złoty wisiorek z puklem niesfornych, siwych włosów cioci Imeldy, segregator z własną korespondencją, zawierający między innymi list i kartki świąteczne od lorda Brinkleya, oraz mocną, materiałową torbę na ramię, w której niosłem do domu składniki na *coq au vin*.

Z biurka pod oknem w wykuszu wydobyłem zalakowaną kopertę podpisaną „Odpis dla Brunona", zawierającą umowę przedmałżeńską, sporządzoną przed przewidującego ojca Penelope na taką właśnie ewentualność. Już dawno musiałem przyznać, że oceniał ten związek znacznie bardziej realistycznie niż ja. Z powagą, z jaką składałbym wieniec pod londyńskim pomnikiem ofiar wojny, umieściłem podpisany przez obie strony dokument na poduszce Penelope, zdjąłem obrączkę z palca serdecznego lewej dłoni i położyłem go na samym środku kartki. Penelope, przyjmij tę obrączkę na znak mojego odejścia. Nie czułem ani goryczy, ani gniewu – jeżeli już, to tylko spełnienie. Zupełnie, jak gdybym obudził się na długo przed tym, gdy postępek drobnego dżentelmena w trattorii pozwolił mi wyciągnąć jedyne sensowne wnioski. Żeniąc się z Penelope, wiązałem się z osobą, którą ona wcale nie chciała być: nieustraszoną obrończynią praw naszej wspaniałej, brytyjskiej prasy, moją wierną i wyłączną kochanką, nauczycielką życia i matką moich dzieci – a w chwilach depresji również białą matką zastępczą. Z kolei Penelope wychodziła za mnie dla egzotyki, a odkryła konformistę, co musiało być dla niej strasznym rozczarowaniem. Pod tym względem mogła liczyć na moje serdeczne współczucie. Nie zostawiłem listu pożegnalnego.

Zatrzasnąłem walizkę i, odmawiając sobie ostatniego spojrzenia, ruszyłem przez korytarz ku drzwiom i wolności. W tej samej chwili usłyszałem, że klucz w zamku obraca się bez zacinania i czyjeś lekkie kroki w holu. Pierwszą reakcją był strach. Nie osobiście przed Penelope, bo to już było skończone. Strach przed ujęciem w słowa tego, co już przekułem w czyn. Strach przed zwłoką, przed utratą rozpędu, przed marnowaniem czasu na kłótnię. Strach, że Penelope nie udał się weekend z Jurnym Fergusem i że wiernie wraca teraz do domu, by się pocieszyć, a tu czeka ją kolejne upokorzenie, i to od kogoś, kogo nawet nie podejrzewała, że jest do tego zdolny: ode mnie. Dlatego też wielce mi ulżyło, gdy osobą stojącą przede mną z ręką wspartą na biodrze okazała się nie Penelope, a nasza sąsiadka i konsultantka psychologiczna, Paula, ubrana w płaszcz przeciwdeszczowy i, o ile dobrze widziałem, nic pod spodem.

– Hannibal cię wywęszył, Salvo – powiedziała.

Paula mówi z akcentem ni to brytyjskim, ni to amerykańskim, który brzmi, jakby cały czas na coś się skarżyła. Hannibal to jej obronny chart.

– Hannibal zawsze czuje, kiedy ładny chłopak chodzi na paluszkach, żeby nikt go nie słyszał – ciągnęła ponuro. – Gdzie ty się, kurwa, wybierasz? Wyglądasz jak wariat.

– Do pracy – odparłem. – Nagłe wezwanie. Pilna sprawa. Przepraszam, Paula, muszę lecieć.

– W tych szmatach? Wymyśl coś innego. Musisz się napić. Masz butelkę?

– No, nie przy sobie, jeśli o to chodzi. – Żart.

– To może wyjątkowo znajdzie się coś u mnie. Łóżko też mam, jeśli o to chodzi. Tobie chyba się wydaje, że ja w ogóle się nie rżnę, co? Że tyłek rozgrzewam sobie przy waszym ognisku domowym? Penelope już tu nie mieszka, Salvo. Ty mieszkasz z nieprawdziwą Penelope.

– Paula, jak cię proszę. Muszę iść.

– Prawdziwa Penelope to zakompleksiona, nadkompensująca suka, która czynami chce zagłuszyć nękające ją niepewności. Poza tym ma przywidzenia, jest psychopatką i moją najbliższą przyjaciółką. Może byś zaczął chodzić na moje zajęcia ze świadomości ciała wewnętrznego? Dużo mówimy o takich jak Penelope. Gdzie masz tę fuchę?

– W szpitalu.

– I bierzesz walizkę? To gdzie ten szpital, w Hongkongu?

– Paula, ja cię proszę. Śpieszę się.

– To może najpierw do łóżka, potem do szpitala?

– Nie. Przepraszam.

– Najpierw do szpitala, potem do łóżka?

– Dziękuję, nie.

Usunęła się na bok. Z ulgą minąłem ją i wydostałem się na klatkę schodową. Kiedy indziej byłbym zadziwiony łatwością, z jaką nasza domowa głosicielka prawd życiowych i konsumentka nieskończonej liczby butelek riojy przekroczyła granicę dzielącą nauczycielkę od nimfomanki – ale nie dziś.

Około godziny siódmej zero zero według wskazań zegarka od cioci Imeldy zająłem pozycję na ławce naprzeciw głównego wejścia do szpitala, choć dyskretny wywiad przeprowadzony w izbie przyjęć pozwolił stwierdzić, że personel z nocnego dyżuru kończy pracę najwcześniej o ósmej trzydzieści. Na linii wzroku miałem brutalistyczną rzeźbę nowoczesną, dzięki której mogłem obserwować i równocześnie nie być obserwowany. Po obu stronach przeszklonego wejścia stał przedstawiciel jednej z coraz liczniejszych w Wielkiej Brytanii prywatnych formacji paramilitarnych. Usłyszałem głos Maxiego mówiący z dumą: „Zulu i Owambo, najlepsi żołnierze na świecie". Na podjeździe cała kolejka karetek wyładowywała rannych. Obok mnie na ławce leżała materiałowa torba, do której przełożyłem taśmy i notatniki. Zdając sobie sprawę, że mój kontakt z rzeczywistością jest obecnie trochę osłabiony, pasek torby owinąłem sobie na wszelki wypadek wokół dłoni.

Byłem superczujny i na wpół śpiący. Znalezienie noclegu o północy w sezonie bombowym, gdy jest się asfaltem, w dodatku z wielką torbą, nie było zadaniem łatwym. Dlatego właśnie uznałem, że mam szczęście, gdy przyjacielski policjant, który podjechał do mnie, by dobrze mi się przyjrzeć, skierował mnie do rzęsiście oświetlonego pensjonatu w stylu pseudotudorskim, w przecznicy od Kilburn High Road, który to pensjonat, według słów właściciela, pasjonata krykieta, pana Hakima, otwarty był dwadzieścia cztery godziny na dobę dla ludzi wszystkich kolorów skóry, pod warunkiem że grają w jego ulubioną grę. Za wpłacone z góry dolary Maxiego (ale przedtem wymienione na funty) stałem się natychmiast lokatorem luksusowego apartamentu, czyli przestronnej sypialni na tyłach domu, z dwuosobowym łóżkiem, z przynależnym do niej kątem kuchennym i wykuszem wychodzącym na kieszonkowych rozmiarów ogródek warzywny.

Gdy się rozgościłem, była już trzecia rano, ale sen nie przychodzi łatwo mężczyźnie, który postanowił odnaleźć kobietę swego życia. Ledwie obfitych kształtów żona pana Hakima zamknęła za sobą drzwi, ja już łaziłem po pokoju ze słuchawkami na uszach i magnetofonem w ręce. „S" rzeczywiście znaczyło „telefon satelitarny". Philip korzystał z niego nader chętnie. W końcu rozmawiał za jego pomocą z facetem, który mógł powiedzieć „tak". I ku mojej rozpaczy głos, który powiedział „tak", należał – niestety! – do mojego bohatera i pogromcy poczytnej gazety Penelope, lorda Brinkleya z Sands. Co prawda jego wzburzony ton dawał mi jeszcze promyk nadziei. Z początku lord Brinkley nie chciał wierzyć własnym uszom:

– Philip, ja cię po prostu nie słyszę. Gdybym cię nie znał, pomyślałbym, że chcesz wykręcić jakiś numer w stylu Tabby'ego.

A gdy już Philip wyjaśnił, że w przeciwnym razie z umowy nici:

– W życiu nie słyszałem podobnie niemoralnej propozycji. Na miłość boską, to już uścisk dłoni nic nie znaczy? I mówisz, że nie pójdzie na to, że teraz trochę, reszta po? Musi się zgodzić. Przekonaj go.

A gdy Philip upierał się, że przekonywali, jak mogli, ku mojej uldze ton Brinkleya świadczył o urażonej niewinności:

– Zwariował chłopak. Pogadam z jego ojcem. Dobrze, daj mu, co chce. Ale wyłącznie a conto przyszłych dochodów i od razu będziemy starali się odzyskać całą sumę. Philip, powiedz mu to. Szczerze mówiąc, zawiodłem się na tobie. I na nim. Gdybym cię lepiej nie znał, zastanawiałbym się, kto tu co komu robi.

O ósmej siedemnaście ze szpitala wyszedł ubrany na biało młody człowiek. Za nim pojawiły się trzy szaro odziane siostry miłosierdzia. Dwadzieścia po wychodziła cała gromada pielęgniarek i pielęgniarzy, głównie czarnoskórych. Coś jednak mówiło mi, że tak na ogół towarzyska Hannah dziś się w tej grupie nie znajdzie. O ósmej trzydzieści trzy wybiegła wyjściem kolejna grupa, bardzo czymś rozweselona, i Hannah znów pasowałaby do niej jak ulał, ale nie dziś. Wyszła sama o ósmej czterdzieści. Szła niepewnym krokiem z komórką przy uchu. Była w swym uniformie, ale bez czepka. Do tej pory widziałem ją tylko albo w uniformie, albo nagą. Marszczyła brwi z dokładnie takim napięciem, z jakim mierzyła puls Jeana-Pierre'a lub kochała się ze mną. Gdy dotarła na najniższy stopień, zatrzymała się nagle, nie zważając na ludzi, którzy musieli ją obejść, idąc w górę lub w dół po schodach, co mogłoby wydać się komuś dziwne u osoby tak wyczulonej na innych – komuś, ale nie mnie.

Stała bez ruchu i z wyrzutem patrzyła na telefon. Prawie spodziewałem się, że potrząśnie nim teraz lub odrzuci go ze wstrętem. W końcu jednak przycisnęła go z powrotem do ucha, przekrzywiając mu na spotkanie swą długą szyję, i teraz już wiedziałem, że odsłuchuje ostatnią z ośmiu wiadomości, które nagrałem jej w pierwszych godzinach dnia. Gdy wyprostowała głowę, dłoń trzymająca telefon opadła jej do boku i domyśliłem się, że pewnie znów zapomniała go wyłączyć. Nim do niej dobiegłem, już się śmiała, ale gdy chwyciłem ją w ramiona, śmiech przemienił się w łzy. W taksówce najpierw trochę płakała, potem trochę się śmiała, zresztą zupełnie jak ja, i tak przez całą drogę do pensjonatu pana Hakima. Ale już na miejscu, bo tak już jest

z poważnymi kochankami, ogarnęła nas wzajem-
na rezerwa, zmuszając nas do wyswobodzenia się
ze swych objęć i przejścia przez żwirowy podjazd
całkiem osobno. Oboje wiedzieliśmy, że jestem jej
winny pewne wyjaśnienia i że nasza podróż ku sobie
musi być dobrze zaplanowana. Dlatego też otworzyłem drzwi do mojego pokoju i odsunąłem się na
bok, by weszła sama, z własnej i nieprzymuszonej
woli, a nie za moją namową, co też zrobiła, choć
zawahała się na ułamek sekundy. Wszedłem za nią
i zamknąłem drzwi na klucz, ale zobaczywszy, że
ręce trzyma stanowczo przy sobie, powstrzymałem
odruch, by ją objąć.

Dodam jednak, że ani na chwilę nie przestała
patrzyć mi w oczy. W jej wzroku nie było ani oskarżenia, ani wrogości. Była to raczej przedłużona wizyta
rozpoznawcza. Zacząłem się zastanawiać, czy uda
się jej odgadnąć zamęt, jaki panował we mnie, była
bowiem kobietą, która trawiła całe dni, opiekując
się ludźmi w ciężkich sytuacjach, i musiała umieć
czytać ludzkie twarze. Dokonawszy inspekcji, wzięła
mnie za rękę i poprowadziła na obchód pokoju, jakby
chciała powiązać mnie z tym, co posiadałem: z puklem włosów cioci Imeldy, mszałem ojca i tak dalej,
i – bo dyplomowana pielęgniarka nie przegapi niczego,
co dotyczy jej pacjentów – niemal białym śladem po
czymś, co kiedyś nosiłem na palcu serdecznym lewej
dłoni. Potem, chyba kierując się telepatią, wzięła do
ręki jeden z czterech notatników – tak się złożyło,
że numer trzy, ten, w którym Maxie wyjaśnia plan
operacji – i podobnie jak dopiero szesnaście godzin
temu Philip, zażądała wyjaśnień, których udzielałem
niechętnie, bo zamierzałem zaznajomić ją z faktami
dopiero po wyczerpującym wstępie, zgodnie z najlepszymi regułami gry.

– A to? – nalegała, bezbłędnie wskazując jeden z moich bardziej skomplikowanych hieroglifów.

– Kiwu.

– Rozmawiałeś o Kiwu?

– Przez cały weekend. Nie tyle ja, ile moi klienci.

– Pozytywne rzeczy?

– No, powiedziałbym raczej, że pomysłowe.

A więc ziarno udało mi się zasiać, choć może niewprawnie. Po chwili milczenia uśmiechnęła się smutno.

– Kto może mieć dziś jakiś pomysł dla Kiwu? Chyba nikt. Ale Baptiste twierdzi, że rany już zaczynają się goić. Jeżeli tak dalej pójdzie, może Kongo doczeka się dzieci, które nie zaznają wojny. Nawet Kinszasa zaczyna poważnie mówić o wyborach.

– Jaki Baptiste?

W pierwszej chwili jakby nie usłyszała, tak bardzo pochłaniało ją moje pismo klinowe.

– Baptiste to nieoficjalny przedstawiciel Muanga-zy w Londynie – odpowiedziała, oddając mi notatnik.

Wciąż zastanawiałem się nad obecnością w jej życiu jakiegoś Baptiste'a, gdy wydała okrzyk zaniepokojenia – pierwszy i ostatni, jaki od niej słyszałem. Trzymała w dłoni kopertę od Maxiego, zawierającą sześć tysięcy dolarów w banknotach, których jeszcze nie wymieniłem na funty. Jej oskarżycielski wzrok nie pozostawiał wiele do myślenia.

– Hannah, ja tego nie ukradłem. Zarobiłem. Sam. Uczciwie.

– Uczciwie?

– No, w każdym razie legalnie. Dostałem to od… – Już miałem powiedzieć, że od władz brytyjskich, ale ugryzłem się w język przez wzgląd na pana Andersona. – Od klientów, którzy wynajęli mnie na weekend. – Jeżeli udało mi się na chwilę uspokoić jej podejrzenia, ożyły one na nowo na widok wizytówek Briana Sinclaira, które porzuciłem na kominku. – Brian to mój znajomy – zapewniłem ją, kłamiąc niepotrzebnie. – Zresztą to nasz wspólny znajomy, później ci o nim opowiem.

Zobaczyłem natychmiast, że jej nie przekonałem, i już miałem opowiedzieć jej wszystko od początku do końca – o panu Andersonie, wyspie, Philipie, Maxiem, Haju, Antonie, Bennym, Pająku i jeszcze z dziesięć razy o Haju – gdy ogarnęło ją jakieś zamyślone znużenie, jak gdyby usłyszała już ode mnie więcej, niż mogła znieść na jeden raz. Więc zamiast zarzucić mnie pytaniami, zmęczona pielęgniarka po nocnym dyżurze wyciągnęła się w pełnym stroju na łóżku i natychmiast zasnęła, a co jeszcze bardziej zdumiewające – z uśmiechem, który nie chciał zniknąć jej z twarzy. Bardzo chciałem pójść za jej przykładem, więc też zamknąłem oczy, zastanawiając się, jak jej wytłumaczę, że stałem się niechcący wspólnikiem w planowanym zbrojnym zamachu stanu przeciwko jej ojczyźnie. Baptiste, powtórzyłem w duchu. Nie wpadłem przedtem na to, że jej podziw dla Muangazy może rozciągać się również na członków jego organizacji. Ale natura musiała jednak przyjść mi z pomocą, bo gdy się obudziłem, wciąż miałem na sobie dżinsy i koszulę, a Hannah leżała naga w mych ramionach.

Nie jestem zwolennikiem nadmiernej dosłowności, w czym chyba przypominam brata Michaela. Uważał on, że akt miłosny jest sprawą równie osobistą jak akt modlitwy i najlepiej, jeżeli tak pozostanie. Dlatego też nie będę rozwodził się tutaj nad rozkoszą naszego fizycznego powitania, które odbyło się w pełnym świetle porannego słońca, wpadającego przez wielkie okno wykuszu wprost na wielobarwną kołdrę na łóżku, pościelonym przez panią Hakim. Hannah umie słuchać. Nie jestem do tego przyzwyczajony. W oczekiwaniu na tę rozmowę niepokoiłem się, czy nie będzie przykra, czy Hannah mi uwierzy. Ale Hannah to nie Penelope. Oczywiście, od czasu do czasu – na przykład, gdy musiałem rozwiać jej złudzenia co do Muangazy – kilka łez stoczyło się jej po policzkach, plamiąc błękitną poszwę poduszki pani Hakim, ale ani razu nie opuściły jej współczucie dla mnie i niepokój o moje bezpieczeństwo. Dwa dni temu zachwycałem się delikatnością, z jaką potrafiła oznajmić choremu, że umiera, i teraz starałem się ją naśladować, ale brakło mi i umiejętności, i opanowania. Gdy już raz zacząłem opowieść, uległem pokusie opowiedzenia jej wszystkiego naraz. Zaniemówiła, gdy wyjawiłem jej, że choć nie na pełny etat, jestem zaprzysiężonym współpracownikiem wszechmocnych brytyjskich tajnych służb.

– I naprawdę jesteś im wierny, Salvo?

Mówiłem po angielsku, więc ona też.

– Zawsze chciałem, Hannah. I zrobię, co tylko się da, by tak zostało – odpowiedziałem.

Umiała zrozumieć nawet to.

Wtulona we mnie jak senne dziecko emocjonowała się moją czarodziejską podróżą z mieszkania przy South Audley Street do pozłacanego pałacu na Berkeley Square, helikopterem i tajemniczym lotem na północ, na wyspę bez nazwy. Gdy przedstawiałem jej trzech watażków, patrzyłem, jak jej twarz przechodzi przez trzy różne pory roku w tyleż minut: mroczny gniew na kulawego bandytę Franco i jego zamiłowanie do wojny, potem pełny zrozumienia smutek dla nawiedzonego przez AIDS Dieudonnégo. Dopiero gdy naszkicowałem jej

271

słowami portret nieznośnego Haja, naszego kształconego we Francji spekulanta i właściciela nocnych klubów z Bukawu, zacząłem mieć do czynienia z dziewczyną z misji zielonoświątkowców i zostałem odpowiednio skarcony.

– Właściciele klubów nocnych to złoczyńcy, Salvo. Ten Haj na pewno nie jest wyjątkiem. Handluje piwem i surowcami mineralnymi, więc pewnie handluje też narkotykami i kobietami. Tak właśnie zachowuje się dziś młoda elita Kiwu. Noszą ciemne okulary, rozbijają się eleganckimi samochodami i oglądają z kolegami filmy pornograficzne. I muszę ci powiedzieć, że jego ojciec, Luc, ma w Gomie złą sławę. To możny człowiek, który bawi się w politykę dla własnej korzyści, nie dla dobra ludu. – Ale zaraz zmarszczyła czoło, niechętnie modyfikując swój osąd: – Tylko trzeba przyznać, że w Kongu trudno dziś się wzbogacić, nie będąc oszustem. Trudno nie podziwiać jego sprytu.

Urwała, zobaczywszy wyraz mojej twarzy, i znów zaczęła przyglądać mi się badawczo. Kiedy Hannah to robi, trudno zachować zasady pana Andersona.

– O Haju mówisz jakoś inaczej. Czy jest dla ciebie kimś szczególnym?

– Oni wszyscy byli dosyć szczególni – odparłem wymijająco.

– To dlaczego on jest inny? Bo bardziej europejski?

– Zawiodłem go.

– Ale jak, Salvo? Nie wierzę. Może sam zawiodłeś się na sobie. To nie to samo.

– Torturowali go.

– Haja?

– Prądem. Krzyczał. Wszystko im powiedział. A potem się sprzedał.

Zamknęła oczy, otworzyła je.

– A ty tego słuchałeś?

– Nie miałem, ale słuchałem.

– I nagrałeś to?

– Sami to nagrywali.

– Jak go torturują?

– To miała być taśma archiwalna. Nie operacyjna, tylko archiwalna.

– I my ją mamy? – Zeskoczyła z łóżka i zdecydowanym krokiem podeszła do stolika w wykuszu. – To ta?

– Nie.

– Ta? – Zobaczywszy wyraz mojej twarzy, spokojnie odłożyła taśmę, wróciła do łóżka i siadła obok mnie. – Musimy coś zjeść. Jak zjemy, puścimy taśmę. W porządku?

Powiedziałem, że w porządku.

Ale przed jedzeniem musiała przebrać się w codzienny strój, po który trzeba było pójść do hotelu pielęgniarskiego, więc na godzinę zostałem sam na sam z moimi myślami. Nie przyjdzie. Uznała, że zwariowałem. Ma rację. Odeszła do Baptiste'a. Te kroki na schodach to nie Hannah, to pani Hakim. Tylko że pani Hakim waży dobre dziewięćdziesiąt kilo, a Hannah jest jak nimfa.

Opowiada mi o Noahu, swoim synku. Jedną dłonią je pizzę, drugą trzyma mnie za rękę i opowiada mi o nim w suahili. Gdy byliśmy ze sobą pierwszy raz, mówiła o nim nieśmiało. Teraz musi powiedzieć mi wszystko, jak to się stało, co to dla niej znaczy.

– Noah jest dzieckiem z nieślubnego związku, ale uwierz mi, Salvo, nie było żadnego związku. Kiedy ojciec wysłał mnie z Kiwu na studia do Ugandy, zakochałam się w studencie medycyny. Kiedy zaszłam z nim w ciążę, powiedział mi, że jest żonaty. Innej, z którą spał, powiedział, że jest gejem.

Miała szesnaście lat. Z początku brzuch wcale jej się nie zaokrąglił i nawet straciła parę kilo, nim zdobyła się na odwagę i zrobiła test na HIV. Był negatywny. Do dziś, gdy ma zrobić coś nieprzyjemnego, robi to natychmiast, żeby tyle nie czekać. Urodziła dziecko, ciotka pomagała jej, by skończyła studia. Wszyscy studenci medycyny i młodzi lekarze chcieli zaciągnąć ją do łóżka, ale przede mną nie było już nikogo.

Zaczyna się śmiać.

– No a ty co, Salvo? Też jesteś żonaty!

Mówię jej, że już nie.

Śmieje się, kręci głową, popija łyk czerwonego wina, które, jak zgodnie stwierdziliśmy, było na pewno najgorszym winem, jakie oboje piliśmy w życiu – Hannah mówi, że gorsze nawet od tego, które każą im pić na corocznej potańcówce szpitalnej, a to niemało, możesz mi wierzyć, Salvo. Ja na to, że na pewno nie tak złe jak chianti Giancarla, które wypala dziury w żołądku. Przy okazji opowiadam jej o dzielnym, drobnym dżentelmenie z trattorii Bella Vista na Battersea Park Road.

Hannah skończyła studia pielęgniarskie w dwa lata po urodzeniu Noaha. Została awansowana na starszą pielęgniarkę, sama uczyła się angielskiego i chodziła do kościoła trzy razy w tygodniu. „I dalej chodzisz, Hannah?" Trochę. Młodzi lekarze mówią, że Boga nie da się pogodzić z nauką i, szczerze mówiąc, mało się Go widzi w szpitalu. Ale to nie znaczy, że może przestać modlić się za Noah, za rodzinę i za Kiwu, że może przestać zajmować się dziećmi ze swojej szkółki niedzielnej, jak to określa, przy pewnym kościele na północy Londynu, gdzie praktykuje resztkami swej wiary.

Hannah szczyci się swą przynależnością do plemienia Nande i ma do tego pełne prawo, bo Nande słyną z rzutkości. Przy kawie i kolejnym kieliszku wstrętnego wina opowiedziała mi, że do Anglii sprowadziło ją pośrednictwo pracy, gdy miała dwadzieścia trzy lata. Mówiła mi to już poprzednim razem, ale w naszej grze jest tak, że kto z niej wypada, musi zaczynać od początku. Sami Anglicy nie byli tacy źli, ale agencja potraktowała ją gównianie – pierwszy raz usłyszałem od niej brzydkie słowo. Noah został u ciotki w Ugandzie, choć o mało jej serce nie pękło, ale wróżbita z Entebbe pomógł jej określić cel w życiu, którym w jej przypadku było zdobywanie praktycznej wiedzy medycznej Zachodu i przysyłanie pieniędzy na Noaha. Kiedy już wszystkiego się nauczy i oszczędzi dość pieniędzy, wróci z nim do Kiwu.

Na początku pobytu w Anglii Noah śnił się jej co noc. Telefony do niego rozstrajały ją tak, że musiała ograniczyć się do jednej rozmowy tygodniowo w porze najniższych opłat. Pośrednik nie powiedział jej ani że będzie musiała zaliczyć kurs adaptacyjny, na który poszły wszystkie zaskórniaki, ani że będzie znowu musiała zaczynać od zera w pielęgniarskiej hierarchii. Nigeryjki, z którymi zamieszkała, nie płaciły czynszu, więc któregoś dnia gospodarz wyrzucił je wszystkie na ulicę, ją też. By awansować w szpitalu, musiała być dwa razy lepsza niż białe konkurentki i dwa razy ciężej pracować. Ale z Bożą pomocą udało się – choć ja wolałem przypisywać ten sukces jej heroizmowi. Dwa razy w tygodniu chodzi na kurs podstawowych zabiegów chirurgicznych. Dziś też ma zajęcia, ale nadrobi później. To ostatnia kwalifikacja, którą chce nabyć przed powrotem po Noaha.

Najważniejsze zostawiła na koniec. Udało jej się wybłagać u przełożonej tydzień dodatkowego urlopu, dzięki czemu będzie też mogła pojechać na dwa dni nad morze z dziećmi ze swej szkółki niedzielnej.

– Tylko po to prosiłaś o urlop? Z powodu tych dzieci? – pytam z nadzieją.

Ale ona prycha z lekceważeniem. Brać tygodniowy urlop tylko dlatego, że może jakiś tłumacz dotrzyma słowa? Co za bzdura!

Wypiliśmy kawę, zapłaciliśmy wymienionymi na funty dolarami Maxiego. Za minutę trzeba wracać do pana Hakima. Hannah chwyta moją dłoń i wpatruje się w nią, w zamyśleniu przesuwając paznokciem wzdłuż linii.

– Będę żył wiecznie? – pytam.

Niecierpliwie kręci głową, nie puszcza mojej dłoni, wciąż ją ogląda.

– Było ich pięć, mówi cicho w suahili. – Właściwie to nie były jej siostrzenicami, a kuzynkami, ale do dziś nazywa je siostrzenicami. To córki tej samej ciotki, która pomagała jej w Ugandzie i która teraz opiekuje się Noahem. Ciotka nie miała więcej dzieci. Nie miała synów. Córki miały od szesnastu do sześciu lat. Recytuje ich imiona, same biblijne. Oczy ma spuszczone, wciąż mówi do mojej dłoni, jej głos ma teraz tylko jeden ton. – Wracały do domu główną drogą, w odświętnych sukienkach, razem z wujkiem. Wracali razem z kościoła, głowy mieli jeszcze pełne modlitwy. Podeszło do nich kilku chłopców. Z bojówki Interahamwe z drugiej strony granicy, z Ruandy. Naćpani, szukali rozrywki. Powiedzieli, że wujek jest szpiegiem Tutsi, podcięli dziewczynkom ścięgna, zgwałcili je i wrzucili do rzeki. Gdy się topiły, wołali: „masło! masło!" Że niby wszystkich Tutsi przerobią na masło.

– A co z twoim wujkiem? – pytam jej odwróconą głowę.

Przywiązali go do drzewa i kazali patrzeć. Zostawili go żywego, żeby opowiedział w wiosce.

By jakoś się odwzajemnić, opowiadam jej o ojcu i pręgierzu. Tego nie opowiadałem dotąd nikomu poza bratem Michaelem. Wracamy do domu i słuchamy, jak torturują Haja.

Siedzi wyprostowana na drugim końcu pokoju, jak najdalej ode mnie. Teraz przybrała swą oficjalną, pielęgniarską minę. Jej twarz jest bez wyrazu. Haj może się drzeć, Tabizi szaleć i go znieważać, Benny i Anton robić, co chcą, tym, co zmajstrował dla nich Pająk – Hannah pozostaje niewzruszona i bezstronna jak sędzia, i nie patrzy na nikogo, a już na pewno nie na mnie. Gdy Haj błaga o litość, Hannah znosi to ze stoickim spokojem. Gdy szydzi z Tabiziego i Muangazy, że ubili brudny interes z Kinszasą, prawie się nie wzdraga. Gdy Anton i Benny myją Haja pod prysznicem, Hannah wydaje z siebie zduszony okrzyk obrzydzenia, ale nawet i to nie odbija się na jej twarzy. Gdy wreszcie na scenie pojawia się Philip i zaczyna swoje perswazje, wiem już, że dzieliła z Hajem każdą sekundę jego cierpienia, zupełnie jakby opiekowała się nim w szpitalu. A gdy Haj domaga się trzech milionów dolarów, by sprzedać swą ojczyznę, i spodziewam się, że okaże choć trochę oburzenia, ona tylko spuszcza wzrok i kiwa głową ze współczuciem.

– Biedny pajac – mruczy. – Zabili w nim ducha.

W tym miejscu zamierzałem oszczędzić jej najgorszej z kpin i chcę wyłączyć magnetofon, ale powstrzymuje mnie za rękę.

– Teraz już tylko śpiewa. Chce jak najszybciej zapomnieć. Nie uda mu się – mówię cicho.

Ale ona nie pozwala, więc odtwarzam nagranie do końca, czyli od wędrówki Haja po salonie Muangazy po kroki w krokodylkach, ich wyzywające tupanie przez całą długość pergoli.

– Jeszcze raz – rozkazuje.

Jeszcze raz. Hannah długo siedzi bez ruchu.

– Powłóczy jedną nogą, słyszałeś? Mogli uszkodzić mu serce.

Nie, Hannah, wcale nie widziałem, żeby potem powłóczył nogą. Wyłączam magnetofon, ona nie rusza się z miejsca.

– Znasz tę pieśń? – pyta.

– Taka jak wszystkie, które śpiewaliśmy na misji.

– To dlaczego ją śpiewał?

– Pewnie chciał się podnieść na duchu.

– Albo ciebie.

– Albo mnie – przyznaję.

Hannah jest osobą praktyczną. Gdy ma problem, określa jego przyczyny i zabiera się do roboty. Ja miałem brata Michaela, ona siostrę Imogène. To siostra Imogène nauczyła ją wszystkiego w szkółce misyjnej. Gdy zaszła w ciążę w Ugandzie, Imogène podtrzymywała ją na duchu listami. Prawo siostry Imogène, którego Hannah nie zamierza nigdy zapomnieć, zakłada, że skoro żaden problem nie istnieje sam z siebie, należy rozłożyć go na czynniki pierwsze i zająć się po kolei każdym nich. Dopiero wtedy, na pewno nie wcześniej, Bóg wskaże właściwą drogę. Ponieważ był to Hannah zwykły *modus operandi*, zarówno w życiu, jak i w pracy, poddałem się bez sprzeciwu dość dokładnemu przesłuchaniu, które zniosłem tylko dzięki nielicznym, co prawda, ale uspokajającym karesom. Mówiliśmy dla jasności po francusku.

– Jak i kiedy ukradłeś te taśmy i notatniki, Salvo?

Opisuję ostatni pobyt w kotłowni, niespodziewane pojawienie się Philipa i moje cudowne ocalenie.

– Czy podczas powrotnego lotu na Luton ktoś patrzył na ciebie podejrzliwie albo pytał, co masz w torbie?

Nikt.

– Jesteś pewny?

Na sto procent.

– Kto już wie, że ukradłeś taśmy?

Zastanawiam się. Jeżeli Philip postanowił wrócić do kotłowni po odjeździe ekipy, to już wiedzą. Jeżeli Pająk zajrzał do swych taśm po przylocie do Anglii, zamiast od razu oddać je do celów archiwalnych, to już wiedzą. Albo jeżeli już je komuś oddał, a ten ktoś zaczął je sprawdzać z tego czy innego powodu – to też już wiedzą. Sam nie wiem, dlaczego mniej więcej od tego miejsca zacząłem przemawiać mentorskim tonem – pewnie dlatego, że miałem nieczyste sumienie.

– Jednakowoż – upieram się, naśladując styl gadatliwych adwokatów, których muszę czasem tłumaczyć – niezależnie od tego, czy wiedzą, czy nie, nie ma wątpliwości co do faktu, iż praktycznie naruszyłem warunki ustawy o tajemnicy państwowej. Ale czy rzeczywiście? Czy rzeczywiście chodzi o tajemnicę państwową? Skoro druga strona ma prawo zaprzeczyć, że istniałem, podobnie można zaprzeczać istnieniu jakiejkolwiek tajemnicy. Jak można oskarżać nieistniejącego tłumacza o złamanie nieistniejącej tajemnicy, jeżeli został wynajęty przez nieznany z nazwy Syndykat, który sam utrzymuje, że nie istnieje?

Powinienem był się domyślić, że sądowe mowy robią na Hannah znacznie mniejsze wrażenie niż na mnie.

– Salvo. Okradłeś bardzo potężnych ludzi z czegoś, co jest dla nich bardzo cenne. Pytanie jest takie: czy się o tym dowiedzą i co ci zrobią, jak cię złapią? Mówiłeś, że mają zaatakować Bukawu za dwa tygodnie. Skąd to wiesz?

– Maxie mi powiedział. W samolocie, w drodze powrotnej. Najpierw muszą zająć lotnisko. W piłkę gra się w sobotę. Biali najemnicy przylecą szwajcarskim czarterem, czarni będą udawać drużynę piłkarską.

– Czyli mamy nie dwa tygodnie, tylko trzynaście dni.

– Tak.

– I choć nie wiemy tego na pewno, całkiem możliwe, że już cię szukają.

– Pewnie tak.

– Więc musimy iść do Baptiste'a.

Bierze mnie w ramiona i na jakiś czas zapominamy o wszystkim, tylko nie o sobie.

Leżymy na wznak, patrzymy w sufit, ona opowiada mi o Baptiscie. Jest kongijskim patriotą marzącym o zjednoczonym Kiwu. Niedawno wrócił z Waszyngtonu, gdzie uczestniczył w forum naukowym na temat świadomości afrykańskiej. Ruandyjczycy już kilka razy wysyłali za nim zbirów, by go wyśledzili i zabili, ale jest taki sprytny, że za każdym razem ich przechytrzył. Zna wszystkie kongijskie grupy, również te złe. W Europie, Ameryce i Kinszasie.

– W Kinszasie, gdzie są grube ryby – dodaję.

– Tak, Salvo. Gdzie są grube ryby. Ale i wielu dobrych, poważnych ludzi jak Baptiste, którym leży na sercu los Wschodniego Konga, gotowych się poświęcić, by bronić nas przed wrogami i wyzyskiwaczami.

Bardzo chciałbym bezwarunkowo zgodzić się ze wszystkim, co mówi. Chcę być tak dobrym Kongijczykiem, jak ona Kongijką. Ale równocześnie, jak by to ujął brat Michael, gryzie mnie w wątpia szczur zazdrości.

– Czyli, choć dobrze wiemy, że Muangaza ubił brudny interes z Kinszasą – mówię – a jeśli nie on, to Tabizi albo jego ludzie, nadal uważasz, że to bezpieczne iść do londyńskiego przedstawiciela Muangazy i wszystko mu wyznać? Tak bardzo mu ufasz?

Podnosi się bokiem i spogląda na mnie z góry.

– Tak, Salvo, tak bardzo mu ufam. Gdy Baptiste usłyszy to, co my i uzna, że Muangaza się sprzedał, wtedy Baptiste, który jest człowiekiem szlachetnym i tak samo jak my pragnie pokoju dla całego Kiwu, będzie wiedział, kogo ostrzec i jak zapobiec nieszczęściu.

Z powrotem opada na łóżko, oboje powracamy do badania sufitu pani Hakim. Zadaję nieuchronne pytanie: jak go poznała?

– To właśnie jego grupa organizowała autobus na wyjazd do Birmingham. Jest Szi, tak jak Muangaza, więc nic dziwnego, że w niego uwierzył. Ale na pewno nie będzie przymykał oczu na coś takiego.

Oczywiście masz rację, zapewniam ją.

– W ostatniej chwili, tuż przed odjazdem, całkiem niespodziewanie wskoczył do autobusu i wygłosił wspaniałe przemówienie o perspektywach pokoju i zjednoczenia całego Kiwu.

Pytam, czy do niej osobiście.

– Tak, Salvo. Do mnie osobiście. W autobusie było trzydzieści sześć osób, ale mówił tylko do mnie. A ja byłam całkiem goła.

Jej początkowe obiekcje względem mojego faworyta, lorda Brinkleya, były tak silne, że trąciły fundamentalizmem siostry Imogène.

– Ależ Salvo, jeżeli źli ludzie wciągają nas w wojnę i kradną nam nasze bogactwa, to czy mogą być między nimi różnice w stopniu winy? Skoro wspólnie dopuszczają się tego samego czynu, wszyscy muszą być winni tak samo.

– Ale Brinkley jest inny – odpowiedziałem cierpliwie. – Jest tylko figurantem, jak Muangaza. Inni będą się za nim kryć, by nakraść jak najwięcej.

– I równocześnie to człowiek, który może powiedzieć „tak".

– Prawda. Tylko że pamiętasz, jaki był wstrząśnięty i oburzony. Prawie oskarżył Philipa, że go oszukuje. – I wreszcie ostateczny argument: – Jeżeli jest człowiekiem, który może podnieść słuchawkę i powiedzieć „tak", to może ją też podnieść i powiedzieć „nie".

Dalsze, jeszcze usilniejsze przekonywania oparłem na własnych doświadczeniach ze świata biznesu. Powiedziałem, że nierzadko obserwowałem, iż ludzie u steru często nie wiedzą, co robi się w ich imieniu, tak bardzo pochłania ich zdobywanie funduszy i śledzenie zmian na rynku. Powoli zaczęła kiwać głową na znak, że przyznaje, iż są dziedziny życia, na których znam się lepiej niż ona. Kolejnym argumentem była moja rozmowa z lordem Brinkleyem w domu przy Berkeley Square.

– A co się stało, kiedy wspomniałem przy nim o panu Andersonie? Nawet o nim nie słyszał! – zakończyłem i czekałem na jej odpowiedź, która, miałem nadzieję, nie będzie dalszym peanem na cześć Baptiste'a. Na wszelki wypadek pokazałem jej list z podziękowaniem za poparcie: „Drogi Brunonie", podpisano: „Z wyrazami wierności, Jack". Ale ona wciąż jeszcze się nie poddawała:

– Jeżeli ten Syndykat jest taki anonimowy, to w jaki sposób mogą zasłaniać się Brinkleyem? – A ponieważ nie miałem na to gotowej odpowiedzi: – Jeżeli chcesz iść do kogoś ze swoich, to idź przynajmniej do pana Andersona, bo jemu ufasz. Opowiedz mu wszystko i zdaj się na jego łaskę.

Ale tu potrafiłem sobie poradzić, tym razem czerpiąc z posiadanej wiedzy na temat świata tajnych służb.

– Anderson zapomniał o mnie w chwili, gdy wyszedłem z mieszkania przy South Audley Street. Operacja nie istnieje, ja nie istnieję. Myślisz, iż sprawi, że zaistnieję na nowo, kiedy przyjdę do niego i powiem, że to wszystko śmierdzi?

Usiedliśmy obok siebie nad notebookiem i zabraliśmy się do pracy. Strona internetowa lorda Brinkleya nie ujawniła jego adresu domowego. Osoby pragnące skontaktować się z lordem Brinkleyem proszone są o kontakt z jego biurem w Izbie Lordów. Na szczęście miałem moje wycinki prasowe. Jack jest mężem niejakiej lady Kitty, dziedziczki arystokratycznego rodu, bardzo zaangażowanej w akcje charytatywne na rzecz naszych brytyjskich potrzebujących, co oczywiście jak najlepiej nastroiło do niej Hannah. Lady Kitty też miała własną stronę internetową. Ta podawała listę towarzystw dobroczynnych, zaszczyconych jej udziałem, adres, na który można wysyłać czeki, oraz zawiadomienie o czwartkowych spotkaniach na kawę, na które zapraszała w godzinach południowych, wyłącznie po uprzednim uzgodnieniu, najbardziej szczodrych ofiarodawców. A zapraszała do Knightsbridge, serca londyńskiego złotego trójkąta.

Minęła godzina. Leżę i nie śpię, w głowie mam idealny porządek. Hannah, nauczona spać, gdy tylko może, nie rusza się. Bezszelestnie wkładam koszulę i spodnie, biorę telefon komórkowy i schodzę do saloniku dla gości, gdzie pani Hakim akurat sprząta po śniadaniu. Po obowiązkowej wymianie uprzejmości wymykam się do ogródka, który leży w kanionie między wysokimi, brązowymi budynkami. W mózgu mam wyrytą na stałe pamięć tego, co instruktorzy na kursie przygotowawczym nazywaliby „szlakami" Penelope. Po upojnym weekendzie z Fergusem poranek spędzi, dochodząc do siebie w Norfolk Mansions, nim stawi czoło kolejnemu, pracowitemu tygodniowi. Najlepiej telefonuje się jej z taksówek, którymi jeździ na koszt firmy. Jak każda dobra dziennikarka musiała długo myśleć, jak zacząć:

– Sam spierdalaj, Salvo! Gdybyś poczekał tydzień, nie musiałbyś się fatygować! Nie pytam, jak spędziłeś weekend, gdy już wystawiłeś mnie na pośmiewisko przed właścicielem gazety. Mam tylko nadzieję, że ona jest tego warta, Salvo. A może powinnam powiedzieć „on"? Fergus twierdzi, że boi się wejść z tobą do jednej toalety…

Wróciłem do pokoju. Hannah leżała tak, jak ją zostawiłem. W letnim upale prześcieradło, którym była okryta, udrapowane było przez pierś i między uda jak do malarskiego aktu.

– Gdzie byłeś?
– W ogrodzie. Rozwodziłem się.

Rozdział 15

Hannah uparła się i w końcu przekonała mnie, że taśm i notatników nie powinienem zabierać ze sobą do Brinkleyów. A ponieważ była równie zdeterminowana, by odprowadzić mnie aż pod same drzwi i zostać na zewnątrz do mojego powrotu, osiągnęliśmy następujący kompromis: ona zostanie z łupami w pobliskiej kawiarni na rogu, a ja zatelefonuję po nią, gdy uznam, że nadszedł właściwy moment. Wtedy ona podrzuci je ukradkiem na progu i wróci do kawiarni, by tam na mnie poczekać.

Była piąta owego poniedziałkowego popołudnia, gdy opuściliśmy gościnne progi pensjonatu pana Hakima i z zachowaniem odpowiednich środków ostrożności wsiedliśmy do autobusu, który miał nas dowieźć na stację metra Finchley Road. Zrobiła się szósta, nim z chodnika po drugiej stronie drogi lustrowaliśmy piękną, półkolistą fasadę w Knightsbridge, a dwadzieścia po szóstej, gdy umieściłem Hannah przy kawiarnianym stoliku przy oknie. Podczas podróży autobusem przeszła lekkie załamanie – w odróżnieniu ode mnie, bo ja byłem w coraz lepszym humorze.

– Za parę godzin będzie po kłopocie – zapewniałem ją, masując po plecach, by pomóc jej się zrelaksować, ale jej jedyną reakcją była obietnica, że będzie się za mnie modlić.

Zbliżając się do celu, musiałem zrobić wybór między drzwiami dla służby w suterenie a schodami prowadzącymi do wejścia między kolumnami, przy którym wisiał staroświecki sznur od dzwonka. Wybrałem to drugie. Otworzyła mi pucołowata Latynoska w czarnym stroju pokojówki. Miała nawet biały kołnierzyk i czepeczek na głowie.

– Chciałbym zobaczyć się z lordem Brinkleyem – powiedziałem, przybierając władczy ton moich najlepszych klientów.

– On biuro.

– A może jest lady Kitty? – zapytałem, jedną ręką przytrzymując drzwi, drugą wyciągając wizytówkę Briana Sinclaira. Już wcześniej dopisałem pod pseudonimem „Bruno Salvador" a na odwrocie „tłumacz Syndykatu".

– Nie wejść – zakomenderowała pokojówka i zgodnie ze swą intencją tym razem skutecznie zatrzasnęła drzwi, ale tylko po to, by w dwie sekundy później otworzyła je już lady Kitty we własnej osobie.

Jak wszystkie damy z najlepszego towarzystwa była w całkowicie nieokreślonym wieku. Miała na sobie krótką spódnicę, pasek od Gucciego i proste, popielatoblond włosy. Wśród zwałów biżuterii na rękach rozpoznałem maleńki zegarek od Cartiera w dwóch odcieniach złota. Jedwabiście białe nogi kończyły się we włoskich butach nienagannej elegancji. Niebieskie oczy nosiły wyraz ciągłego przerażenia, jak gdyby zwidziało jej się coś strasznego.

– Pan do Brinkleya – poinformowała mnie, a jej nerwowy wzrok przeskakiwał to na moją wizytówkę, to na moją twarz, jakby malowała mój portret.

– W ten weekend wykonywałem dla niego pewną dość ważną pracę – wyjaśniłem i urwałem, niepewny, ile wie.

– W ten weekend?

– Muszę z nim porozmawiać. Sprawa osobista.

– A nie wystarczyło zatelefonować? – zapytała, a jej oczy przeraziły się jeszcze bardziej.

– Niestety nie. – Postanowiłem schronić się za ustawą o tajemnicy państwowej. – To nie byłoby rozsądne. Mało bezpieczne. – Miałem nadzieję, że aluzja jest czytelna. – To nie sprawa na telefon. Nie wolno nam.

– Nam?

– Ludziom, którzy pracują dla lorda Brinkleya.

Wspięliśmy się po schodach do długiego salonu o wysokich, czerwonych ścianach, pełnego złoconych luster i woni Willowbrook, posiadłości cioci Imeldy: potpourri i miód.

– Tu pana umieszczę – oznajmiła, wskazując mi mniejszy pokój, dokładną replikę pierwszego. – Czy mogę panu zrobić drinka? A, nie trzeba. To proszę sobie poczytać gazetę albo coś takiego.

Zostawszy sam, przeprowadziłem dyskretne rozpoznanie wzrokowe. Zamknięte na klucz barokowe biureczko. Zdjęcia synów w Eton i przywódców środkowoafrykańskich. I okazały *Maréchal* Mobutu w mundurze: *Pour Jacques, mon ami fidèle, 1980*. Drzwi się otworzyły. Lady Kitty podeszła do komody i wydobyła z niej spotniały od chłodu, srebrny shaker i jeden kieliszek do martini.

– Ta jego ordynarna sekretarka – poskarżyła się. I naśladując proletariacki akcent, dodała: – „Jack ma zebranie, Kitty”. Boże, jak ja ich nienawidzę. Po co mu tytuł szlachecki, jeżeli i tak wszyscy mówią do niego po imieniu? A nie można ich ochrzanić, bo zaraz pozwą człowieka do sądu. – Upozowała się starannie na oparciu kanapy i założyła nogę na nogę. – Powiedziałam jej, że mamy kłopoty. A mamy?

– Nie mamy, jeżeli zdążymy ich powstrzymać.

– O, na pewno zdążymy. Brinkley jest w tym świetny. W powstrzymywaniu. A kto to jest Maxie?

Są chwile w życiu tajnego agenta na pół etatu, gdy trzeba mówić kłamstwa i tylko kłamstwa.

– Nigdy nie słyszałem o Maxiem.

– Ależ oczywiście, że pan słyszał, inaczej nie robiłby pan takiej głupiej miny. Zresztą wszystko jedno, czy pan słyszał, czy nie, bo postawiłam na niego ostatnią koszulę. – W zamyśleniu mięła dekolt bluzki, pochodzącej na pewno od jakiegoś wielkiego projektanta mody. – Choć to właściwie stara szmata. Jest pan żonaty, Brunonie?

Znowu zaprzeczać? Czy też trzymać się prawdy na tyle, na ile pozwala konspiracja?

– Tak, jestem. – Z Hannah, nie Penelope.

– I na pewno ma pan mnóstwo prześlicznych dzieciaczków?

– Niestety jeszcze nie. – Poza Noahem.

– Ale będzie pan miał. Wszystko w swoim czasie. Pewnie próbujecie dzień i noc? Czy pana żona pracuje?

– Jak najbardziej.

– Ciężko?

– Bardzo ciężko.

– Biedactwo. Czy mogła się wyrwać, żeby pojechać razem z panem, kiedy kombinował pan z Brinkleyem?

– Nie. To nie był taki weekend, jak pani myśli – odpowiedziałem, odganiając od siebie wyobrażenie Hannah, siedzącej nago obok mnie w kotłowni.

– A był Philip?

– Philip?

– Tak, Philip. Proszę się nie krygować.

– Niestety nie znam żadnego Philipa.

– Ależ oczywiście, że pan zna. Philip to szef. Brinkley dosłownie je mu z ręki.

I na tym polega problem Brinkleya, pomyślałem zadowolony, że potwierdzają się moje przypuszczenia.

– Philip nigdy nie zostawia wiadomości. Żaden z was nie zostawia wiadomości. „Proszę powiedzieć, że dzwonił Philip". Tak jakby jeden był Philip na świecie. No, i niech mi pan teraz powie, że go nie zna.

– Już mówiłem, że nie.

– Zna pan, bo się pan rumieni, jakie to słodkie. Pewnie się do pana dobierał. Brinkley mówi o nim „mój afrykański kochaś". Jakie języki pan tłumaczy?

– Niestety, nie wolno mi tego ujawniać.

Jej wzrok padł na torbę, którą umieściłem obok siebie na podłodze.

– A w ogóle to co pan tam ma? Brinkley mówi, że mamy obszukiwać każdego, kogo wpuszczamy do domu. Ma przy głównym wejściu całą baterię kamer, więc baby sprowadza sobie tyłem, żeby samemu się na tym nie przyłapać.

– Tylko magnetofon – powiedziałem i podniosłem, by jej pokazać.

– A po co?

– Na wypadek, gdyby państwo nie mieli.

– Tu jesteśmy, kochanie!

Usłyszała męża, zanim udało się to mnie. Zerwała się na nogi, pośpiesznie schowała shaker i kieliszek z powrotem do komody, psyknęła sobie do ust inhalatorem wyjętym z kieszeni bluzki i dwoma susami znalazła się przy drzwiach od większego salonu jak przyłapana na gorącym uczynku uczennica.

– Nazywa się Bruno – oznajmiła radośnie zbliżającym się krokom. – Zna Maxiego i Philipa, udaje, że ich nie zna, ma ciężko pracującą żonę, chce mieć dzieci, ale ich jeszcze nie ma. Za to ma magnetofon na wypadek, gdybyśmy nie mieli.

Nadchodziła chwila prawdy. Lady Kitty zniknęła, przede mną stał teraz jej mąż, strojny w wystrzałowy dwurzędowy garnitur w prążki, krzyk mody z lat trzydziestych. Niecałe dwieście metrów stąd czekała na wezwanie Hannah. W telefonie miałem już wystukany jej numer. W ciągu kilku minut, jeżeli wszystko pójdzie zgodnie z planem, przedstawię Jackowi Brinkleyowi dowody na to, że wbrew temu, co myśli, może zniszczyć wszystko, co zrobił dla Afryki przez tyle lat. Spojrzał najpierw na mnie, potem dokładnie zlustrował pokój i znów popatrzył na mnie.

– To pana? – Trzymał w dłoni moją wizytówkę. Za sam róg, jakby była mokra.

– Tak, proszę pana.

– To kim pan jest?

– Nazywam się Sinclair, proszę pana. Ale tylko oficjalnie. To był mój pseudonim na ostatni weekend. Zna mnie pan lepiej pod prawdziwym imieniem i nazwiskiem, Bruno Salvador. Korespondowaliśmy.

Postanowiłem nie wspominać o kartkach świątecznych, bo nie były spersonalizowane, ale wiedziałem, że będzie pamiętał o moim liście poparcia. I rzeczywiście pamiętał, bo uniósł głowę i, będąc wysokim mężczyzną, zachował się jak sędzia w sali rozpraw: spojrzał na mnie z góry sponad swych rogowych oprawek, jakby chciał ocenić, kogo teraz będzie sądził.

– No, to może najpierw najważniejsza sprawa, Salvador – zaproponował. Wyjął mi z ręki magnetofon, sprawdził, że nie ma w nim taśmy, oddał mi go. Najwyraźniej wystarczyło mu to za uścisk dłoni.

Otworzył barokowe biurko i zasiadł bokiem do niego. Badawczo przyglądał się własnemu listowi do mnie, a szczególnie odręcznemu postscriptum, w którym wyrażał nadzieję, że kiedyś pozna mnie osobiście. Ponieważ był wtedy członkiem Izby Gmin, żałował, że nie mieszkam w jego okręgu wyborczym, po którym to zdaniu następowały dwa wykrzykniki, które zawsze przyprawiały mnie o uśmiech. Czytał z tak zadowoloną miną, że równie dobrze mógłby to być list do niego, taki, na który długo czekał i z którego nadejścia bardzo się cieszył. Gdy skończył, uśmiechał się nadal, ale list położył obok siebie na biurku, sugerując, że będzie chciał jeszcze do niego zajrzeć.

– No, więc na czym polega pana problem, Salvador?

– Za pozwoleniem, to raczej pana problem. Ja byłem tylko tłumaczem.

– Ach, tak? A co pan tłumaczył?

– No, tak naprawdę wszystkich, proszę pana. Oczywiście Maxiego, bo on nie mówi żadnym językiem. To znaczy, poza angielskim. Philip słabo mówi w suahili. Można powiedzieć, że miałem pełne ręce roboty. Musiałem tłumaczyć wszystko wszystkim. Nad i pod linią wody.

Uśmiechnąłem się skromnie do siebie, bo miałem nadzieję, że już coś słyszał o moich wyczynach, które szczerze mówiąc, były całkiem niemałe, niezależnie od tego, czy byłem po dobrej, czy po złej stronie, a to właśnie chciałem mu wyjaśnić, by zrehabilitować się w jego oczach.

– Linią wody? Jaką linią wody?

– Tak naprawdę to powiedzenie Maxiego, proszę pana, nie moje. Określenie tego, co robiłem w kotłowni. Podsłuchiwałem rozmowy delegatów w czasie przerw. Maxie miał tam człowieka o przezwisku Pająk. – Urwałem na wypadek, gdyby mu to coś mówiło, ale nie mówiło. – Pająk to specjalista od podsłuchu. Miał mnóstwo przestarzałego sprzętu, który zebrał w ostatniej chwili. Takie „zrób to sam". Ale tego pewnie też pan nie wie.

– Ale czego konkretnie?

Zacząłem jeszcze raz od początku. Nie czas na półsłówka. Było jeszcze gorzej, niż myślałem. Philip w ogóle nic mu nie powiedział.

– Proszę pana, cała wyspa była na podsłuchu. Nawet altana na górce. Za każdym razem, gdy Philip uznał, że osiągnęliśmy w negocjacjach punkt krytyczny, ogłaszał przerwę, wtedy ja dawałem nura do kotłowni i słuchałem, po czym zdawałem raport Sam, która siedziała gdzieś na górze, żeby Philip i Maxie byli dobrze poinformowani przed kolejnym posiedzeniem. I żeby w razie czego mogli poradzić się przez telefon satelitarny kolegów z Syndykatu i kumpli Philipa. Dlatego właśnie zaczęli zajmować się Hajem. To znaczy on zaczął. Philip. No, można powiedzieć, że z pomocą Tabiziego. Ja byłem tylko ślepym narzędziem.

– A kto to jest Haj, jeśli wolno spytać?

Wstrząsające, lecz prawdziwe. Zgodnie z moimi przewidywaniami lord Brinkley nie miał pojęcia, co działo się za jego plecami – choć to przecież on był człowiekiem, który mógł powiedzieć „tak".

– Haj był jednym z delegatów, proszę pana. – Postanowiłem wyznać mu to wszystko trochę delikatniej. – Było ich trzech. Dwóch przywódców bojówek, watażków, jeśli pan woli, i właśnie Haj. To on kosztował pana te dodatkowe trzy miliony dolarów – przypomniałem mu ze smutnym uśmiechem, który jakby chciał ze mną dzielić, i nic dziwnego, bo pamiętałem, jak święcie był oburzony podczas rozmowy przez telefon satelitarny.

– A ci dwaj inni to kto? – pytał, jakby wciąż nie rozumiał, o czym mówię.

– Franco, ten z Mai Mai, i Dieudonné, taki Munyamulenge. Haj nie posiada własnej armii, ale zawsze może ją zebrać, a poza tym ma *comptoir* surowcowy w Bukawu, browar i całe mnóstwo hoteli i nocnych klubów. A jego ojciec to wielka figura w Gomie. No, ale to przecież pan wie, prawda?

Kiwał głową i uśmiechał się w sposób, który dawał mi nadzieję, że wreszcie zaczynamy się rozumieć. Byłem pewny, że w normalnej sytuacji już sięgałby do przycisku na biurku, by wezwać nieszczęśnika odpowiedzialnego za to całe nieporozumienie, ale ponieważ nie zdradzał żadnych oznak, że zamierza to zrobić, a nawet podparł podbródek na rękach jak ktoś, kto czeka na dalszy ciąg opowieści, postanowiłem opowiedzieć mu wszystko od początku, dokładnie tak, jak opowiedziałem wszystko Hannah, tyle że tym razem w bardziej skondensowanej formie i znacznie mniej oszczędzając czcigodnego słuchacza. Zacząłem się obawiać, że może nawet za mało, bo właśnie zbliżałem się do strasznego momentu maltretowania Haja.

– Więc pana zdaniem do czego nas to prowadzi? – zapytał z tym samym, ufnym uśmiechem. – Jakie wyciąga pan wnioski, Salvador? Idziemy z tym prosto do premiera? Do prezydenta Stanów Zjednoczonych? Do Unii Afrykańskiej? A może do wszystkich naraz?

Pozwoliłem sobie na pocieszający śmiech.

– O, nie sądzę, by to było konieczne, proszę pana. Szczerze mówiąc, nie trzeba z tym iść aż tak wysoko.

– No, to mi ulżyło.

– Myślę, że w tym przypadku wystarczy po prostu wstrzymać całą operację i przypilnować, by rzeczywiście została wstrzymana. Mamy dwanaście dni, więc czasu jest dość. Trzeba przerwać wykonanie planu, poczekać, aż Muangaza znajdzie sobie porządnych, uczciwych sprzymierzeńców, takich jak pan. Podrzeć umowę…

– Aha, bo jest też umowa?

– O, jak najbardziej. Jeśli mam być szczery, bardzo podejrzana, proszę pana. Spisana przez monsieur Jaspera Albin z Besançon, z którego korzystał pan już w przeszłości, i to pewnie dlatego pana ludzie postanowili zwrócić się do niego. I przetłumaczona na suahili przez moją skromną osobę.

Trochę zaczynało mnie ponosić. Być może oszałamiała mnie myśl, że już za chwilę oboje z Hannah będziemy mogli wyjść z cienia i wieść normalne życie.

– A czy ma pan może kopię tej umowy?

– Nie, ale oczywiście ją widziałem. I mam ją w pamięci; szczerze mówiąc, tak już jest, że automatycznie wszystko zapamiętuję.

– A dlaczego uważa pan, że jest podejrzana?

– Bo jest nieważna. Proszę pana, widziałem w życiu sporo umów. A ta jest hipotetyczna. Niby dotyczy rolnictwa, a tak naprawdę chodzi w niej o dostawy broni i sprzętu, żeby wywołać małą wojnę. Tylko czy kto kiedy słyszał w Kongu o małej wojnie? To tak, jakby można było być tylko trochę w ciąży – zaryzykowałem, cytując Haja, i zostałem nagrodzony porozumiewawczym uśmiechem gospodarza. – A zyski, te ze sprzedaży surowców, to, co miało być „częścią ludu", to jeden wieli kant – ciągnąłem. – Czyste oszustwo. Lud nie dostanie nic. Zyskami mają podzielić się pański Syndykat, Muangaza i jego ludzie.

– Przerażające – szepnął lord Brinkley, kręcąc głową ze smutkiem.

– Tylko proszę mnie dobrze zrozumieć. Muangaza to pod wieloma względami wielki człowiek. Ale jest już stary. A przynajmniej za stary na coś takiego. Już teraz sprawia wrażenie marionetki. A w dodatku już tak tkwi w tym po uszy, że nie mam pojęcia, jak mógłby się wyplątać. Bardzo mi przykro, proszę pana, ale taka jest prawda.

– Nic nowego. – Tu zaczął przytaczać przykłady przywódców afrykańskich, którzy z początku sprawiali wrażenie wielkich, tylko po to, by kilka lat później całkiem zejść na psy, choć prywatnie zawsze wątpiłem, czy wiszący nad biurkiem Mobutu należał choćby i do tej grupy. Natomiast przeszło mi przez myśl, że gdyby lord Brinkley uznał za stosowne nagrodzić mnie za to, że na czas przyszedłem do niego, i gdyby chciał mnie przy sobie zatrzymać, to praca u niego byłaby może właściwym rozwiązaniem dla nas obu, bo, na miłość boską, ktoś przecież musiał wyczyścić tę stajnię Augiasza!

Dlatego jego następne pytanie mocno mnie zaskoczyło.

– I jest pan całkiem pewien, że wtedy widział właśnie mnie?

– Kiedy, proszę pana?

– Wtedy, gdy pan mówił. W piątek wieczór, tak? Na chwilę straciłem wątek. Widział mnie pan w piątek wieczorem na Berkeley Square. W jakimś domu.

– Tak.

– Pamięta pan, jak byłem ubrany?

– Elegancko, choć niezobowiązująco. Beżowe spodnie, zamszowa marynarka, mokasyny.

– Pamięta pan, jak wyglądał ten dom? Bo numeru pan nie zapamiętał albo zapomniał?

– Tak, pamiętam. Wszystko.

– Proszę mi go opisać, dobrze? Własnymi słowami.

Zacząłem, ale w głowie miałem zamęt i nie bardzo umiałem, tak na żądanie, przypomnieć sobie najważniejszych cech.

– Był tam taki wielki hol z rozdzielonymi schodami…

– Jak to rozdzielonymi?

– I orły nad drzwiami…

– Żywe?

– Było tam oprócz pana wiele innych osób. Proszę nie udawać, że pana tam nie było. Rozmawiałem z panem. Dziękowałem panu za to, co robi pan dla Afryki!

– Może pan wymienić kilka tych osób?

Wymieniłem, choć może nie tak płynnie, jak zwykle. Zaczynałem się gotować, a kiedy się gotuję, mam kłopoty z koncentracją. Specjalista od wrogich przejęć, zwany admirałem Nelsonem z powodu opaski na oku – to raz. Gwiazdor muzyki pop – to dwa. Młody arystokrata, właściciel sporej części West End. Afrykański minister finansów na wygnaniu. Hinduski magnat przemysłu odzieżowego. Inny magnat, tym razem od supermarketów, który ostatnio kupił jeden z krajowych dzienników „jako hobby”. Jakoś mi szło, choć z trudem.

– I ten, do którego mówił pan „Marcel”! – zawołałem. – Ten Afrykanin, który miał być z panem na telekonferencji…

– A królowej nie było?

– Był jeszcze Maxie! Bo Philip, ten, którego pan nazywa pana afrykańskim kochasiem, pojawił się dopiero na wyspie!

Wcale nie chciałem podnosić głosu, ale podniosłem. Lord Brinkley zareagował, mówiąc coraz ciszej, jakby dla kontrapunktu.

– Mówi pan i mówi o tych dwóch, jak im tam, Philip i Maxie, jakby to byli jacyś moi kumple – powiedział niezadowolonym tonem. – Nie znam ich.

Nigdy o nich nie słyszałem. Nie mam pojęcia, o kim pan mówi.

– To może się pan o nich spyta swojej pieprzonej żony?

Straciłem panowanie nad sobą. Trudno opisać, jak to jest, kiedy człowiek przestaje widzieć na oczy ze złości, jeżeli się tego samemu nie przeżyło. Są objawy fizykalne: mrowienie warg, zawroty głowy, chwilowy astygmatyzm, nudności oraz niemożność odróżniania barw i przedmiotów w najbliższym otoczeniu. A ponadto, muszę dodać, niepewność względem tego, co się powiedziało, a co miało się na końcu języka, ale pozostało niewypowiedziane.

– Kitty! – Otworzył drzwi na oścież. Wrzasnął: – Muszę się o coś spytać mojej pieprzonej żony! Możesz tu do nas przyjść na chwilkę?

Lady Kitty stała sztywno jak wartownik na warcie. Pozbawione wcześniejszych iskierek niebieskie oczy patrzyły wprost w twarz męża.

– Kitty, kochanie, dwa szybkie pytania. O dwa imiona. Zadam je szybko, a ty masz odpowiedzieć od razu, instynktownie, bez zastanawiania. Maxie?

– Nigdy o nim nie słyszałam. Przenigdy. Ostatni Max, jakiego znałam, umarł wieki temu. Zresztą Maxiem nazywali go tylko dostawcy.

– A Philip? Nasz przyjaciel twierdzi, że nazywam go afrykańskim kochasiem, co, szczerze mówiąc, uwłacza nam obojgu.

Zmarszczyła brwi i nawet uniosła wskazujący palec do ust.

– Niestety. Nie znam żadnego Philipa. Znam Philippę Perry-Onslow, ale to dziewczynka. Przynajmniej tak twierdzi.

– A skoro już tu jesteś, kochanie, to w ostatni piątek wieczór... Twierdzi pan, że kiedy to było?

– O tej porze, co teraz – odpowiedziałem.

– A więc siedemdziesiąt dwie godziny temu, jeśli chcemy być dokładni... Pamiętaj, w piątek, czyli wtedy, kiedy zwykle jesteśmy już na wsi, ale nie myśl o tym, nie chcę ci nic sugerować, no, więc gdzie wtedy byliśmy? – Ostentacyjnie zerknął na zegarek. – Dziewiętnasta dziesięć. Bardzo cię proszę, dobrze się zastanów.

– Jak to? Przecież jechaliśmy do Marlborough.

– W jakim celu?

– Na weekend. A myślałeś, że po co?

– I mogłabyś to zeznać pod przysięgą, gdyby było trzeba? Bo mamy tu młodego człowieka, bardzo zdolnego, bardzo czarującego, jestem pewny, że ma dobre intencje, który padł ofiarą jakiegoś bardzo dla nas wszystkich niebezpiecznego nieporozumienia.

– Ależ oczywiście, kochanie. Nie wygłupiaj się.

– A czym jechaliśmy do Marlborough? Jakim środkiem lokomocji?

– Oczywiście samochodem. Brinkley, o co ci chodzi?

– Kierował Henry?

– Ty kierowałeś, Henry miał wychodne.

– A jak myślisz, o której stąd wyjechaliśmy?

– Och, kochanie, wiesz dobrze. Ja wszystko spakowałam i przygotowałam na trzecią, ale ty jak zwykle miałeś długi lunch, więc trafiliśmy na największe korki, w dworku byliśmy dopiero o dziewiątej, kolacja była do niczego.

– A kto był u nas na weekend?

– Gus i Tara, oczywiście. Jak zwykle się wprosili. Już od jak dawna są nam winni kolację u Wiltona?

Obiecują, obiecują i nic z tego – wyjaśniła, zwracając się do mnie, jakby w nadziei, że ją zrozumiem.

Już się uspokajałem, ale jej pozbawiony wyrazu wzrok wystarczył, bym na nowo poczuł przypływ gorąca.

– Pan tam był! – rzuciłem do niego. Znowu spojrzałem na jego żonę. – Uścisnąłem mu jego zasraną dłoń. Dłoń pani męża! Maxie też tam był! Wydaje mu się, że uda mu się w Kiwu, ale wcale mu się nie uda. On nie jest biznesmenem, tylko żołnierzem. Byli na wyspie, chcą wywołać wojnę, żeby Syndykat mógł zdominować rynek koltanu i zarobić na krótkiej sprzedaży. I torturowali Haja! Paralizatorem, który zrobił im Pająk. Mogę to udowodnić.

Powiedziałem, nie mogłem tego cofnąć, ale przynajmniej miałem dość oleju w głowie, by się zamknąć.

– A jak? – zapytał Brinkley.

– Mam notatki.

– Jakie notatki.

Dochodziłem do siebie. Pomyślałem o Hannah.

– Gdy tylko wróciłem z wyspy, zrobiłem notatki – skłamałem. – Pamięć krótkotrwałą mam świetną. Jeżeli się pośpieszę i pamiętam, co mówiono, potrafię spisać wszystko, słowo w słowo. I tak też zrobiłem.

– Gdzie?

– W domu, jak wróciłem. Od razu po powrocie.

– A gdzie pan mieszka? – Jego wzrok opadł na list, leżący przed nim na biurku: „Drogi Brunonie". – A, w Battersea. Usiadł pan i spisał wszystko, co pan pamiętał, słowo w słowo. Cudownie.

– Wszystko.

– Od którego momentu?

– Od rozmowy z panem Andersonem.

– Aż do kiedy?

- Berkeley Square, elektrownia Battersea, lotnisko Luton, wyspa, powrót.

- A więc mamy do czynienia z pana opowiadaniem o tym, co pan widział i słyszał na wyspie, wspominanym w domowym zaciszu w Battersea kilka godzin później?

- Tak.

- Nie wątpię, że jest pan bardzo sprytny, ale niestety nie jest to żaden dowód. Tak się składa, że jestem prawnikiem. Czy ma pan te notatki ze sobą?

- Nie.

- Pewnie zostawił je pan w domu?

- Pewnie tak.

- Pewnie. Ale oczywiście ma pan do nich dostęp. Na wypadek, gdyby przyszło panu do głowy szantażować mnie albo sprzedać te bajeczki jakiemuś pismakowi. – Westchnął jak porządny człowiek, który doszedł do smutnych wniosków. – No, czyli tak to wygląda. Żal mi pana. Ma pan dar przekonywania i na pewno wierzy pan w to, co mówi. Ale radzę panu jak największą ostrożność, jeżeli zamierza pan powtórzyć te oskarżenia poza tymi czterema ścianami. Nie każdy będzie tak pobłażliwy jak my. Jest pan albo jakimś doświadczonym złoczyńcą, albo potrzebuje pan pomocy lekarskiej. A zapewne jedno i drugie.

- Jest żonaty, kochanie – podsunęła zza kulis lady Kitty.

- Opowiedział pan wszystko żonie.

Zdaje się, że powiedziałem, że nie.

- Zapytaj go, po co przyniósł magnetofon.

- Po co?

- Zawsze mam go przy sobie. Jedni zawsze mają przy sobie komputer, ja jestem wybitnym tłumaczem, to noszę magnetofon.

– Bez taśm – przypomniała nam obu lady Kitty.

– Taśmy trzymam osobno – powiedziałem.

Już myślałem, że Brinkley każe mi opróżnić kieszenie na biurko, a wtedy nie odpowiadałbym za swoje czyny. Teraz jednak przypuszczam, że nie chciał ryzykować. Przechodząc pod baterią kamer lady Kitty, miałem ochotę skręcić w prawo zamiast w lewo, a najchętniej rzuciłbym się pod koła pierwszego nadjeżdżającego pojazdu, byle nie musieć wyznać mojej ukochanej Hannah całego ogromu mojej głupoty, wściekłości i upokorzenia. Na szczęście w nogach miałem więcej rozsądku niż w głowie. Właśnie miałem wejść do kawiarni, ale ona wypatrzyła mnie wcześniej i wyszła mi na spotkanie na próg. Moja twarz musiała już z daleka powiedzieć jej wszystko. Odebrałem od niej taśmy i notatki. Chwyciła mnie oburącz za ramię i poprowadziła ulicą, jakby odprowadzała rannego z miejsca wypadku.

W jakimś supermarkecie kupiliśmy lasagne i zapiekankę rybną do odgrzania w mikrofalówce u Hakimów, do tego sałatę, owoce, pieczywo, ser, mleko, sześć puszek sardynek, herbatę i dwie butelki rioji. Zatrzymałem taksówkę, udało mi się przypomnieć nazwę ulicy, przy której stał pensjonat pana Hakima, i nawet podać numer o dwadzieścia domów dalej. Martwiłem się nie o siebie, ale o Hannah. W nieprzemyślanym odruchu rycerskości posunąłem się nawet do tego, że zaproponowałem, by znów zaczęła mieszkać w hotelu pielęgniarek.

– Świetny pomysł, Salvo. Wezmę sobie pięknego, młodego doktora i pozwolę ci samemu ratować Kiwu.

Ale gdy zasiedliśmy do naszego pierwszego wspólnego domowego posiłku, szybko odzyskała humor.

– Wiesz co?

– Nie sądzę.

– Ten twój lord Brinkley to chyba musi pocho-
dzić z jakiegoś bardzo złego plemienia – powiedziała,
kręcąc głową. Śmiała się, więc nie miałem wyboru
i musiałem pójść w jej ślady.

Była czwarta piętnaście na zegarku od cioci Imeldy, gdy Hannah zbudziła mnie, by mi powiedzieć,
że mój telefon bzyczy na szklanym blacie stolika
w wykuszu. Włączywszy komórkę na czas spotkania z lordem Brinkleyem, zapomniałem ją wyłączyć
po powrocie do domu. Nim dobiegłem, włączyła się
poczta głosowa.

Penelope: Salvo, kurwa, coś ty zrobił z miesz-
kaniem! To ty je porzuciłeś, nie ja! I masz czelność,
masz pieprzoną... Wiesz, co zrobię? Zaskarżę cię!
Mój kredens! Biurko od tatusia... twoje biurko, za-
srańcu... to, które od niego dostałeś... rozwalone
zamki... papiery po całym pokoju... (oddech) moje
ubrania, ty zboczeńcu pojebany, rozwalone po całej
podłodze w sypialni... (oddech). No dobra. Fergus
już tu jedzie. Uważaj, Fergus nie jest ślusarzem, ale
już on załatwi, żebyś nigdy, przenigdy, nie dostał
się tu swoim kluczem. A jak to zrobi, to się dowie,
gdzie jesteś. Na twoim miejscu już bym spieprza-
ła, bo Fergus zna różnych ludzi, Salvo, całkiem
nieprzyjemnych też. Jeżeli myślisz, że choć przez
moment...

Leżeliśmy na łóżku i liczyliśmy od tyłu. Z domu
Brinkleya wyszedłem dwadzieścia minut po siódmej.
Dwadzieścia i pół minuty po siódmej Brinkley zatelefonował do Philipa lub do kogo tam zatelefonował
zamiast Philipa. Do wpół do ósmej Philip lub ten ktoś
inny ustalił, że Penelope ruszyła w swój zwykły, kok-

tajlowy kurs. Ustalili też, o ile nie wiedzieli tego już wcześniej, że w torbie Pająka znajdowały się czyste notatniki zamiast moich, zapisanych, a wśród zbiorów archiwalnych taśm z podsłuchu – kilka pustych. Czy nie byłoby więc najlepiej poszukać ich w domu szczęśliwego małżonka?

– Salvo?

Minęła godzina półsnu. Żadne z nas nie powiedziało ani słowa.

– Dlaczego ktoś, kogo torturują, śpiewa pieśń, którą dzieci śpiewają na misji? Moi pacjenci nie śpiewają, kiedy ich boli.

– Może cieszył się, że się przyznał – odpowiada Salvo, dobry katolik.

Nie mogłem zasnąć. Z tranzystorowym radiem w ręce poszedłem na palcach do łazienki i przez słuchawki wysłuchałem wiadomości BBC w Radiu 4. Samochody-pułapki w Iraku, rebelianci zabili kilkadziesiąt osób. Jak dotąd ani słowa o ucieczce wybitnego tłumacza, tajnego agenta brytyjskiego na pół etatu.

Rozdział 16

Całe popołudnie, żeby znaleźć jednego faceta? – Jak zazdrosny mąż staram się za wszelką cenę opóźnić jej wyjście. – To co ty będziesz z nim robić, jak go znajdziesz?

– Salvo, znowu się wygłupiasz. Z Baptiste'em nie można tak po prostu umówić się przez telefon. Ruandyjczycy są bardzo chytrzy. Musi się ukrywać, nawet przed własnymi zwolennikami. A teraz puść mnie wreszcie. Za czterdzieści minut mam być w kościele.

W kościele, czyli w misji zielonoświątkowców gdzieś w północnolondyńskiej głuszy.

– Z kim się tam spotykasz?

– Wiesz doskonale. Z Grace, moją koleżanką, i paniami z dobroczynności, które płacą nam za autobus i znajdują nocleg dla dzieci z naszej szkółki niedzielnej. Puszczaj.

Ma na sobie ładny, różowy turbanik, długą, niebieską sukienkę i bolerko z grubego jedwabiu. Znam całą historię tego stroju, nawet nie musi mi opowiadać. Z jakiejś szczególnej okazji, na święta albo na własne urodziny, gdy już opłaciła czynsz i wysłała ciotce comiesięczne pieniądze na utrzymanie Noaha, sprawiła sobie nowy komplet. Prała go już i prasowała ze sto razy, więc długo w nim nie pochodzi.

– A nie z pięknym, młodym pastorem? – pytam surowo.

– Pastor ma pięćdziesiąt pięć lat i żonę, która ani na chwilę nie spuszcza go z oka.

Wypraszam ostatni pocałunek, błagam o przebaczenie, wypraszam jeszcze jeden. Parę sekund później już jej nie ma, pośpiesznie kroczy po chodniku, sukienka powiewa, patrzę za nią przez okno. Całą noc poświęciliśmy na narady wojenne i miłosne. Mam nadzieję, że inne pary przez całe życie nie przeżywają tylu stresów, co my w ciągu czterech zaledwie dni. Moje prośby, by uciekała, póki czas, by nie narażała się dla mnie, by pomyślała o sobie, o Noahu, o swej pracy i tak dalej, nie zrobiły na niej najmniejszego wrażenia. Jej przeznaczeniem było trwać przy moim boku. To było nam dane. Od Boga, od wróżbity z Entebbe, od Noaha.

– Od Noaha? – powtarzam ze śmiechem.

– Powiedziałam mu już, że poznałam jego nowego tatę. Jest bardzo zadowolony.

Czasem jestem dla niej zbyt angielski, zbyt mało bezpośredni, zbyt opanowany. Ona czasem zamyka się w sobie, afrykańska emigrantka, zagubiona we własnych wspomnieniach. Po włamaniu do Norfolk Mansions chciałem natychmiast zmienić kryjówkę, uciec, zacząć od nowa w innej części miasta. Hannah była temu przeciwna. Twierdziła, że w sytuacji, gdy afera dopiero wybuchła, właśnie nagłe pociągnięcia mogą zwrócić na nas czyjąś uwagę. Najlepiej nie ruszać się z miejsca i zachowywać naturalnie. Uznałem wyższość jej argumentacji, więc spokojnie zjedliśmy śniadanie w towarzystwie innych gości, a nie jak ukrywający się uciekinierzy w naszym pokoju. Po śniadaniu wygoniła mnie na górę. Uparła się, że musi porozmawiać sam na sam z panem Hakimem, wytwornym mężczyzną o bardzo dobrej opinii na własny temat i znacznej podatności na wdzięki niewieście.

– Coś ty mu powiedziała? – spytałem, gdy wróciła roześmiana.

– Prawdę, Salvo, całą prawdę. No, może nie całą. Zażądałem szczegółów. Po angielsku.

– Powiedziałam mu, że się kochamy i że musieliśmy uciekać przed moją i twoją rodziną. Gonią nas jedni i drudzy, i rozpuszczają o nas nieprawdziwe wieści. Musimy wiedzieć, czy możemy liczyć na jego opiekę, czy też musimy przeprowadzić się do innego pensjonatu.

– A co on na to?

– Możemy tu mieszkać jeszcze co najmniej przez miesiąc. Odda za nas życie.

– Serio?

– Za kolejne pięćdziesiąt twoich judaszowych funtów będzie dzielny jak lew. Ale potem z drugiego pokoju wyszła jego żona i powiedziała, że będzie nas bronił za darmo. I że gdyby ktoś jej tak samo bronił, kiedy była młoda, nie wyszłaby za pana Hakima. Oboje bardzo się z tego śmiali.

Omówiliśmy problem łączności, bo, jak wiedziałem z pracy w Rozmównicy, jest to często najsłabszy punkt każdej podziemnej organizacji. Zakład pana Hakima nie posiadał budki telefonicznej. Jedyny telefon znajdował się w kuchni. Moja komórka to śmiertelna pułapka, oświadczyłem Hannah na podstawie zdobytej wiedzy. Obecna technika jest taka, że włączony telefon komórkowy pozwoliłby określić moje położenie w dowolnym miejscu planety, i to w ciągu kilku sekund. Widziałem takie rzeczy, Hannah, sam z nich korzystałem, szkoda, że nie wiesz tego, co ja wiem po jednodniowych kursach pana Andersona. Tak rozgadałem się na ten temat, że doszedłem nawet do pięknej sztuki posyłania wzdłuż fal konkretnej komórki śmiercionośnego pocisku, który skraca abonenta o głowę.

– No, ale moja komórka nic ci nie zrobi – odparła, wyciągając tęczowej barwy aparat ze swej przepastnej torebki.

W jednej chwili ustaliliśmy zasady porozumiewania się. Ja wezmę jej komórkę, ona pożyczy drugą od Grace. Gdybym chciał się skontaktować z Hannah, gdy będzie w kościele, mam to zrobić właśnie za pośrednictwem koleżanki.

– A po kościele? – nalegałem. – Jak mam się z tobą skontaktować, kiedy będziesz polować na Baptiste'a?

Z wyrazu jej twarzy zorientowałem się, że znów mam do czynienia z różnicą kulturową. Hannah nie zna się, co prawda, na czarnej magii Rozmównicy, ale z kolei cóż Salvo może wiedzieć o kongijskiej społeczności Londynu i o miejscach schronienia jej przywódców?

– Baptiste tydzień temu wrócił ze Stanów. Ma nowy adres, może też nowe nazwisko. Najpierw porozmawiam z Louisem.

Wyjaśniła, że Louis to nieoficjalny zastępca Baptiste'a w europejskim biurze Trzeciej Drogi. I bliski przyjaciel Salomé, która jest koleżanką Rose, mieszkającej w Brukseli siostry Baptiste'a. Ale Louis właśnie się ukrywa, więc wszystko zależy od tego, czy Rose wróciła już z wesela siostrzeńca w Kinszasie. Jeżeli nie, to można jeszcze próbować porozumieć się z Bien-Aimé, kochankiem Rose, ale tylko pod warunkiem, że nie ma teraz żony Bien-Aimé.

Zostałem sam. Samotność muszę znosić aż do wieczoru. Zgodnie z zasadami posługiwania się własną komórką, które narzuciłem sobie po włamaniu do Norfolk Mansions, muszę odbyć ponadpółtorakilometrowy spacer od domu pana Hakima. Wysadzana drzewami droga doprowadza mnie do pustego przystanku autobusowego. Idę powoli, jak najdłużej. Siadam na jedynej ławce, przyciskam zielony guzik, wystukuję numer poczty głosowej i znów zielony guzik. Moja jedyna wiadomość pochodzi od Barneya, pełnego fantazji asystenta pana Andersona, Don Juana Rozmównicy. Barney pracuje na wysokiej antresoli, skąd może zaglądać do każdej kabiny i za dekolt każdej interesującej dziewczyny. Wiadomość jest całkowicie zwyczajna. Byłoby dziwne, gdyby jej nie było, ale jest. Odsłuchuję ją dwukrotnie.

Cześć, Salvo. Gdzie ty się podziewasz, do cholery? Telefonowałem do Battersea, to Penelope mnie opieprzyła. Mamy dla ciebie trochę roboty. Nic ważnego, ale dzwonknij do nas, jak tylko dostaniesz wiadomość, i powiedz, kiedy chcesz wpaść. *Tschüss*.

Wiadomość od Barneya była tak niewinna, że natychmiast zacząłem coś podejrzewać. Zawsze był rozluźniony, ale tym razem rozluźnił się tak, że nie wierzyłem mu ani przez chwilę. Jeżeli robota, jaką mają dla mnie, to „nic ważnego", to dlaczego mam do niego „dzwonknąć", „jak tylko" dostanę wiadomość? Czy on przypadkiem nie dostał polecenia zwabienia mnie do Rozmównicy, żeby Philip i jego oprawcy potraktowali mnie jak Haja?

Znów idę, ale tym razem szybciej. Wiedzie mnie silna chęć odzyskania honoru, a więc i podziwu Hannah po niepowodzeniu z Brinkleyem. A w dodatku to upokorzenie natchnęło mnie właśnie świetnym pomysłem.

Czy Hannah nie radziła mi pójść do pana Andersona zamiast do jego lordowskiej mości? No, to teraz pójdę! Ale na własnych warunkach, a nie tych, które ustalą Anderson czy Barney. To ja, nie oni, wybiorę czas, miejsce i broń. A gdy wszystko będzie gotowe, nie wcześniej, dopuszczę Hannah do tajemnicy!

Najpierw sprawy praktyczne. W pierwszym lepszym sklepie kupuję „Guardiana", żeby mieć drobne. Idę dalej, aż znajduję samotną budkę telefoniczną. Jest z twardego szkła, więc można z niej bez przeszkód obserwować otoczenie, i przyjmuje monety. Torbę stawiam między stopy. Odchrząkuję, wzruszam ramionami, by je rozluźnić i zgodnie z prośbą Barneya „dzwonkam" do niego.

– Salvo! Dostałeś wiadomość? Super! To co, przyjdziesz na popołudniową zmianę? To potem pójdziemy na piwo!

Barney nigdy jeszcze nie zaprosił nikogo na piwo, ani przedtem, ani potem. Ale puszczam to mimo uszu. Jestem tak samo rozluźniony jak on.

– Szczerze mówiąc, Barney, dziś będzie problem. Mam ciężką robotę prawniczą. Nudy, ale płacą jak za woły. Wolałbym jutro. Najlepiej wieczorem, między czwartą a ósmą.

Chcę go pociągnąć za język, bo tego wymaga mój błyskotliwy plan. Barney chce mnie pociągnąć za język, ja jego. Tylko że on nie wie, że ja też. Tym razem trochę ociąga się z odpowiedzią. Być może ma kogoś za plecami.

– Słuchaj no, a czemu nie teraz? – pyta i przestaje być taki rozluźniony. Zresztą i tak nie najlepiej mu to wychodziło. – Odłóż zasrańców. Parę godzin nie zrobi im różnicy. Przecież podpisywałeś, że my mamy pierwszeństwo. A w ogóle to gdzie ty teraz jesteś?

Wie doskonale, gdzie jestem. Ma mnie na monitorze, więc po co pyta? A może chce zyskać na czasie, żeby ktoś mu powiedział, co dalej?

– W budce telefonicznej – odpowiadam wesoło. – Komórka mi padła.

Znowu czekamy. Barney naprawdę działa dziś w zwolnionym tempie.

– To weź taksówkę. Wliczysz w koszty. Szef chce cię przycisnąć do piersi. Twierdzi, że przez weekend uratowałeś kraj, tylko nie chce powiedzieć jak.

Serce wykonuje mi podwójne salto. Barney powiedział dokładnie to, co chciałem usłyszeć! Ale zachowuję zimną krew. Nie jestem impulsywny. Pan Anderson byłby ze mnie dumny.

– Nie wyrobię się wcześniej niż na jutro wieczór, Barney – mówię spokojnie. – Wystarczy, jak mnie wtedy przyciśnie.

Tym razem nie ma opóźnienia.

– Coś ty, pojebało cię? Przecież jutro jest środa! Święty Wieczór!

Serce znów wyczynia harce, ale nie pozwalam, by w głosie zadźwięczały mi tryumfalne nutki.

– No, to w takim razie tylko czwartek, Barney. Skoro to tak naprawdę nic ważnego, wcześniej nie mogę. Przepraszam, nie moja wina.

I odkładam słuchawkę. Przepraszam – akurat! Jutro jest Święty Wieczór. Według legendy pan Anderson od dwudziestu lat nie opuścił ani jednego Świętego Wieczoru. Philip i jego ludzie mogą sobie walić do drzwi, bardzo ważne notatki mogły sobie uniknąć spalenia, taśmy mogły sobie zniknąć, ale środowy wieczór to Święty Wieczór i pan Anderson śpiewa partię barytonu w Gromadzie Śpiewaczej z Sevenoaks.

Połowa zadania wykonana. Powstrzymując chęć zatelefonowania do Hannah na komórkę Grace i powiadomienia jej o moim genialnym pociągnięciu, wykręcam numer informacji i w ciągu paru sekund łączę się z działem artystycznym lokalnej gazety w Sevenoaks. Wyjaśniam artystycznie, że mam wujka. Jest pierwszym barytonem miejscowego chóru. Jutro ma urodziny. Czy byłaby pani tak uprzejma, by mi powiedzieć, gdzie i o której spotyka się w środę wieczór Gromada Śpiewacza z Sevenoaks?

A. No tak. Może i nie może. Czy mam jakiekolwiek pojęcie, czy mój wujek jest autoryzowany, czy nieautoryzowany?

Przyznaję, że nie mam zielonego pojęcia.

To robi na niej dobre wrażenie. Osobliwością Sevenoaks jest to, iż mamy tu aż dwie gromady śpiewacze. Ogólnobrytyjski konkurs w Albert Hall już za trzy tygodnie, zgłosiły się obie gromady, obie mają ogromne szanse na sukces.

Pytam, czy mogłaby mi wyjaśnić, czym się różnią.

Mogłaby, ale prosi, by się na nią potem nie powoływać. Autoryzowana gromada jest powiązana z jakimś rozsądnym kościołem, oczywiście najlepiej anglikańskim, choć niekoniecznie. Zatrudnia doświadczonych nauczycieli i dyrygentów, ale nie zawodowców, bo na to nie ma pieniędzy. Bazuje na zdolnościach osób miejscowych i nie przyjmuje śpiewaków z zewnątrz.

A nieautoryzowana?

Nieautoryzowana, ale znów nie wolno się na nią powołać, to taka, która nie ma żadnych związków z żadnym kościołem, przynajmniej takim, o którymś ktoś coś słyszał, że w grę wchodzą nowobogaccy, że kupią każdego, kogo tylko się da, z zewnątrz, bez liczenia się z kosztami i z wymogiem zamieszkania na terenie Sevenoaks, i w ogóle że to bardziej zawodowa drużyna piłkarska niż amatorski chór. Czy wyraża się dostatecznie jasno?

Dostatecznie. A pan Anderson w życiu nie zrobił nic nieautoryzowanego.

Wracając do pensjonatu pana Hakima w sposób, który Maxie określiłby na pewno jako „poruszanie się skokami", tym razem nie zwlekałem z zatelefonowaniem do Hannah, by zapoznać ją z moimi dotychczasowymi osiągnięciami. Telefon odebrała Grace. Miała nieprzyjemne wieści.

– Hannah jest bardzo nie w sosie, Salvo. Te baby z dobroczynności robią tyle problemów, że aż nie wiem, skąd biorą tę swoją dobroczynność.

Gdy oddała słuchawkę Hannah, z trudem rozpoznałem jej głos. Mówiła po angielsku.

– Żebyśmy byli chociaż troszeczkę mniej czarni, Salvo. Żebyśmy mieli we krwi choć odrobinkę białej.

Ty jesteś w porządku. Ale my szokujemy. My jesteśmy ci czarni czarni. I nic się na to nie poradzi. – Jej głos załamał się na chwilę, ale zaraz się opanowała. – Troje dzieci miało zamieszkać u pani Lemon. Jeszcze jej nie poznały, a już ją pokochały. Rozumiesz?

– Rozumiem.

– Dla nich to szczyt marzeń spędzić dwa dni w jej pensjonacie nad morzem.

– No pewnie.

Znów milknie, by się uspokoić.

– Pani Lemon jest dobrą chrześcijanką, więc miała nie wziąć pieniędzy. Jednym z tych dzieci jest dziewczynka, Amelia. Amelia już namalowała dla niej obrazek z uśmiechniętym słoneczkiem nad morzem. Rozumiesz?

– Rozumiem.

– No a tu okazuje się, że pani Lemon nagle gorzej się czuje. – Głos podnosi się z gniewu i zaczyna naśladować panią Lemon: – „Coś z sercem, kochana. Nie mogę się denerwować. Bo widzisz, ja nie wiedziałam. Myślałam, że to zwykłe biedne dzieci".

Grace zabiera jej telefon i mówi z tą samą wściekłością:

– W połowie drogi do Bognor jest taka fajna kafeteria. „Zapraszamy grupy zorganizowane". Razem z Hannah uzgodniłyśmy z nimi wszystko. Trzydzieści porcji kurczaka, darmowe posiłki dla opieki i kierowcy. Po jednym napoju dla osoby. Sto funtów. Uczciwie?

– Bardzo uczciwie, Grace. Wcale niedrogo.

– Nasz kierowca wozi tam grupy chyba już od piętnastu lat. Szkolne, dziecięce. Tylko że dzieci były białe. Jak właściciel dowiedział się, że jesteśmy czarni, zaraz przypomniał sobie, że ma nowe zasady. „To przez rencistów", tłumaczył się. „Bo wie pani, oni chcą mieć spokój. Dlatego nie obsługujemy grup z dziećmi. Chyba że są białe".

– Wiesz co, Salvo? – Znów głos Hannah, tym razem bardzo bojowy.

– Co wiem, kochanie?

– Może Kongo powinno napaść na Bognor.

Śmieję się, ona też. Powiedzieć jej, jaki mam genialny plan, i niepokoić ją jeszcze bardziej, czy zostawić to na potem? Zostaw na potem, mówię sobie. I tak ma dość problemów. A jeszcze ma szukać Baptiste'a…

Mój genialny plan nie może się obejść bez roboty papierkowej.

Na pięć godzin, posilając się jedynie kawałkiem lasagne na zimno, zasiadam do notebooka. Korzystając z fragmentów taśm i notatników, gdzie trzeba, tłumacząc na angielski i dodając co trafniejsze stwierdzenia, wypowiadane przez Philipa przez telefon satelitarny, sporządzam miażdżący opis spisku, który, jak zapewniał mnie pan Anderson, miał leżeć w interesie naszego kraju. Odrzucając tradycyjne „Szanowny Panie", rozpoczynam swój atak od: „Znając Pana jako człowieka uczciwego, człowieka honoru". Wiedząc przy tym, że jest czytelnikiem powolnym, a dokładnym, zwolennikiem prostego języka, ograniczam się do dwudziestu stron starannych sformułowań, do których dołączam jeszcze opis nielegalnego przeszukania w Norfolk Mansions. Na koniec daję mojemu elaboratowi tytuł *J'Accuse!*, wzorując się na dziele, w którym Émile Zola bronił pułkownika Dreyfusa, co dla brata Michaela zawsze było ukochanym przykładem moralnej odwagi. Zapisuję to na dyskietce i pędzę na dół do pani Hakim, maniaczki komputerowej, by skorzystać z jej drukarki. Umieściwszy skradzione taśmy i notatniki, a wraz z nimi własny egzemplarz *J'Accuse!*, w kryjówce za naszą rozklekotaną szafą a dyskretnie zniszczoną dyskietkę w kuble na śmieci w kuchni gospodyni, włączam wiadomości o osiemnastej i z przyjemnością orientuję się, że wciąż brak w nich niepokojących doniesień o szalonym „asfalcie".

Nie byłem szczególnie zadowolony z operacyjnych założeń naszego spotkania z Baptiste'em, ale też nie liczyłem na wiele. Ponieważ nieuchwytny przedstawiciel Muangazy odmówił podania własnego adresu, Hannah, bez konsultacji ze mną, umówiła się z nim, że przyprowadzi mnie jeszcze dziś wieczór na wpół do jedenastej do Rico's Coffee Parlour przy Fleet Street. Stamtąd anonimowy towarzysz zaprowadzi nas na niesprecyzowane miejsce spotkania. Natychmiast pomyślałem o taśmach i notatnikach. Wziąć je ze sobą czy zostawić je w schowku? Nie miałem najmniejszej ochoty przekazać ich Baptiste'owi już przy pierwszym kontakcie, ale wiedziałem, że lojalność względem Hannah nakazuje mi wziąć je ze sobą.

Biorąc pod uwagę jej przedpołudniowe niepowodzenia i popołudniowe poszukiwania, spodziewałem się, że zastanę ją w ponurym nastroju. Na szczęście tak nie było. Bezpośrednim sprawcą jej dobrego humoru był Noah, z którym dopiero godzinę wcześniej odbyła długą rozmowę telefoniczną. Jak zwykle najpierw rozmawiała z ciotką na wypadek, gdyby były jakieś niepokojące wieści, ale tym razem ciotka powiedziała: „Niech sam ci opowie", i oddała chłopcu słuchawkę.

– Wyobraź sobie, Salvo, jest w najlepszej trójce w klasie – tłumaczyła rozpromieniona. – Rozmawialiśmy po angielsku, naprawdę robi w nim postępy.

Byłam zadziwiona. A wczoraj jego drużyna zdobyła mistrzostwo Kampali w kategorii młodzików, a Noah o mało nie strzelił bramki.

Jeszcze nie opadła z nas euforia, gdy na ulicy przed kawiarnią zatrzymało się z piskiem opon purpurowe bmw, z którego przez otwarte okna dudnił rap. Kierowca miał czarne okulary i szpiczastą bródkę jak Dieudonné; jego krępy współpasażer przypominał mi Franca. Wskoczyliśmy do środka, kierowca przycisnął gaz do deski. Mimo kilku niekontrolowanych poślizgów utrzymał panowanie nad kierownicą i popędziliśmy na południe, mało zważając na światła na skrzyżowaniach czy pasy dla autobusów. Po jakimś czasie znaleźliśmy się na pełnej dziur ulicy. Wokół rozciągała się postindustrialna pustynia, a kierowca dopiero co w ostatniej chwili wyminął trójkę dzieci, które z rękami rozłożonymi jak skrzydła samolotu wjechały na jezdnię na starym wózku inwalidzkim. Po chwili zjechał na bok i krzyknął: „Teraz!" Bmw szybko zawróciło i odjechało z rykiem, zostawiając nas na bruku w śmierdzącym zaułku. Z pomarańczowego nieba, sponad wiktoriańskich kominów, jak żyrafy patrzyły na nas w dół olbrzymie dźwigi. Podeszło ku nam dwóch Afrykanów. Wyższy z nich był w jedwabnym fraku i miał na sobie mnóstwo złota.

– To jest ten facet bez nazwiska? – zwrócił się do Hannah kongijską wersją suahili.

Ostrzegła mnie wcześniej: „Salvo, mówisz tylko po angielsku. Każdy, kto mówi naszymi językami, staje się zbyt interesujący". W zamian za to wymusiłem na niej obietnicę, że na potrzeby nadchodzącej rozmowy jesteśmy znajomymi, nie kochankami. Już i tak wmieszałem ją w całą tę awanturę. Byłem zdecydowany nie wciągać jej bardziej.

– Co jest w torbie? – zapytał ten niższy.

– Coś dla Baptiste'a – odparła Hannah.

Wyższy podszedł do mnie i szczupłymi palcami badał ciężar i zawartość torby, ale bez otwierania. Ruszyliśmy za nim – niższy został z tyłu – po kamiennych schodach prowadzących do domu, gdzie znów powitał nas rap. W oświetlonej neonówkami kawiarni starzy Afrykanie w kapeluszach oglądali na olbrzymim plazmowym ekranie żywiołowy występ kongijskiego zespołu. Mężczyźni pili piwo, kobiety sok. Przy osobnych stołach zakapturzeni młodzieńcy rozmawiali kaptur w kaptur. Wyszliśmy na kolejne schody i znaleźliśmy się w kolorowo wytapetowanym salonie, pełnym krytych perkalem kanap i sztucznych skór lamparcich. Na ścianie wisiało zdjęcie afrykańskiej rodziny w odświętnych niedzielnych strojach. Środek zajmowali tata z mamą, siedmioro dzieci, względem wzrostu, stało po obu stronach. Usiedliśmy, Hannah na jednej z kanap, ja na fotelu naprzeciw niej. Wysoki stanął przy drzwiach i lekko przytupywał w rytm muzyki dopływającej z dołu.

– Chcesz się czegoś napić? Coli, czegoś innego?

Pokręciłem głową.

– A ona?

Na ulicy cicho zatrzymał się jakiś samochód. Usłyszeliśmy podwójne trzaśnięcie drzwi drogiego auta, a potem kroki na schodach. Baptiste był jak Haj, ale bez tego wdzięku, wysmukły, wychudły, długonogi. Ubierał się u jakiegoś dobrego projektanta; teraz miał na sobie między innymi ciemne okulary Ray-Ban, skórzaną marynarkę, złote naszyjniki i teksańskie buty wyszywane w kowbojskie kapelusze. Było w nim coś nierzeczywistego, jak gdyby świeżo kupiony był nie tylko strój, ale i całe ciało. Na prawej ręce złocił się rolex. Na jego widok Hannah zerwała się na nogi z radości i zawołała go po imieniu. Nie zareagował, zdjął marynarkę, rzucił ją na fotel i mruknął „spadaj" do naszego przewodnika, który posłusznie zniknął na schodach. Baptiste stanął z wypiętą do przodu miednicą, na szeroko rozstawionych nogach i wyciągnął ręce na znak, że Hannah może go uściskać. Uczyniła to po chwili wahania, po czym wybuchnęła śmiechem.

– Co z ciebie zrobiła ta Ameryka, Baptiste? – skarciła go w uzgodnionej przez nas angielszczyźnie. – Nagle zrobiłeś się jakiś taki... – Szukała właściwego słowa. – Taki bogaty!

Na to, wciąż nie mówiąc ani słowa, ucałował ją w sposób moim zdaniem zbyt obcesowy, najpierw w lewy policzek, potem w prawy, potem znów w lewy, cały czas mierząc mnie wzrokiem.

Hannah wróciła na swoje miejsce na kanapie. Ja wciąż siedziałem naprzeciw niej, z torbą przy sobie. Baptiste, najbardziej z nas zrelaksowany, rzucił się na kryty brokatem fotel, rozchylając kolana w stronę Hannah, jakby zamierzał ją nimi objąć.

– No, co jest? – zapytał, zatykając kciuki za swój pas od Gucciego bushowsko-blairowskim gestem.

Zacząłem ostrożnie, doskonale zdając sobie sprawę, że moim najważniejszym obowiązkiem jest przygotowanie go na wstrząs, jakiemu zaraz zamierzałem go poddać. Jak najdelikatniej – z perspektywy czasu muszę się przyznać, że nieco rozwlekle i trochę tak, jak pan Anderson – ostrzegłem go, że to, co mu zaraz powiem, może zniszczyć jego wiarę i jego nadzieję względem pewnej charyzmatycznej i szanowanej postaci na kongijskiej scenie politycznej.

– Mówisz o Muangazie, nie?

– Niestety tak – potwierdziłem ze smutkiem.

Mówiłem dalej, jakie to dla mnie nieprzyjemne przynosić mu złe wieści, ale obiecałem to pewnej anonimowej, znajomej mi osobie, i muszę wywiązać się z tej misji. Oczywiście osoba ta była fikcyjna – ale tak właśnie, po długich dyskusjach, postanowiliśmy z Hannah przedstawić całą sprawę. Dodam jeszcze, że mało jest rzeczy, które lubię mniej od mówienia do ciemnych okularów. W sytuacjach szczególnych zdarzało się nawet, że prosiłem klientów, by je zdjęli, bo ograniczały moją zdolność porozumiewania się. Ale postanowiłem tym razem znosić to dzielnie. Dla Hannah.

– Jakiej osobie? Facetowi? Babie? – zapytał.

– Tego, niestety, nie mogę ujawnić – odparłem zadowolony, że już na samym początku mam okazję pokierować rozmową. – Dla wygody będę mówił o tym kimś w rodzaju męskim – dodałem, jakby pojednawczo. – No więc ten mój znajomy, według mnie osoba całkowicie wiarygodna i uczciwa, wykonuje pewne ściśle tajne zadania dla rządu.

– Jakiego, kurwa, brytyjskiego? – Gdyby nie był tak ważny dla Hannah, pogarda, jaką opatrzył słowo „brytyjskiego", w połączeniu z czarnymi okularami i amerykańskim akcentem, pewnie usposobiłyby mnie do niego całkiem wrogo.

– Obowiązki zawodowe mojego znajomego – podjąłem na nowo – dają mu regularny dostęp do sygnałów i innych form porozumiewania się, przesyłanych między krajami Afryki a obcującymi z nimi stronami europejskimi.

– Jakimi, kurwa, stronami? Z państwami?

– Niekoniecznie z państwami, Baptiste. Nie wszystkie z tych stron to państwa. Są strony znacznie potężniejsze i mniej kontrolowane niż państwa. I bogatsze.

Zerknąłem na Hannah, ale ona zamknęła oczy, jakby w modlitwie.

– Więc ten mój znajomy powiedział mi w całkowitym zaufaniu i po wielu nieprzespanych nocach – ciągnąłem, postanowiwszy przejść wreszcie do sedna – że na pewnej wyspie na Morzu Północnym doszło ostatnio do spotkania – tu zrobiłem pauzę dla efektu – między twoim Muangazą, tak mi przykro, że muszę ci to powiedzieć, a przedstawicielami pewnych bojówek ze Wschodniego Konga. – Wpatrywałem się w dolną część jego twarzy, by nie przegapić pierwszych oznak zrozumienia, ale jedyne, co udało mi się dostrzec, to niemal niewidzialne rozciągnięcie warg. – I innych reprezentantów anonimowego Syndykatu złożonego z inwestorów zagranicznych. Na tej samej konferencji uzgodniono wspólne przeprowadzenie zbrojnego zamachu stanu z pomocą zachodnich i afrykańskich najemników. – Znów czekałem na jakąkolwiek reakcję, ale na próżno. – To będzie taki tajny zamach stanu. Nikt się nie przyzna. Wszystko załatwią rękami bojówek, z którymi doszli do porozumienia. Jedną z nich będą Mai Mai, drugą Banyamulenge.

Instynkt kazał mi zataić udział Haja i Luca, po czym jeszcze raz rzuciłem okiem na Baptiste'a, jak znosi te rewelacje. Ale okulary zdawały się patrzyć wyłącznie na biust Hannah.

– Rzekomym celem operacji – mówiłem teraz głośniej – jest zjednoczenie Kiwu i zaprowadzenie tam demokracji. Ale prawdziwy cel jest nieco inny. Chodzi o wydojenie Wschodniego Konga ze wszystkich surowców mineralnych, na których uda się

Syndykatowi położyć łapę, między innymi ogromnych złóż koltanu, na czym inwestorzy zarobią miliony, a lud Kiwu absolutnie nic.

Kompletny bezruch, tak głowy, jak samych tylko okularów.

– Lud zostanie okradziony. Oszukany, jak zwykle – nalegałem, czując, że mówię już tylko do siebie. – Stary numer. Wyzysk kolonialny w nowej postaci. – Wreszcie przyszedł czas na mojego asa w rękawie. – Kinszasa też należy do spisku. Kinszasa będzie udawać, że o niczym nie wie, i dostanie za to swoją działkę. W tym przypadku to, co miało być „częścią ludu". To wszystko.

Na górze krzyknęło dziecko, ktoś zaczął je uspokajać. Hannah uśmiechnęła się z roztargnieniem, ale uśmiech był dla dziecka, nie dla mnie. Kamienny wyraz twarzy Baptiste'a nie zmienił się ani o jotę, a jego obojętność znacznie osłabiała moje zdolności narracyjne.

– I niby kiedy to się działo?

– Kiedy rozmawiałem z tym znajomym?

– Nie. Kiedy było to spotkanie na tej jakiejś zasranej wyspie?

– Już mówiłem: ostatnio.

– Nie wiem, co to znaczy „ostatnio". Jak „ostatnio"? Kiedy „ostatnio"?

– W zeszłym tygodniu – odpowiedziałem, bo kiedy nie wie się, co powiedzieć, lepiej trzymać się jak najbliżej prawdy.

– I ten twój anonim był na tym spotkaniu? Siedział z nimi na tej zasranej wyspie, słuchał, jak się namawiali?

– Widział papiery. Stenogramy. Już mówiłem.

– Zobaczył papiery, pomyślał: „ja cię…" i przyszedł akurat do ciebie?

– Tak.

– Dlaczego?

– Bo ma sumienie. Zrozumiał, że to wielkie oszustwo. Zależy mu na Kongu. Nie podoba mu się, że ktoś chce wywołać wojnę dla własnego zysku. Wystarczy?

Najwyraźniej nie.

– Ale dlaczego do ciebie? To jakiś biały liberał, a nie zna nikogo czarniejszego od ciebie?

– Przyszedł do mnie, bo mu zależy. To musi ci wystarczyć. To mój stary znajomy, nie powiem od kiedy. Wiedział, że mam związki z Kongiem i mam serce po właściwej stronie.

– Pieprzysz, kolo.

Zerwał się na nogi i zaczął przechadzać się wielkimi krokami po pokoju. Jego teksańskie buty ślizgały się lekko po złotym dywanie. Wreszcie zatrzymał się przed Hannah.

– Załóżmy, że wierzę gnojkowi – powiedział, przekrzywiając w moją stronę swą kościstą głowę. – A może tylko wydaje mi się, że mu wierzę. Może dobrze zrobiłaś, że go tu przyprowadziłaś. Czy on nie jest półkrwi Ruandyjczykiem? Bo tak mi wygląda. A to by wiele tłumaczyło.

– Baptiste – szepnęła Hannah, ale on nie zwrócił na nią uwagi.

– Dobra, nic nie mów. Fakty. Jakie są fakty? Twój kolo rżnie się z tobą, nie? A kolo twojego kola wie, że on się z tobą rżnie, więc przychodzi do twojego kola. I opowiada twojemu kolowi tę bajeczkę, a twój kolo ci ją powtarza, bo się z tobą rżnie. Ty jesteś wkurwiona tym, co ci powiedział, no to przyprowadzasz kola, który cię rżnie, do mnie, żeby mógł ją znowu opowiedzieć, a kolowi kola dokładnie o to chodziło. To się nazywa dezinformacja. Ludzie z Ruandy dobrze się na tym znają. Mają takich, co nic innego nie robią, tylko dezinformują. Wytłumaczę ci, jak to działa. Mogę?

Wciąż stojąc przed Hannah, zwraca swe zaciemnione oczy na mnie, potem znów na nią.

– Tak to działa. Wielki człowiek, naprawdę wielki człowiek, mówię o moim Muangazie, przynosi mojemu krajowi posłanie nadziei. Pokoju, dobrobytu, równouprawnienia, zjednoczenia. Tylko że ten wielki człowiek nie jest przyjacielem Ruandyjczyków. Wie, że jego marzenie nie spełni się, dopóki Ruandyjczycy będą toczyli na nim swoje zasrane wojny, kolonizowali naszą gospodarkę i nasz lud, i wysyłali hordy bandytów, żeby nas wytłukli. I dlatego nienawidzi gnojów. A oni jego. I mnie. Wiesz, ile razy skurwiele chcieli mnie załatwić? No, a teraz wzięli się za Muangazę. Jak? Próbując nałgać na niego jego własnym ludziom. Jak łgać? No, przed chwilą słyszałaś. To, co powiedział twój kolo, z którym się rżniesz: „Muangaza sprzedał się białym! Muangaza sprzedał własną ojczyznę grubym rybom z Kinszasy!"

Opuszcza Hannah i staje przede mną. Jego głos podnosi się, zmuszony do tego przez rap, dobiegający spod złotego dywanu.

– Czy ty wiesz, że wystarczy jedna mała zapałeczka, żeby Kiwu stanęło w ogniu? Wiesz? Dociera to do ciebie?

Musiałem chyba skinąć głową, że wiem.

– No, to ty jesteś tą zapałeczką, kolo, nawet jeżeli nie o to ci chodziło, nawet jeżeli chciałeś dobrze. A ten twój anonim, co tak kocha Kongo i chce je chronić przed białymi najeźdźcami, to zasrany ruandyjski karaluch. I nie myśl, że on jeden, bo to samo gówno chcą nam wcisnąć na dwadzieścia różnych sposobów. Gadają, że Muangaza to największy antychryst wszystkich czasów. Grasz w golfa? W tę szlachetną grę? Gra pan w golfa, proszę pana?

Pokręciłem głową.

– Nie gra – szepnęła za mnie Hannah.

– Twierdzisz, że ta cała konferencja była w zeszłym tygodniu, tak?

Skinąłem głową, że tak.

– A wiesz, gdzie Muangaza był przez cały zeszły tydzień? Każdego dnia, bez wyjątku, od rana, kurwa, do wieczora? Sprawdź jego składki w klubie. Był w Marbelli, w Hiszpanii, gdzie dla odpoczynku grał w golfa, bo zaraz potem miał wrócić do Konga, żeby na nowo prowadzić swoją bohaterską walkę o pokój. A wiesz, gdzie ja byłem przez ostatnich siedem dni, aż do wczoraj? Sprawdź moje składki. W Marbelli. Grałem w golfa z Muangazą i jego wiernymi towarzyszami. Więc może to nie taki najgorszy pomysł, żebyś powiedział swojemu kolowi, gdzie może sobie wsadzić tę całą wyspę i te swoje chamskie kłamstwa.

Podczas całej tej przemowy mrugał do mnie jego złoty rolex ze złotą bransoletą i fazami Księżyca. Baptiste mówił i mówił, a jego zegarek coraz natrętniej rósł mi w oczach.

– Odwieźć was gdzieś, zawołać taksówkę? – zapytał Hannah w suahili.

– Damy sobie radę – odpowiedziała.

– Czy twój kolo, z którym się rżniesz, ma w tej torbie coś, co chce mi dać? Jakieś oszczerstwa na piśmie? Kokę?

– Nie.

– Jak będziesz go miała dość, daj mi znać.

Poszedłem za nią przez kawiarnię, na ulicę. Przy chodniku parkował teraz na drugiego czarny mercedes. Za kierownicą siedział kierowca, a z tylnego siedzenia patrzyła na nas czarna dziewczyna w wydekoltowanej sukni i białej futrzanej etoli. Patrzyła jak ktoś, kto znalazł się w niebezpieczeństwie.

Rozdział 17

Hannah nie płacze o byle co. Na widok jej siedzącej na brzegu łóżka pani Hakim w koszuli nocnej ze szkółki misyjnej, o pierwszej w nocy, z twarzą ukrytą w dłoniach, ze łzami toczącymi się spod palców, odkryłem w sobie dotąd mi nieznane pokłady współczucia.

– Już nic nam nie pomoże, Salvo – przekonywała mnie przez szloch, gdy po wielu namowach udało mi się sprawić, że się wyprostowała. – Mamy takie piękne marzenia: pokój, jedność, postęp. Ale jesteśmy Kongijczykami. Za każdym razem, kiedy coś sobie wymarzymy, wracamy do punktu wyjścia. I dlatego jutro nie przychodzi nigdy.

Kiedy już zrobiłem, co mogłem, by ją pocieszyć, zabrałem się do zrobienia jajecznicy, grzanek i herbaty, równocześnie opowiadając, co robiłem przez cały dzień. Postanowiłem nie zadręczać jej dodatkowo kolejnymi pomysłami, uważałem, by nie zdradzić się, że wykonałem kilka telefonów i że sporządziłem tajny dokument zatytułowany *J'Accuse!*, który następnie ukryłem za szafą. Już za dwanaście godzin będzie w Bognorze. Z opowiadaniem lepiej zaczekać aż do jej powrotu, bo wtedy wprowadzę mój plan w życie i będzie po wszystkim. Ale gdy zaproponowałem, by poszła spać, pokręciła głową i powiedziała, że musi jeszcze raz posłuchać tej pieśni.

– Tej, którą śpiewał Haj, kiedy przestali go torturować.

– Teraz?

– Teraz.

Nie chciałem się sprzeciwiać, więc wydobyłem ze schowka taśmę.

– Masz tę jego wizytówkę?

Podałem jej wizytówkę. Obejrzała ją z przodu i nawet zdołała uśmiechnąć się na widok baraszkujących zwierząt. Odwróciła i wpatrywała się w nią ze zmarszczonymi brwiami. Nałożyła słuchawki, włączyła magnetofon i zapadła w nieprzeniknione milczenie. Czekałem cierpliwie, aż się odezwie.

– Czy ty szanowałeś swojego ojca, Salvo? – zapytała, dwukrotnie odsłuchawszy taśmę.

– Oczywiście. Ogromnie. Ty swojego na pewno też.

– Haj też szanuje swego ojca. Jest Kongijczykiem. Szanuje ojca i jest mu posłuszny. Czy naprawdę myślisz, że mógłby pójść do niego i powiedzieć: „Ojcze, twój wieloletni przyjaciel i polityczny sprzymierzeniec to kłamca", nie mając na to żadnych dowodów? Nawet śladów na ciele, jeżeli jego oprawcy znali się na robocie?

– Hannah, proszę cię. Ja padam na twarz, ty też miałaś okropny dzień. Chodź do łóżka. – Położyłem jej dłoń na ramieniu, ale delikatnie ją odtrąciła.

– On śpiewał do ciebie, Salvo.

Przyznałem, że też mi się tak zdawało.

– Jak myślisz, co chciał ci przez to powiedzieć?

– Że przeżył i że ma nas gdzieś.

– To dlaczego zapisał ci swój mejl? Widzisz, jak mu się ręka trzęsła? Zapisał go po torturach, nie przedtem. Dlaczego?

Próbowałem obrócić wszystko w kiepski żart.

– Pewnie chciał ściągnąć klienta do swojego nocnego klubu.

– Haj chciał, żebyś się z nim skontaktował, Salvo. Potrzebuje twojej pomocy. Mówi: pomóż mi, przyślij mi swoje nagrania, przyślij mi dowód tego, co ze mną robili. Potrzebuje dowodu. Chce, żebyś mu go dostarczył.

Czy byłem słaby, czy tylko przebiegły? Haj był dla mnie playboyem, nie dzielnym rycerzem. Zepsuły go francuski pragmatyzm i życie w luksusie. Przecież wziął trzy miliony dolarów do poniedziałku wieczór. Czy mam rozwiać jej złudzenia, czy też zawrzeć umowę, z której potem i tak nie będę musiał się wywiązać?

– Masz rację – powiedziałem. – Potrzebuje dowodu, wyślemy mu taśmy. Innego wyjścia nie ma.

– Jak? – zapytała podejrzliwie.

Zapewniłem ją, że to proste. Wystarczy znaleźć kogoś, kto ma odpowiedni sprzęt: jakiegoś dźwiękowca, kogoś, kto pracuje w studiu nagrań. Zrobi z taśm komputerowy plik dźwiękowy, a to można wysłać Hajowi mejlem. I już.

– Nie, Salvo, wcale nie „już”. – Wydęła usta, usiłując zmienić front o sto osiemdziesiąt stopni, dokładnie tak, jak ja zrobiłem chwilę wcześniej.

– Dlaczego?

– Dla ciebie to poważne przestępstwo. Haj jest Kongijczykiem, a to brytyjska tajemnica. W duszy jesteś Brytyjczykiem. Lepiej tego nie róbmy.

Wziąłem do ręki kalendarz. Klęknąłem przy niej i przypomniałem, że zamach stanu Maxiego dopiero za jedenaście dni. Więc wielkiego pośpiechu nie ma, prawda?

Chyba nie, zgodziła się z wahaniem. Ale im więcej damy Hajowi czasu, tym lepiej.

Sprytnie podsunąłem, że przecież możemy z tym zaczekać jeszcze parę dni. Że nawet cały tydzień nie zaszkodzi – znałem przecież kunktatorstwo pana Andersona.

– Tydzień? A dlaczego mamy czekać cały tydzień? – Znów zmarszczone brwi.

– Bo może wcale nie będziemy musieli nic wysyłać. Może się przestraszą. Wiedzą, że działamy. Może wszystko odwołają.

– A skąd będziemy wiedzieć, że odwołali?

Na to nie miałem gotowej odpowiedzi, więc przez chwilę oboje milczeliśmy, nie wiedząc, co powiedzieć. Hannah w zamyśleniu oparła głowę na moim ramieniu.

– Za cztery tygodnie Noah ma urodziny – oznajmiła nagle.

– Rzeczywiście. Obiecaliśmy, że razem wybierzemy mu prezent.

– Najbardziej chciałby odwiedzić kuzynów w Gomie. Nie chcę, żeby tam jechał, kiedy może wybuchnąć wojna.

– Wojny nie będzie. Odczekajmy jeszcze parę dni. Może coś się wydarzy.

– Na przykład co, Salvo?

– Nie wszyscy z nich to potwory. Może zwycięży rozsądek – upierałem się, na co usiadła na łóżku i popatrzyła na mnie jak na pacjenta, którego podejrzewa o symulowanie objawów. – Pięć dni – prosiłem. – A szóstego dnia wyślemy wszystko Hajowi. Wtedy i tak zdąży.

I przypominam sobie już tylko jedną wymianę zdań, która miała potem jakieś znaczenie. Leżeliśmy przytuleni, zupełnie jakbyśmy zapomnieli o naszych kłopotach, a tu Hannah zaczyna nagle opowiadać mi o Władziu, kopniętym Polaku, chłopaku Grace.

– Wiesz, jak on zarabia na życie? Pracuje z zespołami rockowymi w jednym studiu nagrań w Soho.

Nagrywają całą noc, potem wraca do domu naćpany po uszy i kochają się przez cały dzień.

– No to co?

– Jak go poprosimy, nie weźmie od nas dużo za przegranie taśm.

Teraz z kolei ja siadam na łóżku.

– Hannah, nie chcę, żebyś się w to mieszała. Jeżeli ktoś ma wysłać taśmy Hajowi, to muszę to być ja.

Na to już nic nie mówi, biorę jej milczenie za znak zgody. Budzimy się późno, szybko pakujemy. Na prośbę Hannah biegnę na dół na bosaka i proszę pana Hakima, żeby zamówił nam jedną ze swoich zaprzyjaźnionych taksówek. Gdy wracam do pokoju, zastaję Hannah przy rozklekotanej szafie. Trzyma w rękach moją torbę, która w tym całym zamieszaniu musiała wypaść z kryjówki – ale dzięki Bogu mój bezcenny egzemplarz *J'Accuse!* został na miejscu.

– Daj – mówię i korzystając z mojego wzrostu, łatwiej odkładam torbę na miejsce.

– Och, Salvo – mówi. Rozumiem, że z wdzięczności.

Wciąż jeszcze nie jest całkiem ubrana. To przynosi zgubne skutki.

Pośpieszna linia non stop z dworca Victoria do Sevenoaks podstawiła dodatkowe autobusy dla tych podróżnych, którzy od czasu bomb w metrze wolą unikać transportu szynowego. Do autobusu podchodziłem ostrożnie, świadomy swego odcienia skóry i murzyńskiej czapki. Podróż odbyłem trochę autobusem, a trochę piechotą, dwa razy wskakiwałem do środka w ostatniej chwili, by zgubić ewentualny ogon. Takie zabiegi są dość męczące. Gdy po przybyciu na miejsce obszukiwał mnie ochroniarz, właści-

wie miałem nadzieję, że mnie zidentyfikuje i będzie
po wszystkim. On jednak nie zakwestionował nawet
brązowej koperty podpisanej *J'Accuse!*, złożonej na
pół w wewnętrznej kieszeni mojej skórzanej kurtki.
Z budki telefonicznej w Sevenoaks zadzwoniłem na
komórkę Grace, która odebrała ją z rzęsistym śmiechem. Okazało się, że podróż autobusem do Bognor
też miała wesołe momenty.

– Jak ta Amelia się zrzygała, Salvo, nie masz pojęcia! Na cały autobus, nową sukienkę i buty. Stoimy
nad nią z Hannah ze szmatami i ratujemy sytuację!

– Salvo?

– Kocham cię, Hannah.

– Ja ciebie też, Salvo.

Otrzymałem rozgrzeszenie. Mogłem działać.

Szkoła imienia Świętego Rodericka dla Dziew-
cząt i Chłopców leżała na zadrzewionych obrzeżach
starego Sevenoaks. Wśród kosztownych domów,
przed którymi na niezachwaszczonych, wysypanych
żwirem podjazdach parkowały najnowsze modele
samochodów, stała dokładna kopia Sanktuarium,
zdobna w takie same wieżyczki, mury i złowróżbny
zegar. Sala koncertowa z cegły i szkła była darem
wdzięcznych rodziców i absolwentów. Fosforyzująca
strzałka kierowała gości na zewnętrzną klatkę schodową. Postępując za dwiema pokaźnych rozmiarów
paniami, dotarłem na drewnianą galeryjkę i zająłem
miejsce obok starego duchownego o pięknej, siwej
czuprynie Philipa. Pod nami, ustawionych w trzy
boki wojskowego czworokąta, stało sześćdziesięcio-
ro członków Gromady Śpiewaczej (autoryzowanej)
z Sevenoaks. Stojący na podwyższeniu mężczyzna
w aksamitnej marynarce i muszce pod szyją tłumaczył
właśnie swej trzódce, jak mają się oburzać.

– Nie wystarczy, że czujecie oburzenie. My musimy je od was usłyszeć. Bo zastanówmy się przez chwilę: lichwiarze rozstawili swe kramy w domu Pana, czy może być coś gorszego? Nic dziwnego, że się oburzamy. Każdy by się oburzył. A więc bardzo proszę, dużo oburzenia. I proszę bardzo uważać na głoskę „s", szczególnie panowie tenorzy. No, jeszcze raz.

Jak jeszcze raz, to jeszcze raz. Pan Anderson ze świętym oburzeniem wypiął pierś, otworzył usta i wtedy mnie zobaczył: tak całkowicie i tak bezpośrednio, jakbym był jedyną osobą nie tylko na galeryjce, ale i w całej sali. Jego usta zatrzasnęły się zamiast śpiewać. Śpiewali wszyscy wokół niego, mężczyzna na podwyższeniu wymachiwał krótkimi, aksamitnymi rękami, nie zauważając, że pan Anderson, czerwony ze zmieszania na twarzy, złamał szyk i stoi tuż przy nim, górując nad nim wzrostem. Ale chór był bardziej uważny, więc śpiew powoli zamarł. Nigdy już się nie dowiem, co zaszło między panem Andersonem a jego dyrygentem, bo ja wtedy byłem już na dole i stałem przy wejściu na widownię. Po chwili pojawiły się przy mnie ubrana w powłóczystą szatę pani w średnim wieku i grubawa nastolatka, podobna jak dwie krople wody – gdyby nie brać pod uwagę zielonych włosów i metalowych kółek w brwiach – do swego szanownego ojca. Kilka sekund po nich przecisnął się przez drzwi sam pan Anderson i popatrzywszy przeze mnie, jakby mnie w ogóle nie było, zwrócił się do swych pań rozkazującym tonem:

– Mary, muszę was prosić, żebyście obie wróciły do domu i czekały, aż wrócę. Ginette, nie patrz tak na mnie. Mary, bardzo proszę, weź samochód. Znajdę inny środek transportu, kiedy będzie trzeba.

Ginette, której uczernione oczy błagały mnie, bym był świadkiem, jak ją źle traktują, dała się odprowadzić swojej matce. Pan Anderson dopiero wtedy raczył zauważyć moją obecność.

– Salvo. Osobiście przerwałeś mi próbę chóru.

Przygotowałem sobie całe przemówienie. Było w nim i o moim szacunku dla niego, i o jego surowych zasadach moralnych, i o tym, jak zawsze powtarzał, że w razie wszelkich obaw mam z nimi przyjść do niego, a nie dusić je w sobie. Tylko że nie był to zbyt szczęśliwy moment, by je wygłaszać w całości.

– Szykuje się zamach stanu, proszę pana. To moje weekendowe zadanie to nie żadna sprawa wagi państwowej, tylko chodzi o splądrowanie Konga.

Wyłożony zielonymi płytkami korytarz obwieszony był uczniowskimi pracami. Pierwsze drzwi były zamknięte, drugie też, trzecie się otworzyły. Na drugim końcu klasy stały naprzeciw siebie dwa biurka. Na tablicy widniały zadania z algebry, mojego najbardziej znienawidzonego przedmiotu.

Pan Anderson mnie wysłuchał.

Sprawę przedstawiłem zwięźle, co potrafi cenić, jako że sam jest mówcą z zamiłowania. Trzymał łokcie na stole, dłonie splótł pod swym imponującym podbródkiem i ani na chwilę nie spuszczał ze mnie wzroku, nawet wtedy, gdy dotarłem do zawiłego moralnego dylematu, będącego zazwyczaj jego ulubioną domeną: sumienie jednostki a dobro ogółu. Leży przed nim mój egzemplarz *J'Accuse!* Nakłada okulary do czytania i sięga do wewnętrznej kieszeni marynarki po srebrny ołówek automatyczny.

– I to twój własny tytuł, Salvo? Oskarżasz mnie?

– Nie pana. Ich. Lorda Brinkleya, Philipa, Tabiziego, Syndykat. Ludzi, którzy wykorzystują Muangazę, żeby się wzbogacić, i w tym celu wywołują wojnę w Kiwu.

– I tu jest to opisane, tak? Wszystko? Przez ciebie?

– Do pana wyłącznej wiadomości. Nie ma kopii.

Koniec srebrnego ołówka rozpoczął swój powolny lot nad wydrukiem.

– Torturowali Haja – dodałem w poczuciu, że to muszę wyrzucić z siebie już od razu. – Paralizatorem. Pająk im zrobił.

Pan Anderson uznał, że musi mnie poprawić, nie przerywając czytania.

– Tortury to bardzo mocne słowo, Salvo. Używaj go ostrożnie. Tego słowa, oczywiście.

Potem zmusiłem się do zachowania spokoju, podczas gdy on czytał i marszczył brew albo czytał i robił dopiski na marginesie, albo cmokał nad nieprecyzyjnym stylem mojej prozy. Raz przewrócił w tył kilka kartek, porównując to, co czytał, z czymś, co było przedtem, i pokręcił głową. A gdy dotarł do ostatniej strony, powrócił do pierwszej, do samego tytułu. Potem poślinił palec, jeszcze raz przeczytał zakończenie, jak gdyby chciał mieć pewność, że niczego nie przegapił, że mnie nie skrzywdzi, nim postawi ostateczną ocenę.

– I co zamierzasz dalej zrobić z tym dokumentem, Salvo?

– Nic. To dla pana.

– A co ja mam z tym zrobić?

– Pokazać go na samej górze, proszę pana. Ministrowi spraw zagranicznych, a jeżeli trzeba, to i na Downing Street. Wiadomo że jest pan człowiekiem honoru. Sam mi pan kiedyś powiedział, że sprawy etyczne to pana specjalność. – A że nadal nie odpowiadał, dodałem: – Muszę zrobić tylko jedno: powstrzymać ich. Nie żądamy głów. Na nikogo nie wskazujemy palcem. Wystarczy, że się ich powstrzyma.

– My? – powtórzył. – Jacy „my"?

– Pan i ja – odpowiedziałem, choć miałem na myśli inne „my". – I my wszyscy, którzy nie zdawaliśmy sobie sprawy, o co w tym wszystkim naprawdę chodzi. Ocalimy wiele ludzkich istnień, proszę pana. Setki, może tysiące. W tym również dzieci. – Teraz miałem na myśli Noaha.

Pan Anderson położył płasko dłonie na *J'Accuse!*, zupełnie jakby się spodziewał, że mu to wyrwę, choć wcale nie miałem takiego zamiaru. Wziął głęboki wdech, który jak na mój gust zbyt przypominał westchnienie.

– Piszesz bardzo dokładnie, Salvo. Bardzo sumiennie, pozwól sobie powiedzieć, i zresztą nie spodziewałem się po tobie niczego innego.

– Uznałem, że jestem to panu winny, proszę pana.

– Masz świetną pamięć, co jest oczywiste dla wszystkich, którzy znają cię z pracy.

– Dziękuję panu.

– Stosujesz długie cytaty. Czy też z pamięci?

– No, nie do końca.

– Czy w takim razie miałbyś coś przeciwko poinformowaniu mnie, na jakich innych źródłach opierasz te… te oskarżenia?

– Na materiałach źródłowych, proszę pana.

– Jak bardzo źródłowych?

– Na taśmach. Nie wszystkich. Tylko tych najważniejszych.

– Co na nich jest?

– Cały spisek. Tortury Haja. Oskarżenie Kinshasy przez Haja. Brudny interes z Hajem. Dekonspiracja Philipa w rozmowie przez telefon satelitarny.

– Mowa tu o ilu taśmach, Salvo? Ale już łącznie?

– No więc nie są pełne. Pająk ciągle stosuje się do zasad Rozmównicy. Zwykle każda taśma to jedna sesja.

– Salvo, proszę cię, powiedz po prostu, ile ich jest.

– Siedem.

– Masz też dowody na piśmie?

– Tylko moje notatniki.

– A ile jest ich łącznie?

– Cztery. Trzy zapełnione do końca, jeden do połowy. Oczywiście wszystkie pisane są moim pismem klinowym – dodałem, bo był to nasz wspólny żart.

– To powiedz mi, Salvo, gdzie teraz są? Dokładnie teraz, w tej chwili?

Udałem, że go nie zrozumiałem.

– Najemnicy? Prywatna armia Maxiego? Pewnie ciągle czekają, smarują broń czy coś takiego. Atak dopiero za dziesięć dni, więc mają trochę czasu.

Ale on nie dał się zbić z tropu, co zresztą było do przewidzenia.

– Myślę, że wiesz, o co mi chodzi, Salvo. O te taśmy, notatniki i wszystko inne, które przywłaszczyłeś sobie nielegalnie. Co z nimi zrobiłeś?

– Ukryłem.

– Gdzie?

– W bezpiecznym miejscu.

– Dziękuję, Salvo, ale to głupia odpowiedź. Co to za bezpieczne miejsce, w którym je ukryłeś?

Usta zamknęły mi się same, więc trzymałem je zamknięte – nie ściśnięte mocno na znak odmowy, ale i bez ruchu, jeśli nie liczyć lekkiego prądu elektrycznego, który przebiegał mi przez wargi i przyprawiał je o mrowienie.

– Salvo…

– Słucham pana.

– Zostałeś wyznaczony do tej misji za moim osobistym poręczeniem. Nie każdy by cię wybrał do takiej pracy, głównie z powodu twojego temperamentu i niepewnego pochodzenia. Ale ja cię wybrałem.

– Wiem o tym, proszę pana, i jestem panu wdzięczny. I właśnie dlatego przychodzę z tym do pana.

– No, to gdzie one są? – Odczekał chwilę, po czym odezwał się tak, jakby w ogóle nie zadawał tego pytania: – Salvo, zawsze cię chroniłem.

– Wiem, proszę pana.

– Od dnia, w którym zjawiłeś się u mnie, byłem dla ciebie tarczą i ochroną. A byli tacy, i z Rozmównicy, i spoza niej, którzy mieli mi za złe zatrudnienie cię na pół etatu, choć byłeś taki zdolny.

– Wiem.

– Byli tacy, co twierdzili, że jesteś zbyt naiwny. Już kiedy sprawdzali cię na początku. Mówili, że jesteś zbyt poczciwy, żebyś się nadawał. Za mało perfidny. W twojej starej szkole powiedzieli nam na przykład, że możesz się buntować. Była też sprawa osobistych upodobań, ale o tym nie będziemy teraz rozmawiać.

– Jeśli o to chodzi, to teraz już jest wszystko w porządku.

– Popierałem cię zawsze, w dobre i w złe dni. Byłem twoim obrońcą. Nigdy się nie zawahałem. Mówiłem im: „Młody Salvo jest najlepszy. Nie ma w branży lepszego lingwisty, pod warunkiem że go nie poniesie, a nie poniesie, bo będę pilnował, żeby go nie poniosło".

– Zdaję sobie z tego sprawę, proszę pana. I moja wdzięczność…

– Ty chyba mi mówiłeś, że kiedyś chcesz zostać ojcem, prawda?

– Tak.

– Dzieci to nie tylko same przyjemności, o nie. A jednak kochamy je, choćbyśmy się na nich zawiedli. I chcemy być im zawsze do pomocy. Dokładnie tak samo traktuję teraz ciebie. Przypomniałeś już sobie, gdzie są te taśmy?

W obawie, że jeżeli coś powiem, to powiem więcej, niż chciałem, przez chwilę skubałem dolną wargę kciukiem i palcem wskazującym.

– Proszę pana, musi ich pan powstrzymać – odezwałem się wreszcie.

Na to on wziął oburącz srebrny ołówek automatyczny. Przez chwilę wpatrywał się w niego z żalem i wreszcie odłożył na miejsce do wewnętrznej kieszeni marynarki. Ale dłoń pozostała za klapą, zupełnie tak jak u Napoleona Maxiego.

– Czyli tak? To twoje ostatnie słowo w tej sprawie? Żadnego „dziękuję", żadnych przeprosin, żadnych taśm i notatników? Po prostu „muszę ich powstrzymać"?

– Taśmy i notatniki panu oddam. Ale dopiero, kiedy ich pan powstrzyma.

– A jeżeli ich nie powstrzymam? Jeżeli nie mam takiej ochoty albo takiej władzy?

– To oddam je komuś innemu.

– O, komu?

O mało nie wygadałem się, że Hajowi, ale ugryzłem się w język.

– Posłowi z mojego okręgu, może komuś innemu – odparłem, ale skwitował to pogardliwym milczeniem.

– A co tak dokładnie, tylko proszę o szczerą opinię, Salvo – odezwał się znowu – co konkretnie chcesz zyskać przez to, że się ich powstrzyma?

– Pokój, proszę pana. Pokój boży.

Tak jak się spodziewałem, moja wzmianka o Bogu poruszyła w nim czułą nutę, bo jego angielskie rysy natychmiast pobożnie złagodniały.

– A nigdy nie przyszło ci do głowy, że może być wolą boską, by wciąż kurczące się światowe zasoby surowców mineralnych znajdowały się ręku cywilizowanych chrześcijan, żyjących w sposób kulturalny, a nie najbardziej zacofanych pogan na Ziemi?

– Tylko że ja nie wiem, kto tu naprawdę jest poganinem, proszę pana.

– Ale ja wiem – odparł i wstał. W tej samej chwili wyjął dłoń zza klapy. Trzymał w niej telefon komórkowy. Musiał go wyłączyć na czas próby chóru, bo swym wielkim kciukiem naciskał go teraz od góry, czekając, aż się włączy. Jego pokaźne ciało przemieściło się w lewo, jak podejrzewałem, po to by znaleźć się między mną a drzwiami. W takim razie ja też przesunąłem się w lewo, przy okazji zabierając *J'Accuse!* – Teraz, Salvo, wykonam bardzo ważną rozmowę telefoniczną.

– Wiem, proszę pana. Nie chcę, żeby ją pan wykonał.

– Kiedy już ją wykonam, konsekwencje będą takie, że ani ty, ani ja nie będziemy już mogli nad nimi zapanować. Proszę cię, daj mi choć jeden dobry powód, dla którego nie miałbym wykonać tej rozmowy.

– Powodów jest milion, proszę pana. W całym Kiwu. A zamach stanu to przestępstwo.

– Salvo, państwo rozbójnicze, państwo, które nie potrafi porządnie się rządzić, państwo, w którym dochodzi do aktów ludobójstwa, ludożerstwa i jeszcze gorszych rzeczy, według mnie nie zasługuje – kolejny krok – na równe traktowanie w świetle prawa międzynarodowego – teraz już całkowicie odcinał mi drogę ucieczki. – Z tych samych powodów rozbójnicze elementy w naszym społeczeństwie, takie jak ty, Salvo, nie mają prawa realizować swych naiwnych zamiarów kosztem narodowego interesu kraju, który je przygarnął. Nie ruszaj się, nie ma powodu, byś się do mnie zbliżał. Tego, co mam ci do powiedzenia, możesz wysłuchać tam, gdzie jesteś w tej chwili. Po raz ostatni pytam, gdzie są te nielegalnie zdobyte materiały? Całą sprawę możemy jeszcze załatwić spokojnie. Za dwadzieścia sekund wykonam telefon i w tym samym czasie, a może tuż przedtem dokonam aresztu obywatelskiego. Położę ci dłoń na ramieniu i powiem: „Brunonie Salvadorze, niniejszym aresztuję cię w imieniu prawa". Salvo, przypominam ci, że jestem człowiekiem chorym. Mam pięćdziesiąt osiem lat i cukrzycę typu drugiego.

Ale ja zdążyłem już wyjąć telefon z jego niestawiającej oporu dłoni. Staliśmy teraz twarzą w twarz. Okazało się, że jestem od niego znacznie wyższy, co zdziwiło go jeszcze bardziej niż mnie. Za zamkniętymi drzwiami Gromada Śpiewacza z Sevenoaks starała się wydobyć z siebie jak najwięcej oburzenia bez udziału swego pierwszego barytonu.

– Salvo, wybieraj. Jeżeli teraz, w tej chwili, dasz mi słowo honoru, że jutro rano, jak najwcześniej, pojedziemy razem do miejsca ukrycia tych materiałów i wydobędziemy je stamtąd, to możesz zostać w Sevenoaks na noc u mnie. Zjemy dobrą kolację z moją rodziną, proste, domowe jedzenie, nic specjalnego, pokój starszej córki jest wolny, nie mieszka teraz z nami. A jeżeli zwrócisz materiały, zobowiązuję się porozmawiać z pewnymi osobami i zapewnić... Salvo, bardzo proszę, tylko bez...

Dłoń, która miała mnie aresztować, podniosła się teraz obronnym gestem. Sięgnąłem do klamki, powoli, by go nie przestraszyć. Wyjąłem baterię z jego telefonu, który wsunąłem mu z powrotem do kieszeni. A potem zamknąłem za sobą drzwi, bo uznałem, że niedobrze by było, gdyby ktoś teraz zobaczył mojego ostatniego duchowego przewodnika w takim stanie.

Co do moich posunięć i czynów z następnych kilku godzin mam dziś, podobnie jak wtedy, dość słabe rozeznanie. Wiem, że oddalałem się, co chwila przyśpieszając krok, sprzed szkoły, że stałem na przystanku autobusowym, ale ponieważ nic nie przyjechało, więc przeszedłem na drugą stronę i pojechałem w przeciwnym kierunku, i że nie jest to zbyt dobry pomysł, jeżeli nie chce się zwracać na siebie uwagi. I że potem wędrowałem w najróżniejszych kierunkach, próbując pozbyć się i prawdziwych lub wyimaginowanych prześladowców, i wszelkich wspomnień o panu Andersonie. W końcu złapałem z Bromley nocny pociąg na dworzec Victoria, potem jedną taksówkę pod Marble Arch i drugą do pana Hakima – wszystko dzięki szczodrobliwości Maxiego. Ze stacji w Bromley, ponieważ miałem tam dwadzieścia minut do przyjazdu pociągu, zatelefonowałem do Grace z budki.

– Chcesz usłyszeć coś fantastycznego, Salvo?

Uprzejmość wymagała, by powiedzieć, że tak.

– Wiesz, co się stało? Spadłam z osła! Prosto na dupę, dzieciaki widziały! Ale się darły! Amelia nie spadła, a ja spadłam. No i ten osioł zawiózł Amelię aż na plażę do budki z lodami, Amelia kupiła mu lody z posypką czekoladową za dziewięćdziesiąt dziewięć pensów ze swojego kieszonkowego i osioł zjadł je całe razem z waflem, i przywiózł Amelię z powrotem! Nie bujam, Salvo! Oczywiście ci nie pokażę, ale mam na dupie takie siniaki, że byś nie uwierzył! Na obu półdupkach, Władzio chyba się zesra ze śmiechu!

Przypomniałem sobie, że chodzi o Władzia, jej chłopaka, tego Polaka z branży muzycznej. Tego, który miał nie wziąć od nas dużo.

– A wiesz, co jeszcze, Salvo?

Kiedy zacząłem przeczuwać, że usiłuje mnie zagadać?

– Byliśmy na teatrzyku kukiełkowym, wiesz?

Wiem, przytaknąłem.

– Dzieciaki mało nam nie padły. Jeszcze w życiu nie widziałam tylu przestraszonych i szczęśliwych dzieci.

Powiedziałem, że to świetnie, bo dzieci uwielbiają się bać.

– A wiesz, Salvo, ta kafeteria po drodze, ta, w której jedliśmy, bo ta pierwsza nas nie chciała, bo jesteśmy czarnuchy, była świetna. Czyli wszystko jest super.

– Gdzie ona jest, Grace?

– Hannah? – Zupełnie jakby dopiero teraz sobie o niej przypomniała. – A, Hannah! Wzięła starsze dzieci do kina, Salvo. Kazała mi powiedzieć, że jak zadzwoni Salvo, to ona zaraz oddzwoni. Może jutro rano, bo wcześniej chyba nie zdąży. Bo widzisz, my nie mieszkamy w tym samym domu, to znaczy Hannah i ja. A ja muszę mieć komórkę, no bo Władzio...

Rozumiem.

– Bo jak Władzio nie może się do mnie dodzwonić, to dostaje małpiego rozumu. A tam, gdzie mieszka Hannah, jest telefon, ale to skomplikowane, lepiej tam do niej nie dzwoń, bo to u gospodarzy, przy telewizorze. Zadzwoni do ciebie, jak tylko będzie mogła. A masz coś konkretnego?

Powiedz jej, że ją kocham.

– Zaraz, zaraz, Salvo. Już ją o tym informowałeś czy to będą najnowsze wiadomości?

Już gdy się rozłączyłem, pomyślałem, że nie zapytałem, na jaki to film Hannah wzięła starsze dzieci.

Nie zdawałem sobie sprawy, do jakiego stopnia nasza mała sypialnia stała się dla mnie domem w ciągu tych paru dni, ważniejszych niż wszystkie lata spędzone w Norfolk Mansions. Wszedłem i poczułem zapach ciała Hannah, zupełnie jakby jeszcze tam była – nie perfum, tylko jej własny. Przywitałem się jak stary znajomy z naszym niepościelonym łóżkiem, rozklekotanym, lecz tryumfującym. Mojej dręczonej przez wyrzuty sumienia uwagi nie umknął najmniejszy szczegół: grzebyk do afro, bransoletki, w ostatniej chwili przed opóźnionym wyjazdem porzucone na rzecz kółka ze słoniowego włosa, dwie filiżanki niedopitej herbaty, zdjęcie Noaha na kruchej szafce nocnej i wreszcie jej tęczowy telefon, powierzony mi, bym odbierał nim jej miłosne wiadomości i bym wiedział, kiedy mam się jej spodziewać z powrotem. Dlaczego nie nosiłem go ze sobą? Bo nie chciałem, by cokolwiek mogło ją obciążyć, gdyby mnie aresztowano. Kiedy mi go odbierze? Rodzicom powiedziano, by zjawili się pod kościołem na pierwszą w południe, ale Hannah z góry powiedziała, że wystarczy, by Amelia lub inny psotnik gdzieś się schował albo by był alarm bombowy, albo policyjna blokada na drodze – i w efekcie mogą dojechać dopiero wieczorem.

Wysłuchałem wiadomości o dziesiątej i sprawdziłem w Internecie listę najbardziej poszukiwanych osób, wypatrując własnej twarzy, gapiącej się na mnie spond politycznie poprawnego opisu mojej przynależności rasowej. Właśnie się wylogowywałem, gdy telefon Hannah wyćwierkał swą ptasią pieśń. Hannah mówiła, że Grace przekazała mi wiadomość ode mnie. Jest w budce telefonicznej, ale ma mało drobnych. Natychmiast do niej oddzwoniłem.

– To przed kim tak uciekałaś? – zapytałem, siląc się na żartobliwy ton.

Zdziwiła się: dlaczego myślę, że przed kimś uciekała?

– Bo tak jakoś mówisz – powiedziałem – jakbyś nie mogła złapać tchu.

Już miałem dość tej rozmowy. Żałowałem, że nie mogę jej przerwać i zacząć od nowa, kiedy już jakoś poukładam myśli w głowie. Jak miałem jej powiedzieć, że pan Anderson zawiódł mnie dokładnie tak, jak wcześniej lord Brinkley – z tą różnicą, że używał większych słów? Że okazał się drugim Brinkleyem, dokładnie tak, jak przewidziała?

– Jak dzieci? – zapytałem.

– W porządku.

– Grace mówi, że naprawdę świetnie się bawią.

– To prawda. Są bardzo szczęśliwe.

– A ty?

– Ja jestem szczęśliwa, że mam ciebie w swoim życiu.

Dlaczego zabrzmiało to tak poważnie? Tak ostatecznie?

– Ja też jestem szczęśliwy. Że ty jesteś w moim. Jesteś dla mnie wszystkim. Hannah, co się dzieje? Czy ktoś jest z tobą przy telefonie? Bo mówisz jakoś tak... dziwnie.

– Och, Salvo!

I nagle, jakby na ten sygnał, zaczęła mówić mi najczulsze rzeczy, przysięgać, że nie wiedziała, że może być aż tak szczęśliwa, i że w życiu nie zrobi nic, czym mogłaby mnie skrzywdzić, choćby czegoś najdrobniejszego, choćby w dobrej wierze.

– Przecież wiem, że nie! – zawołałem, z całych sił usiłując opanować ogarniające mnie osłupienie. – Ani ty mnie nie skrzywdzisz, ani ja ciebie. Zawsze, choćby nie wiem co, będziemy się bronić nawzajem. Tak będzie.

I znów to samo:

– Och, Salvo!

Odłożyła słuchawkę. Długo wpatrywałem się w jej tęczowy telefon, spoczywający w mojej dłoni. My, Kongijczycy, kochamy kolory. Bo inaczej po co Bóg dałby nam złoto, diamenty, owoce i kwiaty, gdyby nie dla naszej miłości do kolorów? Snułem się po pokoju; byłem Hajem tuż po torturach, patrzyłem na siebie w lustrze, zastanawiałem się, co takiego jeszcze we mnie zostało, co warto by ratować. Usiadłem na krawędzi łóżka i skryłem twarz w dłoniach. Brat Michael zawsze mawiał, że dobry człowiek wie, kiedy ma się poświęcić. Zły człowiek przeżyje, ale straci duszę. Jeszcze nie jest za późno. Jeszcze mogłem coś zrobić. I to teraz, póki Hannah jest bezpieczna w Bognor.

Rozdział 18

Była dziesiąta rano następnego dnia. Z całym spokojem, jaki płynie z podjęcia nieodwołalnej decyzji, z niemal straceńczym zapałem przeszedłem obowiązkowy kilometr. Czapkę z włóczki naciągnąłem nisko na uszy, torba na ramię raźno uderzała mnie w udo. W ustronnej bocznej uliczce, z zaparkowanym sznurem samochodów, stała wesoła, czerwona budka telefoniczna.

Wystukałem pewien aż za dobrze mi znany numer i połączyłem się z Megan, przyjaciółką całego świata.

– Cześć, kochanie, no, jak się masz, Salvo?

Jeżeli miało się grypę, Megan pocieszała, że wszędzie panuje, „kochanie". A jeżeli wróciło się z wakacji, miała nadzieję, że było miło.

– Podobno impreza była wprost cudowna. Gdzie ona kupiła ten komplet? Naprawdę ją rozpieszczasz. Niestety właśnie rozmawia. Czym mogę służyć? Poczekasz czy się nagrasz? Dla ciebie wszystko!

– A wiesz, Megan, ja właściwie nie do Penelope, tylko do Fergusa.

– Naprawdę? No proszę! Awansujemy!

Czekając na połączenie, wyobrażałem sobie wymianę zdań, która musiała teraz nastąpić między Jurnym Fergusem a jego dozgonnie wierną asystentką, jaką taktykę najlepiej obrać na rozmowę telefoniczną z kolejnym rozjuszonym mężem. Czy Fergus zamknął się na pilnym spotkaniu z właścicielem? Czy odbywa właśnie międzynarodową telekonferencję? A może ma po prostu być sobą i nieustraszenie stawić czoła niebezpieczeństwu?

– Salvo, stary! Jezu, gdzieś ty się podziewał! Demolowałeś jakieś inne mieszkania?

– Fergus, mam dla ciebie newsa.

– Serio? Serio? Wiesz, Salvo, nie wiem, czy chcę tego słuchać, jeżeli ma to być coś brzydkiego na temat pewnej młodej damy. Dorośli ludzie sami podejmują życiowe decyzje. Trzeba się z tym pogodzić i żyć dalej.

– Nie chodzi o Penelope.

– To się cieszę.

– To grubsza sprawa.

– Salvo?

– Tak?

– A nie chcesz ty mnie czasem wystawić?

– Chodzi o Jacka Brinkleya. Masz szansę go załatwić. Jego, Crispina Mellowsa i... – Tu wymieniłem jedno po drugim nazwiska dobrych ludzi, zebranych na Berkeley Square, ale przypuszczałem, że Fergusowi wystarczy tylko nazwisko Brinkleya, przez którego gazeta straciła fortunę, a on sam, o mały włos, straciłby pracę.

– Załatwić, ale jak? Nie, że ci nie wierzę. Bo wierzę, to oczywiste.

– To nie rozmowa na telefon.

– Salvo?

– Co?

– Chodzi o kasę?

– Nie. Możesz to mieć za darmo.

Źle oceniłem rozmówcę. Byłby spokojniejszy, gdybym zagroził, że albo dostanę sto tysięcy funtów, albo nici z rozmowy.

– A nie chcesz ty nam czasem wcisnąć jakiegoś gówna? Żeby nas potem znowu ciągali po sądach o grube miliony? Bo możesz mi wierzyć, Salvo, jeżeli zamierzasz...

– Kiedyś wziąłeś nas oboje do takiego klubu. Na Strandzie. W jakiejś piwnicy. Mniej więcej wtedy, kiedy ty i Penelope...

– No i co?

– Jaki to adres?

Podał mi.

– Jeżeli spotkasz się tam ze mną za godzinę, to dostaniesz jaja Brinkleya na tacy – zapewniłem go, tym razem już przemawiając zrozumiałym dla niego językiem.

Klub Casbah, choć położony rzut beretem od hotelu Savoy, nie jest szczególnie przyjemnym miejscem, a przedpołudniem jest tam chyba najgorzej. Przy wejściu przypominającym drzwi do lochu zrezygnowany Azjata toczył walkę z odkurzaczem z czasów z wojny burskiej. Kamienne schody przywiodły mi na myśl zejście do mojej kotłowni. Wśród kolumienek i wyszywanych poduszek siedział Fergus Thorne – dokładnie w tej samej niszy, w której sześć miesięcy temu, podczas kameralnej kolacji we troje, Penelope pozbyła się buta i przesuwała nogą w pończosze po jego łydce, podczas gdy on opowiadał mi, jak to dobrze, że Penelope pracuje w jego gazecie. Tym razem, ku mojej uldze, był sam. Miał ze sobą tylko szklankę soku pomidorowego i poranne wydanie własnej gazety. Kilka stolików dalej siedziała dwójka jego najlepszych reporterów: skandalista Jellicoe, zwany Jelly, ten sam, który uszczypnął mnie w tyłek na przyjęciu ku czci Penelope, i podstarzała jędza imieniem Sophie, która ośmieliła się spróbować zostać rywalką Penelope i zapłaciła za to straszliwą cenę. Nie czekając na zaproszenie, usiadłem obok Thorne'a i wsunąłem sobie torbę między stopy. Jego plamista twarz zwróciła się ku mnie, wykrzywiła się i wróciła do lektury. Wyciągnąłem z marynarki egzemplarz *J'Accuse!* i położyłem go na stole. Fergus spojrzał spod oka, chwycił kartki i znów skrył się za gazetą. Widziałem, że w miarę lektury powoli znika mu z twarzy wyraz przebiegłości, a pojawia się na niej nieskrywana chciwość.

– To całkowite i kompletne bzdury, Salvo. – Łapczywie przewracał strony. – Chyba zdajesz sobie sprawę, no nie? Nieprawdopodobna mistyfikacja. Kto to napisał?

– Ja.

– A ci wszyscy tam… Gdzie to było?

– Na Berkeley Square.

– Widziałeś ich?

– Tak.

– Osobiście? Na własne oczy? Zastanów się dobrze.

– Na własne oczy.

– Piłeś?

– Nie.

– Prochy?

– Nie używam.

– Jelly, Sophie, chodźcie no tu. Rozmawiam z kimś, kto uważa, że może nam przynieść na tacy jaja Wielkiego Jacka. Nie wierzę w ani jedno jego słowo.

Siedzimy w czwórkę, głowa w głowę. Wszelkie wątpliwości, jakie kiedykolwiek żywiłem względem naszej wspaniałej, brytyjskiej prasy, chwilowo idą w zapomnienie, gdy słyszę, jak Thorne zaczyna rozdysponowywać swe siły.

– Jasper Albin? Ten Albin? To ten sam zasrany żabojad, który łgał w żywe oczy przed sądem apelacyjnym! I Wielki Jack ściągnął go jeszcze raz? No nie, to już bezczelność! Jelly, rzucisz wszystko, polecisz do Besançon i przypieczesz Albinowi pięty. Jak trzeba go będzie kupić, to go kupisz.

Jelly gorliwie pisze w notatniku.

– Sophie, ty będziesz musiała pokazać cycki w firmach ochroniarskich. Co to za jeden, ten Maxie? Pułkownik Maxie? Maxie i jak dalej? Jeżeli jest najemnikiem, to musiał być w siłach specjalnych. Jak dawno? Z kim się rżnie? Gdzie chodził do szkoły? Gdzie walczył? I masz mi znaleźć ten dom na Berkeley Square. Czyj jest, kto płaci za prąd i ogrzewanie, kto go wtedy wynajął, od kogo, za ile?

Sophie zapisuje, inteligentnie wystawiając języczek. Jej notatnik jest dokładnie taki sam, jak te, które trzymam na ziemi.

– I znajdźcie mi tę wyspę – to do obojga – i dowiedzcie się, kto w zeszły piątek leciał helikopterem z Battersea na Luton. Sprawdźcie wszystkie niekomercyjne loty z Luton i wyspy do wynajęcia na Morzu Północnym. Szukajcie takiej, na której jest altana. I wyśledźcie mi kosz od Fortnuma: kto go zamówił, kto zapłacił, kto dostarczył. Zdobądźcie rachunek. „Wędzony łosoś dla najeźdźców w Kongu". Piękny nagłówek.

– Piękny – mruczy Sophie.

– Poezja – powiada Jelly.

– Tylko trzymajcie się z daleka od głównych graczy. Bo jeżeli nasz Jacuś się kapnie, dostanie nakaz sądowy, zanim zdążymy splunąć. A to hipokryta! Niby gada o umorzeniu długów upadłym państwom, a chce orżnąć biednych Kongijczyków do ostatniego pensa. Skandal. Piękna sprawa.

Choć entuzjazm Thorne'a brzmiał w moich uszach jak słodka muzyka, poczułem się w obowiązku przypomnieć mu, że chodzi o coś więcej.

– Fergus, chodzi nie tylko o Jacka.

– Nie bój się, stary. Dobierzemy się i do jego kumpli. A jak powiedzą, że to jego wina, tym lepiej.

– Chodzi o to, że mamy zapobiec wojnie. Trzeba powstrzymać ten zamach stanu.

Przekrwione oczka Thorne'a, niemal za małe jak na tę twarz, spojrzały na mnie z pogardliwym niedowierzaniem.

– Chcesz powiedzieć, że mamy ich powstrzymać i nie puścić tekstu? „Człowiek jednak nie ugryzł psa". Tego chcesz?

– Chodzi mi o to, że to całe śledztwo, które proponujesz, to szukanie helikoptera, kosza, wyspy, to wszystko potrwa za długo. Mamy już tylko dziewięć dni. – Zacząłem mówić śmielej: – Fergus, albo od razu to wydrukujesz, albo w ogóle. Taka jest umowa. Po zamachu będzie za późno. Bo wtedy może już być po Wschodnim Kongu.

– Nie da rady. – Pchnął w moją stronę przez stół *J'Accuse!* – My musimy mieć żelazne dowody. Sprawdzone aż do końca. A co ty mi dałeś? Jakieś wypracowanie! Ja chcę dostać Jacka Brinkleya z gołą dupą i łapą w nocniku. Bo jak nie, to on zaciągnie mnie przed ich lordowskie moście i będę musiał się przed nimi płaszczyć w przeprosinach.

Nadchodziła wreszcie ta długo oczekiwana, ale i straszna chwila.

– A jeżeli dowody mam ze sobą? Ostateczne? Tu i teraz?

Pochylił się do przodu, opierając pięści na stole. Ja też się pochyliłem. I Jelly, i Sophie też. Mówiłem bardzo zdecydowanie.

– A gdybym miał głos Brinkleya, nagrany cyfrowo, wyraźnie, jak w imieniu tego anonimowego Syndykatu zatwierdza przez telefon satelitarny łapówkę w wysokości trzech milionów dolarów dla jednego z kongijskich delegatów? To by ci wystarczyło?

– Z kim rozmawia?

– Z Philipem, tym niezależnym konsultantem. Philip musi rozmawiać z tym członkiem Syndykatu, który może powiedzieć „tak", gdy chodzi o trzy miliony dolarów. No i tym członkiem jest Brinkley. Możesz sobie posłuchać wszystkiego: od tego, jak ten delegat żąda pieniędzy, po zgodę Brinkleya na łapówkę.

– Pieprzysz, stary!

– Taka jest prawda.

– Muszę widzieć tę taśmę. Muszę przesłuchać tę taśmę. Tę taśmę musi mi zatwierdzić cała rada zasranych biskupów.

– Zobaczysz, przesłuchasz. Możemy zaraz jechać do ciebie do biura. Możesz zrobić ze mną wywiad i wywalić moje zdjęcie na pół strony obok zdjęcia Brinkleya. Pod jednym warunkiem. – Zamknąłem oczy, otworzyłem je. Czy to naprawdę ja mówię? – Czy dajesz słowo honoru, przy tych dwojgu świadkach, że wydrukujesz to w niedzielę? Tak czy nie?

W ciszy, którą słyszę po dziś dzień, wyciągnąłem już torbę spomiędzy butów, ale dla bezpieczeństwa trzymałem ją na kolanach. Notatniki były w głównej przegrodzie, siedem taśm w mniejszej. Przyciskając torbę do brzucha, otworzyłem tę mniejszą i czekałem na odpowiedź.

– Zgoda.

– Czyli tak?

– Czyli tak, niech cię diabli. Dajemy to w niedzielę.

Odwróciłem się do Jelly'ego i Sophie, spojrzałem im w oczy.

– Słyszeliście. Powiedział, że da to w niedzielę. Tak?

– Tak.

– Tak.

Włożyłem dłoń do torby i zacząłem wyciągać taśmy, jedną po drugiej. Szukałem taśmy piątej, tej z przesłuchaniem Haja, i szóstej, na której głos Brinkleya mówi „tak" na trzy miliony dolarów. Patrząc na własne palce wędrujące po okładkach, zacząłem się orientować, bez jakiegoś specjalnego zdziwienia, że, po pierwsze, jest tu nie siedem, lecz tylko pięć taśm, a po drugie, że brakuje taśm numer pięć i sześć. Otworzyłem główną przegrodę i pogmerałem wśród notatników. Już całkiem pro forma otwarłem tę małą, tylną kieszonkę, w której i tak mogły zmieścić się najwyżej bilety albo tabliczka czekolady. Ale tam tych taśm też nie było i zresztą jakim cudem miałyby tam być, skoro były w Bognor?

W tym momencie głowę miałem już tak zajętą rekonstrukcją ostatnich wydarzeń, że szczerze mówiąc, niezbyt interesowałem się reakcją moich słuchaczy, ta zaś była sceptyczna (Thorne) lub wylewnie zatroskana (Jelly). Zacząłem się tłumaczyć – ale ze mnie głupek, musiałem je zostawić w domu i tak dalej. Zapisałem numer komórki Sophie, żeby zadzwonić, jak już znajdę. Udałem, że nie widzę miażdżącego wzroku Thorne'a i nie rozumiem jego insynuacji, jakobym chciał zrobić go w balona. Pożegnałem się, powiedziałem, że zobaczymy się później, ale chyba mi nie uwierzyli – ja sam na pewno w to już nie wierzyłem. A potem wezwałem taksówkę i nawet nie podałem fałszywego adresu, tylko kazałem się zawieźć prosto do pana Hakima.

Czy miałem do Hannah pretensje? Wręcz przeciwnie. Czułem do niej taki przypływ miłości, że jeszcze zanim znalazłem się w naszym domowym zaciszu, zachwycałem się jej odwagą w obliczu przeciwności losu – czyli, w tym przypadku, mnie. Stanąwszy przed otwartą szafą, odkryłem z dumą, nie oburzeniem, że wizytówka Haja z zapisanym na odwrocie adresem zniknęła wraz z taśmami. Wiedziała od początku, że z Brinkleyem nic nie załatwię. Nie musiała odbyć ani jednego jednodniowego kursu zasad bezpieczeństwa pana Andersona, by wiedzieć, że w przypadku Salva ma do czynienia z resztkami źle pojętej wierności, tkwiącej jak wirus w mym organizmie, którego pozbyć się można dopiero wraz z upływem czasu. Nie chciała, żeby Noah spędzał swoje urodziny w kraju ogarniętym wojną. Poszła swoją drogą, tak jak ja poszedłem swoją. Oboje zboczyliśmy z tej samej drogi, ona ku swoim, ja ku swoim. Nie zrobiła niczego, co miałbym jej wybaczać. Nad kominkiem stał oparty program zajęć szkółki niedzielnej: 12.00 – piknik i wspólne śpiewanie w YMCA... 14.30 – przedstawienie *O czym szumią wierzby* w wykonaniu Kółka Taneczno-Teatralnego z Bognor... 17.30 – wieczorek rodzinny. Pięć godzin. Za pięć godzin będę mógł odwzajemnić jej wyznanie całkowitej, dozgonnej miłości.

Włączyłem wiadomości południowe.

Komisja parlamentarna obraduje nad prawami ograniczającymi działalność ekstremistów islamskich. Rozpoczynają pracę tajne sądy nadzwyczajne, które zajmą się sądzeniem spraw powiązanych z terroryzmem. Amerykańska grupa operacyjna pochwyciła w Pakistanie Egipcjanina podejrzanego o przygotowywanie zamachu bombowego. Trwają poszukiwania trzydziestoletniego mężczyzny pochodzenia afrokaraibskiego, którego policja zamierza przesłuchać – o, to może być o mnie! – jako podejrzanego o zamordowanie dwóch nieletnich dziewczynek.

Nalewam wodę do wanny. Kładę się w niej. Przyłapuję się na próbie odtworzenia misyjnej melodyjki Haja. Hannah pytała mnie, dlaczego ktoś, kogo torturują, śpiewa. Jej pacjenci nie śpiewają, więc dlaczego Haj? Dlaczego pobity Haj śpiewa smutną pieśń o cnotliwej dziewczynce?

Wychodzę z wanny. Odbywam kilometrowy spacer, ale wbrew radom instruktorów z kursów jednodniowych używam tej samej budki telefonicznej. Wrzucam funta, w pogotowiu trzymam następnego, ale odzywa się tylko poczta głosowa Grace. Jeżeli mam na imię Władzio, mam do niej zadzwonić po dziesiątej wieczorem, gdy będzie już w łóżku sama. Głośny śmiech. Jeżeli mam na imię Salvo, proszę bardzo, mogę zostawić miłosną wiadomość dla Hannah. Usiłuję sprostać temu wyzwaniu:

– Hannah, kochanie, kocham cię.

Ale ze względów bezpieczeństwa nie dodaję, tak jak bym mógł: wiem, co zrobiłaś, miałaś rację.

Bocznymi uliczkami wracam posępnie do pana Hakima. Stukają rowery, coraz liczniejsze teraz, po zamachach, mijając mnie jak duchy. Zielona, anonimowa furgonetka wciąż parkuje przed bramą. Na szybie nie ma identyfikatora parkingowego. Słucham wiadomości o szóstej. Świat jest wciąż taki, jaki był o drugiej.

Jedzenie jako próba zabicia czasu. W lodówce wielkości znaczka pocztowego znajduję pół dwudniowej pizzy, kiełbasę czosnkową, pumpernikiel, ogórki marynowane i mój marmite. Tuż po przyjeździe z Ugandy Hannah mieszkała z pielęgniarką z Niemiec i długo myślała, że wszyscy Anglicy jadają wursty z kapustą kiszoną, popijane miętową herbatą. Właśnie dlatego w lodówce pani Hakim jest też srebrna paczka z tym specyfikiem. Hannah, jak każda pielęgniarka, wkłada do lodówki wszystko. Jej zasada to: czego nie da się wysterylizować, trzeba mrozić. Podgrzewam masło, żeby je potem rozsmarować na pumperniklu. A na wierzch jeszcze marmite. Jem powoli, połykam ostrożnie.

Wiadomości o siódmej są dokładnie takie same, jak o szóstej. Czy to możliwe, że świat naprawdę nic nie robił przez pięć bitych godzin? Teraz już całkowicie ignoruję zasady bezpieczeństwa, łączę się z Internetem i przeszukuję najbardziej błahe wiadomości.

„Zamachowcy-samobójcy zabili w Bagdadzie czterdzieści osób, ranili kilkaset" – a może na odwrót? Nowo mianowany ambasador USA przy Organizacji Narodów Zjednoczonych przedstawił kolejnych pięćdziesiąt poprawek do proponowanych reform. Prezydent Francji idzie do szpitala – albo z niego wychodzi. Jego choroba jest objęta klauzulą tajności – ale można się domyśleć, że ma coś z oczami. „Niepotwierdzone źródła ze stolicy Konga, Kinszasy, donoszą o nagłym wybuchu walk między zwalczającymi się bojówkami we wschodnim rejonie kraju".

Dzwoni telefon Hannah. Rzucam się do niego przez cały pokój, chwytam go i wracam przed komputer.

– Salvo?

– Hannah. Cudownie. Cześć.

„Źródła zbliżone do rządu kongijskiego w Kinszasie oskarżają o wywołanie walk »imperialistyczne siły z Ruandy«. Ruanda dementuje te oskarżenia".

– Wszystko w porządku, Salvo? Kocham cię tak bardzo. – Mówi po francusku, językiem naszej miłości.

– W porządku. Wszystko świetnie. Już nie mogę się ciebie doczekać. A ty?

– Tak cię kocham, że aż głupieję, Salvo. Grace mówi, że jeszcze nie widziała, żeby kogoś normalnego aż tak wzięło.

„Na granicy z Ruandą panuje spokój".

Walczę w tej chwili na trzech frontach naraz, co na pewno nie spodobałoby się Maxiemu. Usiłuję słuchać, mówić i zdecydować, czy mam jej powiedzieć, co właśnie przeczytałem, bo nie wiem, czy to nasza wojna, czy jakaś inna.

– Wiesz co, Salvo?

– Co, kochanie?

– Straciłam półtora kilo, od kiedy cię poznałam.

Muszę to przetrawić, zrozumieć.

– To dlatego że się więcej ruszasz! – wołam. – To moja wina!

– Salvo?

– Co, moja ukochana?

– Zrobiłam coś złego, Salvo. Coś, do czego muszę ci się przyznać.

„Wysoki urzędnik z Ambasady Brytyjskiej w Kinszasie określa doniesienia o obecności w regionie najemników pod brytyjskim dowództwem jako »wyssane z palca i całkowicie absurdalne i bezzasadne«".

– Słuchaj. Nic złego nie zrobiłaś. Wszystko dobrze. Serio! To już bez znaczenia! Ja wszystko wiem. Opowiesz mi, jak wrócisz!

Dziecinne wrzaski w słuchawce.

– Muszę do nich wracać, Salvo.

– Rozumiem! Idź! Kocham cię!

Koniec czułości. Koniec rozmowy.

„Czterej szwajcarscy eksperci do spraw lotnictwa, którzy znaleźli się w ogniu walk, poprosili o ochronę dowódcę sił ONZ z Bukawu".

Siedząc w wiklinowym fotelu z radiem tranzystorowym na stole, zaczynam przyglądać się tapecie w pokoju i słucham Gavina, naszego środkowoafrykańskiego korespondenta, który opowiada wszystko, co wiadomo do tej pory.

Według kongijskich władz w Kinszasie zduszono w zarodku popierany przez Ruandę pucz. Było to możliwe dzięki błyskotliwie przeprowadzonej akcji sił bezpieczeństwa, poprzedzonej skutecznym rozpoznaniem.

Kinszasa podejrzewa o współudział Francję i Belgię, ale nie wyklucza uczestnictwa innych państw zachodnich.

„Na lotnisku w Bukawu zatrzymano do wyjaśnienia dwudziestu dwóch zawodników zamiejscowej drużyny piłki nożnej w związku z odkryciem zapasów broni krótkiej i maszynowej".

Brak informacji o ofiarach. Nie określono jeszcze kraju pochodzenia piłkarzy.

„Ambasada Szwajcarii w Kinszasie odmawia na razie komentarzy na temat czterech ekspertów lotniczych. Berno zostało poproszone o pomoc w ustaleniu autentyczności ich dokumentów podróży".

Dziękujemy, Gavin. Koniec wiadomości. Koniec ostatnich wątpliwości.

Hol w pensjonacie pana Hakima jest królewskiej wprost elegancji. Są tam głębokie fotele i olejny obraz przedstawiający hurysy tańczące nad wodą. Za godzinę zbiorą się tu biznesmeni z Azji, by paląc papierosy, oglądać bollywoodzkie filmy na telewizorze wielkości cadillaca. Ale na razie panuje tu błoga cisza jak w salonie pogrzebowym, więc mogę spokojnie obejrzeć wiadomości o dziesiątej. Ludzie wyglądają inaczej, gdy są skuci łańcuchami. Benny skurczył się, Anton zgrubiał, Pająk urósł ze dwadzieścia centymetrów od chwili, gdy rozdawał talerze w zaimprowizowanej czapce kucharskiej. Ale gwiazdą wieczoru nie jest ani pakistański dowódca sił ONZ w niebieskim hełmie, ani pułkownik armii kongijskiej z trzcinową laseczką, ale nasz pułkownik, Maxie, w piaskowych spodniach bez paska i przepoconej koszuli bez jednego rękawa.

Te spodnie to wszystko, co mu zostało z kompletu, w którym widziany był ostatnio, gdy wciskał mi do ręki kopertę zawierającą siedem tysięcy dolarów wydębionych dla mnie od Syndykatu. Jego twarz, pozbawiona powiększających okularów Stracha, nie posiada już tej iskry bożej, ale pod innymi względami doskonale dostraja się do roli, zdradzając waleczny upór, który nie przyznaje się do przegranej, choćby nie wiadomo ile dni przyszło spędzić pod pręgierzem. Kuloodporne dłonie są skute z przodu i położone jedna na drugiej jak psie łapy. Ma na sobie jeden wysoki wojskowy but; bosa stopa świetnie harmonizuje z oderwanym rękawem. Zresztą ruchy jego nóg spowalnia dodatkowo nie zgubiony but, lecz chyba trochę za ciasne drugie kajdanki z łańcuchem nieco za krótkim na kogoś jego wzrostu. Patrzy wprost na mnie i, sądząc z obraźliwych ruchów żuchwy, mówi mi, żebym się odpieprzył. Dopiero po chwili domyślam się, że mówi to nie do mnie osobiście, a do osoby, która go filmuje.

Tuż za nierówno kroczącym Maxiem idą Anton i Benny, skuci ze sobą i z pułkownikiem. Anton ma na lewym policzku spory siniak, którego, jak podejrzewam, nabawił się z powodu swej impertynencji. Benny wygląda na mniejszego, niż jest w rzeczywistości, bo jego łańcuchy przyginają go do ziemi i zmuszają do drobienia. Siwy kucyk został wygolony krótko jednym cięciem czyjejś maczety, przez co wygląda, jakby prowadzono go pod gilotynę. Za Bennym idzie Pająk, specjalista od zaimprowizowanych paralizatorów i mój współpodsłuchiwacz, też skuty, ale wyprostowany. Nie odebrano mu czapki, co sprawia, że wygląda dość zawadiacko. Jako akrobata nie ma takich kłopotów jak jego drobiący towarzysze. Razem cała czwórka wygląda na niezbyt uzdolnionych tancerzy, którzy na próżno usiłują złapać właściwy rytm.

Po białych pojawiają się piłkarze, mniej więcej dwudziestoosobowy szereg smętnych, czarnych cieni. „Sami weterani, żadnych żółtodziobów. Najlepsi żołnierze na świecie". Ale nerwowo poszukując wśród nich jakiegoś Dieudonnégo albo jakiegoś Franca, w obawie, że mogli zostać wciągnięci w tę nieudaną operację, z ulgą stwierdzam, że nie widać ani wielkiej postaci starego, kulawego wojownika,

ani wychudłego widma przywódcy Banyamulenge.
Haja nawet nie szukam, bo jakoś wiem, że go tam
nie znajdę. Komentatorzy powtarzają z uciechą, że
Maxiemu – zwanemu na razie „podejrzanym o dowodzenie puczystami" – udało się w chwili areszto-
wania połknąć własną kartę SIM.

Wracam do naszego pokoju i znów oglądam
tapetę. W radiu wywiad pani podsekretarz stanu
z Ministerstwa Spraw Zagranicznych:

– Na szczęście nasze ręce są czyste jak łza.
Dziękuję, Andrew – informuje swego inkwizytora
jędrnym, prostym językiem Nowej Partii Pracy. – Możesz mi wierzyć, rząd JKM nie ma z tym nic wspólnego. Zgoda, było tam paru Anglików. No to co, na
miłość boską! Szczerze mówiąc, myślałam, że masz
o nas lepsze zdanie. Przecież z tego, co wiemy, była
to spaprana, beznadziejnie przeprowadzona inicja-
tywa prywatna. I proszę mnie nie pytać: „Czyja?",
bo ja sama nie wiem, czyja. Wiem za to, że pachnie
to z daleka amatorszczyzną, a niezależnie od tego,
co o nas myślisz, nie uważasz nas chyba za amato-
rów? Tak, Andrew, ja też wierzę w wolność słowa.
Dobranoc!

Maxie dostał nazwisko. Jedna z jego byłych
żon wypatrzyła go w telewizji. Przemiły człowiek,
tylko strasznie niedojrzały. Syn pastora. Była żona
opowiada radośnie, że ukończył akademię wojskową w Sandhurst, prowadził szkołę wspinaczkową
w Patagonii i był na kontrakcie w Zjednoczonych
Emiratach Arabskich. Mózgiem całej operacji miał
być pewien kongijski profesor zwany Światłością, ale
nie możemy tego potwierdzić, bo się ukrywa. Interpol
zapowiada wszczęcie śledztwa. Ani słowa o lordzie
Brinkleyu, jego międzynarodowym anonimowym
Syndykacie czy planach względem surowców mine-

ralnych Wschodniego Konga. Ani słowa o libańskich bandytach, niezależnych konsultantach i ich kolegach. Zapewne wszyscy razem grali wtedy w golfa.

Leżę na łóżku i słucham, jak co kwadrans bije zegar pani Hakim. Myślę o Maxiem, przykutym do pręgierza. Wstaje świt, słońce wschodzi, a ja wciąż leżę na łóżku, i to wcale nieprzykuty. Jakoś zrobiła się siódma, potem ósma. Dzwoni tęczowy telefon.

– Salvo?

– Tak, Grace.

Dlaczego nie mówi? Oddaje słuchawkę Hannah? To dlaczego Hannah jej nie bierze? W tle słychać gwar. Rozkazujący kobiecy głos wymawia północnym akcentem męskie imię i nazwisko. Kto to jest Cyril Ainley? Jaki znowu Cyril? Gdzie jesteśmy? W szpitalu? W jakiejś poczekalni? To wszystko dzieje się w ciągu paru sekund. Milisekund. Podsłuchuję, jak umiem najlepiej.

– To ty, Salvo?

Tak, Grace. To Salvo. Mówi bardzo cicho. Czy telefonuje z miejsca, gdzie nie wolno używać telefonów? Słyszę, że inni używają. Grace przyciska wargi do mikrofonu, dlatego dźwięk jest taki zniekształcony. I jeszcze zasłania je dłonią. Nagle wylewa się z niej potok słów, bezładny, wyrzucany jednym tchem monolog, którego ani ona nie może powstrzymać, nawet gdyby chciała, ani ja.

– Zabrali ją Salvo kto nawet sam Pan Bóg nie wie kto dzwonię z policji ale nie mogę długo rozmawiać zabrali ją prosto z chodnika przy mnie tuż przy kościele pozbyłyśmy się dzieciaków Amelia udawała że ma atak jej mama powiedziała żeśmy ją rozpuściły idziemy z Hannah w dół wkurzone że taka niewdzięczność zatrzymuje się auto dwóch facetów jeden czarny drugi biały i biała baba za kierownicą co cały czas patrzy przez przednią szybę i nie odwraca głowy wysiadają i czarny mówi cześć Hannah i obejmuje ją jak stary kumpel i wrzuca ją do auta i już ich nie ma a teraz ta miła pani na policji pyta się mnie jakie auto i pokazuje zdjęcia całymi godzinami Hannah nic mi nigdy takiego nie powiedziała zabrali ją z ulicy a ta miła pani z policji mówi że może za jej zgodą i że wiesz Grace zawracanie głowy policji to też przestępstwo zdajesz sobie sprawę wkurzyłam się mówię żeby przyjęła zgłoszenie do cholery czarnym się nie wierzy to teraz gada z wszystkimi tylko nie ze mną.

– Grace!

Powtórzyłem to. Grace. Trzy, cztery razy. Potem zacząłem ją wypytywać, jakbym pytał dziecko, tak, żeby ją uspokoić, a nie przestraszyć.

– Co się stało? Nie, nie teraz, tylko tam, w Bognor, jak byłyście razem. Pierwszego wieczoru, kiedy powiedziałaś mi, że poszła do kina ze starszymi dziećmi.

– To miała być dla ciebie niespodzianka.

– Jaka niespodzianka?

– Coś dla ciebie nagrywała, mówiła, że to plik audio czy coś takiego, jakiś ulubiony kawałek, który chciała ci dać w prezencie. To miała być tajemnica.

– Gdzie z tym poszła?

– Władzio dał jej jakiś adres, gdzieś na górce, szło się na piechotę. Zadzwoniłyśmy do Władzia, ci kopnięci muzycy mają wszędzie kumpli, Salvo. Okazało się, że Władzio znał kogoś, kto znał kogoś w Bognor, no to Hannah poszła do niego, a ja miałam ci nic nie mówić i tyle. Jezus, Maria, Salvo, co tu jest grane, na miłość boską?

Wyłączam telefon. Oczywiście, Grace, dziękuję. Zapisawszy na komputerze, który kumpel Władzia oczywiście miał, zawartość taśmy piątej i szóstej, wysłała plik audio mejlem do Haja. Żeby mu było łatwiej przekonać ojca, którego tak szanuje – tylko że niepotrzebnie się trudziła, bo w tym samym czasie misternie opracowany plan spalił na panewce, a wszyscy podsłuchiwacze, obserwatorzy i jeszcze inni ludzie, których kiedyś niesłusznie uważałem za przyjaciół, postanowili zająć się właśnie nią.

Brat Michael zawsze powtarzał, że aby nawrócić grzesznika, trzeba przede wszystkim znaleźć grzech w samym sobie. Sztuka ta udała mi się w ciągu kilku zaledwie chwil. Podszedłem do szafy, w której wisiała moja skórzana kurtka. Wydobyłem z niej telefon, ten, którego pozwoliłem sobie używać wyłącznie do odsłuchiwania wiadomości, i włączyłem go. Tak jest, dokładnie tak, jak oczekiwałem, miałem jedną nową wiadomość. Tym razem nie od Penelope, Barneya czy Hannah, a od Philipa. Philip zaś nagrał się nie tym swoim miłym, czarującym głosem, lecz, tak jak na to liczyłem, jego wersją z samego wierzchołka góry lodowej.

Zadzwoń pod ten numer, Salvo. O każdej porze dnia i nocy. Mam dla ciebie pewną propozycję. Im szybciej zadzwonisz, tym lepiej dla wszystkich.

Wystukałem podany numer. Odebrała Sam. Dla niej byłem wciąż Brianem – jak za dawnych czasów.

– Masz ołóweczek, kochanieńki? I notesik? No pewnie, że masz, na ciebie zawsze można liczyć. Zapisz sobie adres.

Rozdział 19

Przyznam od razu, że moje działania w ciągu następnych dziesięciu minut nie były do końca racjonalne. Nic w tym dziwnego, niektóre były bowiem wariackie, inne czysto porządkowe. Nie przypominam sobie, bym czuł wściekłość czy gniew, choć istnieją powody, że takie i podobne uczucia tliły się we mnie pod powierzchnią wody. Najpierw pomyślałem – a dużo było tych pierwszych myśli – o naszych gospodarzach, państwu Hakimach, bo między nimi a Hannah i mną zawiązała się już pewna nić sympatii, obejmująca również ich dwoje dzieci, trzpiotowatego chłopca imieniem Rashid, który stał się oczkiem w głowie Hannah, i bardziej dystyngowaną Dianę, która spędzała sporo czasu w kryjówce za drzwiami do kuchni w nadziei, że będę tamtędy przechodził. Dlatego też znaczną część nieuczciwie zarobionych pieniędzy wręczyłem zdumionej pani Hakim.

Moją następną pierwszą myślą, opartą na założeniu, że już się tu nie pojawię przez dość długi czas, było zostawić wszystko w jak najlepszym porządku. Jako człowiek obsesyjnie pilnujący porządku – Penelope nauczyła się od Pauli określać takie zachowanie jako „analne" – ściągnąłem pościel z łóżka, roztrzepałem gołe poduszki, do pościeli dodałem ręczniki z łazienki i zwinąłem całość w kształtną kulę w rogu pokoju, by była gotowa do włożenia do pralki.

Szczególną uwagę poświęciłem kwestii własnego stroju. Mając w pamięci los, jaki dopiero co spotkał Maxiego i jego ludzi, którzy najwyraźniej będą musieli zadowolić się jednym i tym samym kompletem przez kilka najbliższych lat, zdecydowałem się w końcu na solidne sztruksy, wierną skórzaną kurtkę, która wytrzyma jeszcze wiele, adidasy, czapkę z włóczki i tyle zapasowych koszul, skarpet i slipów, ile udało mi się upchać do plecaka. Do tego dołożyłem najcenniejsze przedmioty osobiste, między innymi oprawione w ramkę zdjęcie Noaha.

Ostatnim aktem było wyciągnięcie z kryjówki za szafą nieszczęsnej torby na ramię. Jeszcze raz sprawdziwszy jej zawartość i jeszcze raz potwierdziwszy brak dwóch taśm – bo przecież przez ostatnich czterdzieści osiem godzin rzeczywistość i iluzja nabrały zwyczaju zamieniania się miejscami – zamknąłem drzwi do tego naszego krótkotrwałego raju, bełkotliwie pożegnałem się po raz ostatni z wciąż zadziwionymi państwem Hakimami i wsiadłem do czekającej taksówki, która miała mnie zawieźć pod adres w Regent's Park podany mi przez Sam.

Rekonstrukcja dalszych wydarzeń może być niepełna, ponieważ mój wzrok i inne zmysły działały wówczas w pewnym otępieniu. Gdy zajechałem pod elegancki dom przy Albany Crescent – musiał kosztować dobrze ponad dwa miliony funtów – powitał mnie widok dwóch młodych dżentelmenów w dresach, rzucających do siebie piłką lekarską w ogrodzie przed domem. Gdy mnie ujrzeli, zaprzestali zabawy. Nie dając się zbić z tropu ich zainteresowaniem, zapłaciłem taksówkarzowi – nie zapominając o sutym napiwku – i ruszyłem ku bramie posiadłości. W tej samej chwili jeden z chłopców zapytał dziarsko, czy może mi w czymś pomóc.

– A wiesz, że pewnie tak? – odpowiedziałem równie dziarsko. – Tak się składa, że przyszedłem zobaczyć się z Philipem w ważnej sprawie osobistej.

– No, to dobrze trafiłeś, kolego – odpowiedział z kolei on i z wyszukaną uprzejmością zajął się moim plecakiem. Drugi sięgnął po moją torbę na ramię, więc nagle obie ręce miałam wolne. Pierwszy ruszył żwirową alejką ku drzwiom frontowym i pchnął je, by ułatwić mi przejście, drugi szedł z tyłu, wesoło pogwizdując. Łatwo zrozumieć, dlaczego odzywaliśmy się do siebie tak poufale. Byli to ci sami blondyni, którzy, wówczas odziani w zapięte na wszystkie guziki marynarki, stali w sieni domu przy Berkeley Square. Wiedzieli więc, że jestem człowiekiem spokojnym – tym samym, którego przyprowadziła im tam Bridget. Gdy wtedy kazali mi oddać torbę, oddałem, posłusznie czekałem na półpiętrze, też tak, jak mi kazali, i posłusznie udałem się za Maxiem. Właściwa dla ich zawodu wiedza psychologiczna definiowała mnie jako niegroźne popychadło. Teraz wiem, że to właśnie dało mi tak bardzo potrzebny element zaskoczenia.

Ten pierwszy szedł przede mną o dobre dwa kroki, a w dodatku dźwigał mój plecak. Że był człowiekiem z natury śmiałym, szedł lekko, zamiast twardo stawiać stopy. Wystarczyło jedno porządne pchnięcie, by się przewrócił. Drugi zajęty był w tej chwili zamykaniem drzwi. Już na Berkeley Square zauważyłem w jego zachowaniu pewną upartą powolność. Teraz była jeszcze bardziej widoczna. Być może wiedział, zabierając mi torbę, że to on miał teraz w ręku pierwszą nagrodę. Celny kopniak w krocze pozbawił go na chwilę nonszalancji.

Teraz droga do Philipa stała przede mną otworem. Jednym skokiem znalazłem się na drugim końcu sali, moje dłonie natychmiast chwyciły go za gardło i zaczęły ugniatać tłustą szyję. Nie wiedziałem wtedy, jakie były moje ostateczne zamiary, i nie wiem tego do dziś. Pamiętam tylko kremowe cegły kominka za jego plecami i świetny pomysł, że można by o nie rozwalić tę piękną siwą głowę. Miał na sobie szary garnitur, białą bawełnianą koszulę i drogi krawat z czerwonego jedwabiu, który próbowałem bezskutecznie wykorzystać jako garotę.

Czybym go udusił? Na pewno miałem w sobie dość szaleństwa, by to uczynić, jak powiedziałby mój świętej pamięci ojciec, no i również dość siły, gdyby nie przeszkodził mi jeden z blondynów. Nie wiem, czego użył – może pałki, może czegoś innego, nie widziałem. Od tego czasu minęły trzy miesiące; oprócz różnych innych obrażeń do dziś mam z tyłu głowy, nieco po lewej stronie, wybrzuszenie wielkości małego kurzego jaja. Gdy odzyskałem przytomność, Philip, cały i zdrowy, stał wciąż przed tym samym ceglanym kominkiem, a dotrzymująca mu towarzystwa czcigodna siwa pani w tweedach i porządnych butach nie musiała nawet odezwać się do mnie „Brian, kochanieńki", bym natychmiast nie rozpoznał w niej Sam. Wyglądała dokładnie jak sędziny tenisowe z Wimbledonu, które z wysokości swej drabinki pouczają znajdujących się znacznie niżej graczy, by nie zapominali o dobrych manierach.

I to było moje pierwsze wrażenie po przebudzeniu. Z początku zastanawiała mnie nieobecność obu blondynów, dopóki nie odwróciłem głowy do tyłu – na tyle, na ile było to możliwe – i zobaczyłem ich w pokoju po drugiej stronie korytarza, gdzie oglądali telewizję z wyłączonym dźwiękiem. Transmitowano mecz krykieta – Australijczycy przegrywali. Odwróciwszy się w drugą stronę, zauważyłem z pewnym zdziwieniem, że w pokoju znajduje się również anioł z księgą żywota ludzkiego, i to, jak szybko zauważyłem, anioł płci męskiej. Dlatego rozpoznałem w nim tego, który zapisuje dobre i złe uczynki, bo siedział za biurkiem w wykuszu – wykusz z kolei wziąłem chwilowo za ten, który znajdował się w naszej sypialni u państwa Hakimów. Boski wygląd – mimo okularów i łysiny na czubku głowy – zawdzięczał też rzęsiście oświetlającemu jego postać słońcu. Biurko to zlało mi się w jedno ze stolikiem wuja Henry'ego, który tak dzielnie rozkładał go na wojnie, z której nie powrócił. Podobnie jak Philip, anioł miał na sobie garnitur, ale połyskliwy, trochę jak mundur szofera. I pochylał się nad blatem jak dickensowski urzędniczyna obawiający się, że przyłapią go na leniuchowaniu.

– Brian, kochanieńki, to Arthur z Ministerstwa Spraw Wewnętrznych – wyjaśniła Sam, zauważywszy, że się nim zainteresowałem. – Arthur był taki dobry, że zgodził się pomóc nam załatwić wszystkie formalności. Prawda, Arthurze?

Arthur nie uznał za stosowne się odezwać.

– Arthur jest osobą urzędową – dodał Philip. – My z Sam bynajmniej. Nasza rola jest czysto doradcza.

– No, a jeżeli masz jeszcze jakieś obawy, to Hannah jest w bardzo dobrych rękach – ciągnęła Sam dobrodusznym tonem. – Porozumie się z tobą, gdy tylko wróci do domu.

Do domu? Ale jakiego? U pana Hakima? Do hotelu pielęgniarek? Norfolk Mansions? Nic dziwnego, że pojęcie domu było dla mnie niezbyt jasne.

– Niestety okazało się, że Hannah przekroczyła uprawnienia, jakie dawała jej otrzymana wiza – tłumaczyła Sam. – Stąd obecność Arthura. Żeby wszystko potwierdzić, prawda, Arthur? Hannah przyjechała do Anglii, by pracować jako pielęgniarka i zdać egzaminy zawodowe. Bardzo to dobrze o niej świadczy. No i po to, by potem przydać się w swym kraju. Nie przyjechała tu po to, by brać udział w politycznej agitacji. Tego jej wiza nie przewiduje, prawda, Arthur?

– Absolutnie nie przewiduje – potwierdził Arthur, przemawiając nosowym głosem z wysokości wykusza. – Wizę miała tylko na pielęgniarstwo. Chce agitować, niech agituje u siebie.

– Hannah demonstrowała, Salvo – wyjaśniła współczującym tonem Sam. – I to niestety nieraz.

– Co demonstrowała? – zapytałem przez mgłę, wirującą w mojej głowie.

– Przeciwko wojnie w Iraku, choć to przecież nie jej sprawa.

– To oczywiste naruszenie warunków pobytu – zauważył Arthur. – I w sprawie Darfuru, choć to też nie jej interes.

– Nie mówiąc już o wyjeździe do Birmingham, to też była polityka – powiedziała Sam. – No a teraz jeszcze ta przykra sprawa.

– Jaka? – zapytałem na głos lub w myśli, nie pamiętam.

– Tajne materiały – powiedział z satysfakcją Arthur. – Uzyskanie, posiadanie, przekazanie za granicę. Siedzi w tym po uszy. A do tego odbiorca wspomnianych materiałów ma powiązania z pozarządowymi bojówkami, więc to po prostu zwykły terroryzm.

Powoli dochodziłem do siebie.

– Ona próbowała zapobiec niesłusznej wojnie! – krzyknąłem ku własnemu zdumieniu. – I ona, i ja!

Dyplomata Philip wkroczył natychmiast, by załagodzić sytuację.

– Przecież w ogóle nie o to tu chodzi – perswadował łagodnie. – Londyn nie może być schronieniem dla zagranicznych aktywistów. A już na pewno nie takich, którzy przyjeżdżają tu na wizy pielęgniarskie. Hannah to zrozumiała, nie bawiąc się w kruczki prawne, prawda, Sam?

– Gdy wytłumaczyliśmy, jak sprawa stoi, dała się przekonać – zgodziła się Sam. – Oczywiście była smutna, ale nie zażądała adwokata, nie robiła wstrętów i przykrości, podpisała wszystko bez szemrania. A wszystko dlatego, że wiedziała, że tak będzie dla niej najlepiej. I dla ciebie też. No i oczywiście dla tego jej chłopczyka. Jaka ona jest z niego dumna! Noah. Prawda, że oni dają dzieciom takie śliczne imiona?

– Żądam widzenia z nią – powiedziałem, a może krzyknąłem.

– No cóż, w tej chwili nie mamy na to warunków. Jest w miejscu odosobnienia, a ty jesteś tu, gdzie jesteś. W dodatku za parę godzin całkowicie dobrowolnie uda się do Kampali, gdzie czeka na nią Noah. Cudownie, prawda?

Morał wygłosił Philip.

– Ona zachowała się rozsądnie, Salvo – powiedział, patrząc na mnie z góry. – Mamy nadzieję, że weźmiesz z niej przykład. – Teraz mówił swym dawnym głosem, miękkim jak masło, choć przyprawionym szczyptą oficjalności. – Ministerstwo Spraw Wewnętrznych zostało poinformowane, za sprawą tu obecnego Arthura, który bardzo nam pomógł w przeprowadzeniu dochodzenia, za co jesteśmy mu bardzo wdzięczni, że człowiek nazywający się Bruno Salvador nie jest i nigdy nie był obywatelem brytyjskim. Krótko mówiąc, człowiek ten nie istnieje.

Tu pozwolił sobie uczcić zmarłego dwusekundową chwilą ciszy.

– Obywatelstwo Zjednoczonego Królestwa i wszystkie związane z tym prawa i przywileje wyłudziłeś podstępem. Twój akt urodzenia to stek kłamstw. Nie byłeś znajdą, twój ojciec nie był marynarzem, który musiał pozbyć się dziecka. Tak czy nie? – ciągnął, przemawiając mi do rozsądku. – W związku z tym możemy tylko przypuszczać, że ówczesny konsul brytyjski w Kampali dał się wziąć na lep Watykanu. Fakt, iż byłeś wtedy zbyt młody, by osobiście brać udział w tym oszustwie, z perspektywy prawa jest niestety bez znaczenia. Czy mam rację?

– Prawa? – zza biurka zawtórował żywo Arthur. – Jakiego prawa? On nie ma żadnych praw.

– Prawda jest taka, Salvo, że wiesz doskonale, a przynajmniej powinieneś wiedzieć, że nielegalnym imigrantem byłeś od chwili, gdy twoje dziesięcioletnie stopy dotknęły ziemi angielskiej w porcie w Southampton. A ty nawet nie wystąpiłeś o azyl, tylko żyłeś tu sobie, jakbyś był jednym z nas.

I w tym miejscu moja wściekłość, która raz ogarniała mnie, raz zanikała, jakby kierowała się własnym widzimisię, powinna pchnąć mnie z krzesła, bym jeszcze raz rzucił się mu do gardła lub do innej części jego giętkiej i jakże racjonalnej anatomii. Tylko że gdy człowiek jest związany jak zasrana małpa, że użyję zwrotu Haja, gdy ręce ma sklejone taśmą, a całe ciało przywiązane do taboretu kuchennego, język tego ciała staje się jakby trochę ograniczony. Philip musiał to zrozumieć szybciej ode mnie, bo nie sądzę, by inaczej zaryzykował beztroski uśmiech i stwierdzenie, że nie ma tego złego, co by na dobre nie wyszło.

– Krótko mówiąc, zostaliśmy zapewnieni, że władze Konga, oczywiście po wykonaniu pewnych niezbędnych czynności administracyjnych – pobłażliwy uśmiech – szepnięciu we właściwe ucho właściwych słów przez naszego ambasadora w Kinszasie i przedstawieniu im aktu urodzenia, będącego w lepszej zgodzie z, nazwijmy to, prawdą historyczną – jeszcze bardziej pobłażliwy uśmiech – z radością powitają cię jako swego współobywatela. Zresztą właściwie po co mają cię witać, skoro tak naprawdę nigdy stamtąd nie wyjeżdżałeś? Ale oczywiście decyzja należy do ciebie. W końcu to twoje życie, nie nasze. Oczywiście nam wydaje się to świetnym rozwiązaniem, prawda, Arthur?

– A niech jedzie gdzie chce, jeśli o nas chodzi – przytakuje z wykusza Arthur. – Byle nie został tutaj.

Sam z matczyną troską całkowicie zgadza się z Philipem i Arthurem.

– Hannah też uznała, że tak będzie najlepiej, Salvo. Zresztą byłoby nieładnie, gdybyśmy wszystkie najlepsze pielęgniarki trzymali u siebie. Ich tam tak bardzo brakuje. No, bo powiedz szczerze, Salvo, co Anglia ma ci do zaoferowania, jeżeli nie ma w niej Hannah? Przecież nie zamierzasz wrócić do Penelope?

Uznając sprawę za zamkniętą, Philip sięga po moją torbę, otwiera ją i przelicza notatniki i taśmy, wykładając je po kolei na stół.

– Cudownie – obwieszcza jak magik, któremu udała się sztuczka. – Razem z tymi od Hannah jest siedem. No, chyba że zrobiłeś kopie, ale wtedy nie byłoby już dla ciebie ratunku. Zrobiłeś?

Nagle staję się tak senny, że nie usłyszał mojej odpowiedzi, więc każe mi ją powtórzyć, pewnie na użytek mikrofonów.

– To byłoby wbrew zasadom – powtarzam i próbuję znowu zasnąć.

– Rozumiem, że *J'Accuse!* też był tylko jeden egzemplarz? Ten, który dałeś Thorne'owi? – ciągnie tonem kogoś, kto chce wszystko zapiąć na ostatni guzik.

Musiałem chyba skinąć głową.

– Bardzo dobrze. Czyli pozostaje nam już tylko zniszczyć twój twardy dysk – mówi z ulgą i kiwa ręką na blondynów, którzy rozwiązują mnie, ale zostawiają na ziemi, dopóki nie wróci mi krążenie.

– A co słychać u Maxiego? – pytam, licząc na to, że wywołam choćby rumieniec na tych gładkich policzkach.

– No cóż, biedny Maxie, szkoda go! – wzdycha Philip, jakbym nagle przypomniał mu o starym przyjacielu. – Wszyscy mi mówili, że jest najlepszy w branży, tylko że taki uparty! No i głupio zrobił, że się pospieszył.

– Głupio pośpieszył się chyba nie on, tylko Brinkley – podsuwam, ale Philip najwyraźniej nigdy nie słyszał tego nazwiska.

Postawienie mnie na nogi to cała zabawa. Po łupnięciu w głowę jestem cięższy niż zwykle, więc nie wystarcza do tego jeden blondyn. Kiedy już udało się mnie podnieść do pionu, Arthur staje przede mną i odruchowo poprawia poły swej marynarki. Sięga do kieszeni na piersi, wyciąga brązową kopertę z nadrukiem „Z woli Jej Królewskiej Mości". Koperta zostaje wtłoczona mi do bezwładnej dłoni.

– Przyjął pan to postanowienie w obecności świadków – oznajmia na cały pokój. – Proszę odczytać. Ale już.

Wydrukowany list informuje mnie, gdy już jestem w stanie skupić na nim wzrok, że stałem się osobą niepożądaną. Arthur wręcza mi jedno z parkerowskich piór Haja. Przesuwam stalówką nad papierem kilka razy, nim wreszcie udaje mi się złożyć koślawą wersję mojego podpisu. Nikt nikomu nie podaje ręki, jesteśmy – lub byliśmy – na to zbyt brytyjscy. Znajduję się znowu między dwoma blondynami. Wychodzimy do ogrodu, odprowadzają mnie do bramy. Dzień jest upalny. Przez alarmy bombowe i wakacje wokół nie ma żywej duszy. Przed dom zajeżdża ciemnozielona furgonetka bez oznaczeń i okien, dokładnie taka, jak ta, która stała przed pensjonatem państwa Hakimów. A może to po prostu ta sama? Wysiadają z niej czterej mężczyźni w dżinsach. Ruszają w naszą stronę. Ten, który ich prowadzi, ma na głowie policyjną czapkę.

– Z tym będą kłopoty? – pyta.

– E, już nie – odpowiada jeden z blondynów.

Rozdział 20

Tłumacz, nawet najlepszy, mój Noah, jest nikim, gdy może tłumaczyć tylko siebie. Dlatego właśnie zacząłem spisywać to wszystko, nie wiedząc właściwie, dla kogo piszę. Ale teraz wiem, że piszę do ciebie. Minie jeszcze kilka lat, nim zaczniesz odcyfrowywać to, co pan Anderson lubił nazywać moim babilońskim pismem klinowym, ale gdy tak się stanie, mam nadzieję, że będę przy tobie, pokażę ci, jak to działa, i nie będzie to trudne, jeżeli tylko znasz suahili.

Najdroższy, przybrany synu, uważaj w życiu na wszystko, co jest oznaczone napisem „Specjalny". To słowo ma wiele znaczeń. Każde z tych znaczeń jest złe. Kiedyś przeczytam ci *Hrabiego Monte Christo*, ulubioną książkę mojej świętej pamięci cioci Imeldy. To opowieść o najbardziej specjalnym więźniu, jaki kiedykolwiek istniał. W Anglii jest teraz całkiem sporo takich Monte Christo. Ja jestem jednym z nich.

Specjalna furgonetka nie ma okien, ma za to wiele specjalnych udogodnień w podłodze dla specjalnych więźniów, których dla ich własnej wygody i bezpieczeństwa przykuwa się na całą trzygodzinną podróż. Żeby nie przyszło im do głowy zakłócać spokoju publicznego krzykami protestu, otrzymują również za darmo specjalny skórzany knebel.

Specjalni więźniowie nie mają nazwisk, tylko numery. Ja nazywam się Dwadzieścia Sześć.

Specjalna strefa obozu to rząd świeżo odmalowanych, stalowych baraków, postawionych w roku 1940 dla naszych dzielnych sprzymierzeńców z Kanady, otoczonych ogrodzeniem z takiej ilości drutu kolczastego, że zatrzymałaby się na nim cała armia Hitlera. Wielu Brytyjczykom – tym, którym się wydaje, że II wojna światowa nadal trwa – musi się to podobać, ale na pewno trochę inne zdanie mają na ten temat przymusowi mieszkańcy obozu Mary.

Oficjalnie nie wiadomo, dlaczego nasz obóz został nazwany imieniem Matki Boskiej. Podobno pierwszy kanadyjski komendant obozu był gorliwym katolikiem. Ale pan J.P. Warner, dawny oficer Królewskiej Żandarmerii Wojskowej, a obecnie pracownik Specjalnych Obozów Odosobnienia, zna inną wersję. Według niego Mary to imię pewnej damy z pobliskiego Hastings, która w najczarniejszych chwilach wojny, gdy Anglia samotnie zmagała się z wrogiem, potrafiła użyczać swych wdzięków całemu plutonowi kanadyjskich pionierów między wieczornym a porannym apelem.

Moje pierwsze spotkania z panem Warnerem nie zwiastowały miłych stosunków, jakie potem wytworzyły się między nami. Na szczęście od dnia, w którym uznał, że może wraz ze mną korzystać z hojności Maxiego, połączyła nas nić szczerej przyjaźni. Zapewnia mnie, że nie ma nic przeciwko Murzynom, w końcu jego dziadek wyzwalał spod Mahdiego Sudan, a ojciec służył w Kenii w naszej dzielnej policji kolonialnej.

Specjalni więźniowie mają specjalne prawa:
– prawo nieopuszczania specjalnej strefy obozu,

– prawo nieuczestniczenia w porannej wędrówce do miasta innych mieszkańców obozu, którzy potem sprzedają róże na skrzyżowaniach kierowcom stojącym na czerwonym świetle i myją szyby bmw w zamian za kilka obelżywych słów,

– prawo do zachowania milczenia przez całą dobę, do nieodbywania rozmów telefonicznych, do niewysyłania listów i do otrzymywania tylko tych przedmiotów, które uzyskają jednorazowe pozwolenie władz i które następnie przechodzą przez moje ręce, tę zaś funkcję pełnię w dowód osobistej sympatii ze strony pana J.P. Warnera, który, jak twierdzi, wręcz ugina się pod brzemieniem innych obowiązków.

– Nie słucham cię, Dwadzieścia Sześć – powtarza chętnie, wymachując mi palcem przed twarzą. – Tu ciebie nie ma, tylko powietrze – dodaje, równie chętnie przyjmując kolejny kieliszek rioji. – W ogóle nie ma tu żywego ducha.

Ale pan Warner jest dobrym słuchaczem, może dlatego, że już z niejednego pieca chleb jadł. Prowadził więzienia wojskowe w wysuniętych placówkach, a nawet, dawno temu, za przewinienia, których ujawnić nie chce, sam zakosztował tego, czym teraz częstuje innych.

– Spiski, Dwadzieścia Sześć, to żaden problem. Wszyscy spiskują, nikomu to nie szkodzi. Ale jak zaczyna się sprawę tuszować, to wtedy niech Bóg ma nas w swojej opiece.

To bardzo pocieszające, że jest się kimś jedynym w swoim rodzaju.

Z perspektywy czasu widzę, że to nic dziwnego, iż mój pobyt w obozie Mary rozpoczął się mało przyjemnie. Teraz doskonale to rozumiem. Już samo moje przybycie w stroju pokrytym ze wszystkich

stron słowem „Specjalny" musiało być mocno niepokojące. A już gdy przy nazwisku umieszczą człowiekowi skrót PG – co w naszych czasach oznacza
potencjalnie gwałtowny – no to człowiek dostaje za
swoje, o czym przekonałem się na własnej skórze,
gdy powodowany uczuciem solidarności przyłączyłem
się do demonstracji grupy Somalijczyków z naszego
obozu. Demonstracja polegała na okupowaniu dachu dawnej plebanii, w której obecnie znajduje się
kancelaria obozowa. Nasze przesłanie do świata było
jak najbardziej pokojowe. Na dachu były z nami żony
i dzieci moich współdemonstrantów, wszyscy w kolorowych bawełnianych koszulkach. Prześcieradła,
które wystawialiśmy do światła obozowych reflektorów, zawierały bardzo pojednawcze słowa: „Panie
Blair, nie odsyłaj nas do kraju, żeby nas tam torturo-
wano!" Torturujcie nas tutaj! Między mną a resztą
była jednak jedna zasadnicza różnica: oni błagali na
kolanach, by pozwolić im zostać, ja nie mogłem się
doczekać, kiedy wreszcie zostanę deportowany. Tylko że w niewoli liczy się przede wszystkim poczucie
przynależności do wspólnoty. Od razu zacząłem do
niej przynależeć, gdy przyszła nas rozgonić grupa
anonimowych policjantów w hełmach motocyklo-
wych, wszyscy uzbrojeni w kije bejsbolowe.

Ale nie ma w życiu tego złego, Noahu, co by
na dobre nie wyszło. Dotyczy to nawet paru złama-
nych kości. Leżałem na izbie chorych, przykuty do
czterech rogów łóżka i już zaczynałem myśleć, że
może nie mam już po co żyć, aż tu nagle wchodzi
pan J.P. Warner z pierwszym z piętnastu listów pisanych ręką Twojej ukochanej Matki – listów, które
otrzymuję teraz regularnie co tydzień. W zamian
za rozsądne zachowanie udało się jej uzyskać adres, na który może do mnie pisać. Wiele z tego, co

pisze, nie nadaje się jeszcze dla Twych młodych uszu. Twoja Matka jest kobietą cnotliwą, ale ognistą i nie tai swoich pragnień. Ale kiedyś, w chłodny wieczór, gdy już będziesz bardzo stary i doświadczony, jak ja teraz, w miłości, rozpalisz ogień, zasiądziesz przy nim i zrozumiesz, dlaczego każda strona zapisana przez Twoją Matkę wywoływała we mnie łzy radości i śmiechu, które obmywały mnie z więziennych myśli żalu i rozpaczy.

To, że wciąż tkwię tu w jednym miejscu, ona nadrabia wielkimi zmianami we własnym życiu. Nie jest już tylko Hannah – pielęgniarką dyplomowaną, ale Hannah prawdziwą przełożoną pielęgniarek w absolutnie najlepszym uniwersyteckim szpitalu w Kampali! A jeszcze znajduje czas, by szkolić się w prostych zabiegach chirurgicznych! Pisze mi, że za radą Grace kupiła sobie tymczasową obrączkę, by doczekać bezpiecznie do dnia, gdy będę mógł podarować jej inną, taką już na stałe. A gdy raz pewien młody lekarz stażysta zaczął ją obmacywać w sali operacyjnej, urządziła mu taką awanturę, że przepraszał ją przez trzy dni. Potem zaprosił ją na weekend do swego domku na wsi, więc znowu go skrzyczała.

Boję się tylko, że może wciąż nie wierzy, iż przebaczyłem jej zabranie taśm numer pięć i sześć z mojej torby, i przekazanie ich zawartości Hajowi. Musi zrozumieć, że nie mam jej czego przebaczać! A jeśli nie zrozumie, to czy przypadkiem, jako porządna wychowanka misji, nie porzuci mnie dla kogoś, kto niczego nie będzie mógł jej zarzucić? Takimi to właśnie wymyślnymi koszmarami lubią zadręczać się uwięzieni kochankowie w niekończące się godziny nocne.

Dostałem jeszcze jeden list, Noahu, ale z braku odwagi cywilnej długo go nie otwierałem. Koperta była gruba, oleiście brązowa, z delikatnym szlaczkiem wokół brzegów – niezawodny znak, że znów pojawia się w moim życiu tajny władca Wielkiej Brytanii. Dla bezpieczeństwa miała naklejony zwykły znaczek poczty priorytetowej zamiast oficjalnego nadruku „Z polecenia Jej Królewskiej Mości". Moje nazwisko, numer i adres obozu wypisane były bezbłędnie w każdym szczególe pismem znanym mi tak dobrze, jak moje własne. Przez trzy dni patrzyła na mnie z parapetu. W końcu, nabrawszy śmiałości po kolejnym wieczorze spędzonym w towarzystwie pana J.P. Warnera i butelki rioji – jak już wspominałem, obie przyjemności zawdzięczam nieuczciwie zarobionym pieniądzom od Maxiego – chwyciłem miękki plastikowy nóż, który jest taki, bym nie zrobił sobie krzywdy, i poderżnąłem jej gardło. Najpierw odczytałem list wprowadzający: zwykła kartka A4, bez znaku wodnego, adres: Londyn, data.

Drogi Salvo,

Oficjalnie nic nie wiem o autorze załączonego listu ani nie przeglądałem tekstu, zresztą pisanego po francusku. Barney zapewnia mnie, że list jest osobisty i nie zawiera gorszących treści. Jak wiesz, nie jestem zwolennikiem naruszania prywatności innych, o ile nie wchodzi w grę bezpieczeństwo naszej Ojczyzny. Szczerze pragnę, byś któregoś dnia spojrzał łaskawszym okiem na naszą współpracę, bo przecież chronienie człowieka przed nim samym to też sprawa największej wagi.

Twój wierny przyjaciel,
R. (Bob) Anderson

W tym momencie wzrok mój padł na drugą kopertę, o której tak intrygująco pisał pan Anderson. Była gruba i zaadresowana na drukarce komputerowej do

Monsieur l'interprète Brian Sinclair, numer skrytki pocztowej w Brixton. Adres nadawcy, wypisany wypukłym niebieskim drukiem na odwrocie, brzmiał: *Comptoir Joyeux de Bukavu*; szybko domyśliłem się, że to niewątpliwie wesoła aluzja do pełnego garnituru imion Haja – Honoré Amour-Joyeuse. W środku znajdował się właściwie nie list, a seria luźnych zapisków, dokonywanych w ciągu wielu nocy i dni. Gdy zamknąłem oczy i powąchałem kartki, mógłbym przysiąc, że czuję ulotny zapach damskich perfum. Pan J.P. Warner był tego samego zdania. Tekst rzeczywiście był francuski, pisany piękną, akademicką kaligrafią, której umiejętność nie zawodziła autora nawet w największym pośpiechu – podobnie jak nie zawodziło go jego skatologiczne słownictwo.

Drogi Asfalcie,
Taśmy były niepotrzebne. Oni orżnęli mnie, więc ja orżnąłem ich.
Co to za jedna, ta Hannah?
Dlaczego pieprzy mi coś o leczeniu i chce, żebym dał urologowi dupę do zbadania?
I dlaczego każe mi stawić czoło mojemu szanownemu ojcu, i przysyła mi dowody?
Nie potrzebowałem żadnych jebanych dowodów. Jak tylko wróciłem do domu, powiedziałem Lucowi, że jak nie chce skończyć w piachu albo bez centyma przy duszy, to musi dać sobie spokój z Muangazą.
I że zaraz potem musi powiedzieć Mai Mai i Banyamulenge, że ktoś chce ich wydymać.
A potem kazałem mu się wyspowiadać najbliższemu trepowi z ONZ, a potem pojechać na dłuższy urlop na Alaskę.
Hannah mówi, że wpadłeś w Anglii w gówno po uszy. Znając Ciebie, wcale mnie to nie dziwi.

I modli się, żebyś wreszcie wyrwał się do Konga. Wiesz co, jeżeli ci się uda, to ja zachowam się jak każdy porządny bandyta i ufunduję katedrę na uniwersytecie w Bukawu, choć to obecnie teren trochę niebezpieczny. Mam w dupie, czy będziesz tam uczył języków, czy picia piwa.

Tylko się pośpiesz, bo żaden chór aniołków nie ustrzeże cnoty Hannah przed złym wujem Hajem, jeżeli ona zdecyduje się wrócić do Kiwu.

W Bukawu jak to w Bukawu. Leje dziewięć miesięcy w roku, więc kiedy zatkają się studzienki, plac Niepodległości zmienia się w Jezioro Niepodległości. Co jeszcze mamy do zaoferowania? Co tydzień zamieszki, demonstracje i strzelaniny, choć niestety nikt nie trzyma się grafiku. Parę miesięcy temu nasi piłkarze przegrali ważny mecz, wierni kibice zlinczowali sędziego, a policja zastrzeliła akurat tych sześciu, którzy nie robili absolutnie nic. To jednak nie zniechęca białych amerykańskich misjonarzy z fantastycznymi fryzurami i Biblią pod pachą przekonywać nas, że musimy kochać George'a W. Busha i już się więcej nie pieprzyć, bo Bóg tego nie lubi.

Mieszka tu też jeden ksiądz z Belgii, którego parę lat temu ktoś postrzelił w dupę. Od czasu do czasu wpada do któregoś z moich klubów na drinka na koszt firmy, żeby pogadać o dawnych dobrych czasach. Kiedy wspomina Twojego Ojca, uśmiecha się. Kiedy go pytam, co się tak uśmiecha, uśmiecha się jeszcze szerzej. Podejrzewam, że Twój Ojciec rżnął się za całą Misję.

Mój dom w dzielnicy Muhumba to kolonialny pałac po jednym skurwielu z Belgii, ale musiał to być jakiś trochę porządniejszy skurwiel, bo od domu aż nad wodę mam teraz prawdziwy rajski ogród, a w nim każdy kwiatek, o jakim słyszałeś, i parę takich, o których nie wiesz, że istnieją. Drzewa kiełbasiane, kufliki, aloesy, bugenwille, hibiskusy, dżakarandy, baldaszniki, maranty, te rzeczy. Tylko storczyki szlag mi trafił. Jeżeli zapomniałeś, mamy pająki wielkości myszy i czepigi, takie ptaki-myszy, z długimi ogonkami. I inne ptaszki, wikłacze, które mają piękny system podrywania panienek. Samczyk wije gniazdko, po czym namawia dziewczynkę, żeby wlazła do środka. Jak się jej w środku spodoba, to się pieprzą. Opowiedz to swoim misjonarzom.

Piszę o tym dlatego, że w tym ogrodzie stoi bungalow. Zbudowałem go kiedyś dla mojej świętej cierpliwości mamki, ale ona tylko spojrzała na niego i zaraz umarła. Była jedyną kobietą, którą kochałem, a z którą się nie pieprzyłem. Bungalow ma blaszany dach i werandę. W tej chwili mieszka w nim z milion motyli i komarów. Jeżeli kiedyś wreszcie dotrzesz do Bukawu, może być Twój. Ser z Gomy ciągle da się jeść, prądu nie ma tylko przez trzy godziny dziennie, ale za to w nocy nikt nie gasi świateł na łodziach na jeziorze. Nasi rządzący to kompletne dupki, procesy myślowe mają na poziomie pięciolatków. Nie tak dawno nasi panowie i władcy z Banku Światowego przeprowadzili ankietę na temat stylu życia w Kongu. Pytanie: Gdyby państwo było człowiekiem, jak byś tego kogoś traktował? Odpowiedź: Zabiłbym. Uczymy się dumy z naszego koloru skóry, ale na każdym rogu przekupnie sprzedają wybielacz do skóry. Z gwarancją, że się dostanie raka. Młodzi Kongijczycy mówią o Europie jak o ziemi obiecanej. Więc miej świadomość, że jak się tu dostaniesz, będziesz wyglądał jak asfalt, którego nikt nie chciał. Wybory nic nie załatwią, ale przynajmniej się odbędą. Mamy konstytucję. I dzieci z chorobą Heinego-Medina i z AIDS, które ostatnio wzbogaciły się o trzy

miliony dolarów. A kiedyś może nawet będziemy
mieć jakąś przyszłość.

Haj

Ja też mieszkam teraz nad wodą, Noahu. Co rano moje serce wstaje razem z jesiennym słońcem i co wieczór z nim zachodzi. Ale kiedy przysuwam krzesło do okna, a noc jest księżycowa, za drutem kolczastym widzę cienki pasek morza. Tam kończy się ich Anglia, a zaczyna moja Afryka.

Podziękowania

Serdecznie dziękuję Stephenowi Carterowi za jego niezmordowane zbieranie materiałów potrzebnych do napisania tej książki, Brigid i Bobowi Edwardsom za porady dziennikarsko-duchowe, a Sonji i Johnowi Eustace za sprawy pielęgniarsko-medyczne. Jestem też głęboko wdzięczny Jasonowi Stearnsowi z International Crisis Group za jego wielką wiedzę i pomoc podczas mojego krótkiego pobytu we Wschodnim Kongu; Alowi Venterowi, weteranowi i kronikarzowi współczesnych wojen z udziałem najemników; oraz Micheli Wrong, autorce wspaniałych książek In the Footsteps of Mr Kurtz oraz I Didn't Do It For You, która tak chętnie podzieliła się ze mną mądrością i redaktorską kreatywnością. Zwykle w tym miejscu każdy autor zapewnia, że opinie, słuszne czy niesłuszne, są wyłącznie jego własnymi. Jak by powiedział Salvo, rzeczywiście jest tak i w tym przypadku. Jest również prawdą, że bez mojej żony, Jane, nadal tkwiłbym gdzieś na stronie szesnastej, zastanawiając się, jak to się stało, że minęły już całe dwa lata.

John le Carré
Kornwalia, 2006